U0933202

魅丽文化
花火工作室

# 空降热门

下

颜凉雨——著

江苏凤凰文艺出版社
JIANGSU PHOENIX LITERATURE AND ART PUBLISHING

图书在版编目（CIP）数据

空降热门．下 / 颜凉雨著．— 南京：江苏凤凰文艺出版社，2020.8
ISBN 978-7-5594-4863-7

Ⅰ．①空… Ⅱ．①颜… Ⅲ．①长篇小说－中国－当代
Ⅳ．①I247.5

中国版本图书馆 CIP 数据核字 (2020) 第 080128 号

# 空降热门．下

颜凉雨 著

---

选题策划 吴小波
责任编辑 张 倩
文字编辑 高 丽
装帧设计 汨 呆 刘芳英
封面插图 槿 木
出版发行 江苏凤凰文艺出版社
南京市中央路 165 号，邮编：210009
网 址 http://www.jswenyi.com
印 刷 湖南天闻新华印务有限公司
开 本 880mm×1230mm 1/32
印 张 10.5
字 数 343 千字
版 次 2020 年 8 月第 1 版
印 次 2020 年 8 月第 1 次印刷
书 号 ISBN 978-7-5594-4863-7
定 价 39.80 元

---

# 目录

CONTENTS

# 第四十一章

夏新然不是一个说到就必须做到的男人，但顾杰是。

所以当前者吃到后半夜，肚皮滚滚，想回家呼呼的时候，遭到了后者的无情阻拦。说了通宵趴，那看见东方的鱼肚白都不算，必须清晨的第一缕阳光刺破云层，映亮天际，方能关火放筷，大功告成。

夏新然搂着冉霖问了不下100遍，我为什么要找这个人出来聚餐！

冉霖小口润着酸梅汤，不困不乏，怡然自得。待到旭日初升，顾杰说话算话，找来助理当代驾，一路开着他那辆彪悍路虎，把伙伴们挨个送回家。

至于夏新然在后半夜3点于餐巾纸上写下的“与顾氏绝交书”，鬼知道丢在哪里，反正早没人记得。

车子先到的夏新然住处，下车的时候，这人眼皮沉得都要合上了，还不忘叮嘱：“记住，下回辣锅是我的！”

其实除了最开始，后面三人都没怎么喝酒，全程清凉饮料，所以这会儿除了通宵的疲倦外，头脑都是清醒的。

送走夏新然，待车重新开起来之后，冉霖忽然想起来正事，便问顾杰：“你向何导推荐我的话，导演是不是还要看看我的表演片段？我团队宣传那里做过我的表演集锦，需要的话我发你。”

一口气说完，冉霖才觉出不妥当，毕竟这种事情，帮忙是情分，不帮是本分，顾杰愿意替他牵线已经很够意思了，他这样一讲，好像有点过于在意，过于上心了，容易给顾杰增加负担。而且他的话也没斟酌，没修饰，脑子一想，嘴巴就说了。

“不用，”顾杰毫不留情拒绝，“你团队给你做的肯定是净挑精彩好看的，我就是拿过去了何导也不会看。”

冉霖看着友人的一脸嫌弃，忽然发现，自己的态度简直可以归类到超级委婉客气里了。正心情复杂，肩膀忽然被人重重一拍，然后他就听见顾杰继续道：“现在都什么年代了，随便网上一搜，就到处都是你的片子，何导肯定会全方位观察你的，他在B站还有账号呢！”

冉霖半张着嘴，怀疑自己幻听：“这么潮？”

“鬼畜剪辑视频能为观察一个演员打开新的视角，”顾杰一摊手，“这是他的原话。”

冉霖感慨万千：“难怪人家能成为名导。”

顾杰双臂左右展开，搭到后坐椅背上，身体往后一仰，似有所悟地叹：

“所以啊，不经历风雨，怎么见彩虹，没有人能随随便便成功！”

很老的歌了，可顾杰哼出来，依旧带着朝气蓬勃的励志感。

冉霖忽然意识到，其实顾杰的状态就是自己一直追求的平常心。简单、纯粹、直接，可以为一部好戏等上一年，也会为白背了一本台词去骂推翻重写的导演，还会帮其实关系未必有多密切的自己这样的朋友。

这不是他衡量得失之后的选择，这就是他的性格。

有了榜样的力量，待到自己家门口下车时，冉霖也没什么顾虑了，就拿顾杰当自家兄弟那么使唤：“在导演面前多帮我说点好话，听见没。”

顾杰一脸“这还用你说”的表情，但也没忘打预防针：“说完好话还是入不了何导的法眼，就是你俩没眼缘，可不能怨我。”

冉霖莞尔，想起顾杰在火锅趴上描绘的那些最令他心驰神往的美食蓝图，当即许诺：“成不成都请你吃内蒙烤羊腿，绝对正宗，外酥里嫩，唇齿留香！”

“居然记住了……我就知道你比那家伙有良心多了，”顾杰说着猛地握拳，用拳侧捶两下自己左胸口，“这事儿包我身上了，等着我胜利的消息吧！”

冉霖也有样学样，捶了两下自己胸口以作回应，蓦地有一种加入了某个神秘兄弟会组织的错觉。

回家之后的冉霖倒头就睡，一直睡到下午两点，才悠悠醒转。

总算觉得精气神都回来了，这才到网上去搜《染火》的资料。

【一个螳螂捕蝉黄雀在后的故事。】

冉霖看着那个搜来搜去都只有一句话的电影简介，简直想摔了鼠标。

何导你直接去保密局工作得了！至于演员阵容，除了顾杰确定加盟，其余猜谁的都有，在微博里一搜，营销号几乎把能叫得出名字的年轻演员猜了个遍，还有一些言辞凿凿，说何导这一次会起用毫无表演经验的新人。

相比之下，顾杰和他透露的信息好歹还算有点眉目——这部电影里，顾杰饰演一个片警，而他觉得适合冉霖的角色，是一个刚出狱的小青年，十八岁误入歧途，跟随所谓的“兄弟”抢劫入狱，6年后刑满释放，影片开始时，二十四岁。

至于片警和这个小青年的关系，鉴于新剧本还在天上飞，顾杰也没谱。可老剧本里，小青年的人设是身材消瘦，皮肤白里透青，终日浑浑噩噩，无精打采。冉霖也不知道顾杰究竟觉得自己的气质和这个青年哪里像，但这事儿又不能往细里问，怕问多了，徒惹伤心。

那天之后又过了一天。

好消息是在8月13日，冉霖拍《落花一剑》页游广告的那天传来的。

当时的他一袭华服，正和一袭月白色长衫的唐晓遇打得刀光剑影，不亦乐乎，打完之后，双双并排站，对着镜头更强有力地念出广告词——

“最浪漫的情怀，最热血的江湖，落花一剑，等你来战！”

广告导演心满意足喊了“过”，这半天的拍摄算是完美收工。

等不及卸妆，在回化妆间的路上唐晓遇就把挂在胸前翠绿翠绿的大玉佩摘了，一边感慨服化道的粗制滥造，一边了然：“难怪‘大哥’不过来拍，真的有点羞耻。”

冉霖展望了一下未来:“还会在各种网络平台的片头广告里轰炸式播出。”

唐晓遇一声哀叹：“我温润如玉的徐崇飞啊，毁了。”

冉霖正陪着他心酸，刘弯弯就追过来了，奉上正振动个不停的手机，说:“冉哥，电话。”

看着来电显示上“顾杰”的名字，冉霖就有一种非常吉祥的预感。

王希没陪冉霖把今天的页游广告拍到底，而是在将人送至现场，和导演寒暄打过招呼之后，便匆匆离开，回了梦无涯。和韩泽摊牌之后，接连两天，她都忙得不可开交，都是事先约好的各种局和活动，像是见制片人，见导演，或是和某些现在用不上但以后可能会用上的资方联络感情，总是日程排得满满，所以换经纪人这件事，她还一直没和公司汇报。

当然，这其中也有谨慎的成分。

哪怕韩泽这两年的作品反响都很一般，他仍然是梦无涯的一哥，这样的艺人提出更换经纪人，不用想，挨骂的一定是自己，所以王希也需要时间整理出一份能让高层更容易接受的说辞。及至今日，空闲时间也有了，说辞也酝酿得差不多了，她才放下冉霖，回了梦无涯。

昨天下午已经先和老总打过招呼，所以王希一回公司，便直接去老总办公室，而对方也很给面子地正坐在那里等她。一切看起来都很乐观。

没等她开口，老总先发了第一句话：“韩泽都和我说过了。”

王希千算万算，没料到韩泽会先发制人——她过低估计了对方的智商，事实证明，再蠢的人，也会偶尔聪慧一把。

或者说，当他想要使坏的时候，智商也会间歇性上线。

老总已经开口，王希就不用开口了，只要乖乖坐在那里，接受劈头盖脸的骂。韩泽狠起来是真的一点没留情，他甚至把两个人最初恋爱的细节都跟老板“诉衷肠”了，虽然篡改成了“他年少懵懂，她处心积虑”的版本，然后连同公私不分、带人无方等，将这两年发展不顺连同前前后后所有的锅，一股脑都砸到了她身上。

王希不意外韩泽的白眼狼，也不意外老总的火力全喷给自己，毕竟连和艺人的关系都处理不好，即便在王希自己看来，带韩泽这一段，放到事业角度客观考量，也是极其失败的。所以她状似认真听老总骂，实则还能分心去关注老总办公室的遮帘有没有拉，很遗憾，没有。

这不是一间隔音多好的办公室，再加上一目了然的落地窗，老总这是打定主意一点面子不给她留了。

王希对此有点意外，可当老总骂得差不多，提出不用在经纪部找其他经纪人带韩泽了，他已经找到了一位特别合适的，不日将签约梦无涯经纪部，成为她的新同事，王希终于明白过来今天这一出的根源了。

韩泽的恶人先告状只是推波助澜，或许早在找他们两个谈话那天，公司就已经动了拿下她的心思。如果她猜得不错，这位“新同事”一进公司，要么是直接坐到她头上，要么是和她平起平坐的位置，总之，经纪部以她王希为首的格局，必然要改朝换代了。

果然，一个太过强势的部下，是不太受领导喜欢的。

王希仔细想想，这些年来她好像确实帮韩泽推掉了不少高片酬但一看就是烂片的戏，对于韩泽，她是尽心尽力的，但对于公司，如果老总只把盈利看在第一位的话，对她有不满也是正常的。

提出会招聘来一位新经纪人后，老总的态度忽然就和蔼起来，颇有些语重心长的意味。恩威并施是每一个身居高位的人必会的手腕，王希在心中冷笑，可面上，还是特用心特真诚地点头。老总对她的反应也很满意，估计是没料到一贯强势的她这么好说话，于是很快结束谈话，放她离开。

王希也没料到自己会这么冷静，这在以前根本是想都不敢想的事，当年在奔腾时代的时候她甚至和总裁拍过桌子。

可现在想想，冲动真的是这世上最容易的事情，掀桌之后一拍两散换条路多简单，难的是忍耐克制，朝着既定目标前行。

冉霖的星途刚刚开始闪光，她不想半途而废。

走出办公室的时候，所有同事都低头忙自己的事情，可王希知道，所有人都在偷偷看她，都在竖着耳朵听她的动静。深吸口气，王希昂起头，大踏步往前走，高跟鞋在地面上踩出嗒嗒声响。

挎在肩膀上的包里忽然传来手机铃，王希脚下一顿，忙把手机从包里拿出来，一边按下接听，一边快步往外走："喂……"

来电话的是冉霖。两分钟以前，这位青年成了自己的唯一搭档。说也奇怪，单看着来电显示上的名字，王希就觉得心里头舒坦，仿佛真下了一场甘霖似的。

"希姐……"电话那头的声音仿佛极力压抑着什么。

王希的神经紧张地绷起来，心说我只有你了，你要敢再出什么幺蛾子……

"《染火》的何导约我吃饭！"

王希已经走到电梯门前，一边按电梯，一边问："什么火？哪个何导？"

"就是拍《消灭一个好人》的那个何关，何导，他的新片《染火》因为档期问题，要重新找几个演员，他想看看我！"

王希听出来了，那压抑着的，是狂喜。

电梯来了，门缓缓打开，可王希站在原地，一动未动："何导亲自联系的你？"

"不是，"冉霖实话实说，"一个朋友帮我联系的。"

电梯门缓缓合上，带着空厢继续往下走，王希看着重新开始跳动的楼层数字，静静道："你的人脉什么时候这么广了？"

电话里的人似乎紧张起来，犹豫一下，才问："希姐，你现在是高兴还是不高兴，能先给我透个方向吗？"

王希抿成直线的嘴唇慢慢松开，表情逐渐柔和，可声音还是特平静的："男几号？"

冉霖咽了下口水："男一或者男二吧，得看本子怎么改，如果是双男主，就是男一，不是双男主，就是男二。"

王希："板上钉钉的男一是谁？"

冉霖："顾杰。"

王希："哦，他帮你牵的线。"

冉霖："希姐，你可以去当名侦探了。"

王希再忍不住笑意，弯着嘴角重新按下电梯按钮，然后轻轻呼出一口气，缓缓道："拍何导的片子是出了名的苦，你行吗？"

“苦没事，”冉霖顿了下，反问，“就是片酬有点低，希姐，你行吗？”

“我行，”王希没好气地笑，“就是公司这边估计会头疼。”

冉霖的声音低下来，很为难的样子：“那怎么办？”

王希想送他一个“杞人忧天”的匾额：“‘怎么办’是我要考虑的事情，但好像考虑这件事的前提，是你要先真的拿到角色吧？”

冉霖：“有点扎心。”

王希：“有扎心的时间，还不如赶紧去把何导以前的片子都刷一遍，刷完了再二刷，二刷完了再三刷，这世上最招人喜欢的就是死忠粉，懂吗？”

冉霖：“遵命！”

王希光听声音，都能脑补冉霖咧嘴傻笑的模样。

挂上电话的时候，电梯重新回到面前，门再次缓缓打开，王希刚要迈步进去，手机又响了。这栋办公楼里的电梯是出了名的“信号杀手”，王希觉得可能是老天爷在暗示她，走楼梯算了。

她也确实转身去了旁边的楼梯间，一边踩着高跟鞋小心翼翼下楼梯，一边拿着电话道：“嗯……我听着呢……没事，你说……”

刚下完一层，她就定住了。电话是影版《凛冬记》那边打过来的——男一号确认由冉霖出演了，而且合同已经拟好，马上就发过来。

这是王希打过交道的片方里，效率最高，最雷厉风行的一个。

王希觉得不是自己运气好，是冉霖运气好。

挂完电话，王希一口气下到1楼，简直如履平地，脚下生风。走出办公楼的时候，8月的太阳正晒得厉害，可王希偏没觉出闷，反而觉得天朗气清，满眼光明。她站在阳光底下，仔细回忆当初是公司哪位高层建议把冉霖从康回那里拉过来交给她带的。

想了半天也没想起来，唯一能确定的肯定不是今天骂她这位。无奈，她只能把那位高层以“只留一双明亮大眼睛的人形黑影”的造型放到心底，然后真心实意说上一句——多谢！

冉霖知道因为剧本一再修改档期一推再推的缘故，何导对于重新敲定演员这件事比较着急，但没想到，会那么急。

“明天你有时间吗？何导说如果你这边没问题的话，他就直接订机票飞过来。”顾杰永远只说干货不讲废话，这就使得他谈正事时，每句话的信息量都巨大。

冉霖缓了两三秒，才全部消化：“明天可能不行，我是全天通告，另外，何导不在北京？”

“武汉呢，”顾杰说，“一边监督编剧改剧本，一边考察取景地。”

“后天行吗？”按理说应该他去见导演的，这都导演飞来见他了，冉霖实在不好意思往后拖。

“没问题，你这边别变卦就行，而且……”顾杰想了下，还是实话实说，“他也不是专程飞过来就看你，还有其他人也给他推荐了演员，他这次一并看。”

冉霖恍然大悟，反而心里有数了：“这才对嘛，要真是专门过来就看我一个，也太隆重了。”

顾杰没想到友人是这么个反应，也乐了：“行，有竞争的角色才有价值，加油吧！”

冉霖当然会全力以赴，但也没道理守着一个知识库不用：“那个，你当初是怎么打动何导的？”

一向爽快的顾杰，竟然语塞了。

好半天，才挤出来一句：“我的经验对你不适用。”

冉霖没有强人所难，只是直到挂了电话的很久之后，脑补的还是顾杰一掌震碎试戏桌，何导对着坍塌成两半的桌子，僵硬鼓掌，最后豁出去一咬牙，就是你了！

翌日，冉霖赶了一天通告，但只要有时间，就捧着手机看何导从前的片子。何导的片子冉霖基本都看过，这一次主要刷最经典也是何导本人最得意的几部，反复看，认真揣摩，从影片风格，到叙事结构，从情感探索，到潜在诉求，能挖多深挖多深，能悟多少悟多少，不看影评，只自己理解。

这阵子他和陆以尧的联系不多，因为对方的拍摄非常紧张，而且最近一次联系，陆以尧和他说的是自己已经入戏了，一方面参考了之前冉霖说的方法，一方面也自己找了些门道，总之感觉特别好，希望这样的节奏能保持得更长久一点，千万别是昙花一现。

冉霖能听出他的兴奋和忐忑。陆以尧或许不是戏痴，但却是那种做一件事，就想要做到自己满意的人，尤其遇到困难的时候，没有“克服”之外的第二条路，所以突破瓶颈，找到感觉，带给他的是那种翻越了难关之后的成就感。

冉霖也替他高兴，并且能感同身受那种入戏的状态，所以近段时间都尽量不去干扰他。

如果《染火》的角色真能拿下，估计那时候《凛冬记》的合同也已经签了——昨天和王希打过电话没多久，经纪人就还回一个好消息，说是《凛冬记》不仅定了他，连合同也发过来了，条款没问题的话，就尽快安排签约。到时候一下子砸过去两个好消息，冉霖想想都得意，简直可以对着陆以尧叉腰。

车窗外，夜已深。

刘弯弯看着刚刚结束通告的冉霖捧着手机，看一部色调灰暗的现实主义题材悲剧，看到嘴边挂上嘚瑟的笑，不自觉又往车门那边坐过去了一点。

手机又振动起来。

刘弯弯皱眉进入微信，回复——【困了，不聊了。】

那边不死心，又追过来——【别啊，我这还在片场呢，今天估计要拍到后半夜，你陪我说说话。】

刘弯弯黑线——【我为什么要陪你一起熬夜？】

那边理直气壮——【你老板和我老板是朋友，我们当然也要保持良好的互动关系。】

刘弯弯——【等你像你老板那么帅再说吧！】

那边——【你不能以貌取人啊！】

刘弯弯被图片逗得弯了下嘴角，但打定主意不回了，否则永远聊不完。

这位叫作“李同”的同行，也不知道从什么时候开始，就有事没事总找她聊两句，等刘弯弯反应过来，已经跟对方成老熟人了。尤其是最近，据李同说，《裂月》的剧组简直毫无人性，天天开工得比鸡早，收工得比狗晚，他只能守着他老板的作息，一并被折磨，如今已然奄奄一息。

刘弯弯见他着实可怜，也就时不时陪他聊几块钱的。冉霖和陆以尧都不知道彼此的助理已经接上了头，一个惦记着第二天的见导演，一个还在片场敬业工作。

转天，阴有阵雨。

冉霖一下车，就差点被风吹走了帽子，好在司机贴心，就停在“正宗内蒙烤全羊”的招牌底下，所以他三步并作两步进了店，没被雨前的大风吹太久。

说了包厢的名字，服务员立刻带他往里走，结果走没两步，忽然把他认出来了，呀的一声惊叫，然后开心地一遍遍表达，我可喜欢你演的徐崇飞了。

冉霖一个劲点头，忍着心酸说，嗯，徐崇飞是招人喜欢。

就这么到了包厢门口，小姑娘终于没那么激动了，很贴心地帮他开了门。

冉霖人还没进去，就感觉到扑面的凉气——这屋空调开得够猛的。

偌大的包厢里只坐了两个人，一个满面笑容，精神抖擞，还是一身像要去练散打的硬朗造型的，自然就是自己的友人，而另外一位，穿着圆领套头汗衫，宽松短裤，手边还放着一顶渔夫帽的，不用说，肯定就是何导。

因顾杰说今天就当朋友聚会，别弄得像工作似的，而且导演也更多地想和演员聊天，所以冉霖就没让王希过来。

王希对何导的脾性早有耳闻，便也没坚持，只嘱咐冉霖好好表现。

这会顾杰已经起身，特别热情地招呼："快，过来坐。"

可何导还一动不动，也没转头看他，目光还盯着面前的茶杯，整个人透出一种神圣不可侵犯的威严。

冉霖咽了一下口水，一边冲顾杰笑笑，一边试探性地打招呼："何导……"

导演依然不为所动，仿佛根本没听见他的呼唤。

冉霖有些没底，顾杰却已经起身过来了，一揽他肩膀，就往自己身边的座位上带："没事，何导一想事情就比较投入，等想完就好了。"

冉霖随着顾杰落座，目光却还放在何导身上，发现真像顾杰说的，这位导演仿佛进入了某种旁人无法理解的神秘之境，自动屏蔽外界一切干扰，只专注于自己的精神世界。

"菜点了吗？"冉霖小声地问。

顾杰点点头："放心吧，我点的菜，保证全是经典。"

冉霖哭笑不得，总觉得顾杰误会了自己询问的意思。

"对了，"顾杰想起什么似的，也低声问，"片酬低的事儿你公司那边没问题吧？要是最后什么谈得都挺好，结果你因为片酬原因不演了，你倒拍拍灰走了，我可就惨了，何导能骂死我。"

冉霖明白顾杰的顾虑。

他这种签公司的艺人，和自己开工作室的艺人不同，在选择本子的时候主动权其实不算高，毕竟片酬公司是要拿走七成的，同样花几个月时间拍摄，赚 100 万和赚 1000 万，公司会选哪个简直是不用犹豫的事情。

这种时候，冉霖就觉得没那么红，反而是件好事了："我已经和经纪人报备过了，没问题的，目前还没发现有想拿钱砸我的有志资方。"

顾杰乐了，正想给冉霖倒杯水，忽然瞄到何导抬头，连忙拍了下冉霖肩膀。

冉霖立刻会意，转头过去正对上何导的视线，当下起立，恭恭敬敬道：“何导。”

何关人高马大，生得一张方脸，寸头，深眼窝，有一点鹰钩鼻，下巴带点胡茬，是个看起来非常彪悍凌厉的汉子。

“赶紧坐下，没那么多客套。”终于结束思考的何导忙冲他摆摆手。

和粗犷的外表不同，何关一开口给人的感觉却很随和，即便不笑，脸部线条也是舒展的，没有很多导演的故作深沉或者面容冷峻。

“今天就是随便聊聊，你别紧张，你一紧张就不是你了，那今天咱们这顿饭也就白吃了。”何导一点没玩虚的，既不回避今天的主题，又不过分强调，是个让人非常舒服的度。

冉霖一时不知该说什么，只怔怔看着这位笑容和煦的大导演，觉得特别神奇。

何导不闪不躲，任这位年轻演员看，末了觉得差不多了，饶有兴味地问：“看出什么了？”

冉霖回过神，有点尴尬，但实话实说：“您给人的感觉和您的片子给人的感觉，完全不一样。”

“很多人都这么说，”何关静静看着他，道，“但我还是想听听你的看法。”

冉霖歪头想想，组织了一会儿语言，然后委婉道：“您的片子不管选择的是什么题材，什么故事，镜头对准的是哪一个群体，社会底层也好，中产阶级也好，但最终影片呈现的感觉，都比较阴郁、冷峻，可您本人特别明朗，一点都没有这种感觉。”

“阴郁、冷峻……”何关反复玩味了几遍这两个词，忽然看向冉霖，“不用和我客气，能来点更直接的词吗？”

冉霖下意识看了眼顾杰。顾杰都不给他使眼色，直接出声：“不用担心，随便说，何导就喜欢随便的……不，直接的人。”

冉霖总感觉有一天会被顾杰坑了。但看看友人一脸坦然，又看看何导脸上那跟友人如出一辙的表情，又觉得他俩可能投缘就投缘在性格上了，索性豁出去了：“悲观，就算结局是好的，看完也让人觉得没什么希望，心里堵得慌，所以感觉是特别悲观，特别丧。”

啪！何导猛一拍桌子，冉霖差点被吓得心脏骤停。

耳边还有拍桌回音呢，就听见何导爽朗笑起来：“顾杰，你这个朋友我喜欢！”

顾杰一脸得意，眉飞色舞：“我从来不会瞎推荐人！”

这两人底气都足，一人一嗓子，气氛就特热烈起来。冉霖不自觉咽了下口水，视线在两个人之间来回看看，有一种吃完这顿饭，就会被这二位架着逼上梁山的惴惴不安。

服务员也不知道是不是瞅准时机，偏这时候送上来烤好的三条羊腿，一人面前摆一条，视觉冲击力极强。就在冉霖以为马上就要大口吃肉大碗喝酒的时候，服务员端上来的却是一壶香茶。

和免费茶水不同，一闻就是特意点的好茶。仿佛看出了冉霖的疑惑，何关和蔼笑笑：“喝酒误事，咱们今天就大口吃肉，大碗喝茶。”

冉霖忽然也有一巴掌拍桌吼一嗓子的冲动——他也喜欢上这个从头到脚不按套路出牌的任性导演了，怎么办？！

茶香里飘着肉香，肉香里沁着茶香，也没有什么第一杯酒或者开场词，动筷仪式就何导一个字：“吃。”

“其实人的认知和感悟是会随着年龄增长而不断变化的，”饭吃起来了，何导话匣子也打开了，“没有任何一个导演的风格会一辈子不变，所以我这次反复改剧本，也是这个原因。编剧是我的老朋友，太熟悉我的风格了，写写就往老路上去了，可我这次偏偏就想拍一个没那么丧的故事。”

冉霖没料到这一次何导准备挑战自己：“阳光向上的？”

“那倒不是，”导演很认真道，“这一次我不准备加自己的感情倾向，就让镜头走客观纪实风，对于电影中的人或者事，不做多余评判，孰是孰非交给观众，争取做到你之前和我客气的时候说的，冷峻，完完全全的冷峻。”

冉霖想说，丧和冷峻不冲突，其实您之前的片子，就是冷峻风格的丧啊！但又怕打击到一腔热情陈述自己理念的导演。而且或许改变真的存在，只是那些东西只有导演自己懂，他没办法只用一顿饭的时间就走进导演内心，感同身受。

不自觉看顾杰，希望从伙伴那里收获一些灵感，以便更好地理解何导深奥的理论。结果一转头，友人根本没抬脸，正全力以赴与倔强的羊腿斗争。绝望叹口气，冉霖只好收回目光，求人不如求自己。

飞快思索之后，他总算能对何导刚刚的阐述提出一些自己看法了，兴奋抬脸，正要动嘴，又生生把话咽了回去。

何导估计是等半天没等来他说话，索性也埋头苦吃，誓要与羊腿决一雌雄。冉霖看看左边，又看看右边，良久的心情复杂之后，也甩开腮帮子吃起来！

《凛冬记》的签约再没出现任何变数，双方坐下来，稳稳当当签了合同，白纸黑字，红戳盖章。

回到保姆车上，王希转过身来，对着正在说话的冉霖和刘弯弯有节奏地敲两下椅背，那模样就像老师敲黑板，提醒同学们“画重点了啊”。

冉霖和刘弯弯中断交谈，一并抬头。王希看向自家艺人，一字一句的声音里透着骄傲：“从现在开始，你的身价，翻倍了。”

冉霖没想到一个合同带来的变化这么直接：“现在就翻？”

王希发现自家艺人对“翻”好像并不意外，倒是对时间点莫名纠结，不觉莞尔：“那说说看，你想什么时候翻。”

“当然是越快越好，”冉霖乐，“不过我以为至少要等到《凛冬记》上映呢！”

王希现在越看这位自家艺人越喜欢，连谈钱时候的庸俗，都俗得可爱，俗得俏皮，俗得清新脱俗：“圈里人都精着呢，尤其资方和品牌方的嗅觉最敏锐。明天，你签《凛冬记》的消息就会传遍，加上之前《落花一剑》积累的人气，稍微有点脑子的都能看出来你明年会火。等《凛冬记》上映再来找你？有钱都砸不出档期，黄花菜早凉了。”

翌日清晨，冉霖起床拿手机看时间，才发现陆以尧在夜里 3 点的时候发过一条微信——【恭喜签约，但是我记得某人好像说过不会再让我从别处知道他的事。】

冉霖对陆以尧神通广大的消息网投降。

8 月随着《凛冬记》的签约，落幕。9 月，天气渐渐没那么热了，虽然中午阳光还是有点烈，可早晚都凉爽起来。

正像王希说的，《凛冬记》的签约给了其他资方和品牌信心，也直接提升了他的身价，最直接的变化就是找上门的广告和本子变多了。

但这些动作快的人，大部分也都是想赚快钱的人，所以品牌和本子的质量都良莠不齐，王希挑半天，才给他定下一个饮料和一个男士护肤品的广告，至于本子，则是王希初筛之后，再把还算过得去眼的，递给他看。

顾杰打来电话的时候，冉霖就在看一个叫作《宋定伯捉妖》的电视剧剧本。其实就是“宋定伯捉鬼”，但碍于审查，把鬼改成了妖。整个剧本在原故事的基础上，增加了人物，进行了扩充，走的是玄幻轻喜剧风格，暂定拍摄80集。实话实说，编剧的二次创作还是挺可爱的，虽然看名字像雷剧，但剧情流畅逻辑也合理，本子是能达到及格线以上的，如果最终拍得好，说不定又是一部暑期霸屏剧。

可从演员的角度，冉霖还是对这样放飞自我的玄幻喜剧有点打怵。里面的角色都是跳脱的，夸张的，里面的剧情也是怪力乱神怎么热闹怎么来的，拍好了还能博观众一笑，暑期霸屏，但更多的是拍不好的，最终成了辣眼睛的“雷神”。

王希看着冉霖翻剧本的表情，就大概能猜到自家艺人的心理活动。

其实她对这个剧本也感受复杂，但最后还是拿过来给冉霖看，因为这个本子不是找的她，而是直接找的梦无涯，牵线人是老总的朋友，相当于高层对高层沟通。及至沟通得差不多了，老总才找过来王希，说我觉得这个项目不错，你让冉霖好好考虑考虑。其实有点赶鸭子上架的意思。

怎么个不错法？当然是片酬不错。

80集的体量，计划拍摄的周期只比《凛冬记》多出一个月，片酬却是《凛冬记》的几倍，同样让艺人干几个月的活，公司自然更喜欢这种买卖。

当然《凛冬记》那样提升艺人知名度和含金量的商业大作也需要，所以这个剧本也并没有撞《凛冬记》的档期，开机日定在明年4月。

“希姐，”冉霖合上剧本，郑重地对经纪人摇了头，“不行。”

王希看向冉霖，对他的回应不意外：“我知道你不太想拍这种戏，但从公司的角度……”

“不单是戏的问题，还有档期，”冉霖道，“和《染火》的拍摄时间撞了。”

自那次聚餐之后，《染火》这边就一直没有后续，王希还以为那件事黄了，忽听冉霖又提起，惊讶：“《染火》没吹？”

冉霖不明白经纪人为什么会这么想：“我那天回来不就和你说了吗，何导对我很满意，但要等剧本重新写好，才能过来和我签，不然演员都不知道自己要演什么，先定了容易出问题。”

上个月听到的汇报确实是这样，但王希以为这些都只是客气话，因为圈里面不了了之的事情太多了，一般都是让等，等等，就没有然后了，而且越快给出回应让等的，多半都是套路："所以不是婉拒，是真的让你等剧本？"

冉霖哭笑不得："真的是让我等。你如果跟何导吃顿饭就能明白了，他不是那种模棱两可的人，说一就是一，特别干脆直接。"

王希沉吟两秒，道："《染火》这个项目一拖再拖，开机日一改再改，你能确定这一次就准准的 4 月开机？"

冉霖语塞，迟疑片刻，才说："不能。但即便 5 月开机，6 月开机，档期还是错不开。"

"万一 8 月开机呢，档期不就错开了。"王希仔细回忆了一下何导的"黑历史"，觉得不是没有这种可能。

冉霖苦笑："希姐，你也说了是万一，那就是有九千九百九十九的可能，档期会撞，我不能冒险。"

"你就那么想演这个片子？"王希语气平缓，不是一个企图说服谁的态度，而是从自身经验，为冉霖想问题多提供一些视角，"或许这片子会得奖，但毕竟不是大投资大制作，片子风格所限受众面肯定也窄，对你开拓人气，实际上助益不大。"

"我想得很清楚，希姐，"冉霖坚定地看着自己经纪人，"如果我只是想红，想要人气，想有千万粉丝，这部片子可拍可不拍，但如果我想做一个好演员，这就是一次非常难得的机会，错过了，未必还有第二回。"

干希嘴唇微动，却没出声，似有话想劝，又不知该不该说。

冉霖等得着急，忽然乐了下，调侃道："希姐，你怎么想的就怎么说，和我还欲言又止，不是你的风格。"

王希没好气白他一眼："要真是一等几个月，你知道你会损失掉多少机会吗？"

"那也没办法，"冉霖耸耸肩，一脸无辜，"我已经答应了顾杰，说我会演，而且是在他反复和我确认之后，我不能食言。"

王希叹口气："你还真是够意思。"

冉霖实话实说："主要是怕他揍我，他那身腱子肉，放在古代就是打虎英雄。"

王希被自家艺人的没正经逗乐了，刚要再说话，忽然被冉霖的手机铃声打断。没等她看清来电显示，冉霖已经把放在茶几上的电话拿起来接通：

“喂……”

见冉霖没有起身走开的意思，也没有让她回避的意思，王希索性向后靠进沙发，耐心等待。

可听着听着，她就听出不对劲了，不，都不用听，光看冉霖的眉飞色舞，就知道这通电话不寻常。

“真的？那太好了……放心，没问题……我知道……懂，出尔反尔就绝交……”

王希刚拿起水杯喝一口，还没咽下，就被后半句话弄得差点呛着。还绝交？你们是幼儿园苗苗班的小朋友吗？！

挂了电话的冉霖没注意到自家经纪人的表情，直接即时通报：“顾杰的电话，《染火》剧本出来了，开机日也定了，4月3日！”

王希已经猜到了，但她更好奇的是：“又不是顾杰拍电影，你就算放鸽子，也是放导演鸽子，他干吗非要和你绝交。”

冉霖说：“因为是他把我介绍给何导的，也跟何导打了包票，说我是他哥们儿，他了解我的人品，绝对不会做出答应了又临阵反悔的事。”

王希看过太多利益面前口头承诺全是狗屁的事了，现在遇见这么两个艺人，就有种颁一面“正义双雄”锦旗给他们的冲动。

“什么时候签合同？”

“说是想尽快签，应该这周就会把合同发过来。”

“行了，”王希把《宋定伯捉妖》的剧本拿回来，“我去公司回掉这个。”

冉霖猛点头，一边点还一边帮经纪人出谋划策，“你就和老总说，我没准演完《染火》就得影帝了，前途一片金光闪闪！”

“你给我先把《凛冬记》演好吧！”

王希受不了地敲了他脑袋一下，不再耽搁，拿上包起身离开。

送走王希，冉霖抱着手机傻乐了半天，乐完了，立马拿过手机发信息——【何关何导新片《染火》，双男主，一个定的顾杰，另外一个你肯定猜不到是谁！】

正在吃午饭的陆以尧，看着手机上的信息，感觉自己的智商受到了一万点侮辱。

同一时间，离开冉霖公寓的王希马不停蹄回了公司。对着冉霖，她表现得“so easy（很容易）”，但只有她自己心里清楚，等下的回绝，会是一场恶战——拒绝这个，接《染火》，这一来一回，公司就少赚了近千万。

其他一些手底下知名艺人多的大公司，不差这点钱，甚至会安排一些偶像艺人零片酬出演高格调电影，怒刷存在感，但对于这几年只捧出了一个韩泽的梦无涯来说，没有什么比真金白银更实际的了。包括韩泽，在最初红起来的时候，也接了一些片酬很高，实则质量很坑的作品。

公司的逻辑很简单——公司捧红了你，你就要回报公司。

但艺人总想要发展得更好，更有利于自己前程的规划，一来二去，很多艺人，尤其是忽然蹿红的艺人，更容易和经纪公司发生纠纷。

然而这样对于年轻艺人其实是不利的，刚蹿红的艺人根基未稳，人气来得快去得也快，公司要真有心拖，拖也能把你人气拖没。

王希不想冉霖也陷入这种泥沼。她未必会带冉霖一辈子，但起码现在，她希望能尽己所能帮冉霖在个人发展和公司要求之间斡旋，取得平衡。

一路上王希把说辞翻来覆去酝酿，到了公司，先回自己办公室放下包，稍事休息，然后才打内线问助理小妹，老总在不在。不想小妹说正要给她打电话呢——老总在，而且知道她回公司了，要见她。

王希纳闷儿地去到老总办公室，推门进去才发现，屋里还有另外一个人，正和老总谈笑风生。那人王希认识，之前在奔腾时代共事过几年，后来她走了，再无联系。王希怀疑老总对奔腾时代有某种不可言说的情结，否则没道理一挖人就朝奔腾时代下手。

“不用我介绍，你们应该是老熟人了。”老总笑盈盈的，难得和蔼可亲。

“好久不见。”王希率先伸出手。

比她年轻五六岁的邓敏茹连忙起身，特客气地道：“希姐，以后还请多多指教。”

记忆中只是个小丫头片子，如今已是个厉害角色了，即便对方尽量收敛着，王希还是能感觉到对方身上的气场，因为那感觉太熟悉了——她们是一类人。

“以后梦无涯的经纪部就交给你们两个了，”老总的声音里都是殷切期盼，“希望你们带领梦无涯走向新的高峰！”

老总的厉害就在于明明是特别套路的鼓励，都可以在其中夹带私货——邓敏茹这是要和她平起平坐了。

王希敛下心思，笑容洋溢，正准备表一下忠心，比如“一定不辜负公司期望”什么的，老总却先一步，帮她把这些虚的都跳过了：“正好今天都在，等下你回办公室把韩泽的资料还有情况和敏茹交接一下吧，韩泽那边敏茹已经去剧组探班，当面沟通过了，没什么问题。”

王希没想到邓敏茹动作这么快，心里有点说不清道不明的不爽，但只一瞬，就散了。取而代之的反而是轻松，彻底和韩泽割裂的轻松。

“敏茹，”王希温柔开口，“能先到我办公室等一下吗，我还有点事情。”

邓敏茹多聪明的人，立刻懂了：“没问题，不着急，那我先过去了。”

随着“新同事”离开，办公室门重新关闭，老总的脸色沉下来：“怎么还非让人家坐办公室等你，下马威？”

王希能感觉到，这两年韩泽的不顺，连带着也影响了公司对她的信任度，所以老总一改前几年的客客气气，如今时不时就对她黑脸一下，以彰显自己的权威。若在以前，王希会火冒三丈，但现在，越是这样，她越要把姿态放低，一时爽没有任何意义，达到自己的目的才是正道。

思及此，王希露出无奈苦笑：“我是真有事情找您。”

老总挑眉看她：“什么事？”

“您之前给我那个剧本……”王希小心翼翼抬眼，“冉霖可能接不了。”

老总倒没发飙，只沉声问：“嫌戏不好？”

“不不，”王希立刻摇头，“戏很讨喜，而且片酬也很让他心动，但他之前已经答应了何导，去拍对方的新片。”

老总微微皱眉：“哪个何导？”

王希：“何关。”

老总指尖轻叩桌面，思索片刻，道：“推了。”

王希立刻提高声音，语调里好似还带着一丝惊喜：“我们两个想到一块儿去了，我也是这么和他说的！”

老总还以为王希要帮着艺人反驳自己，一时诧异。

王希继续道：“我给他分析得很透了，我说何导的片子受众面窄，对人气没什么帮助，然后片酬也低，一拍还经常没个定准的杀青日期。什么人喜欢拍何导的片子？要么是新人，甚至是没任何表演经验的素人，只要能上大银幕，怎么都是好的，要么就是大腕，不愁名气不愁钱，就想刷格调，提演技。像他这种势头正好，但还没真正站稳脚跟的，必须趁热打铁，尽可能多地出现在屏幕上，增加观众的认知度。这时候为了一部片子，一磨大半年甚至一年，是非常蠢的。”

老总听得顺耳舒心，甚至觉得由自己亲自来劝冉霖，都未必有王希讲这么好，不觉点头：“对啊，就是这样，该怎么选这不是很清楚了吗？”

“但是呢……”王希作出特别为难的样子，“他和我说的一个点，让我有点动心了。”

老总的好奇被勾了起来：“什么点？”

“他说吃饭的时候，何导亲自给他透露过，”王希凑近老总，低声道，“这部片子是筹备了好几年的，将来只要成片，国外电影节不敢说，国内电影节绝对会横扫。”

“喝酒不吹牛那就不叫喝酒了，”老总嗤之以鼻，“这你也信？”

“要是别人说的，我不信，但这是何关啊！”王希道，“他在国内什么声望，您了解，他的片子什么质量什么口碑，您也清楚，就算他和自己的巅峰时期没法比，秒国内现在这些粗制滥造的电影还是轻轻松松的吧！您想，如果冉霖真能凭这部电影拿到影帝，就不拿国外，拿国内的，在同年龄段明星里，那就算冲出来了，”王希再接再厉，“到时候不光片酬涨，代言的规格那得三级跳，光代言费，公司就能赚得盆满钵满。”

老总蹙眉沉思，似在琢磨这番光明前景的可信度。

“虽然这么说有点砸自己招牌，”王希趁热打铁，“但我带韩泽这么多年，都没真正为他争取到一个跟大导演合作的机会，更别说还是男主角，这一次是运气砸到冉霖头上了，不是他的运气，是咱们公司的运势到了，如果他不接着，错过一个机会事小，要把运势破坏了，我们就得不偿失了。”

做生意的人，不少都信风水命理，眼前这位老总恰好也是其中一员。所以说前面的时候他还犹豫，说到容易破坏公司的运势，他就有点坐不住了，理智上知道王希在忽悠，可心理上难免犯嘀咕。这种事就怕想，越想越像真的。

“何关那边片酬给多少？”再犯嘀咕，也还没忘利益。

王希犹豫一下，才说了个数。

老总脸直接黑下来，王希看得清楚，忙赶在被骂之前开口：“冉霖也知道让公司受损失了，所以主动提出拍完何导这部电影，一定让我帮他接个高片酬电视剧，如果片酬不高，那就集数多点也行，总之一定不能辜负公司这些年的培养，帮公司把损失补回来。”

老总心里总算舒坦点了：“他真这么说的？”

“我干吗要替他编瞎话，我签的是梦无涯，也不是他冉霖，”王希说得那叫一个坦荡，不过说完又转了话锋，道，“但是实话实说，这孩子确实挺懂事。”

老总点点头，颇为感慨：“这年头懂事的不多了，也算他知道感恩。”说完把后背往老板椅里一靠，“何导那部片子什么时候签约？”

王希：“最快这周，最慢下周。”

“行，那就这样吧，”老总说，“把这部片子的档期避开，看看有没有合适的电视剧，尽快签一个，争取把明年下半年的空档期填满。其他的不用急，等后年年初《凛冬记》一上院线，他的片酬还得涨。”

回到办公室，王希和邓敏茹就韩泽事宜，办理了交接。好聚好散，王希还是尽心尽力给邓敏茹提供了最全面的资料，包括她对韩泽的了解和规划等，当然采纳与否，是这对新搭档的事情了。

待到邓敏茹离开，已近下午 4 点。王希起身，看着窗外的高楼大厦，忽然觉得有点累。她离开奔腾时代之后，就来了梦无涯，曾经一度以为后半生的职业生涯就要跟梦无涯共存亡了。她也曾真的想过要将这家不算多有规模的公司带成业内翘楚。事实证明，她高估了自己，也高估了梦无涯。

喝了半杯咖啡之后，王希拨通了自家艺人的电话，没讲过程，只通报了结果：“《宋定伯捉妖》回了，《染火》可以签，但之后必须签一部电视剧帮公司赚钱，不能挑三拣四。”

电话里安静了很久，久到王希以为冉霖正酝酿小宇宙要和她发飙。终于等到听筒里传出声音，说的却是：“辛苦你了，希姐！”

王希怀疑是自己略显沉重和疲惫的语气透露了端倪，又或者自家机灵满分的艺人在拒绝这部电视剧的时候，就想到了可能发生的后续，但不管哪种，这句简单的话都让她的心里吹进一阵轻风，凉丝丝的，舒展，熨帖。

“不辛苦，”王希听见自己说，“把戏演好，别浪费任何一次机会。”

电话那头沉吟半晌：“我保证。”

10 月底，《裂月》杀青。这部戏不需要陆以尧瘦身，但拍完，他愣是瘦了十几斤，而且面容憔悴，皮肤暗淡无光泽，与电影中那个饱受人格分裂困扰的男主角，在气质上形成了高度统一。

早两个月就回北京的姚红，亲自去首都机场接他，见到真人的瞬间，差点没心疼死。好不容易穿过接机的粉丝群，进到保姆车里，姚红先给李同几个眼刀。姚红轻易不瞪人，一瞪就十分要命。

李同简直冤死，正有苦无处诉，陆以尧发现了情况，好笑道："红姐，李同非常尽职尽责，你如果真想替我逝去的容颜报仇，就去找导演。"

姚红没好气地看他一眼，伸手宠溺地捏捏他的脸："没事，瘦下去咱们再吃回来。"

陆以尧的脸本是都市轻熟男的感觉，一瘦，棱角就更分明了一些，于是虽然看起来憔悴，但却多了几许硬朗。可陆以尧还是喜欢自己从前的容颜。所以决定先养精蓄锐几天，恢复一下元气，再去和冉霖重逢。

北京的气温比厦门低很多，10月底，街道已经有了秋的萧瑟。陆以尧把车窗放下来一些，让清爽的风吹进来，吹到脸上，也吹走几个月来，电影中角色带给他心上的沉重压力。待到公寓的地下停车场时，陆以尧看着熟悉的环境，终于有一种自己回来了的真实感。不仅仅是空间上的，也是心理上的。

"好好睡一觉。"姚红不放心地嘱咐。

陆以尧点点头，下车。先一步下车的李同已经帮他拿好了行李，陆以尧却绕过李同，来到副驾驶窗前，敲了敲玻璃。

姚红不明所以，放下车窗问："怎么了？"

陆以尧道："一起上去吧，有点事情想和你说。"

姚红微微皱眉，不自觉警惕起来："有点？"

"好吧，"陆以尧无奈投降，"是很重要的事情，想和你好好聊聊。"

姚红有一种不太好的预感，可陆以尧看起来"我意已决，非聊不可"，况且能让他连休息都顾不上，就想第一时间聊的事，就算真躲开了，姚红也会惦记。索性下车，和司机说一声，可能要等得久一点，司机是工作室的老人了，早在各种通告中等出了经验，不以为意。

于是三个人一起进了电梯，回了陆以尧的住处。进门之后，李同就特自觉地拉着行李箱到客房，开始给自己老板往外收拾，陆以尧则直接拉了姚红坐到客厅沙发里。

姚红有点不想那么仓促开启这个目测不会太轻松的话题，便问："不用去换件衣服吗？"

陆以尧摇头，深吸口气，像做了某种重大决定似的："红姐，从现在开始我不想接新的通告了。"

姚红心里震惊，脸上却还绷得住，只微微颤抖的声音泄露了她的心情：

"为什么？"

陆以尧抓起姚红右手放到自己手中，轻轻握着，既是安慰，也是歉意："我想转行。"

姚红不可置信地看他："退圈？"

"不，"陆以尧说，"不退圈，但是要转行。"

"不做艺人了？"

"嗯，"陆以尧捧起经纪人的手，掷地有声，"做老板。"

姚红看他。他也看姚红。

经纪人忽然抽出手，用力掐他脸："你能耐了是吧，你还做老板，你咋不上天！"

陆以尧猝不及防，差点叫出声，反应过来之后连忙闪躲，哭笑不得："红姐，冷静，你听我说——"

姚红没办法冷静！她当了20多年经纪人，最得意的两个艺人，一个相夫教子，一个弃文从商，而且相比拿了影后急流勇退的前辈，陆以尧更让人惋惜，她还想送他上巅峰一览众山小呢！

李同扒着客房门框，犹豫着是冲出来还是不冲，冲出来的话是帮老板还是帮太后……人生的抉择真是太艰难了！

看着经纪人压抑着掀桌的冲动缓缓松开茶杯，陆以尧心里特别过意不去。他其实早就想和姚红说，但一来自己一直在剧组专心拍戏，二来姚红家里这几个月也总有事，于是拖到现在。今天也是他确实不想再拖了，才特意把姚红叫上来，面对面坦诚地聊。

"红姐，"陆以尧放缓声音，柔声道，"如果你不嫌弃的话，等我公司建起来，你能继续过来帮我吗？"

姚红一点精神都打不起来，抬眼皮瞥他："你都不当艺人了，还要我干什么？"

"我是不当艺人了，可我公司会签艺人，像冉霖的合约就快到期了……红姐你别瞪我……"陆以尧感觉自己这个"公私不分"的标签，在经纪人这里是贴定了。

姚红绝望，疲惫地揉揉太阳穴："我就知道你会签他。"

"红姐，我不是脑袋一热就做的决定，"陆以尧语重心长道，"未来我的娱乐公司，会签艺人，而且不止一个，也会自己投资项目，所以我更需要一个信得过的人，帮我来分担。”

姚红声音发闷，明显还带着气：“我不懂项目。”

陆以尧一听就知道自家经纪人已经松动了：“但是你懂艺人，到时候整个艺人部都由你来管理。我这么不思进取你都能把我带到这个人气，未来挑一些好苗子给你带，肯定一飞冲天。”

姚红斜眼看他：“你就往天上捧我吧！”

陆以尧一脸严肃，语气沉稳：“我说的是实话。”

这世界上最可怕的恭维，就是真话。姚红叹口气，作为一个俗人，她投降：“他合同什么时候到期？”

冉霖现在的待遇已经和伏地魔一样了，起码近段时间，是一个不能说名字的人。陆以尧在心里忍着笑，脸上却还一本正经：“应该还有两年，但具体后年几月份到期，我还没细问。”

姚红诧异：“你要为签他开公司了，结果他连合约的具体到期日都没告诉你？”

陆以尧定定看着自己经纪人：“我还没和他讲这件事。红姐，你知道得比他早。”

姚红：“所以我应该高兴吗？！”

# 第四十二章

突然听到陆以尧要转行的时候，姚红的第一感觉就是晴天霹雳。她甚至在“转行”两个字进入耳朵的瞬间，就脑补出了一个茫然的，四下环顾却不知该和谁继续打拼下去的，可怜的自己。

上一次被丘比特把合作多年的艺人夺走，姚红就经历了这样一段漫长的低谷期，最后是碰见陆以尧，才重新又有了斗志。如今陆以尧又要转行，姚红自觉年纪大了，真心扛不住。可陆以尧好像看透了她的心思，直抵要害——转行不等于分道扬镳，还是要继续合作的，而且合作得更深入，更密切，更高端。

姚红虽然嘴上不满、吐槽，但心里是实实在在松口气的，毕竟这么多年下来，陆以尧之于她的意义不仅仅是一个合作的艺人，更像一个她看着成长起来的晚辈，甚至是悉心培养的孩子，谁会舍得和自己孩子说分开就分开呢！

所以如果陆以尧铁了心不做艺人了，做个娱乐公司，他们换种方式继续合作，算得上最让姚红欣慰的结局——但暂时她还不能心平气和。

“别躲着了，出来吧。”头疼地看一眼扒着门框的小助理，姚红出声招呼，“他挑这个时候和我说，就没想瞒着你，但既然他这么信任你，你也别辜负。”

“红姐陆哥你们放心，”李同一溜小跑出来，站在二人面前指天发誓，“我李同要是把今天听见的事情对第四个人说半个字，我就……”

姚红和陆以尧挑眉看他，莫名期待。

“我就……”李同艰难咽了下口水，起誓的手指绷紧，“我就一辈子单身！”

陆以尧扶额：“也不用这么毒。”

李同放下手，又恢复了嬉皮笑脸。

姚红也服了他的没心没肺，提醒道：“虽然说这些还早，但你也得想想以后的路了，如果还想做这一行，我可以帮你介绍其他艺人。”

“我不走。”李同斩钉截铁，相比发誓的踌躇，此刻倒无比坚定，“陆哥不是要自己开公司当老板吗，那公司肯定缺人手啊，我想继续跟着陆哥干。要是陆哥自己不需要助理，那就看哪个岗位适合我，我就干哪个，要是有助理部一类的，当个部长副部长我也不挑。”

“美得你！”要不是对方站着，她坐着，高度差太多，姚红绝对要敲他脑袋。

李同吐吐舌头，嘿嘿一乐。陆以尧倒觉得这个提议很有建设性，一边摸下巴一边微微点头：“可以考虑。”

姚红觉得自己迟早被这两个熊孩子气死！

转行这种重要的人生大事，自然不可能一天聊透，况且姚红现在仍处于冲击中，很多事情还需要冷静下来再细想。

幸而来日方长，他们还有足够的时间规划。

“行了，你这几天先好好休息吧，”姚红一拍沙发，起身，“等缓过劲来，我们再好好研究研究，奔腾时代那边也要打声招呼，毕竟我们是从那里出来的，虽然这两年基本独立了，但名义上还是挂在集团下面，于情于理，都要通气。”

陆以尧知道姚红已经站到他这一边了，或者说，姚红一直都在他这边，不管他怎么任性。

“嗯，我明白。”陆以尧跟着站起来，真心道，“谢谢你，红姐！”

姚红没好气地看他一眼：“你让我省点心就行了。”

送走姚红和李同，陆以尧彻彻底底泡了个澡。但因为泡得太舒服了，中间竟然睡着了，幸好姿势正确，双臂在两边平搭，头颈枕在浴缸顶部凹槽，长腿顶住浴缸末端池壁，他的睡相又很安稳，于是除了醒来时水温稍凉，并没有发生身体滑到浴缸里然后被呛醒的惨剧。不过惜命的陆老师还是有些后怕，并发誓下一次泡澡绝对要定个安全闹钟。

吹干头发，陆以尧看看镜中的自己，一声叹息。两颊微陷，黑眼圈明显，胡茬参差——导演不让刮太利落，非要这种不修边幅的效果，外带已经有些长了的头发，实在看得他心酸。

犹豫再三，陆以尧还是往手中挤出剃须泡沫，均匀抹到下巴上，然后拿过剃须刀，决定恢复昔日光彩容颜的第一步——由下巴开始。

刚刮第一刀，洗手台上的电话就响了，来电显示里“霍云滔”三个字跳得欢快。陆以尧没移动手机位置，只滑下接听，顺带按了免提，说了声“喂”之后，继续手上的动作。

“喂，到家没？”霍云滔知道他今天几点的班机回来，所以算准了时间慰问。

“到了。”陆以尧不敢嘴巴动作太大，所以说话有点含糊，加上手机本来也没放在嘴边，于是传到霍云滔那边的声音就更模糊缥缈。

霍云滔莫名其妙：“你干吗呢？”

陆以尧见应付不过去了，只能叹口气，先放下剃须刀，然后顶着一下巴泡沫拿起手机，对着道：“刮刮乐。”

霍云滔蒙：“啥？彩票？”

陆以尧翻个白眼：“刮胡子呢，刮得越干净心里越乐呵，刮刮乐。”

霍云滔已经不想评价老友的神比喻了，他更在意的是：“你几个月睡眠不足昏天黑地赶工，杀青回家第一件事不是睡觉是刮胡子？！”

“这是回家第一觉，我不能就这么上床，”陆以尧有自己的坚持，“这不符合我的审美。”

“所以呢，你准备刮完胡子再做个头发？”

“不能了。我现在的体力就剩一格电，只够支撑我刮完胡子。”

“谢天谢地，”吐槽完，霍云滔才带着坏心眼道：“冉霖肯定不知道你在自恋领域已经登峰造极。”

“他好像知道一点……”陆以尧回忆彼此相处的种种，总觉得冉霖已经看穿了部分真相，“但应该没有你这么透彻。”

“肯定没我这么透彻，”霍云滔说，“否则他跟你绝交了。”

陆以尧无言以对。

挂上问候电话，陆以尧心情愉悦地刮完胡子，看着镜子里已经回来三成风采的自己，颇为满意。总算抱着手机扑进柔软大床，陆以尧进入微信，目光逐渐变得温柔——【我回来了。】

发完，他彻底踏实下来，在久违的带着熟悉味道的自家大床里，安然入眠。

冉霖 10 月份回了一趟家。

《凛冬记》的拍摄时间是三个月，因为大部分工作都在后期特效，演员的戏基本集中在绿棚里，所以实际拍摄的周期反而没有想象中那么长。可因为想赶在后年 2 月份的大年初一上映，而这样的大片后期制作普遍都要耗时很长，所以为了尽可能给后期时间，拍摄肯定会很紧张地往前赶，那就意味着，过年期间剧组也不会放假。《凛冬记》之后又要马不停蹄进《染火》剧组，想回家，得是下半年以后的事情了。

所以趁着眼下有时间，冉霖索性回家待了一周。家里没有任何变化，包子铺还是那个包子铺，老街坊还是那些老街坊，亲妈依然勤快干练，亲爹依然半工半闲。

除了《落花一剑》的片酬，后面广告和通告的酬劳，冉霖也都分了一半给家里，虽然说是让亲妈帮着保管，还是希望能改善家里的条件，并且每次打电话的时候，一听见家里没用他的钱，他都觉得有些无力，不知道如何才能让父母别这么辛苦。可等真回到家，看着还是老样子的一切，看着红光满面的爹妈，他又觉得其实这样挺好。

人这一辈子，图的就是一个舒坦，这是爹妈最自在的生活方式，有自己的营生，有骄傲的儿子，足矣。而且也不是没有任何改变的。

从前回家时，父母会操心他的未来，会精打细算为他存钱，攒老婆本，可这次再回来，他能明显感觉到父母的轻松，那是卸下了心头重担的，由内而外的轻松，是不用再替儿子操心，反而还能沾儿子光的轻松。

拉着他跟街坊四邻吹这种事就不用赘述了，反正他回来这些天，已经去店里坐镇了好几次，认识的不认识的街坊，都过来参观过了。虽然有点窘，但能成为父母的骄傲，是冉霖这辈子最得意的事。

仿佛一辈子都不会变样的家乡是冉霖的充电站，待回到北京，元气满满。

王希应该是预料到了他超好的精气神状态，所以在他抵京的转天，就送来了《染火》后面接档的剧本——

“《灯花传奇》？”冉霖看着剧本封面上的四个字，瞬间脑补出来的就是一盏油灯，于斑驳窗前，摇曳出噼里啪啦的灯花。

王希有点担心地盯着他，不放过自家艺人脸上一丝一毫细微的表情：“还扛得住吗？”

冉霖艰难回望自己经纪人：“得看有多少集。”

王希哭笑不得，指指剧本封面最上面一排黑体字：“这不写着吗，60集古装神话电视剧。”

“那还行……”冉霖紧绷的神经松开，“我以为要八九十集呢！”

“80天，”王希拍拍他肩膀，“忍忍就过去了。”

冉霖愣住：“拍摄周期还不到三个月？”

“快餐剧都这样，横店里这种剧组一扒拉一堆。”王希也颇为无奈，“这是我看过的本子里，还算过得去的了，感情线挺细腻的，如果好好演，说不定你就是滚滚天雷阵里最清流闪亮的那颗星。”

“听起来也并没有让人很向往。”冉霖哭笑不得，伸手轻轻拂过剧本封面，几乎带着敬畏心。

王希看着他一脸生无可恋，忽然毫无预警地问："后年6月底你合同就到期了，有想过未来吗？"

冉霖还沉浸在仙魔大战的灯花世界里呢，乍听见王希的话，没反应过来。

呆愣半晌，才诚实道："还没。"

合同刚过两年的时候，他倒是真想过，期满就转行，可那之后他就在机场撞见了陆以尧，接下来两年，整个事业轨迹就像从旋转木马切换到了急流勇进，风驰电掣里他光顾着抓紧扶手了，只想着拼尽全力把眼前的戏演好，通告完成，哪还顾得上那么长远的以后。然而王希这么一提醒，冉霖才发现，其实不远了，他六年的合同，只剩下一年零八个月。

"想和梦无涯续约吗？"王希又问。

冉霖怔了下，不太确定道："希姐，是公司让你来问我的吗？"

"不是，"王希平静地看着他，"希姐以个人身份，问你。"

冉霖垂下眼睛，说实话，他对于王希，还是有一点芥蒂的，毕竟曾发生过剧版《凛冬记》的事，而且王希也不止带他一个艺人，他真的没办法断定能不能完完全全和王希坦诚讲自己的心里话。

"我现在只有你一个艺人，"王希忽然道，"你的决定也会影响我的未来。"

冉霖震惊抬头："只有我一个，是什么意思？"

王希露出轻松微笑："韩泽交给新来的同事带了。"

王希的五官偏英气，所以不苟言笑的时候，气场凌厉，可越是这样，等她真笑起来的时候，越显得温柔妩媚。

"为什么要换人带？"

冉霖没指望王希说真相，要知道换经纪人这种事，通常是双方之间出现了不可调和的矛盾或者无法挽回的事情，才会如此，因为彼此是利益共同体，又是合作多年知根知底，更换的成本太高了。所以他嘴上这样问，实则已经自己脑补了各种各样的可能。

却不料王希的回答是："他不要我了，执意换，我总不能赖着不走。"

冉霖心里倒抽一口气，"不要我了"这个说法真的太容易有歧义了，王希是真的以为他不会多想，还是根本不怕他多想？

真相如何，冉霖没办法判定，可王希说话时，眼底一闪而过的受伤，他看得分明。忽然之间，冉霖觉得真相是什么无所谓了，过去的已经过去，每个人都要往前看。况且，如果没有王希，如果他还是康回在带，怕是现在连《灯花传奇》这样的电视剧都接不到。

“我要你，”冉霖声音很平缓，但每个字，都绵里带刚，“他没眼光，我不一样，我火眼金睛。”

随着冉霖的尾音消散，小公寓内的空气，慢慢安静下来。

良久，两个人都没说话，只互相看着。

终于，王希的眼底开始有明显的动摇，强装的镇定裂了缝，透出藏在最深处的情感：“你不是我的菜。”

冉霖：“你全给我也接不住！”没好气地吐槽完，冉霖又乐了，然后一本正经补充：“给我‘女战士’的部分就行。你前线杀敌，我后勤补给。”

王希对这么“合理”的分配，竟无言以对。果然，“搭档情深”的戏码不适合她。王希以前觉得姚红那种能和自己艺人处成亲人的绝技，是需要秘笈才能修炼的，现在她终于明白，有秘笈也没用，那是天赋属性。

“要不要续约的事情，我之前确实没考虑过，”冉霖把话题拉回正轨，“但如果你现在问我的话，我可能会倾向于……否。”

对着一个并非和自己签约，而是和公司签约的经纪人，在合同还有一年零大半年的时候，说出“不续约”需要多少信任？王希以为至少要等她把和韩泽的破事全坦白之后，冉霖才会给予她这样的信任。

因为如果她转头就告诉公司，可能从现在开始冉霖就再接不到新工作了，《灯花传奇》之后直接被雪藏；也可能冉霖会被叫回公司谈话，晓之以理，动之以情，总之就是车轮战一样洗脑。

可冉霖就这么说了，真诚，坦荡，和之前的“我要你”扣成了一个首尾呼应的圆。

“那你是打算自立门户，还是换家经纪公司？”明明心里情绪翻涌，可说出来的话，却只是干巴巴的公事公办，王希都想抽自己。

冉霖没觉出什么，很自然道：“我还没细想。希姐，你既然这么问我，是不是已经替我想了一些？”

王希按下心中纷乱情绪，冷静分析道：“如果这两年你按部就班拍戏，发展顺利，解约的时候……不，快要解约的时候就一定会有很多公司联系你，向你伸橄榄枝。签公司的好处是资源会更广，毕竟背靠大树好乘凉。但反过来，只要签公司，无论这家公司多大，多好，一定都会遇见你现在遇见的问题，就是公司的意志有时候是会凌驾于你之上的，你只有相对的自主权，而不是绝对。”

看着冉霖慢慢陷入沉思，王希忽然想到另外一种可能：“还有种特殊情况，就是你的戏大爆，你本人蹿红，或者某家公司就是相中你了，非要提前过来挖你，甚至愿意为你付违约金。”

最后这种可能，脑补一下还是充满了舒爽的。但也就是爽一爽，真正落到实处，冉霖还是想遵守契约：“就算最后不续约，我也想好聚好散，毕竟是梦无涯把我带进娱乐圈的。”

王希点点头，不再言语。她欣慰于冉霖的知恩感恩，但比冉霖更清楚，所谓“好聚好散”，在利字当头的圈里，其实是挺难的。

不过这些冉霖没必要考虑，她只需要知道冉霖的态度，剩下的，她来做。

思及此，王希轻轻呼出一口气，抬头：“估计你也不用我嘱咐。”

“今天的谈话保密。”冉霖替她说完。

王希皱眉白他一眼：“以后不许抢答。”

冉霖眨下眼，天真又无辜。

临走的时候王希想起来什么似的，问：“东西都收拾好了？真不用弯弯跟着？”

冉霖莞尔：“真不用，本来就是去体验生活的，你见过哪个刚出狱的无业青年随身带着助理。”

王希被堵了个哑口无言，最后只能说：“好吧，注意安全。”

送走王希，冉霖想用手机刷刷微博，遍寻不到，最后才在卧室床头柜上发现了，也不知道什么时候顺手放到那里的。

拿过手机，冉霖才看见陆以尧的信息。

【欢迎回来。】——冉霖难耐的心情和他平静的回复截然不同，数月未见，他现在特别想直接奔到陆以尧家大门口。

陆以尧没回，冉霖想着他应该在休息，没打扰，抱着《灯花传奇》啃起来。

整个下午，冉霖都躺在床上看剧本，三魂七魄全部沉浸在妖魔鬼怪满天飞的世界里。其实故事没有想象中的那么雷，轻快中二风，男女一号感情线为主，再加妖魔大乱斗，欢欢喜喜，热热闹闹。

故事的起因还真是一个酸秀才苦灯夜读，结果十年如一日读下来，没中举，倒让一直陪伴着他的油灯，成了精，动了凡念，最终引出了一段轰轰烈烈的爱情。不过那秀才后面也不考功名了，而是在经历过一次生死劫之后，有了武力值，由手无缚鸡之力需要女主保护的书生，摇身一变成了能保护自己女人的真英雄。被手机提示音从神魔世界里拽出来的时候，冉霖想的竟然是，这故事还挺励志的。

陆以尧——【刚睡醒，才看见信息，你在哪呢？】

冉霖一看就懂了，陆以尧在家里，所以问他在哪，是为了确认方不方便更直接地联系。

不用回答，冉霖直接拿行动表示——发送视频邀请。

两秒钟后——【对方已拒绝。】

冉霖猝不及防，立刻敲字——【没在家？】

陆以尧——【在。】

冉霖——【家里有其他人？】

陆以尧——【没有。】

冉霖皱眉——【那怎么不接视频？】

陆以尧——【不好看。】

冉霖——【啊？】

陆以尧——【太憔悴了，不好看。】

冉霖一口老血梗在胸口。

遇见个水仙转世的孔雀，他真的很绝望啊！

冉霖——【接视频！！！】

陆以尧——【点头如捣蒜。】

早这样不就结了，非逼他使用暴力。冉霖在心里翻个白眼，第二次发过去视频邀请，对面几乎是秒接，速度快到冉霖眼皮还没翻回来。

“你是有多嫌弃我？”陆以尧看着屏幕里的白眼，心说果然不该视频。

冉霖没工夫解释，他全部注意力都放在陆以尧脸上，从上往下看，从下往上看，从左往右看，从右往左看，仿佛陆以尧的脸是张航海图，而他是船长，务必要看得非常仔细，不能有一丝一毫疏漏。

陆以尧被看得狼狈，索性劝他：“放弃吧，你记忆中那个风华绝代的美男子已经被《裂月》剧组报销了，再看也找不回来了。”

冉霖叹口气，和他商量：“既然是我记忆中的男子，是不是应该由我来添加形容词？”

陆以尧非常好说话："那就直接去掉风华绝代。"

冉霖黑线："'美'不可动摇是吧。"

陆以尧郑重点头。他忽然想起什么似的，也不逗冉霖了，一本正经道，"哦对了，每次回来都跟着我的三个狗仔没了。"

"放弃你了呗，跟这么久也没跟出什么料。"冉霖都替狗仔心酸，挑谁不好，挑这么个严于律己的。

"要是所有狗仔都不拍我就好了。"陆以尧淡淡叹息。

冉霖发现自己不应该替狗仔心酸，狗仔好歹还守过陆以尧家的，他压根连陆以尧家楼什么样都没见过呢！叹口气，冉霖压下心酸，道："没有'要是'，你就是这么红，不盯你盯谁。"

陆以尧说："你以后会比我还红的。"

冉霖多希望他是铁口直断。

正畅想美好未来，就听见陆以尧问："还是明天走吗？"

冉霖回过神，无奈点头："嗯，所以恐怕见不着你了。"

陆以尧一脸无所谓："我现在这个模样，你就是来找我，我都不见你。"

冉霖："喂——"

陆以尧知道冉霖明天就要出发去武汉，为《染火》体验生活的事，也知道等12月份体验回来，保养恢复十来天，就要进《凛冬记》剧组，但《染火》后面又签了个电视剧，是他始料未及的。

"什么电视剧？档期一定要接得这么紧密吗？"有好戏拍自然是连轴转也值，但那是从奋斗的角度，如果从自己人的角度，陆以尧还是担心冉霖的身体吃不消。

结果问题抛过去了，对面迟迟没回应。

陆以尧疑惑皱眉："怎么了？签了保密协议，暂时还不能透露剧名？"

"不是……"冉霖心说这种剧哪会签什么保密协议，就是单纯有点难以启齿。

正犹豫，眼神忽然瞄到枕边剧本，冉霖索性拿过来亮给摄像头对面的陆以尧看。陆以尧第一眼就看见了《灯花传奇》四个字，心情正微妙，就看见上方一排"60集古装神话电视剧"，于是微妙彻底成了复杂。

"你喜欢这个本子？"陆以尧还是抱着一丝希望，"讲什么的，说来听听。"

“你不会想听的，”冉霖知道陆以尧的注意力都放在自己又新接一部戏上了，根本没仔细听刚才的话，只得又重复一遍：“公司帮我接的。”

陆以尧这一次听清了，也基本明白了，“没的商量？”

冉霖摇头：“没的商量，必须接，之前已经为《染火》推掉一部 80 集的剧了，片酬很高，这次再推，我就等着被雪藏吧。”

陆以尧沉吟片刻：“你合同后年几月到期？”

冉霖怀疑今天是个特殊日子，否则为嘛有一个算一个都开始和他聊合同。

“6 月 30 日。”冉霖已经印在脑袋里了。

陆以尧定定看他：“到期之后还想续约吗？”

冉霖乐了：“你和希姐商量好的吧？”

陆以尧不解：“嗯？”

“她中午才来过，”冉霖说，“给我送这个剧本，顺便和我聊了两句以后的打算。”

陆以尧警惕起来：“你怎么说的？”

冉霖道：“实话实说，不想续约了。”

陆以尧第一反应是无语，可又一细想，冉霖不是那种糊涂蛋，索性按住吐槽，谨慎道：“你不怕她回去和公司说？”

冉霖摇头：“我觉得她不会。”

陆以尧扶额：“如果‘觉得’可靠，法庭判案就不需要证据了。”

冉霖瞪大眼睛看屏幕：“我第一次见你就觉得你特别帅。”

陆以尧：“有时候‘觉得’也是可靠的。”

冉霖：“你的原则呢？！”

陆以尧在啪啪打脸中反思，记住了话不能说太满的深刻教训。

冉霖忍着笑，公布：“韩泽交给别人带了，现在希姐就带我。”

陆以尧惊讶：“真的？”

冉霖点头。

“他们之间发生什么了？”

“我没问，但感觉希姐挺伤心的。”

陆以尧沉默下来，不知在想什么。

冉霖以为他还在担心王希，便道：“接《染火》的时候，是她说服了公司，把那部高片酬电视剧推掉的，不用问我也知道她肯定顶了很大的压力，为我做了很多工作，所以我相信她。不过你也放心，我们两个的事情我不会和她说的，毕竟这件事特殊。”

“我不担心我自己，我是担心你。”陆以尧叹口气，“你把人都想得太好了，我担心你吃亏。”

“事实上我周围的确都是好人。”冉霖咧开嘴，莫名自豪。

陆以尧喜欢看冉霖笑，一笑起来，世界都亮了，跟打了光似的。

“那你说不想续约了，王希什么反应。”陆以尧言归正传。

冉霖说：“她帮我分析了另找公司和自立门户的优劣势，但没聊太多，毕竟眼下还有好几部戏要拍，合同的事情不急，不过她嘱咐我，聊的这些要对别人保密。”

陆以尧：“然后你转身就告诉我了？”

冉霖：“你不是别人。”

《染火》这部片子需要去取景地体验生活的事，是吃羊腿那天导演就提到过的，但真正定下来，是在签《染火》合同的时候。体验地就在影片的取景地，武汉某城中村。导演希望两个年轻演员能放下所谓明星的自我良好感，融入环境，观察周遭的人，真正找找市井的烟火气。

《染火》最终敲定成型的剧本，是一个发生在武汉城中村里的故事。片警小顾，警校毕业之后就被分配到了这里的片区派出所，一干就是三年。虽然身处武汉这个大城市，但小顾三年来活动的范围，很少出这片城中村，以至于他这个外地人对武汉的印象，除了热干面、鸭脖、豆皮等美食，就剩下听不太懂的口音，和这片楼挨着房，私接电线杂乱，随便搭个违建就叫门市房，最后愣是搭出一条小商街的城中村。

生活在这里的大致有两种人，一种是本地人，也就是这片城中村的业主，多半手里都握着几套房子；一种是漂在这座城市的打工者，也就是租客，他们大多是刚毕业的学生、外来务工人员或者其他社会闲散人员，收入有限，只能选择房租便宜的这里。而业主们为了多挣些租金，会把原本只有两室或者三室的房子再隔出四五六室，有的干脆把两套相邻房子打通，再间隔，最大限度利用空间。

人员越混杂，事情便越多，小顾每天忙得连喝口水的工夫都没有。但调解邻里纠纷这样的事情在他看来太过鸡毛蒜皮，不是他想要的，他真正想做的是一名刑警，想办大案，可即便城中村发生了刑事案件，甭管大小，一律都要交给刑警队处理，小顾最多也就是帮着摸排一下基层情况。就在一个平淡无奇的日子里，片区民警重点注意人员名单上多出一个人——狄江涛。

因抢劫入狱6年，近来刚刑满释放的二十四岁无业青年狄江涛，成了这里的租客。很多刑满释放人员回归社会后，都可以重新融入，开启新的生活，但也不乏融入失败，或者根本不想融入，最终再次走上犯罪道路或者酿出其他祸端的人。而作为基层民警，为了防患于未然，对这些人在出狱初期采取不打扰到对方生活的暗中关注，是必要的工作。一旦确定人家正常生活，没有不安定因素，这关注也就悄悄撤了。

但狄江涛不对。确切地说，就在小顾已经认定对方是个浑浑噩噩混日子的无业青年，除了啃老，没有其他大毛病的时候，狄江涛出现了异常——他在监视楼下小卖店的店主。

小顾不知道这个苍白瘦削的有过不良前科的青年要干吗，但直觉告诉他，有问题。于是狄江涛监视小卖店店主，他监视狄江涛。但后来他慢慢发现，小卖店店主，似乎也在监视着另外一个人，一个再平常不过的住在这里的本地人，五十多岁的老张，离异无孩，自己住一套房，租出去两套房，每日收收房租，打打牌，遛遛弯，一个挺和蔼可亲的大爷。

于是螳螂捕蝉，黄雀在后，可黄雀后面还有一双眼睛的故事，就这么开始了。而最终揭开的真相，是小顾和狄江涛都始料未及的。

拿到剧本的当晚，冉霖就把这个故事从头到尾看完了，合上剧本时，过程中出的一层层冷汗已经散尽，只剩下心中一片唏嘘。

他不知道何导坚持要修改的前几版剧本如何，起码最终发到他手里的这个，精彩绝伦。即便抛开导演想要表达的深层现实意义，诸如城市化建设、城中村改造、人固有的生活习惯和精神气质与急速变化的社会形成的冲撞这些，只单看表面的故事情节，依然是一部风格冷峻环环相扣的优秀犯罪悬疑片。

任何一个真正喜欢演戏的人，拿到这样的本子，都会激动难耐。冉霖甚至把他和顾杰和小卖店店主的几场重要对手戏反复地看了几遍，偶尔到了亢奋处，不自觉就把台词念出了声。可一出声，剧本的气氛就被破坏了——他的声音里根本没有狄江涛的阴郁、暴躁、困顿和委屈。

那是一个想融入社会，又不知该怎么融入，想和家人重修旧好，却始终不懂得正确的沟通方式，最终只能逃避到这里，摆出一副“你们不待见我，老子还不待见你们呢”的姿态，同整个外部环境较劲的人。

关起门来，他会抽自己，悔恨当年的误入歧途，可走出去，他又是一副爱谁谁的模样，拧巴得让人心疼。

冉霖只和陆以尧说了要去体验生活的事，并没有讲太多《染火》本身的故事内容，可在和陆以尧的视频快要结束的时候，他忽然感慨一句：“你真的瘦了很多。”

陆以尧没料到话题又转回到了自己的容颜上，但因为已经视频半天了，好看不好看，这张脸都不是秘密了，反而坦然起来：“你不是聊了这么久，才发现吧。”

冉霖没接茬，而是又问：“你怎么瘦下来的？”

“赶工啊！”陆以尧简直不想回忆那段日子，当时专注投入，没觉出什么，可现在回过头一想，真是满满血泪，“一天就睡两三个小时，剩下的时间都在开工，而且演的还都是自我折磨的挣扎戏，你现在还能在视频里认出我，都是庆幸的。”

“哦。”冉霖仔细听着，若有所思。

“你问这个干什么？”陆以尧眉头微蹙，察觉出不妥，“可别告诉我你想减肥。”

冉霖忽然伸手用虎口掐住自己两边腮帮子，一捏，嘟出鱼嘴咕哝着问：“你不觉得我的脸有点圆吗？”

陆以尧翻个白眼：“谁说你脸圆，我出钱给他配个顶级显微镜。”

冉霖乐了，松开手，解释道：“也不是说胖，就是我现在的模样看起来是没吃过苦的，不是富二代也是小康，但本子里的角色是刚出狱的青年，是苍白和瘦削，可能还有点憔悴。”

“所以你也要把自己弄憔悴了？”

“起码外形上能更接近一点。”

“虽然从私人角度我还是欣赏你白白净净吃饱喝足的样，但如果你真认为角色需要，那可以用一些方法让外形更贴近角色，”陆以尧说到这里停顿一下，郑重看向冉霖眼睛，沉声道，“但不能伤害身体，这是红线。”

冉霖看了他一会儿，才认真点头：“懂。”

陆以尧满意，刚想夸他“乖”，就听见那边又道——

“我就是真减肥也要等《凛冬记》之后，不然瘦成纸片人的小石头，还怎么带兄弟扫平九重天。”

陆以尧不确定是不是自己的错觉，反正每回听见冉霖说“扫平九重天”的时候，他好像都能感受到对方语气中的一丝兴奋。

但愿《凛冬记》的道具组扛得住。

及至视频结束，陆以尧也没提他想转行的事。倒不是想瞒着冉霖，只是其他事情都可以电话聊，唯独这件事，他想当面说。

从北京坐高铁到武汉，只需要 5 个半小时，最快的一列高铁车次，甚至只需要 4 个半小时，而飞机需要提前过安检候机，下飞机后还要驱车几十公里从机场赶往市区，两相比较，高铁反而较少奔波，所以当同行的顾杰打电话来商量能否坐火车的时候，冉霖一口答应。

11 月初的北京，最低气温已在 0℃左右，最高气温也不过 11℃～12℃。冉霖穿了款黑色卫衣，外搭黑底白道的休闲马甲，都是单衣，不抓绒，无加厚，所以一下车就被风打透了，在瑟瑟寒意中打了个喷嚏。

好在很快进站，过完安检，进入候车大厅没一会儿，便排队检票了。

汹涌的人流里，大家都只关注自己的行李和车票，跟着大部队往前走，没人注意到他这么个戴帽子戴口罩的小青年，及至进了商务座车厢，找到自己位子坐下，冉霖才摘下口罩，舒出一口气。

看了眼身边空荡的座位，冉霖不自觉皱眉——顾杰还没来。

商务座车厢里空间很宽敞，座位并不密，一面两排座，一面单排座，他和顾杰的位子在两排这边，他靠窗，顾杰靠过道。

眼看着大部分乘客就座，车厢逐渐安静下来，还不见小伙伴，冉霖有点没底了。正掏出电话准备找人，后方忽然传来急促的脚步声，冉霖和全车厢人一样探头往后看，就见自己伙伴如黑旋风一般，呼啸而来。

顾杰只穿一件单 T，戴了一顶鸭舌帽，没戴口罩，不过就这狂奔速度，估计谁也看不清他的脸。一口气跑到冉霖这里，脚下急停，身体随之落座，身手无比迅捷。落座之后，这位伙伴才气喘吁吁摘下双肩包。

“非得这么惊险吗？”冉霖简直不知道该夸他还是该吐槽，“就不能提前几分钟？”

“司机给我拉南站去了，幸亏我及时发现，奔回来，要不你就只能独自上路了。”顾杰一把辛酸泪。

冉霖窘，看着满头大汗的伙伴，有点不忍心了，不过——

“怎么会拉到南站呢？”

“我记错了，顺口就和他说去南站。”

跑吐血都不冤好吗！

好在有惊无险，随着火车开起来，车厢里慢慢安静，大部分起早赶车的人，这会儿都开始闭目养神。窗外的景色由市内变郊外，视野陡然开阔，天高，地广，明明已入秋，却还是一片勃勃生机。

顾杰开了罐红牛补充能量。

冉霖看着窗外发呆，什么都没想，只静静看着，难得放空。

仔细想想，这两年来，他不是在赶通告，就是在家里啃剧本，即便闲了，也是公寓附近转转，很少有这样纯旅行的机会。

虽然说是体验生活，但其实就和旅行差不多。去往一个未知的地方，体验一场未知的旅途，不知前路如何，但满心期待。

沿途的景色很美，5 个半小时，几乎一晃而过。

刚走出车站，冉霖就把马甲脱了——正值中午，又是个大晴天，这里的气温比北京暖和许多。

武汉站修得漂亮大气，波浪形的钢结构穹顶，通体玻璃幕墙，像机场似的。怎么看都充满了现代气息，而且是现代时尚的大城市的气息，与《染火》剧本中的那个世界无论如何都搭不到一起。可等两个人打车直奔何导给的地址，再下出租车的时候，感觉就来了。

呈现在他们面前的是一幢幢挨得极近的楼房，楼层不高，墙体斑驳，看起来年代久远。地面是柏油路，但因为缺乏修缮，已经坑坑洼洼，一条极窄的水流沿着马路牙子往下水井里缓慢地淌，看不清颜色，也不知道是什么水。路转角的垃圾桶已经满溢，一些装着垃圾的塑料袋散落在它的四周，散发着不大好闻的气味。

路两边小店林立，有特色小吃，有超市，有饰品店，有中介，还有日租房等，一个门市挨着一个门市，一个档口挨着一个档口，招牌各异，但都以醒目为主，几乎可以满足一切能想得到的生活所需。

抬头远眺，楼宇间拉着凌乱电线，很多阳台都晾着衣服，但楼与楼的距离之近，总感觉伸手就能捞到两件对面人家的衣服。收回视线平望，则是被一些随意停放的车辆堵得更狭窄的小路。

正午时分，站在路中间太阳底下实在过于醒目，来来往往的人都要瞄他们两眼，在顾杰给何导打过电话之后，两个人索性躲到路边的一个小超市和一个水果摊之间的地方等待，既不显眼，也不挡着人家做生意。何导没让他们等太久，也就五六分钟，但就这五六分钟里，小卖店就来了三拨人。

第一拨是两个小姑娘，十七八岁的样子，过来买了一堆零食。

第二拨是一个青年，过来买烟。

第三拨是一个大娘，过来买酱油。

三拨都是本地人，因为小卖店开着门，他们和店老板说话都听得清楚——全是本地口音。

冉霖着重观察了一下那位趿拉着鞋过来买烟的青年，结果可能看得太入神，被人家发现了，警惕地瞪他一眼，叼着烟离开。但冉霖很欢喜，他能感觉到那个剧本中的狄江涛，在慢慢清晰起来。

“你们还挺快。”距离还有五六米呢，何导的大嗓门就传过来了。

何导还是老样子，不过胡子比上一次要长了，头发也有点乱，所以看起来更粗糙一点：“我带你们去住的地方看看，然后把东西放下来，先吃饭。”

冉霖和顾杰自然没有异议。

两个人跟着何导七拐八拐，最终进了一幢不起眼的五层小楼。

楼外面看着杂乱，楼内却还挺整洁，楼道里也没有太多杂物，一行人顺利上到四楼，何导掏出钥匙开门：“两室一厅，住应该是足够了，水电网全有，但是不许天天打游戏。”

随着何导的嘱咐，防盗门应声而开。

冉霖走进去，第一眼看见的就是装修简单但收拾得很整洁的客厅，除了一点潮湿味道，其余都比想象中的要好很多。

“导演你就放心吧，我们大老远过来体验的是生活，不是网速。”顾杰觉得何导的嘱咐有质疑他业务水平的倾向。

何导显然已经跟顾杰很熟了，没好气白他一眼：“最好是这样。剧组经费有限，能拿出这两个月房租很不容易。”

冉霖头回见到跟演员哭穷的大导演，忍俊不禁。

顾杰倒是动作迅速，已经换鞋进屋，一屁股坐到沙发里，坐下才想起来问：“何导，你们住哪里？”

这个“你们”，自然是仍然在修改剧本细节的可怜编剧，以及正在紧张忙碌的置景组工作人员。

“旁边那个白色的楼，”何导道，“你从窗户能看见，我们就住那里。”

顾杰不用起身，一转头就能透过客厅玻璃看见对面的白楼，点点头，表示收到。

冉霖已经把两个卧室都走了一遍，看得出剧组是很细心的，枕头被褥全是崭新，墙壁也是新粉刷的，虽然地板因为年头长了有收缩鼓胀和一些边角翘起，家具满满的 90 年代装修风，但作为体验生活的住处，其实算是很舒服了。

“怎么样？”何导见冉霖参观完，直截了当地问。

冉霖真心实意道：“比我想象中的条件好多了。”

“体验生活又不是生存训练，”何导上下左右动动脖子，似乎颈椎有些疲乏，“主要是让你们置身其中，多观察，多感受，到时候再塑造角色，就知道该从哪下手了。”

冉霖看着人高马大的何导，总觉得能穿透他粗犷的外表，看见那颗对艺术执著的心。何导不负众望，带他们去吃的第一顿饭，就是热干面，而且就在楼下的一家小馆子。咸鲜、热辣、醇香，而且有冉霖最爱的芝麻酱，几大口下去，一碗面就见了底。

何导很高兴年轻演员们没有挑三拣四，嫌这嫌那，欣慰之余，又不免感慨：“这一片明年也要拆迁了，以后再想找这样的地方，越来越难了。”

冉霖听出了何导话里的不舍之情。何导对武汉情有独钟，之前的片子就有不少在这座城市取景，算是见证了这里十几年的变迁。

“城中村改造是好事，”顾杰不懂导演的伤感，“等新楼盖起来，小区更整洁，环境更现代，说不定又是一片繁华商区，原居民也能拿到拆迁补偿，一夜暴富不是梦！”

何导瞟他一眼，满脸写着“道不同不相为谋”。

冉霖试图从何导的角度去思考，大概能理解到一些：“新楼盖起来，环境整洁了，是好事，但人与人的关系也就淡了，再没有一家打孩子，全楼都能听见的那种热闹劲。从艺术创作的角度，肯定更喜欢距离更近的，碰撞更多的环境。”

“我果然没看错你！”冉霖简直说到了自己心坎里，何导双目放光。

冉霖被看得有点愧疚，因为：“何导，虽然我能理解你，但我还是要站在顾杰这一边。毕竟人们都希望生活环境越来越舒适，总不能为了配合艺术，就不改善了。”

何导无言以对。

冉霖看着何导一脸无语，没感受到威慑力，倒怎么看怎么觉得导演可爱。

吃完饭，何导就回自己那边去忙正事了。

冉霖和顾杰此行的任务就是“生活”，所以他俩决定遵从自己的内心，回去休息——毕竟是坐了一上午火车，再舒适，也是赶路。

回到住处，顾杰先去卫生间冲澡。

冉霖拍了几张房间照片，发给陆以尧，然后敲字——【我到了，这是剧组给租的房子。】

陆以尧回得迅速——【看着还不错。】

冉霖愣住——【我还以为你会吐槽。】

陆以尧——【既然是体验生活，当然是怎么接地气怎么来，不然叫什么体验。】

冉霖——【为什么变成了你教育我？】

陆以尧——【因为你勾起了我在大沙漠里体验生活的惨痛回忆，我当时就想要这么一间遮风挡雨的房子。】

冉霖窘——【摸摸头，不哭，坚强。】

陆以尧——【……】

陆以尧——【先不说了，我要开车了。】

冉霖——【怎么你自己开车？】

陆以尧——【趁着没通告，回家看看我妈我妹。】

冉霖——【替我给美女们带个好。】

陆以尧——【行，到家我和你连视频，你面对面和她们说。】

冉霖——【我只是随便说说！】

陆以尧发来一张跳跳虎笑哈哈的图片。

冉霖黑线，终于意识到，自己上当了。

等等，什么人会做“跳跳虎笑哈哈”这种表情包？

陆老师你是有多闲！

顾杰简单冲个淋浴，从卫生间出来的时候，就看见冉霖坐在沙发里，对着手机傻笑。

“和谁聊呢，喝了蜜似的。”顾杰随口打趣。

冉霖实言相告：“陆以尧。”

“陆老师？你和他说来这里体验生活啦？”顾杰一边擦着头发一边坐到他身旁。

“嗯，”意识到顾杰似乎还不清楚他和陆以尧走近了的事儿，冉霖便又多加一句，“我俩现在没事就发微信，总沟通。”

“懂，”顾杰都不用冉霖多说，自己就能捋出因果逻辑，“合作完真人秀，又合作电视剧，关系肯定很熟了。”

“也不全因为合作，主要是我们俩特别投缘，在一起总有话聊。”

“那肯定是你迁就他，”顾杰拿下擦头的毛巾，挂到脖子上，一本正经道，“说实话，陆以尧这个人挺好的，做事认真负责，不耍滑头，做人也正，但就一点，不容易和人亲近。这点上要能和夏新然中和一下就好了，那家伙太自来熟。”

冉霖忍着笑，不住点头：“行，我一定转达。”

# 第四十三章

12 月份的武汉，比 11 月初的北京，还要暖上两三度。

但这只是从气温数字上看的，就实际感受而言，反而武汉更冷一些，尤其待在屋子里不动，那种湿冷的感觉会更明显。

剧组给租的这间房没有供暖设备，就一个挂在客厅里的空调，即便全天开着，制热效果也有限，而且空气会非常干燥，可是不开，冉霖基本上隔一会儿，就要在屋里来回走走，否则总觉得胳膊腿要被冻住。

相比之下顾杰好太多，就在冉霖捂着被子坐沙发里看剧本的时候，这人可以拿出自带器械原地健身，哑铃或者俯卧撑架这些都是最基本的，还有各种冉霖叫不上名字的匪夷所思的器材，冉霖总觉得即便有一天顾杰弄出个平衡球在上面翻滚，或者垂下个瑜伽绸缎在上面飞翔，他都可以泰然处之。

“你也来运动运动，”终于感觉汗出透了的顾杰起身，拿过手边的毛巾擦擦脸，不太满意地看缩在沙发里的伙伴，“身体就是这样，越动血气越通，血气越通，越不怕冷。”

冉霖若有所思地放下剧本，幽幽地问：“如果是狄江涛，这样的冬天，他会待在家里做什么？”

“吃外卖，看电视，发呆，或者自怨自艾……”顾杰撇撇嘴，把毛巾一甩，搭到肩膀上，“反正不会是强身健体。”

“所以啊，”冉霖拿起剧本冲顾杰亮亮，“我已经很上进了。”

“那拜托你看《染火》的剧本行吗，”顾杰没好气过来，抽出冉霖手里的剧本翻两页，头疼皱眉，“《灯花传奇》你接的时候咋想的？”

“片酬高。”冉霖实话实说。

顾杰黑线看他：“所以在《染火》上损失的片酬，你就打算用这部戏补回来？”

叹口气，冉霖摊手：“不是我打算，是公司打算。”

“要我说你开个工作室得了，现在很多人都这么干，自己当老板，不用被任何人管，还不会被抽成。”顾杰把剧本还给冉霖，随口道。

“那你怎么不开？”冉霖疑惑，如果他没记错，顾杰也还签着经纪公司呢！

“我现在就和开工作室差不多啊！”顾杰说，“我经纪人自己就是老板，所以他通常会给我专业建议，但采纳不采纳是我自己的事情，我如果有什么想法呢，就直截了当和他说，他会尽力帮我去争取，合作很愉快，没有变的理由。而且自己开工作室要操心的事情也多，我一想那些就头疼。”

冉霖披着被子倒进沙发里，一声轻叹：“我也不想操心杂七杂八，就想专心演戏。”

“话说回来，”顾杰似乎被提醒到了什么，走到沙发末端，把冉霖盖着被子的脚往里一推，随之坐下正色道，“咱俩好像还没对过戏吧？”

冉霖费半天劲才把连被子带脚从顾杰后背和沙发背之间的夹缝里抽出来，一股脑坐起身：“好像还真没有。”

何关敲定他来演狄江涛，就一顿饭的工夫，根本没有什么试戏环节，所以他和顾杰，还真没正经交锋过。

“试试不？”顾杰双目放光，一脸兴奋。

冉霖不自觉咽了下口水：“那就试试？”

虽然这台词怎么听都好像不太正经，但天地良心，这确实是两个敬业的大好青年。除了敬业，其实这里面也有对搭档的好奇。

同居一个月了，冉霖和顾杰的友谊已经从漂流记的“相处愉快”升华到现如今的“知己知彼”。顾杰知道冉霖需要八个闹钟才能起床——因为一墙之隔的他每天也要被闹钟荼毒；冉霖知道顾杰早晚都需要运动，有时候中午还要来场加练。

说动就动，冉霖当下掀开被子，嗒嗒嗒跑回卧室去找《染火》剧本，顾杰亦然，最后两个人在客厅碰头，挑了故事开端的一场戏，小顾怀疑狄江涛在监视小卖店店主，于是以摸排片区情况的名义，登门拜访。

大约半小时的时间里，客厅一片安静。

没人说话，两个人各居一隅，揣摩自己的戏份，背自己的台词。

这场戏发生在夏季，空气潮湿而闷热，冉霖看着看着，竟神奇地觉不出冷了，反而浑身黏腻，仿佛真的被蒸发不掉的汗水堵住了每一个毛孔。

所有台词已烂熟于心，冉霖放下剧本，不自觉起身，恍惚中来到窗前，隔着蒙着厚厚灰尘的玻璃，眺望对面。可他什么都看不清，灰尘模糊了视线。

冉霖很自然打开窗，冷风呼地吹到脸上，他却毫无所觉，反而把小臂横搭上窗台，肩膀放松，上半身重量很自然放到窗台上，是个趴窗看天的姿势，但他看的不是天，是楼下。

没个灰蒙蒙玻璃的阻隔，视野清晰，楼下一览无余。那个看似和蔼可亲的小卖店店主，在狄江涛的眼里，却透着怪异。他和来店的每一个人都热络攀谈，老住户，新租客，乍看就像居委会大爷一样热心。

可是不对。那个小卖店店主才三十岁左右，虽然不修边幅使得他看起来比实际年龄苍老，但那双眼睛，是年轻人的眼睛，而且是热络下藏着阴冷，庸俗后面隐匿着执著的眼睛。

狄江涛在监狱里看过太多眼睛，后来他发现，通过一个人的眼睛，就大概知道这个人是可以攀谈，还是必须躲着，这让狄江涛少吃了很多苦头。

而现在，这个小卖店店主的眼神，和他在狱中见过的，下手最黑最狠的罪犯，如出一辙。狄江涛知道这听起来像疯话，所以他没打算就凭一双眼睛，一个第六感，便给别人定罪，而且他也完全不想再和警察打交道，他只是难得在困顿无望的混日子里，找到一件有趣的事，他想跟上去，跟出一个结果。

这结果可能是对的，可能是错的，可能无疾而终，可能惊世骇俗，都无所谓。他只是需要一件事来转移注意力，来打发时间，来让他暂时忘却与家庭的生疏隔阂，与社会的格格不入。

那个老张又来买烟了，这位这里的老住户，隔一天，就会过来买包烟，偶尔，也会过来买瓶酒，作息规律，平淡无奇。可小卖店店主每次都会在他走后，踱着步走出店门，然后漫不经心地看着他离去的方向，如果老张头走得慢，可能这位店主还来得及目送他的背影远去，奇怪，太奇怪了。

“你在看什么？”

背后忽然传来陌生的声音。狄江涛惊悚回头，对上站在门口的，身着警服警帽的小顾的脸。狄江涛知道这个小片警，和自己差不多年纪，一天毛手毛脚满城中村乱窜。

“你怎么开的门？”狄江涛语气不善。

小顾一动不动就站在门口，连半步都不越过门框，露出人民卫士的微笑：“你家门没关，我正好看见，就提醒你一下。”

狄江涛的警惕性稍稍放下来一些，但还是不踏实：“是楼里出什么事了吗？”

狄江涛的逻辑很简单，警察不会无缘无故出现，既然出现，必然是出事了。

小顾早有准备，从容回答：“是出了点事，所以来跟住户们了解一下情况，方面让我进去聊吗？”

“当然，”狄江涛嘴上说得痛快，却没做出更多动作，仍站在窗边，仿佛距离小顾越远，他越有安全感，“请进。”

顾杰开口说第一句台词的时候，总有些出戏，可当趴着窗台的冉霖回过头，阴暗的光线里，那张脸就好像再不属于冉霖，而是那个阴郁的，可疑的出狱青年，顾杰就慢慢找到感觉了。

待到走进客厅，他俨然已是一腔抱负的片警小顾。

“你很喜欢趴窗户看外面吗？”小顾坐到沙发里，掏出笔和小本本，一副认真工作的样子。

“无聊，就看看。”狄江涛扯了下嘴角，是个笑模样，却有些冷。

小顾点点头，随意聊天似的：“那都看见什么了？”

狄江涛没坐，而是站在沙发旁边，扶着沙发靠背边沿，声音带着点颓，带着点无赖：“警察叔叔……”他有意无意加重了“叔叔”两个字，“您问的是哪一天啊？”

小顾挑眉，似有若无打量他：“听你的意思，好像天天都能看见惊喜？”

狄江涛这回是真笑了：“我……”

叮咚。冉霖的台词在手机提示音中戛然而止。

叮咚。

叮咚。

叮咚。

高频率的重复滴水铃音，显然不准备让他继续。冉霖叹口气，下意识瞄茶几上的顾杰手机。视线刚扫到亮起来的屏幕，手机就被人以极快的速度收走。

冉霖被顾杰的动作吓一跳，他其实没想探寻是谁这么破坏气氛，毕竟那是顾杰的手机，是人家的私事，可顾杰这么一着急，就有点欲盖弥彰的意思。

“女朋友？”冉霖早出了戏，这会儿再不是颓丧小青年狄江涛，而是八卦小青年冉霖。

顾杰几乎是条件反射地翻了白眼：“怎么可能。”

冉霖皱眉，顾杰不是个善于撒谎的人，所以从反应看，说的是实话，但这样一来就更可疑了：“那你这么紧张干吗？”

顾杰欲言又止地看了他半天，似乎在搜肠刮肚地组织语言，想给出一个漂亮又让人信服的说辞……冉霖等啊等，等得都开始不自觉为顾杰着急了，心说你就随便讲两句得了，反正都会被戳穿。

“这人啊，”顾杰终于出声，“都要有点自己的小秘密，对不？”

这世上最高端的防御，就是大实话。冉霖忽然觉得暗搓搓想揭秘八卦的自己，在伙伴光明正大的气场下，简直羞愧！

“行了，好好聊你的小秘密吧。”冉霖回屋穿上外套，又跑到玄关换鞋，“我去买点午饭，你想吃什么？”

顾杰看看手机，确实到了中午时分。虽然对于“隐瞒”有点过意不去，但幸好伙伴也没追问，这让不用继续编瞎话的他松口气。

“你看着买吧。”顾杰对吃的不挑。

冉霖点点头，趿拉着橡胶底的棉拖鞋，出门。第一站，冉霖先去了小卖店。其实从他们住的楼上往下看，只有自行车棚，要出了楼拐出来，才能看见这间小卖店。而且小卖店的店主也不是《染火》中的三十岁男子，而是一位真正和蔼可亲的大妈。

“还是两瓶矿泉水？”大妈已经摸清了这位年轻人的套路，天天过来晃一圈，就买两瓶水，实在让人印象深刻。

冉霖没料到被大妈抢答了，故意伸出四个手指头：“今天要四瓶。”

大妈一听口音就知道小伙子是外地人，但模样长得白白净净，挺好看，态度也有礼貌，所以大妈还怪喜欢他。

大妈去拿矿泉水的时候，冉霖就环顾这一方小店，虽然光线有些暗，空间有些狭小，货架上有些积灰，但各种零食副食日用品，一应俱全。

大妈刚拿着矿泉水回来，小卖店就又进来两个十七八岁的男孩，染着头发，都挺清秀，一个买饮料，一个买烟。他们不认得冉霖，但冉霖认得他们——不远处“莉斯汀美发沙龙”的学徒小工。虽然店铺名字很洋气，但其实里面还是挺接地气的，面积不大，就一家普通的理发店。

不仅是这家店，确切地说，冉霖已经把这片城中村逛得不能再熟，连哪个下水井畅通，哪个下水井常年堵塞，他都一清二楚。而且不知是他的造型实在太邋遢，还是知名度远没自己想象那么高，一个多月住下来，出来进去根本没人认出他，只一回，在买鸭脖的时候碰见一个小姑娘，说你长得有点像明星，叫什么来着？

冉霖特别认真地帮她回忆，说，陆以尧？

小姑娘想也不想就摇头，陆神比你帅多了！能脱口而出“陆神”的都是自己人，冉霖立刻拿上鸭脖，溜之大吉，免得被人揪出是那个“死蹭热度的”。

买完矿泉水，冉霖钻进一家小饭店，打包了一个素菜，一条红烧武昌鱼，还有三份米饭。

大中午的，阳光正好，外面甚至比屋子里还暖和。但一进楼道，阴冷之气就扑面而来，极近的楼距让楼道常年照射不着阳光，其实他们住的四楼也没好到哪里去，除了客厅还算是能趴窗口眺望一下外面，两个卧室的窗户都只能看见隔壁楼阳台的护栏，不光能看到，伸手还能抓到钢条，距离之近让对方阳台窗户内的情景也一览无余。所以他轻易不敢开窗帘，免得邻里之间再无隐私。

很快抵达四楼防盗门前，冉霖没带钥匙，直接敲门。敲没两下，顾杰便来开门，动作之快，让冉霖相信他已经解决完了“私事”。

客厅里开着电视，冉霖一进玄关，就听见电视剧的声音，但起初没注意，直到响起一句非常熟悉的台词——

“从今往后，你我二人，有如此剑。”

冉霖窘，一边把手里装着打包盒的塑料袋交给顾杰，一边脱掉棉拖，换上屋拖：“怎么看上《落花一剑》了？”

“随便调台，正好遇见。”顾杰把饭菜放到茶几上，一样样摆出来，然后对着走进客厅的伙伴实话实说，“其实我还没看过。”

冉霖完全理解，他平日也不会看太多电视剧，除非抱着学习态度，挑些老戏骨的戏，否则还是看经典电影居多，况且艺人本身的空闲时间就很少。

不过既然没看过，上来就碰上决裂，冉霖立刻体贴问：“用不用我给你科普一些前情提要？”

顾杰想都没想就摇头：“瞬间代入，理解剧情无障碍。”

冉霖惊讶：“厉害啊！”

顾杰认真看他，郑重道：“是你们演得好。”

冉霖怔住，点赞来得太突然，他毫无防备，一颗小心脏立刻转圈圈地跳起幸福舞。顾杰其实还想再夸两句，因为方闲和狄江涛给人的感觉截然不同，他根本没办法把这两个人联系到一起，哪怕他们顶着同一张脸。可见冉霖这表情，怕再说下去伙伴容易飘，只得把后面的话咽了回去。

于是乎，二人对着《落花一剑》，吃完了中午饭。

三份米饭，冉霖一份，顾杰两份，同居至今，已默契十足。

饭后两个人又在屋里溜达溜达，消化消化，等到感觉差不多了，终于把先前被打断的戏捡起来，重新对完。这次再没有人打扰，于是两个伙伴也越对越兴奋，生生对到暮色垂下，华灯初上。

然后，急促的敲门声就响了。响第一声的时候，冉霖正在怒吼。

这场戏里的小顾和狄江涛已经暂时达成联盟，小顾认可了小卖店店主的可疑，于是暂时用狄江涛当基层情报员，随时报告店主动向。然而才开始合作，两个人就爆发了激烈争执。

冉霖刚把台词吼到一半，外面就开始有人敲门，可他的台词根本收不住，只能吼完，结果敲门声好像也配合屋内吵架气氛似的，越敲越急。

一时不能从狄江涛情绪里抽离的冉霖，顺势就吼了个："谁啊——"

敲门声戛然而止。冉霖也被自己吓着了，第一反应是懊恼，因为这时候能来的除了导演，不作他想，结果他倒好，不客气也就算了，还吼……

啪啪啪啪啪！刚停了没两秒的敲门声，变成了拍门，而且一浪高过一浪，大有"你再吼我一个试试"的死磕到底的决心。

冉霖黑线，见顾杰莫名其妙站在原地一动不动，只得自己过去开门。

"来了来了……"虽然满腹吐槽，语气还是软下来，毕竟人家是导演。

咔嗒。门锁应声而开，冉霖往外推门扇，刚推出个缝隙，忽然伸过来一个爪子把门哗地扒开，没等冉霖看清，一道黑影就猛地扑到他身上——

"Surprise（惊喜）！"

冉霖被扑得往后踉跄，差点就要失去平衡之际，忽然被人抓住胳膊，这才勉强保持住平衡。然后他维持着抱住夏新然的姿势，越过美人肩膀，和站在后面的"胳膊主人"对视。

陆以尧穿了一件灰色夹克，头发没打理，随意放下来的刘海有些微乱，加上掉下去的肉还没全回来，脸还是偏瘦，于是完全没有平日里光鲜帅气的"陆神气质"，如果他还刻意低头，用刘海挡住眼睛，那即便走在路上，除了真爱粉，别人也很难一眼认出他。显然，为了低调不张扬地过来这里，一贯对外表要求严苛的陆老师，是豁出去了的。不过在冉霖这里没区别，陆以尧是胖是瘦，是精神抖擞是忧郁颓废，他都觉得帅得乱七八糟。

"我知道你在想什么，"夏新然从友人的怀里抬起头，可怜巴巴，"但看在我这么热情的份上，是不是先赏我一眼？"

"以前我就和你说过，"慢半拍的顾杰踱步来到玄关，对着夏新然叹口气，"你这种热情不适合我们含蓄的东方民族。"

冉霖意外顾杰的反应，勉强从惊喜里拉回一丝丝理智，刚要回头问他，却听他又和陆以尧打招呼："好久不见。"

陆以尧也冲顾杰笑笑："别来无恙。"

冉霖抱着挂在身上的友人，彻底蒙了。

怎么好像大家都很自然，就自己在状况外？

没等冉霖开口问，陆以尧却先一步抓住夏新然，生生将他从冉霖身上薅下来："意思意思就行了。"

夏新然撇撇嘴，一脸不甘愿。

身上重量骤然减轻，冉霖总算找到说话机会："你们怎么过来了？"

夏新然乖乖退到旁边，用眼神示意陆以尧——【请开始你的表演。】

陆以尧却笑而不语，把眼神递给顾杰——【好兄弟。】

顾杰的忠肝义胆立刻上线，一拍冉霖肩膀："探班啊，多明显。"

冉霖心看向顾杰："所以你早知道？"说完他忽然灵光一闪，"白天的微信是夏新然发的？"

虽然是两个人一起"探班"，但那种"叮咚""叮咚""叮咚"一连发N条轰炸的频率，怎么看都带着扑面而来的"夏氏烙印"。

"我知道你们关系好，"顾杰倒承认得爽快，"所以夏新然说陆以尧想给你个惊喜，我作为朋友，当然要义不容辞地配合。"

"这就背上剧本了？"夏新然一进门就看见了茶几上的剧本。

顾杰一边把两份剧本都收到手里，一边回答："对戏来着。"

夏新然不关心"对戏"还是"背词"，但对顾杰的举动感受复杂："你是有多怕我看到剧本？"

顾杰理由充分："导演说了，剧本绝对禁止外泄。"

夏新然瞪眼："我又不会往外说，看一眼都不行？"

"如果你真不往外说，看一眼其实是行的。"

"那你为什么死抱着不给我？"

"因为实际情况不符合'如果'。"

"我看起来就那么大嘴巴？"

顾杰就这样看着夏新然，也不说话。

"你的沉默伤害了我。"

夏新然和顾杰的友情一向在见面就掐中滋长，冉霖已经见怪不怪了。

至于陆以尧，压根儿就没听见还有两个人在掐……

“我的保密工作还可以吧。”这是陆以尧最得意的事情，尤其刚开门时候冉霖一脸蒙的表情，他能回味一年。

冉霖看着他，明明满心惊喜，可嘴上偏要吐槽：“你这是突发奇想，还是处心积虑？”

“先突发奇想，再处心积虑。”陆以尧嘴角不自觉往上，“而且你不是总说这里好吃的多嘛，百闻不如一尝。”

“来几天？”

“三天。”

“路上没被拍？”

“夏新然被认出来了，我没有。”

“正常，他脸太美。”

“他在等出租车的时候对着旁边印着他大脸的某医院广告牌嚷嚷，控诉侵犯他的肖像权，引起围观。”

已经和顾杰“寒暄”告一段落的夏新然，朝这边翻过来一个巨大白眼：“难得见面能不能好好聊你们的，别牵扯无辜群众。”

“你哪里无辜，”冉霖一脑补那场面都头疼，“说不定晚上微博就有人刷你和不明男子外出同游。”

“那就先下手为强呗，”夏新然说着掏出手机，“来，漂流团重聚合影！”

冉霖了然。这倒还真是个好办法，四个老朋友聚会，没有比这更积极向上的了。

正起身欲往夏新然身边凑，却听陆以尧道：“稍等，我去个洗手间。”

语毕，他从沙发上站起来。

冉霖连忙指方向：“那边就是。”

陆以尧点点头，快步而去。

“就不能拍完再方便吗，拍个照能用几分钟。”夏新然吐槽归吐槽，还是从随身携带的包里掏出自拍杆，放好手机，对着自己各种调整角度。

5 分钟之后，一切就绪。冉霖、夏新然、顾杰亲密挤在沙发里，肩膀挨着肩膀，脑袋靠着脑袋，对着上方镜头各种微笑。

“不行了，胳膊酸了。”夏新然实在举不动了，把自拍杆放下来，扭头冲卫生间方向喊，“陆老师，你穿越了？”

夏新然一嗓子还真奏效，尾音没散，陆以尧已经推门而出。

然后，夏新然就呆住了：“我 X……”

冉霖和顾杰不明所以，也随之扭头，去看卫生间方向。

然后，他俩也呆住了：“我去……”

只见陆以尧的刘海已经拢起向后，露出光洁额头，整张脸一下子明亮俊朗起来，发型也用摩丝打理过了，整洁利落中又不失潇洒帅气。一双桃花眼比来时有神许多，微微眯一下，满屋都能听到嗞啦啦的放电声。连依然有些瘦的脸颊看起来都不憔悴了，反而棱角分明，男人味十足。总之，这个站在卫生间门口的男人，和进去时已完全不能同日而语，这会儿的他就像天上最亮的一颗星，即便背景里铺满玫瑰花，依然分不走他夺命的光彩……

“卫生间里……有摩丝？”顾杰有一堆问题，但最终冲在最前面的，是这个。毕竟他和冉霖这阵子都是素面朝天，彻底融入了剧本人设，卫生间里除了必备的日用品，就剩手纸。

“没有，”陆以尧倒是摇头得痛快，末了一笑，“我自带的。”

夏新然：“眼线笔和粉底也是？”

陆以尧：“这个绝对没有，我就是洗了把脸。”

顾杰还是不能理解：“所以为什么要忽然收拾这么好看？”

冉霖越过夏新然，拍拍他肩膀：“偶像包袱，多多理解吧。”

随着夏新然的“一二三”，四人对镜头微笑。

陆以尧紧挨在冉霖身边，笑得最迷人，眼里仿佛带着 800 万伏高压电。顾杰在相片定格的瞬间，终于接受了冉霖的解释，毕竟陆以尧是人气明星，有点偶像包袱也正常……但陆以尧去的是洗手间不是化妆间啊，他到底是怎么在短短几分钟就从外表到精气神全部焕然一新的？

这不是洗把脸，这分明是整个容啊！

这厢顾杰还在震惊陆老师超凡绝伦的技艺，那厢夏新然已经第一个把合影发到微博里了——【冬日小聚！】

他谁也没艾特，但照片中四张大脸，谁是谁一目了然。

冉霖转发，配上哈哈大笑的表情。顾杰也转发，配的是碰杯啤酒的表情。陆以尧没转，但把三个人微博都点了赞。

留言汹涌而来，尤其是第一个发微博的夏新然底下，留言最热烈，几乎刷一下，就多出几十上百条，最开始的内容全是——

【啊啊啊啊啊，夏夏好美！】

【舔屏！】

【我老公到底是谁，好难选择……】

直到有个火眼金睛的小伙伴，发现真相——【是我的错觉吗，好像只有陆神带妆，其他三个都是素颜？】

立刻有陆神粉过来回复，而且放上一张陆以尧其他素颜自拍，有图有真相——【陆神素颜就是这样的。点击查看图片。】

后来就有资深陆神粉过来解释——【不管什么场合拍什么照片，陆神都很认真的，一定会拿出最好的状态，这是他的执念。】

冉霖刷出这条的时候，简直想和这位资深粉握个手。

四个人没刷太久微博，就踏着夜色，出去找好吃的去了。冉霖领路，顾杰保镖，陆以尧和夏新然两个小游客，全程乖乖跟随。

他们不知道在他们吃饭的时候，微博风向有过短暂的偏移——

最开始只几个人提出来——【漂流团重聚，为什么没有张北辰？】

后来张北辰的粉丝过来解释——【他一周前已经进组开拍《薄荷绿》。】

讨论刚有苗头，还没怎么热烈的时候，张北辰就转了顾杰转的夏新然的微博——【四缺一，我哭了。】

于是讨论为什么没带张北辰的声音最终弱了下去，尽管还有人质疑另外四个人根本没回应他，但因为另外四个人除了最开始转发点赞后，也再没互动什么，所以这些质疑，最终也没真正掀起波澜。

他们也不知道在首都某幢别墅里，无意中看见哥哥点赞微博的姑娘，正对着那张四人合影缜密研究——

合影中，哥哥和顾杰分在两端，中间还夹着冉霖、夏新然两位朋友，但越是离得远，越可疑，真正问心无愧的关系就会像哥哥和冉霖这样，挨得紧密，毫不避嫌！更重要的是，下面有姑娘表示今天曾在武汉某等待出租车的路边见过夏新然，由此推断出四人聚会地点就在武汉。而又有粉丝提供信息说陆以尧和夏新然都没有近期在武汉的通告，反倒是顾杰和冉霖即将出演的电影《染火》拍摄地在武汉，他和冉霖疑似正在拍摄地体验生活。

综上，集合所有线索可以得出结论——哥哥这一次是特意去探班。要知道她亲哥入圈多年，还没这么费心地去探过哪一个同行的班，说他和顾杰没问题，谁信啊！

虽然早就怀疑亲哥这么多年都没正经谈过一个女朋友，原因可能并不简单，但真等怀疑落实这一天，陆以萌的心情还是很复杂。

唉，第六感太准，也很忧伤啊！

网络世界里的风雨暗流也好，首都别墅里的忧忧妹心也罢，“吃货四人组”都毫无所觉。冉霖带领“新人”吃了一整条美食街，到最后回住处的时候，四个小伙伴都感觉自己的身躯有点沉重。

啪。第一个进门的顾杰按下了墙壁上的开关，玄关霎时大亮。

四人在玄关换鞋，客厅仍一片漆黑，月光从窗户照进来，大部分落到地板上，几缕落在沙发上，所到之处皆洒下一片冷色，像初冬的霜。

“还是屋里暖和……”夏新然第一个换好拖鞋，摸着黑沿着墙壁找客厅灯的开关。

“暖和？晚上你别叫冷就行，”顾杰第二个进入客厅，迈一步上前伸手就准确按亮吊灯，“冉霖现在天天用棉被把自己裹成粽子，白天看剧本都棉被不离身。”

客厅的吊灯是很复古的造型，三朵含苞待放的花，黄白色的磨砂玻璃罩构成花瓣，三个灯泡构成花蕊，灯泡当然已经换成了节能螺旋灯泡，但白光经过磨砂玻璃罩，又成了带着点昏黄色度的光，满是怀旧的年代感。

冉霖第三个进入客厅，于昏黄的灯光下，对着顾杰叹口气：“非抓我当反面典型吗？”

“例子太鲜活了，没办法。”顾杰一边调侃，一边拿过遥控器打开空调，很快，带着点微凉的风就随着嗡嗡声从空调中吹出，没多久，微凉消失，风里渐渐有了温度。

冉霖问夏新然：“你想睡哪儿？”

吃饭的时候两位新人就明确表达了“低碳环保”的探班路线，所以不订酒店，就和他们一起挤。顾杰一口应承，没问题，虽然这天地板太凉，沙发又不够长，客厅完全不能拿来住，但两个卧室床都够大，挤一挤无压力。

但是谁跟谁挤，这是一个问题。

夏新然毫不犹豫奔往其中一间卧室，倚靠在了门框上，回头冲冉霖微笑：“我当然是跟顾杰一间，这么久没见，我有好多话想和他聊呢！”

冉霖点点头：“既然想和顾杰好好聊聊，为什么要靠在我的卧室门口？”

正自动自觉往顾杰卧室方向走的陆以尧骤然停下脚步，然后不着痕迹转身，假装自己什么都没做过。夏新然窘，连忙以最快速度奔向顾杰卧室，犹如一团小旋风。

肩膀被人搭上，冉霖不用转头看，也知道是陆以尧。

顾杰看着这个标准兄弟情深的勾肩搭背，尤其陆以尧还特灿烂地对着他笑，立刻心领神会："懂，难得聚一起，你们哥们儿肯定有很多话聊。"语毕把外套脱到沙发上，下巴往洗手间方向一扬，"那我先冲凉了？"

也只有顾杰能管 12 月份的洗澡叫冲凉，陆以尧被对方的气魄所震慑，不由自主点头："请。"

顾杰大踏步进了卫生间，随后把门带上，发出不轻不重的声响。

过了两秒，夏新然从顾杰卧室探出头，也不知道在屋里看见了什么，低声对仍站在客厅中的一对伙伴道："咱们能重新分房吗……"

没等陆以尧和冉霖答话，卫生间门忽然又被打开："对了夏新然——"

顾杰以为夏新然在屋里，所以一嗓子声音很大，结果喊完才发现，正主扒着门框往外探头呢，一脸被吓着的蒙。

"干吗？"夏新然总算回过神，抬眼望过去，没好气道。

顾杰笑笑，难得是个相亲相爱的态度："我这次过来没带仰卧起坐的器械，虽然不用器械也能做，但总感觉没法使全力……"

"所以？"夏新然有一种不好的预感。

"所以等会儿你帮我压着点腿呗，"顾杰说，"放心，我不多做，就两组，很快的！"

夏新然："你不是要洗澡吗？"

顾杰："洗完做啊！"

夏新然："谁家洗完澡还运动啊！"

顾杰："就两组，跟走两步似的，运动量可以忽略不计，根本不会出汗。"

夏新然："可是为什么要在临睡觉的前一秒做运动？"

顾杰："睡前热身。"

冉霖和陆以尧的脑袋随着二人对话，来回转动，最终停在了夏美人"一言难尽"的脸上。

安全起见，陆以尧果断揽着冉霖回房。在房门关上的一刹那，冉霖再度听见了夏新然"能不能再商量一下房间分配"的真诚呼唤。

陆以尧这次过来，除了探班，也想和冉霖说说自己的打算。但他原本的计划是今天好好休息，叙叙闲话，真正的事情放到明天再说。可现在，夜深人静，他忽然藏不住话了："我想自己开公司了。"

冉霖有一刹那的错愕，过两秒，才道："你本来不就是自己开工作室吗？"

陆以尧解释道："不是工作室，是娱乐公司，我想转型做老板了。"

信息量不大，但事情太大，冉霖一时有点蒙。

陆以尧伸手揉了一把他的脑袋。无论冉霖蒙几次，再蒙的时候，他还是觉得可爱至极。

"不演戏了？"冉霖总算在兵荒马乱的脑袋里挑出一个问题，也是最直观的问题。

"应该不了。"陆以尧想得很清楚，所以没需要思考太久。

"友情客串呢？"冉霖问完，才觉得这个问题特别傻，而且根本不是重点！

陆以尧却觉得新鲜，这是从他决定转行开始，听见过的最有趣的问题，难得认真考虑了一下，良久，回答道："不一定，得看交情够不够深。"

冉霖没想到他竟然认真琢磨了，终于有了一点"陆老师要转行"的真实感。可随之而来的，就是巨大的疑问："为什么不想做演员了？"

"做老板不好吗？"陆以尧莞尔，"同在娱乐圈，我这算阶级地位三连跳。"

冉霖混乱的脑袋慢慢捋顺一些，当老板自然是好的，无论从收益还是从个体感受上，都比演员好太多，如果娱乐圈是一个金字塔，那有资金有话语权的老板肯定在上层，但——

"不可惜吗，你演了这么久的戏，就这么放弃？"冉霖没有质疑或者反对的意思，只是从自身角度考虑，如果换成他，他会觉得很可惜，不，他可能根本就舍不得改行。

"如果我说我不觉得可惜，并且我很庆幸终于找到了自己想做的事情，"陆以尧问，"你会不会觉得我对事业太儿戏？"

陆以尧的声音缓而坚定，可冉霖还是听出了一丝忐忑。这不是陆以尧对重新选择的前路的忐忑，是对这样一个轻易改换方向的自己能否被认可的忐忑。可是真的轻易就换了方向吗？冉霖不这么觉得。

陆以尧从来都不是一个草率的人，他说的每一句话，做的每一件事，在说和做之前，都已经把要负的责任想清楚了，担得起，才会去说，去做。

"什么时候决定的？"冉霖没回答陆以尧的问题，反而重新问了一个。

陆以尧实话实说："拍《裂月》之前。"

冉霖："和红姐说过吗？"

"说过了，她已经不再帮我接新的合同了。"陆以尧说，"我妈和我妹那边也讲了，没问题，而且我家里本来就希望我能做生意，我爸那边还没说，但我觉得知道那天，他能乐得唱京剧。"

冉霖发现了，陆以尧一有机会就要黑上自己亲爹两句。

"如果这才是你想要做的事情，"莞尔之后，冉霖正色起来，"那你终于找到了，我替你开心。我不觉得你对事业儿戏，而且我相信你不管是演戏还是开公司，都会做得很好……"

"但是？"陆以尧已经可以预见后面的转折了。

冉霖被抢答了个正着，刚严肃没两秒的表情破了功，没好气白他一眼："但是，凡事都要有个契机，你总不能是无缘无故坐在那儿一琢磨，就忽然找到想奋斗的人生路了吧？"

陆以尧目不转睛看他："如果我说那个契机是你呢？"

冉霖愣住，好半天，才艰难道："我担不起……"

陆以尧凑近，"我迟早都会找到这条路，只是你帮我提前找到了，所以你不需要承担任何东西，这是我的人生，我的路，我自己担着就行。"

冉霖抬眼，半信半疑地看他。

陆以尧再接再厉："合同到了就别续了，我签你。"

半信半疑，变成了完全的怀疑，冉霖黑线下来，"所以你根本还是为了我。"

陆以尧不疾不徐，只道："那如果我说，即便没有你，未来的某天，我也会因为某个人或者某件事，发现原来自己想做的不是娱乐圈的演员，而是娱乐圈的生意，你感觉如何？"

冉霖无言以对。

这个问题是个坑，因为他真的光是想一想就很不爽啊！

如果陆以尧命中注定要改行，那契机还是放自己身上吧，起码显得自己还挺重要。

"你可能真的天生就是做生意的料，"冉霖不甘心地瞪陆以尧一眼，"巧舌如簧。"

陆以尧一颗心落了地，眉宇间不自觉舒展："那就这么说定了。"

冉霖一脸蒙地眨眨眼："说定什么？"

陆以尧："合同到期就签我公司啊！"

冉霖："这是下一个话题！"

陆以尧浑水摸鱼失败。

他几不可闻地叹口气，不过很快又振作起来，循循善诱："你想啊，我要把公司做大做强，那除了要有好的投资眼光，确保投资的项目盈利多，亏损少，还需要我旗下的艺人扶得起，立得住。好项目加好艺人，是娱乐公司成功的两个最重要支柱。好眼光我负责，好艺人就有风险了，我当然要签知根知底而且前途光明的。"

明知道这是糖衣炮弹，应该躲开，可从肉体到灵魂，都被砸得特开心，只剩下大脑还有一丝理智，但连一根手指头都指挥不动。

翌日清晨，冉霖在久违的温暖中醒来，一睁眼，就见陆以尧正拿着自己手机摆弄。

冉霖睡眼惺忪地打了个哈欠："你是在查我有没有绯闻吗？"

陆以尧看都没看他一眼，仍在跟手机奋斗，只是声音好像有点咬牙切齿："我在关某人设置的令人发指的八个闹钟。"

"对啊，闹钟怎么没响？"冉霖终于觉出不对。

"谁说没响，"陆以尧终于关掉最后一个闹钟，顶着黑眼圈转过头，"响一声我就醒了。"

冉霖："然后你就愤而关掉所有闹钟以示报复？"

陆以尧："我是想让你多睡一会儿。"

冉霖没任何表示。

陆以尧："如果你不感谢我两句，场面会有点冷。"

头回见要表扬要得这么坦荡的。冉霖忍俊不禁。

昨夜太晚，聊到后面，就自然而然休息了，而且陆以尧光惦记着向冉霖说改行的事，光想着怎么把人拉过来，却没想过反方向的问题。

此刻看着正在往身上套衣服的冉霖，他毫无预警开了口："要是我公司做得不好，没真正捧到你，反而把你之前积累的人气拖垮了，怎么办？"

冉霖套上卫衣，穿戴整齐，回过头来，莫名其妙看陆以尧："那能怎么办？我是公司一哥，当然与公司共存亡。"

陆以尧歪头蹙眉："一哥？我许诺过这待遇吗？"

冉霖走过来，拍拍他的肩膀，让手心的热度实实在在传递过去：“你仔细回忆回忆，就是你亲口说的。”

陆以尧望着一溜烟出去洗漱的身影，哭笑不得。不心虚你跑什么！

跑到卫生间的冉霖其实心里也不平静。因为陆以尧的问题也给他提了醒——如果他拖累了陆以尧公司怎么办？

陆以尧想给他遮风挡雨，他却更希望陆以尧能以他为荣。

所以从现在开始，他必须更加努力，做一棵不畏风雨的，傲立霜雪的，五大三粗的摇钱树！

三天一晃而过，随着探班的友人离开，日子也好像更快起来。

转眼到了12月中旬，冉霖需要回去准备《凛冬记》了，顾杰没通告，所以想继续住一段日子。

临离开武汉之前，冉霖跟顾杰还有何导一起吃了顿饭。这回是何导请客，去的市中心的酒楼，一水正宗武汉菜。还是只喝茶，但这一次聊天的话题没限制在《染火》，而是天南海北随便聊，甚至何导还无意中透露了一些圈内秘闻。

临散席的时候，冉霖以茶代酒，还是敬了何导一杯。

何导难得接了，并拉起顾杰陪一下。

三个茶杯碰到一起——

“4月见！”

4月还很远，1月却很近，回到北京没多久，冉霖刚从不修边幅小青年变回白白净净男艺人——影版《凛冬记》就开机了。

# 第四十四章

再回横店，又是1月。

上次《落花一剑》杀青，冉霖就是1月份离开的，这次《凛冬记》开机，冉霖又在1月份回来了，兜兜转转，正好一年。

横店还是老样子，忙忙碌碌的剧组，熙攘奔波的群演，做生意的小商小贩。这个冬天还没下过雪，于是青石路依旧是青石路，黑片瓦仍然是黑片瓦。仿佛昨天他才离开这里，等到太阳一出，雪化了，他便悠然而返。

不过上次的拍摄大多在影视基地自搭的实景中，各种亭台楼阁，游廊水榭，着力打造《落花一剑》的古意江湖。但这次的《凛冬记》大部分场景都需要后期，所以实景拍摄的少，摄影棚里拍摄的多，而且实景中有很大一部分并不在横店拍摄，而是会在横店拍摄内容结束后，再辗转广东、张家界、新疆等地去拍真正的外景。

横店的摄影棚基地已经很完善了，无论是山林、洞穴、水下，抑或剧组自行设计的特殊场景，如架空的仙境、宫廷、深苑，甚至古墓等，都可以在棚内完成，然后拍摄的时候周围拉上绿幕，

冉霖第一天进组的第一场戏，就是小石头和阿堇在高崖下面救起教书先生。饰演阿堇的姑娘是圈内新生代的小花，江沂。还在电影学院念书时，她就参加了很多电视剧的拍摄，积累了不低的人气，后来毕业的第一部戏就是一个口碑票房双爆的电影的重要女二号，至此彻底进军大银幕，再没拍过电视剧，而是靠着几部电影稳扎稳打，成为小花里难得有人气有票房有演技的三有新人。

《凛冬记》是江沂的第五部电影，也是她担当主演的第二部电影。

在此之前冉霖从来没和这位女演员打过交道，只是在得知搭档是她时，曾上网查过一些对方的信息，除了正常宣传通稿之外，还有一些爆她耍大牌、脾气臭、背不下来台词等黑料。这些谣言没有真正形成风评，江沂的团队也没有对此发过辟谣声明一类，所以只是在一些黑粉或吃瓜群众的捕风捉影中，时不时传播一下。

冉霖从来不会通过网络信息对一个人进行评价，何况这个人还是马上就要合作的，究竟对方如何，与其听网上的，不如相信自己看见的。

昨天的开机仪式是第一次打照面，可惜没说上几句话，所以今天的拍摄，才是真正意义上的“认识”。冉霖提前半小时抵达摄影棚，上完妆出来，现场四周的绿幕已经围好，道具也已经摆放到位，只剩灯光师和摄影师还在调

试。

冉霖环顾四周，一眼就看见了导演，立刻走过去打招呼：“黄导，早。”

黄导正在和助理说话，闻言回过头，先是上下打量一下他的造型，末了满意点点头：“早。先去那边休息一下吧，再过半小时才能开拍。”

冉霖点点头，不再打扰导演工作，转身往场边的演员休息区走。没等走到跟前，冉霖就看见一个娇小的身影正坐在演员休息区的椅子上看剧本，周围再无其他人，甚至都没见到她的助理。

“早。”冉霖先出声打招呼。

女演员从剧本中抬起头，微微眯了眯眼睛，直到冉霖来到跟前，才好像刚刚看清似的，放下剧本起身，笑靥开朗：“你好，小石头。”

江沂的模样与电影中几乎无差，甚至真人比上镜还美，标准的鹅蛋脸，因为人比较瘦，脸部线条少了些丰润，多了些精致。柳眉星眼，鼻梁不算特别挺，但反而和五官更为融合，舒服而自然，虽然上了妆，可妆感很淡，清新质朴中，透着素雅的漂亮。微微的尴尬被江沂的一句“小石头”冲散大半。

冉霖弯下眉眼，道：“重来。早，阿堇，从今天开始，多多指教。”

江沂握了握搭档伸出的手，笑眯眯道：“好说好说。”

冉霖莞尔，明明是不怎么客气，可从江沂口中说出来，就带着孩子气的顽皮。

刘弯弯挑了个较远的地方坐下，没影响自己老板和搭档聊天，不过还是时不时偷瞄江沂一眼，从吃瓜群众角度观察一下明星本人和网上形象有何差别。其实差别还蛮大的，网上说江沂脾气臭，不好伺候，但在刘弯弯观察来看，从自家老板和她说话到现在，几分钟过去了，这姑娘脸上的笑模样就没散过，是个让人感觉特别舒服的人。

“怎么来这么早？”冉霖实话实说，他已经提前半小时了，江沂显然提前得更久。

“熟悉一下环境，”江沂解释道，“毕竟待会儿要在悬崖底下玩，危险区域，防患于未然。”

冉霖乐，看着不远处的岩石布景道：“好像都是泡沫做的吧？”

“你太天真了，”江沂似乎记起一些不堪回首的往事，“一旦被威亚吊到半空中，鼓风机一吹，你就不是你自己了，随风飘荡，四下乱撞，磕得青一块紫一块都是轻的，我上次直接被落下来的石头砸了。”

冉霖瞪大眼睛："那后来呢，没事吧？"

"没事，"江沂摇头，"硬纸糊的，砸不疼，就是吓了我一跳。"

冉霖想起自己看的江沂的资料，好像连拍几部电影都是古代的，不是武侠，就是神魔，便玩笑道："争取下次在人间谈场接地气的恋爱，不飞天遁地了。"

"但愿吧。"江沂幽幽叹口气，不过声音很快又飞扬起来，四下环顾，"小马哥怎么还没到，你化妆的时候看见他了吗？"

冉霖总觉得对方在说"但愿吧"时，情绪有一瞬的低落。

蓦地，他想到网上了解对方信息的时候，曾看过一篇江沂的专访，其中有一个问题是"很多观众说你只能演古装戏，你对此怎么看"，江沂的回答可以说很真诚，也很无奈。她说她非常想演现代戏，但出道至今，找上门的本子几乎都是古装，早期拍的电视剧里，偶尔还有现代戏，但都没有她的古装戏知名度高，后来毕业拍电影，就彻底在古装里打转了。回答到最后，她还希望专访的节目能帮她呼吁一下，导演们在拍现代戏的时候，也可以考虑考虑她。那篇专访已经是一年半以前的了，如今看来，呼吁似乎没起多大作用。

冉霖能理解她的心情，因为《落花一剑》之后，找他的新剧本里有90%是武侠，角色也像是方闲的翻版，可他很清楚，同质化的角色，想超越方闲是非常难的，因为那个角色的成功是优秀的剧本、优秀的导演、优秀的剧组和优秀的搭戏演员等共同创造的。但拒绝这样的角色，就等于拒绝掉了90%的机会，于是坚持自己的结果，就是近乎一年没有戏拍，直到签了《凛冬记》，后面的邀约才多起来，也才有了明年——不，已经1月份了，所以该是今年了——也才有了今年排得满满的档期。

不过江沂可以挑选的剧本还是比他多多了，所以即便没离开"古装"，每一部电影的角色还是截然不同的。有可爱卖萌，有腹黑犀利，有蕙质兰心，有大大咧咧，不会让观众产生"这个演员一直在重复自己"的审美疲劳。

江沂刚刚问的"小马哥"，是饰演教书先生的男配角，马彬。两个人之前就合作过电影，而且还是同一个学校表演系毕业的师兄妹，所以自上次合作之后关系就一直不错，微博上经常互动，但因为互动得太光明正大，而且马彬平日就喜欢开玩笑，微博上各种魔性的表现，熟不熟的和谁都能搭上两句，于是反而没跟江沂传出绯闻，倒是让许多粉丝总心心念念把两个人凑成一对。

“他还在弄造型呢！”冉霖想起刚在化妆间里马彬一脸的生无可恋，不厚道地笑了，“落水先生，必须有奄奄一息的楚楚可怜感。”

“听你这么一说……”江沂叹口气，继而缓缓咧开嘴，“我更期待了。”

20 分钟以后，可怜的教书先生落魄而来。马彬正经起来，是个眉目清秀书卷气十足的模样，但现下，衣衫褴褛，脸上还有好几道被山石划伤的血痕，真是让人心酸。江沂直接省略了寒暄，哈哈大笑。

马彬白她一眼，懒得理没良心的学妹，向冉霖伸出友谊之手：“你好！”

冉霖在马彬过来的时候已经起身，这会儿立刻寒暄：“你好，我是冉霖。”

马彬是昨天晚上才抵达横店的，没参加上开机仪式，所以冉霖也第一次和他面对面。

“我看过你的《落花一剑》，很精彩。”马彬说。

“我也看过你的《青山翠雨》，”冉霖礼尚往来，“拍得特别美。”

“咱能跳过互相吹捧吗？”江沂没好气地笑，把之前正在看的剧本重新拿起来，对着两位男演员道，“趁着没开拍，对对词？”

二人欣然同意。

其实今天要拍的几场戏，三个人都已提前背好了台词，所以真正对起戏来，反而不需要剧本，一路顺当，虽然没有走位和动作，但所有情绪都按照实际表演来，没有人笑场，连马彬都收敛玩笑，特别认真地“奄奄一息”。

导演助理过来通知开拍的时候，三人已经对到了第二场戏。随着马彬一桶水把自己浇透，顶着湿漉漉的头发躺到人造溪流之中，《凛冬记》的拍摄，正式开始。

整个 1 月，冉霖都是在绿棚里度过的。拍摄搭档从江沂、马彬，再到绿布偶、绿衣人等，换了个遍。其中很多都是需要后期电脑制作的造型，所以冉霖只能自己去脑补那些山精鬼怪，偶尔还动手自己创造一些灵魂画作，这样对戏的时候脑袋里有了具体的形象，更方便入戏。

江沂就是一个挺单纯的活泼姑娘，和网上那些什么耍大牌、脾气臭等，完全不搭嘎。倒是对待表演非常认真敬业，吊着威亚上天也好，穿着单衣下水也罢，除非动作实在高难度到必须专业替身，否则都亲自上阵，从不叫苦叫累。

马彬则成了剧组的开心果，完全是三十岁的人三岁的心，导演一喊开始，他立刻成了心清志明的教书先生，导演一喊停，马上魔性起来。可惜他的戏份不多，20 天左右便杀青，待他离组之后，各路九重天的神仙纷纷进组，拍摄的戏份也从地面到了天上，于是冉霖的戏份基本都在衬着绿幕吊威亚中度过，拍到 1 月底的时候，离地几米在冉霖这里已经根本不算事了，各种打架，前后空翻，随便来，要踏云而飞，他就摆个造型迎着鼓风机来个慢动作，要兵戎相见，吊在半空中的他则可以立刻身体横起，拎着炎铁锤就扫过去，气势炸裂。

王希来探班那天，他就正在剧组搭好的“甜丹酒池”边，一锤子一锤子对这座九重天违建进行拆迁。随着导演喊“过”，他立刻收手，但胸膛还因为刚刚的戏中情绪而剧烈起伏，及至刘弯弯给他披上保暖外套，才稍稍缓和些。

1 月底的横店已经寒意逼人，王希穿着米色羊绒大衣，一双高跟长筒靴，气质干练又不失女人味。

“希姐，你怎么过来了？”冉霖事先没接到电话，所以乍见到应该在北京办公室里忙活的王希出现在片场，有点意外。

“过来看看你，”王希道，“还顺利吧？”

“挺顺利的，”冉霖说，“没意外的话，2 月中旬就去拍外景了，应该先去新疆。”

王希点点头，环顾一下摄影棚里仍然在忙碌的剧组：“还有几场戏？”

此时已傍晚 6 点，冉霖知道王希实际想问的是几点收工，便道：“就一场戏了，很快的。”

“行，”王希说，“收工一起吃个饭。”

冉霖心里泛起一丝不对，直觉王希有事，这次过来并不是探班这么简单，但没等他问，那边已经布置好要开拍了，冉霖只能压下疑问，甩掉纷扰思绪，重新投入小石头的世界。终于到了收工，三人踏着夜色找了一间家常菜饭馆的包房，待点完菜，服务员离开，冉霖主动起身拿茶壶，给两位女士倒水。

王希心里头有事，没注意，刘弯弯却连忙站起来，伸手就要夺壶：“冉哥，我来——”

冉霖被小助理吓一跳，连忙拎着水壶提手迅速躲开，哭笑不得道：“刚开的水，你也不怕烫着。”

“那我也不能让你给我倒水啊！”虽然平素处得好，但一码归一码，她是助理，自然没有让老板倒水的道理。

“你就别和我客气了，”冉霖真心道，“这阵子我光顾着拍戏，大小事情都要你来忙活，一杯水你如果还和我分谁来倒，我真要生气了。”

“那谢谢冉哥了！”刘弯弯嘿嘿一笑，脸蛋白里透红。

王希从思索中回过神，看着没心没肺的艺人和助理，颇为羡慕。不过接下来她要说的事情，估计这两位小朋友听完也没办法再哈皮了——

“韩泽要来探班。”

冉霖手一抖，差点把热茶漫出杯口。

“希姐你说什么？”冉霖把茶壶放回原位，怀疑自己听错了。

“韩泽要过来探班。”王希耸耸肩，又重复一遍。

冉霖完全被弄糊涂了，一堆问题搅和在脑袋里，只能先挑个简单的：“他那边杀青了？”

“12 月份就杀青了。”

“可他是剧版主演，过来探班影版，不会感觉很微妙吗？”

“看从哪方面想了，”王希分析道，“剧版现在定在 6 月上映，影版得到明年 2 月，所以实际上两个版本之间没有直接竞争关系，相反，如果剧版的效果好，其实是会给影版带来正面效应的，会有很多因为剧版喜欢上《凛冬记》的观众，再买票过来刷影版。电影资方也不希望发生两版敌对的局面，互相打口水仗，或者明里暗里踩对方，最后只能是两败俱伤。”

探班，必须经过所探剧组同意才能成行的，不是说你想来就来，想探就探。所以王希这样讲，冉霖大概就听出些门道了：“韩泽已经和这边剧组打过招呼了？”

“是的，”王希无可奈何叹口气，“影版这边觉得如果能形成两版一家亲的良好公众印象，来个双赢，也不错。而且说实话，他们也不太在意剧版，毕竟两个项目性质不同，影版《凛冬记》的真正对手，是那些大年初一同档上映的电影，所有的宣传资源和竞争手段，都给那时候留着呢！”

“既然觉得不错，而且也不算什么大事……”冉霖纳闷儿地看着自己的经纪人，“希姐你为什么一脸生无可恋？”

“因为这事儿公司非让我去牵头说。”王希一张脸彻底黑下来。

韩泽想来探班，必然需要一个人和影版剧组沟通，那公司把这个任务交给王希，也没毛病，因为自己是影版主演，自己的经纪人必然和影版这边的剧组、资方都能说上话。况且，如果他没记错，王希刚说完影版这边已经同意了，证明她很好地完成了牵线任务。

“不是说成了吗？”不理解经纪人的郁闷，冉霖只能开口问。

“就是说成了才闹心，”王希拿起茶杯，结果发现依然很烫，又悻悻放了回去，“我倒希望这边不同意。”

“为什么？”冉霖对韩泽自然没好印象，王希和韩泽闹掰了，想来结束得也不愉快，但这些都是私人感情，如果韩泽探班真的对双方都有益无害，那么从工作的角度，王希不会是这种反应。

王希沉吟片刻，道：“我刚才说了，影版后播，所以如果剧版有正面效应，是会给影版带来好处的。但你有没有想过，剧版播的时候影版这边还没有任何动静，几乎不可能反过来给剧版带来好处，那韩泽为什么还要特意过来探班？”

冉霖垂下眼睛，思索良久，懂了：“他探的不是电影，是我。”

“对，”王希眉头不自觉皱起，“我都能想象得出他探班回去之后通稿会怎么写。一个小说开出影版剧版两朵花，两朵花还是同公司的艺人，然后剧版男一号还来探了影版男一号的班，佳话啊，简直是争名夺利的娱乐圈里一股清流。如果未来影版《凛冬记》火了，他完全可以把这个通稿再翻出来，到时候还能炒一波冷饭。”

“生平第一次被别人蹭热度……”冉霖品一下，道，“还挺新鲜。”

王希没好气白他：“少往自己脸上贴金，你有什么热度给人家蹭，充其量就是被人拉着陪炒。”

“你刚说的，要是影版火了，他再翻旧闻出来炒，不就是蹭我热度了。”

“那也要你的影版真火起来啊……”

冉霖可怜兮兮叹口气：“我都‘人在片场待，炒作天上来’了，你就不能捧我两句。”

王希莞尔，嘴上却还闷闷道：“我现在很不爽，说不出好话。”

“难道影版这边看不出来他的探班是个人炒作？”冉霖觉得既然王希能看明白，影版这边也应该门清。

王希道：“当然看得明白，这又不是什么高超手腕。但炒的是你，对电影来说，最好的结果是韩泽宣传自己和剧版的时候，顺带给影版也刷了一波热度，最坏的结果，无非是只宣传自己和剧版，对影版这边无影响，无论哪种，影版都没道理刻意为难他，或者梦无涯。”

显然从头到尾王希都不乐意，公司那边定然给了她很大压力，才不得不来牵线促成韩泽探班这件事。

“行了希姐，我都不介意了，你也别不开心了。”冉霖劝道，“就像你说的，如果他的探班通稿真能给影版增加曝光率，这也是好事。”

“但是一想到你心里嫌弃得要死，面上还得微笑，我就气儿不顺，”王希眉头都快皱出千沟万壑了，“我现在就你一个艺人，你是我的宝贝知道吗？我这天天盼着你发光呢，他们倒好，想拉着你炒一把就炒一把，凭什么？炒煳了谁负责！”

冉霖心里动容，难得吐槽梦无涯，带着点抱怨，又带着点撒娇：“可惜，公司领导没你这么宝贝我。”

王希抬眼，看了自家艺人半晌，一声轻叹：“我也刚学会怎么识货。不过梦无涯呢，估计这辈子都学不会了。”

听话听音，锣鼓听声。经纪人的话让冉霖一下子想起之前聊过的不续约的事，显然王希现在话里话外已经不避讳“迟早要和梦无涯一刀两断”的意味了。不过那时候聊，他只知道自己不想续约，却还没想过解约之后的去处，但这会儿不一样了，陆以尧把两个人的未来拉到了一起，他是不是也应该告诉王希一声？可现在八字还没一撇，何况还牵扯到陆以尧那边，如果太早说的话，万一情况有变……

“其实我和剧组沟通韩泽要来探班的时候，剧组有问过资方的，”王希没注意冉霖正在走神想别的事，自顾自道，“毕竟一个电视剧一个电影，就像你说的，关系也微妙，但资方那边听说是一口就答应了，因为觉得你和韩泽是同一家公司，如果拒了，你在公司也会很难做，所以这一点上，其实也算对你照顾了。”

冉霖的思绪被重新拉回：“听你这么说，我更想见见那位投资人了。”

从前期筹备到现在开拍，投资人从未露过面，王希也试图约过，不过对方是真的很忙，就一直没约上。冉霖只是随口一说，毕竟拍摄进度都过三分之一了，再两个月就杀青，前面那么久都没见过，他已经不抱希望了。

未料王希却道：“如你所愿。明后天吧，可能会过来探班，”王希笑道，“说是要赶在剧版男一号抵达之前，先来看看情况，心里才有底。”

冉霖窘：“那我还得谢谢韩泽了。”没韩泽闹这么一出，说不定到杀青也无缘得见投资人呢！

“这就是拖延症，”王希调侃，“平时总觉得不急，没事，可以，临到外人要来了，才知道赶忙过来看。”

冉霖乐，完全可以从王希的语气里，感受到她对那位神龙见首不见尾的投资人的怨念。

两天后，横店下了一场雨夹雪。

几乎看不出来雪，只觉得像丝丝细雨，把路都打湿了，空气里也带着雨水的湿气，虽然有点阴冷，但呼吸间，是久违的清新。水下摄影棚内，6 米深的半圆形池子已经蓄满了水，水池带恒温系统，这会儿温度在 25℃左右，不算特别暖和，但相比冷水，已经好太多了。

这场戏是初到九重天的小石头，被司酒官和守卫酒池的天兵戏弄嘲笑，失足落进甜丹酒池。而在酒池底部，困着一条被剥去鳞片的小白蛟，那蛟本是世间妖，修炼千年，方能度劫成龙，升上九天，可黑蛟常见，白蛟却罕有，于是在度劫之日，尚未飞升，便被下界查看甜丹草种植情况的天将捉了去，献给北天帝，北天帝觉那白蛟无用，刚要处置，却被司酒官求了去，说白蛟镇在池底，可使酒池冬不结冰，夏不干涸，相比用法术使司酒宫四季如春，倒不如这自然之法来得酒香醇厚。于是，那白蛟便被剥去鳞片，锁在池底。

而小石头失足跌落，司酒官和众天兵以为他必死无疑，又碍于九重天禁令，不得私入酒池，故而只守在池边，等待小石头灰飞烟灭，却不料他到了池底，被白蛟渡了真气，不仅大难不死，还救下了被困的白蛟，骑在白蛟身上跃出水面，如疾风而去。

此时，冉霖穿着粗布衣衫站在池边，头发凌乱，面容稚嫩，对面是锦衣华服的司酒官，和魁梧的天兵天将。随着场记板一声啪，冉霖缓缓抬眼，目光里再无柔和，而是深沉的愤怒。

司酒官冷笑：“自不量力的小鬼！”

语毕一个拂袖转身，天兵天将立刻上前去拉扯他。

“别碰我！”冉霖奋力挣扎。

天兵天将岂是好说话的，动作粗鲁，毫不留情。冉霖节节后退，脚下忽地一空，整个人向后仰去！

扑通——水漫过眼耳口鼻的瞬间，冉霖第一感觉是恐惧。他会游泳，但这样的落水方式，平生还是第一次，恐惧几乎是本能。既恐惧，便要挣扎，好在剧本中也需要他挣扎。冉霖使劲睁开眼睛，一边凭着本能无措挣扎，一边将落水前憋的一口气，接连不断吐出，形成气泡。

水池下方有巨大的玻璃视窗，可以捕捉到水中的情况，他的一举一动，都被清晰拍摄。挣扎到差不多，憋的一口气也吐得差不多，冉霖慢慢停下动作，放松身体，闭上眼睛，感觉自己渐渐往水下沉。明明是二十几度的水，可他现在觉得很冷，很冰。

剧中的小石头在挣扎无果之后，失去知觉，直至落到白蛟身旁。

现实中的冉霖，还是有知觉的，只是有知觉，更痛苦，胸腔像压着巨石那样憋闷，可又好像马上就要炸开，但他不能动，也不能往上游，他必须尽可能地往下沉，沉到拍摄的素材足够后期做特效，并在某个合适的地方，做上一条小白龙。

咕咚——似乎耳边有闷响，但冉霖不能确定。

肺里的空气已经用尽。导演，对不住，素材只有这些，你凑合剪吧。冉霖在心中这样嘀咕，之后立刻睁开眼，准备手脚并用往上游。

哪知道刚睁眼，就见到一位帅哥，没等冉霖反应过来，胳膊已经被架住，然后被带着以极快的速度浮出水面。

“呼——”冉霖刚一冒头，便大口大口呼吸，结果架着他胳膊的帅哥根本不让他在水里多待，立刻拉着他游到池边，而池边的工作人员立刻把他拖上岸。总算觉得肺没那么难受了，冉霖才想起来看导演，结果就发现自己身边围了一圈人，个个一脸担忧惊恐。

冉霖也被吓着了，立刻问：“怎么了？”

“他们以为你溺水了，我只好下去救人。”刚把冉霖捞上来的帅哥，无奈道。

冉霖这才看清，帅哥正是这个水下摄影棚配置的救生员，刚刚拍戏开始之前，大家也打过照面的。

冉霖哭笑不得，对着一脸关切的工作人员道：“我没事，我心里有数的，他下来的时候，我正想往上游呢！”

“又没让你非得沉到水底，差不多就行了！”黄导不知道什么时候从监视器后面走过来了，语气不善，显然也被吓着了。

冉霖连忙探头，举手和导演表达歉意：“我是想着时间长点，素材多嘛，下次一定注意！”

见演员没事，工作人员也散开了，去准备下一场，冉霖一边用刚被递过来的毛巾擦头，一边对导演嘿嘿笑。

黄导被嘿得没脾气了，叹口气道：“拍戏是得认真，但也不用真拿命拼。”

冉霖不置可否，只瞪大被水刺痛得有些红了的眼睛，问：“刚才那场效果咋样？”

黄导无语，发现自己就是对牛弹琴。得，从来都是导演希望演员更认真，没见过导演劝演员别太拼的，黄导也不操这份心了，直接没好气道：“完美，要我说你不应该演小石头，你就应该演被困在水底下的小白龙！”

冉霖揶揄：“不是蛟吗？”

黄导发现合作越久，自己的威信越扫地，也不知道是他就对这一类型演员没辙，还是时不时丢出个青蛙公仔的习惯，削弱了他的威慑力。

身旁忽然传来鼓掌声。冉霖和黄导一起转头，就见一个中年男人正带着浅笑鼓掌。男人看起来也就四十岁出头，穿着一件棕色机车款的皮夹克，深色牛仔裤，一双系带高帮皮鞋，看起来就像哪个街拍的大叔款男明星。

“黄导，”男人的语气很客气，但内容却是和导演聊天，“我刚才在下面的玻璃视窗看了，非常精彩。”

黄导似乎早见过来人，所以略过打招呼环节，直接半玩笑半认真接茬：“演员肯拼，导演就好当。”

“冉霖。”男人直接叫了他的名字，不带疑问，显然非常肯定。

电光石火间，冉霖灵魂附体，想起前两天王希说的，投资人会过来探班，而且给他看过的那张某酒会上的合影里，投资人好像就是眼前这位。

“施总？”不同于来者的肯定，冉霖带着试探。

男人笑开来，和导演道：“看见没，黄导，我还是小有名气的。”

黄导心说你是出钱的，可不让人印象深刻么。不过实话实说，他还挺喜欢这位投资人，因为给了导演相对比较多的自由和权限，尤其对艺术创作部分，完全尊重导演意图，所以总体来说，还是合作很愉快的。

冉霖一听就懂了，自己猜对了，连忙道：“施总您好，我是冉霖，非常谢谢您和导演能给我这次机会……”

施总摆摆手，笑容温和：“客气话不用说，你的感谢都在你的表现里，我刚才已经看见了。”

冉霖半张着嘴，心里如暖阳和煦，连湿透的身体都不觉得冷了。

“我今天就是过来看看，你们当我不存在就行，该怎么工作还怎么工作，别因为我耽误进度。”施总说完，转身走到场边不起眼角落坐下，跷起二郎腿，倒真是个休闲探班的模样。

冉霖见过的投资人不多，雷白石酗酒成性，丁铠心怀不轨，彭京与更像同龄的哥们儿或者损友，一比较，这位施总简直完美。

从施九廷进来片场，王希就认出他了，不过人家径直往男一号身边走，压根没往两边看，她也不好硬凑过去。

总算等到施九廷退回场边，老神在在观望，王希才走过去，礼貌打招呼：“施总，您好！”

施九廷微微歪头，疑惑打量不知道从哪冒出来的干练女子，但人还是很客气地起身：“你是？”

“梦无涯，王希，我们通过电话的。”王希说着拿出自己名片，递给对方。

施九廷接过名片，淡淡扫两眼，想起来了：“王总？”

“不敢当，”王希连忙道，“您叫我小王或者王希都行。”

施九廷看一眼这位和自己年纪相仿没准还要大上一两岁的经纪人，“小王”是怎么都叫不出口，索性也不叫了，含糊应着：“嗯，好。”

王希也不纠缠这个，直奔重点：“一直想请您吃饭，当面感谢您给了冉霖这个机会。”

施九廷笑笑，没说那种否认自己给了冉霖机会的虚话，只道：“机会来了，也要有真本事才能抓得住。”

施九廷在电话里给人的感觉就是这样，没客套，没虚伪，三言两语，把事情说清楚，不玩猜来猜去，也不用人太过恭维。作为经纪人，王希是最愿意和这样的资方打交道的，不累。

“既然施总您过来了，晚上我和冉霖请您……”

王希话没说完，就收住了，因为施九廷淡淡和她摆了摆手。

“拍戏已经很辛苦了，我不能剥夺演员宝贵的休息时间，如果因为应酬我，影响了第二天的工作，那我这探班慰问，真可算多此一举了。”

既拒绝得让人无法反驳，又让人听着舒心顺耳，这是功力。王希不再啰嗦。电话中提几次，当面又提一次，诚意已到，对方既是真不想吃这顿饭，她正好落得清闲，何苦强求。

说话间，现场已经准备完毕，要拍下一场了。施九廷重新坐下来，王希也挑了旁边一张椅子坐，以免来回走动干扰剧组拍摄。

第二场戏还是水中，不过这一次是已经沉入水底的冉霖被小白蛟渡真气后，反过来帮白蛟脱困，所以需要冉霖在水中“拽断困着白蛟的锁链和镣铐”。

随着场记板落下，冉霖重新跃入水中，没半点犹豫。从王希和施九廷这边的角度，只能看见波动的水面，确切地说，除了到下面玻璃视窗处拍摄的摄影师，所有还在棚内的人都只能看见水面，看不见演员——除了导演。

监视器如实播放着冉霖在水下的表演，黄导聚精会神地盯着，不错过一帧。虽然池边的救生员一直待命，可王希还是不自觉握紧手心。时间忽然变得漫长起来，短短一分钟不到，却像过了一个世纪。

终于一声“哗啦”，自家艺人重新冒出了头。王希瞬间舒口气，就好像刚刚在水里屏息的是自己。

又是一条过，导演很满意，冉霖已经被扶上岸，披上毛巾，现场重新嘈杂起来。

“你怎么比演员还紧张。”身旁传来调侃。

王希看向施九廷，苦笑道：“他心里有数，我心里没数，没数的当然比有数的更没底。”

“有道理，”施九廷不但认可，还煞有介事点点头，“难怪一听你说韩泽要过来探班，我就是再忙，也得先过来看一眼，因为你对现场情况和韩泽都有底，我却都没有。”

王希懂他的意思，也不装傻：“那您已经看见现场了，所以剩下的不确定因素就只有韩泽了。”

“我给梦无涯还有你和冉霖这个面子，”施九廷带着深意地看了王希一眼，“别让我后悔多一事不如少一事。”

王希硬着头皮笑笑，事已至此，她总不能说“要不您再考虑一下吧，不必看在我们的面子上给韩泽行方便”这种话，毕竟韩泽和冉霖同在梦无涯，对方不会割裂着看，当真一荣俱荣，一损俱损了。

不过想来想去，韩泽顶多是炒作自己，也不至于蠢到伤害影版，因为这样做对他和先播的剧版没有任何实际好处，反而树敌。

施九廷点到为止，不再在这种稍显尴尬的话题上打转，而是伸手拿过靠立在椅子旁的一个细长的方盒，递给王希：“这个还得麻烦你。”

那盒子只有半个手掌宽，长度却有六七十厘米，盒面上没有字，只通体画着古意山水，作为包装盒，实在有点精美得过分了。

画轴？拐杖？宝剑？

接过来的盒子有一些分量，但又不算重，王希只能通过盒子的形状脑补里面的东西，但越脑补越离谱，只得抬眼，疑惑看向施九廷。后者笑而不语，只轻轻点头。

王希在心里翻了个白眼，她又不会读心术，鬼知道对方的点头是“你猜得对”还是“可以打开”还是“什么都别管安心收下吧”，莫名其妙变出个诡异盒子总要给点旁白注解吧！

无奈，王希只能出声问：“您刚说的麻烦我是指……”

“希望你将它拿给冉霖签名，”施九廷说着摸了摸鼻子，似也有点不好意思，“签完还得麻烦还给我。”

王希窘，也不自己瞎猜了，托托手里的细长盒：“能打开看看吗？”

施九廷：“当然。”

盒子的开口不在两端，而是整个盒身被盒盖扣住，所以王希用两个手掌贴住两端截面，将盒子稍稍拿起，然后轻轻往下一晃，盒盖和盒体自然分开，待到将盒盖彻底拿开，王希总算看清了里面的东西——一把油纸伞。

王希以前带韩泽的时候，也帮关系户拿东西给韩泽签过字，照片、T 恤、篮球等应有尽有，但那些东西都在这把油纸伞面前，黯然失色。

盒子都开了，王希也不客气了，直接把伞拿出，轻轻解开伞上的丝线，然后慢慢撑开伞。只见伞面上是一幅红梅傲雪，旁边两句小诗，字体秀逸——三叩结金兰，一剑看落花。

王希总算看明白了，合着这是《落花一剑》的周边。压下吐槽的心，王希把伞重新收好：“放心，一定让冉霖签得漂漂亮亮的。”

施九廷似有若无松口气，看着王希把盒子重新盖好，无奈一笑：“女儿的指示，只能照办。”

王希愣住，她之前探来的消息一直都说施九廷喜欢《落花一剑》，尤其喜欢里面的方闲，所以才会想要冉霖来演《凛冬记》，现下看来，情报有误。

施九廷一直把家庭保护得很好，所以也只知道他家的女儿应该是刚上初中的年纪，别的就没有了。

“好爸爸”绝对是加分项，所以王希再看施九廷的时候，就觉得这人越发顺眼了，连带着说话也少了几分客气，多了许多人情味：“您就放心吧。”

冉霖中午收工的时候，施九廷已经走了，只留个助理在这里等。于是冉霖还没来得及吃盒饭，就被经纪人拉到僻静处——签名。

冉霖也第一回见人拿伞来给他签名，好奇欣赏了半天，才找了一个不影响整体美感的角落，签上大名。

签完之后想起来，问经纪人：“希姐，施总就来看看，没说什么？”

当然说了，而且是很明确地提醒了自己，别让韩泽的探班变成惹人烦的事，但这些是她这个经纪人需要处理的，与冉霖无关，所以最后王希还是摇了头：“没说什么，就让你好好演戏。”

冉霖点点头，不疑有他。但是再看一眼伞面，还是觉得充满违和感。施九廷今天穿的是机车服，超级拉风，特有范儿，结果让他签名的是一把江南女子一样温婉的油纸伞，实在没办法搭到一起。

“我们都搞错了，”王希看着自家艺人一言难尽的表情，就知道他纠结什么呢，干脆公布答案，“他女儿才是你真正的粉丝，估计他想让你来演《凛冬记》，也有讨女儿欢心的成分在。”

“那这个成本也太高了吧……”冉霖被如山的父爱给震着了，要知道《凛冬记》的投资可不是小数目。

“他没那么傻，”王希道，“不是也让导演和制片人过来把关了嘛！能行固然好，你如果真不行，他也不会拿真金白银开玩笑。”

冉霖略一思索，也是这个道理，不过仍然很感慨：“我的粉丝要都是这种质量，我能少奋斗 20 年。”

王希把伞收起，重新系上丝带，没好气笑道：“别想美事儿了，还是一步一个脚印，勤劳致富吧。”

施九廷过来探班的两天后，韩泽就来了。他似乎是精确计算过时间的，或者打点了生活制片，总之是跟着中午送盒饭的生活制片一起来的。生活制片送盒饭，他送了热饮和盒装切好的水果。

大冬天里，喝上一杯热饮，还是很舒服的，再来点饭后水果，美滋滋。剧组人员对于这种不搞形式主义，实实在在慰问到实处的同志还是欢迎的，所以现场一片其乐融融，韩泽这个探班的，那忙碌架势倒有点像男一号。

冉霖和王希在旁边看着，想帮忙也插不上手，有点不确定这人究竟是来探自己的班，还是来探剧组的班。不过他们也不挑这个，韩泽给梦无涯长脸，就是给冉霖长脸，若真能把这种良好表现贯穿始终，那倒是好事了。

总算忙活得差不多，韩泽这才腾出空来和冉霖还有王希打招呼，一同过来的还有他的新经纪人邓敏茹。

“辛苦啊！”韩泽拍拍冉霖肩膀，亲兄热弟似的。

冉霖摇摇头：“没有，谢谢你们过来探班！”

韩泽道：“同门师兄弟，就别客气了。”

王希总觉得再寒暄下去，场面会尴尬，毕竟双方实在没有太多话好讲，便单刀直入，奔向主题：“因为影版暂时还没开放媒体探班，所以采访的话，可能要去旁边。”

“没关系，”出声的是邓敏茹，“理解的。”

王希点点头，找来剧组工作人员，简单沟通后，一行人就去了旁边不会拍到现场布景的地方。

所谓采访，其实也是双方事先沟通过的，都是一些客套话，比如韩泽为什么会过来探班，当然是难得同公司艺人演同一部原著，加上两人关系又很好，所以必须过来支持。再比如双方从各自参演角度，聊一聊对未来成品的预期等，当然最后肯定是要透露剧版《凛冬记》6 月份就要播出了，然后两个人再很自然地给彼此的版本献上祝福。

整个探班前后也就一个小时，全在午休时间，没影响拍摄进度，流程和采访都是套路，韩泽也没出其他幺蛾子，送走这位“同事”的时候，冉霖和王希都不约而同松口气。可越是风平浪静，过后再回想，越觉得不安。

“没问题吧？”冉霖有点惴惴地问经纪人。

“应该没问题，”王希说完，又琢磨一下，补充道，“等明后天看看他的通稿吧。”

王希高估了邓敏茹的效率，直到 3 月初，冉霖已经完成横店、新疆的拍摄，刚刚转移到第二个外景地广东，那篇通稿才姗姗来迟。

【《凛冬记》一蒂双花，小石头探班小石头！】

虽然来得迟，但热度足够，通稿铺天盖地席卷网络，“韩泽 + 凛冬记”的关键词，直接上了热搜，点开之后，就是探班的通稿和视频，除此之外，“凛冬记 6 月播出”也成为热门话题。

热搜和热门话题里的“凛冬记”，没有人特意去强调影版还是剧版，但点进去看，得到的信息基本都是侧重剧版的。

这很自然，本来韩泽就是要为自己和剧版炒热度的，这在探班之前，就是王希和影版方面都心知肚明的，何况最后的采访，并没有剪掉冉霖和影版的相关信息，包括韩泽祝福影版大卖，都是完完整整的。故而虽然这波热度侧重剧版，也多少给影版带了一些免费宣传。

虽然两个版本凑到一起，难免被比较——

【抽烟的蓝云：个人意见，韩泽更符合我心目中的小石头。】

【写不好毛笔字我就狗带：我喜欢冉霖，更有少年感。】

但两家粉丝和大多数路人却更喜欢正能量——

【泽_520：两版小石头各有千秋，拒绝带节奏。】

【熊熊火焰的燃面：祝福剧版和影版都有好成绩！】

【尧远不遥远：纯路人，我就喜欢和和气气欢欢喜喜，而且这是同门兄弟去探班，还互相祝福了，拜托个别人不要戏太多，非挑唆人家撕X。】

当然韩泽此举为的就是宣传，而评论里不少网友的回复也证明，宣传果然还是必要的——

【百善孝为先：求问《凛冬记》小说好看吗？我是不是应该在电视剧来之前补一波？】

【我已经是一只废宅了：看过小说，剧情已经忘差不多了，但印象还不错，期待电视剧！】

【小黄鸭哒哒：书粉求千万别毁原著。】

【雪山飞狐外传迷：6月播啊，还要等好久……】

【Alicia：什么时候放片花？剧照也行啊！】

此时王希已经回了北京，冉霖退出微博，给经纪人发了微信语音：“希姐，看见韩泽的微博热搜了吗，好像没什么问题。”

经纪人回得飞快：“嗯，算他老实。”

冉霖莞尔：“你也在刷微博？”

王希：“必须的啊，我可是和施九廷那边打了包票的，要真出问题，我是第一责任人。”

冉霖：“现在可以放心了。”

王希：“不对，我操心这个正常，你操哪门子心，有时间刷微博还不如多看看剧本。”

冉霖：“剧本已经刻在我脑袋里了，我现在做梦都是暴揍北天帝。”

王希的语音里带着浓浓笑意："挺好，继续保持。"

和经纪人说完话，冉霖简单冲了个澡。2 月底的广东温度，近乎北京的 4 月了，空气里带着淡淡凉意，但整体舒适。冉霖洗完澡出来，周身清爽，趴到床上，拿手机把白天让刘弯弯给自己拍的照片一张张翻过，最终选了一张满意的，正准备给陆以尧发过去，对方的信息却先来了——

【韩泽去你那边探班了？】

陆以尧年后又进组开拍一部喜剧电影，合约是早就签好的，当时姚红的规划是希望能挖掘陆以尧的喜剧天分，看看能否将戏路更拓宽一些，而且合作的导演也是近年来拍一部火一部的喜剧片导演。

哪知道真等开拍了，这倒要成陆以尧的电影收官作了。但正因为是最后一部，所以陆以尧格外认真，准备给演艺事业来个善始善终。冉霖能感受到他的状态，便每次联系都是报喜不报忧，免得让他跟着一起糟心。

韩泽要来探班这种事，当然在"干扰项"里，他也就没跟陆以尧提。

【上个月来的，就走了个过场，没什么事。】——冉霖如实回复。

发完信息，冉霖赶紧把之前选中的照片也发过去。一望无际的金灿灿的油菜花田里，他饰演的小石头正和江沂饰演的阿堇天真烂漫地奔跑。

果然，相比没闹出什么事端的韩泽，这张照片更具有冲击力。

陆老师直接发了语音："你这是在我面前……和女一号秀恩爱？"

"秀恩爱"三个字的尾音，带着危险的上扬。

冉霖窘，按住语音道："请忽略女一号，直接看我和油菜田！"

那边发过来的语音带着低声闷笑："这是什么戏份？"

冉霖见聊到这里还没收着视频邀请，便明白对方应该还在片场，或者其他不方便视频的场合，八成躲在僻静角落，戴着耳机收发的语音，所以还有不小的杂音。

思及此，他便又改回敲字——【村里的甜丹草田。】

陆以尧——【好看。】

冉霖——【当然好看，听说剧组前期找了好几个地方，最后才选中这里。】

陆以尧看着回复，哭笑不得。他是觉得冉霖好看，站在一大片灿烂的油菜花田里，漂亮得不要不要的。

剧组工作人员过来叫他了，陆以尧赶忙发过去最后一条——【继续开工，不能说了，早点休息。】

对面发过来的是图片晚安——戴着睡帽的跳跳虎。

整个3月，冉霖跟着剧组辗转广东、张家界和云南，将《凛冬记》的全部外景拍摄完毕。3月30日，《凛冬记》杀青。

杀青宴上，江沂非拉着他要来个闺蜜自拍，冉霖也不知道自己怎么就被定了这个属性。最后两个人的合影成为江沂微博的九宫格之一，剩下八张还有她和别人的合影，以及杀青宴的其他照片，最后汇成一条杀青微博。

冉霖转发，感谢剧组几个月的辛苦，也表达了对明年电影上映的期待。杀青宴之后冉霖几乎没休息，只回北京待了一天，又马不停蹄奔赴《染火》剧组。《染火》4月3日开机，但冉霖4月1日下午就到了。

不同于上次体验生活，这次真正开拍，剧组自然还是给演员们订了酒店的。不过冉霖还是坐的高铁，王希没跟着，只带了刘弯弯，一下火车，便上了剧组派来的车。

这天细雨蒙蒙，天色有点阴，但阴得不厉害，路两边树上的嫩叶还看得清清楚楚。相比离开时的萧瑟，春雨中的武汉，透着勃勃生机。

据说顾杰就住在这边没走，只是短租房期满后，就先一步住进酒店了。等不及给友人惊喜，冉霖直接拨通了顾杰电话。

冉霖直接说："我到啦！"

电话那头似没反应过来，愣愣地问："到哪了？"

"武汉，"冉霖黑线，"马上就到酒店了。"

顾杰："你不是前天才杀青吗？"

冉霖："对啊，昨天休息一天，今天就过来了。"

顾杰："少来！想骗我对不对？切，我告诉你，我再也不会上当了，武汉现在下着雨呢，别指望我傻乎乎去雨里等待一个杳无音信的你！"

伙伴的语气太义愤填膺了，满满的真情实感，不像玩笑，何况那是顾杰，一个和玩笑无缘的男人。冉霖咻地瞪大眼睛，反应过来——今天是愚人节！

难怪顾杰说他再也不会上当了……等等，再？

"上一个坏人是谁？"为了诱出真相，冉霖决定先默认"骗子"的人设。

电话那头沉默两秒，道："我拒绝回忆……"

冉霖凝眉思索片刻，猜测道："夏新然？"

电话那头彻底沉默了。

"他骗你说他到了然后让你在雨中等他？"冉霖再接再厉。

顾杰终于压抑不住满腔悲愤："他给我打电话说他来探班，已经到我酒店楼底下了，让我开窗户看他，我开了窗户发现楼下没有人，他说因为下雨阻碍了我的视线，让我喊他两声，因为他也看不清我的窗户，然后我就对着楼底下喊了十几遍夏新然！"

冉霖："一遍比一遍声音大？"

顾杰："最后大堂保安出来了，站在楼底下喊着问我需不需要帮助。"

冉霖无言以对。

电话里单纯的友人叹口气，显然很受伤："我以为你们不一样。"

"谢谢平哥。"冉霖给刚认识的剧组司机道谢，然后开门下车，顶着刘弯弯帮忙撑的伞，一手拿电话，一手把行李从后备厢里拿出来，末了抬头看看密密麻麻的酒店窗户，也觉得很受伤，"我现在也到你酒店楼下了，估计你肯定是不信了。"

将生活制片交代下来的房卡给完刘弯弯，司机驱车离开，冉霖收回仰望视线，正准备和刘弯弯一起进酒店，就听手机里问："那个小黄伞是你？"

冉霖窘，仰头也看不清哪个窗户打开着，只能黑线道："小黄伞是我助理，你觉得我会打一把小黄伞吗？"

"你还真这么早到了啊！"顾杰的语气从怀疑变成惊喜，"我就说你和夏新然不一样，才不会凑热闹过什么愚人节。"

冉霖皱眉，友人说过这句话吗？

雨好像有些停了，冉霖总觉得听不见雨滴打在伞布上的声音了，不过还是一直撑着伞进的酒店大堂，然后和弯弯一路到了 7 层。

随着叮的一声，电梯门缓缓打开。冉霖咽了下口水，生生没敢迈步。

堵在电梯口伸出双臂做迎接状的顾杰，一脸不解："我特意过来接你，你这是什么表情？"

"你要不说过来接我，我还以为你站这儿收保护费呢！"冉霖一边吐槽，一边拉着行李箱出电梯，回身才给了顾杰一个拥抱。

顾杰对友人没第一时间拥抱自己，颇有微词，但还是勉强接受。

刘弯弯看两个人跟小孩儿似的互怼，决定不打扰他们兄弟重逢，直接拿过冉霖行李箱道："冉哥，你们聊，我先帮你送到房间。"

冉霖穿着一身休闲装，也没有要换衣服的意思，索性把行李交给弯弯，自己直接跟顾杰回了房间。顾杰的房间意外地整洁，没有扔得到处都是的衣服或者杂物，就一个行李箱放在角落，几个简易健身器放在另外一侧墙根。

“时间过得太快了，”冉霖把窗户打开，雨已经基本停了，天还是阴的，清凉的风吹进来，一室惬意，“我感觉自己刚走，就回来了。”

“那是因为你忙，”顾杰递给冉霖一瓶红牛，“我在这度假似的，中间过年回家还待了一个月，感觉这半年把以前失落的假期都补回来了。”

冉霖羡慕，嘴上却揶揄：“你这是要息影的节奏啊！”

“哪有那美事儿，这不就是《染火》的开拍日期一直飘，怕定了别的合同耽误事儿吗，现在确定4月开机，7月底杀青，多说，再拖一个月，8月杀青，9月以后也肯定没问题了，所以我已经让我经纪人把9月以后一直到年底的行程，都排满了。”

“那明年呢？”冉霖好奇。

顾杰耸耸肩：“明年再看，我不喜欢把档期提前排太满，不然真遇见喜欢的片子，没有档期，太闹心了。”

冉霖在窗户旁边的椅子上坐下来，吹着小风，看着顾杰，感觉在《凛冬记》剧组养成习惯的快节奏，正慢慢放缓，自己就像这座城市，像眼前这个朋友，在春雨里，不紧不慢地舒展开来。

“《凛冬记》拍得怎么样？”顾杰打开自己的红牛，喝一口，带着点慵懒地慰问朋友近况。

“挺好，”冉霖实话实说，“如果后期不坑的话，应该还行。”

顾杰盘腿坐在床上，一手拿红牛，一手捏颈椎，自己给自己按摩：“怎么算不坑？”

冉霖开始数：“五毛特效，网游既视感，或者直接外包给国外特效团队，然后人家从素材库里随便拿点现成的拼拼，明明东方神话，一整套都是西方魔幻感，什么城堡冰原火龙一类的，尤其是如果龙还带翅膀的话，那特效钱真就白花了。”

顾杰听到前面的时候，本想说你会不会对国产特效大片要求过高，但听到最后一句，才听出冉霖的心酸。如果一个打着东方魔幻名头的所谓国产特效大片，出现的不是东方龙却是西方龙，那是有点扎心。

于是嘴边的话就变成：“你会不会对国产特效大片的质量太悲观了？”

冉霖其实内心深处是期望《凛冬记》能打开国产魔幻大片新局面的，奈何过往血淋淋的例子太多，所以一展望未来，就没什么底气。

这会儿对着顾杰，冉霖也就说了实话："能拍出真正的大片那是最好，实在拍不出，也但愿别太难看，不然回头影版剧版放一起比，影版被碾压成渣，韩泽绝对会专门找机会跳我面前来嘚瑟。"

顾杰愣住，他如果没记错，前段时间刷微博的时候，应该看到韩泽去探冉霖班了，热搜挂了一天，热门话题挂了好几天。所以他想当然认为这两人关系很好，但现在听冉霖的语气又似乎不像："你俩关系不好？"

冉霖歪头捋了一下他和韩泽的关系，发现是在交锋中曲折发展的："最开始是他单方面敌视我，现在弄得我也来了斗志，不想输给他。"

顾杰不懂："那他为什么还要去探你的班？"

冉霖道："刷一波热度呗，他的电视剧 6 月播，先预热一下。"

顾杰皱眉："累不累啊！"

其实探班前后也就一小时，没多累，但冉霖知道顾杰吐槽的是"心思"，天天钻营着想怎么弄新闻，炒热度，累不累？当然累。但对于近两年不顺，渴望凭借《凛冬记》翻身的韩泽，这一点小心思就不算什么了。

冉霖只能想到这些，所以也就是这么回答顾杰的，两个人没再对这件事进行过多讨论，后来就开始聊《染火》了。

《染火》计划的拍摄周期是 4 个月，4 月 3 日开机，7 月 30 日杀青。

原定的女配角因为开机时间一拖再拖，最终没了档期，临到 3 月下旬才和剧组说演不了，导演急得火烧眉毛，又连续找了几个女演员都不合适，只能临时调整拍摄计划，将男演员们的戏份提前。

所以整个 4 月和 5 月上半月，冉霖都在拍和顾杰的对手戏。

有了先前体验生活时的磨合，两个人配合起来很默契，拍摄也很顺利，一晃，便到了 5 月下旬。

# 第四十五章

冉霖到片场的时候没看见顾杰，等化完妆出来，发现顾杰已经坐在场边拿着小风扇在吹了。这一周都是大晴天，气温逐步攀升，没到酷暑，但也是有些闷热了，顾杰是个不怕热的，可他太爱出汗，一出汗就影响上镜，所以从三天前开始，就随身携带个手持小风扇，只要没拍戏，便不停歇地吹。

冉霖穿着狄江涛的青色泛白T恤，衬得脸色更青白，化妆师用阴影粉给他打造得眼窝深陷，颓废无神。这样的冉霖在片场，唯一能判定他是在拍戏还是在休息的，就只剩一双眼睛——拍戏时灰暗阴郁，戒备感极强，导演一喊卡，又元气满满，灵动有神。

现在他就顶着这样一双眼睛，悄悄从后面靠近顾杰的椅子，然后猛地一拍友人肩膀："早啊！"

顾杰吓一跳，手一松，小风扇掉到腿上。他连忙把风扇重新捡起来，确认扇叶没被自己硬邦邦的大腿杵坏，才没好气抬头："我说你幼不幼稚。"

冉霖拍的时候没多想，这会儿经友人吐槽，忽然发现自己好像和混得熟的人越来越放肆了，颇有点从大好青年回归熊孩子的返璞归真，正琢磨其中缘故，无意中瞄见不远处，一个漂亮姑娘在跟何导说话。

那姑娘穿着淡蓝色条纹衬衫和牛仔热裤，衬衫下摆全部扎到热裤内，秀出纤细腰肢和一双修长美腿。

进组一个半月多，冉霖不记得剧组里有这么一号工作人员，演员更不可能，截至目前除了群演里的大娘大妈，这部剧还没有正经的女星角色出现呢，唯一的女配角也因为原定女演员临阵辞演。

慢着。难不成这位就是进组救场的女配？

《染火》算是彻头彻尾的男人戏，整个剧情基本都围绕在四个男人身上——片警小顾，社会青年狄江涛，小卖店店主应烽，被应烽无端盯上的老张，张富达。

狄江涛房东的女儿，姜笑笑，算是这部戏中唯一的女性角色。当她无意中发现自家出租屋里的小青年和片警小顾进行的"神秘侦查"，便自告奋勇加入，成为侦查小组的编外人员。原本这个角色是由某位二线女艺人来演，虽然是女配，但却是这部男人戏中唯一的女性角色，戏份虽然比不过几个核心男演员，但是万绿丛中一点红，演好了也惊艳的。

不过后来由于影片的开机时间一拖再拖，那位女艺人的档期实在等不了了，只能临阵换人。但导演费了不少时间也没挑中候补演员，要么是相中的演员没档期，要么是有档期的演员不符合导演要求或者角色形象，上星期才听顾杰说导演有个熟人朋友推荐了一位非科班出身的新人演员。

不过顾杰的原话是导演对那个新人演员并不是太满意，但原定5月上旬这一角色就该进组的，现在都5月下旬了，能调整到前面的没有她的场次都调整到前面拍了，剧组再等不及，所以不满意，也没有直接拒绝，还在犹豫。

顾杰和何导的关系很铁，加上顾杰从来不玩虚的，所以从他这里出来的消息，冉霖向来深信不疑。

“那个是姜笑笑吗？”与其自己瞎想，不如直接问伙伴来得痛快。

顾杰循着冉霖的目光看过去，显然才发现片场多了这么一位“新人”，但他很快便认了出来：“对，就是她，何导还拿她照片问我意见来着。”

“你给了什么意见？”冉霖好奇。

“很美，但和我想象中的姜笑笑不太一样。”虽然是一周前的事了，但这会儿见到女演员本尊，顾杰的记忆就瞬间回笼了，因为见到本人之后，他更坚定了自己的评价。

冉霖能理解。他和顾杰在见到导演因为姜笑笑人选愁眉不展的时候，曾随口聊过这个话题，就是姜笑笑到底该选一个什么样的人来演。

他和顾杰都倾向于“古灵精怪”，不是他俩有默契，而是剧本里的姜笑笑给人的感觉就是如此，一个敢冲敢闯古灵精怪的丫头。而眼前这位姑娘，与古灵精怪差距还是有点远，她的美更艳丽妩媚。披肩微卷的长发，白皙的皮肤，身材高挑并且前凸后翘，虽然她简单休闲的打扮削弱了一些风情，但怎么看都是美的，而且这种美不需要细品，是扑面而来的直观第一感受。

这也是冉霖和顾杰聊着天，却还能注意到她的原因。

冉霖道：“既然已经过来了，说明何导最后还是认可了吧。”

“应该也没有更好的选择了，”顾杰客观分析，“开机以后每一天都是钱，要是因为迟迟定不下演员，杀青一拖再拖，责任就全在导演了。资方已经给了何导最大自由，何导多少也得为资方考虑。”

“要不是看着你的脸，我会以为刚才和我说那番话的是何导。”冉霖发誓，他在顾杰的话里听见了身为导演的真切心酸。

顾杰生无可恋叹口气：“你如果隔三岔五就被导演在收工之后拉出去喝茶吐苦水，也会像我一样，感同身受。”

冉霖窘：“这么艰巨的任务还是交给男一号吧。”

顾杰黑线，刚想吐槽这片子好像是双男主吧，却听耳边有人柔声道：“顾哥，冉哥，你们好。”

两个人循声望去，只见刚刚还在和导演说话的姑娘不知何时过来了演员休息区，正站在距离休息椅一米左右的地方，和他俩礼貌地打招呼。

一米是个很舒服的距离，既不会让不熟的人因为太近而尴尬，也不会让人觉得彼此很生疏，场面很冷。冉霖和顾杰几乎一齐起身。

“你好，”顾杰先开了口，直截了当道，“叫我们名字就行。”

冉霖立刻跟上：“你好。”

近距离面对面，女演员给人的“美感”更热烈，打扮得小清新，感觉却还是一朵绽放的玫瑰。尤其一双笑盈盈的眼睛，明明笑意浅淡，却好似能勾魂夺魄。冉霖能确定，姑娘在放电。可惜，她遇上了一个神经粗到天际的顾杰，和一个对妹子实在不来电的自己。

“我叫齐落落，”姑娘人如其名，落落大方地自我介绍，“我演的角色是姜笑笑，何导让我先熟悉一下现场环境，明天正式进组拍摄。我是个新人，没有太丰富的表演经验，但我一定会加倍努力认真的，还希望顾哥冉哥多包涵，多批评，多指教！”

眼看着姑娘就要给“前辈们”鞠躬了，顾杰连忙出声：“不用这么客气，都在一个剧组，就是一家人，而且我也没比你大多少，冉霖说不定比你岁数还小呢，不用一口一个哥。”

冉霖不知道姑娘究竟二十几。但看着那双漂亮眸子里一闪而过的“心情复杂”，估计顾杰那句“冉霖说不定比你岁数还小呢”相当扎心。

眼见着场面就要被顾杰一手冻结，冉霖连忙打圆场：“齐落落，姜笑笑，看名字就知道你和这个角色有缘分。”

齐落落笑：“何导也这么说。”

狄江涛走进小卖店，原本就狭小的空间因为他的加入而更显逼仄，他从运动裤兜里掏出一张皱巴巴的 10 块钱，放到柜台上，声音有气无力：“两瓶啤酒。”

应烽开门迎客，笑模笑样：“冰的还是常温的？”

狄江涛半死不活地看他一眼：“外面下火似的，谁这天喝常温的？”

应烽一点不恼，因为这位抬头不见低头见的青年向来都是这种死样子，跟谁欠了他几百万似的。据说是进去过的，刚放出来。小卖店谁来都可以聊上两句闲话，应烽也分不出真假，不过这些也和他无关。

狄江涛在应烽转身去冰柜里取啤酒的一瞬间，目光从颓废变得犀利，他盯着应烽的背影，仿佛那里面藏着所有谜团的答案。

应烽很快取出啤酒，转过身来。只一刹那，狄江涛的眼神就变回了颓废青年，等着应烽找零钱的当口，百无聊赖打了个哈欠。

“慢走。”应烽目送拿了零钱和啤酒的狄江涛出去，随着青年离开，他的目光里闪过一丝疑惑，之后便是长久的若有所思。

“卡，过！”

随着导演发话，饰演应烽的男演员邱铭长舒口气，而已经走出去的冉霖立刻拎着啤酒回来，放到柜台上煞有介事道：“老板，退货。”

邱铭乐：“谁给你退货的勇气。”

冉霖指着柜台上的小纸牌：“这不写着‘七天无理由’吗？”

邱铭无语：“你能不能讹诈得高端一点，‘概不赊欠’，你是怎么从四个字里面看出五个字的。”

“我说你俩还收工不收工了。”等半天的顾杰实在扛不住了，直接闯进小卖店。

今天下午的戏份都在这里，所以在冉霖这场戏之前，是顾杰和邱铭的对手戏，拍完他没走，讲义气地在店外等着伙伴，哪知道干等也不见人出来。

三人说说笑笑出了小卖店，冉霖看见观摩了一天的齐落落又在和导演交谈，也不知是求教还是汇报心得。导演是一贯的好脾气，很认真地在倾听，时不时还会讲两句。

现代戏卸妆，尤其是男演员，其实就是换回自己衣服，卸妆乳洗把脸，也就差不多了，比古装戏要方便许多。前后也就 10 分钟，狄江涛就变回了明媚青年，和顾杰还有邱铭一起出来，三人勾肩搭背准备去吃点好吃的。

刘弯弯就是这时候过来的。冉霖本想和她说不用跟着，先回酒店休息就行，可等看见刘弯弯欲言又止的表情，直觉就不太好。

“等我一下。”冉霖和两位伙伴说完，便同刘弯弯去了旁边。

刘弯弯也不耽搁时间，直接道：“冉哥，今天下午有微博爆料说韩泽更换经纪人，而且节奏带得特别明显。”

冉霖皱眉：“换经纪人？这都是多久之前的事了。”

刘弯弯道：“希姐怀疑是他自导自演。因为剧版《凛冬记》就要开播了，所以他要弄出点动静。”

播前炒作，不能说天经地义，也算娱乐圈的人之常情，本来这些都和冉霖没关系，但如果这事真是韩泽团队在背后做，而韩泽找的又是更换经纪人的炒作点，就比较敏感了：“他该不会说更换的原因是跟我不合吧？”

刘弯弯：“那倒没有，爆料的都是营销号，他还没回应。”

“哦。”冉霖也说不上自己是松口气，还是悬了心。

刘弯弯：“但希姐怕后面发酵出来什么乱七八糟的，所以让我先和你说一声，免得你刷到微博的时候没心理准备，还有就是让你专心拍戏，不用做任何回应，她那边盯着呢，一切问题她来处理。”

经纪人嘱咐得这么全面，冉霖还能说什么，只得乖乖点头：“收到。”

顾杰和邱铭都属于神经比较粗的糙爷们儿，只当冉霖和助理交代点事，没多想，更没多问，等冉霖一回来，继续奔向美食摊。

冉霖因为惦记这点破事，晚饭全程都有点心不在焉，终于等到回了酒店，能静下来刷刷微博，看看韩泽到底在弄什么？

不用冉霖绞尽脑汁搜索关键词，点开热搜榜，“韩泽换经纪人”和“韩泽《凛冬记》”就分别在第六名、第七名挂着呢！

换经纪人这种事情，其实吃瓜群众并不会很关心，相比之下韩泽要是爆了恋情，冲上热搜倒有可能。更何况那下面还跟着一个“韩泽《凛冬记》”，熟悉套路的圈里人一眼就能看出来炒作意图。

但毕竟刷微博的吃瓜群众都是图一乐，除非粉丝，谁也不会去特别分析你为什么会上热搜，怎么上的热搜，反正有新闻看，那就刷一刷好了。

冉霖先点进去“韩泽换经纪人”的搜索，最上面一条热门微博就是爆料原博，一个千万大V的营销号——

【娱乐七公主：韩泽换掉了合作多年的经纪人？《凛冬记》6月开播，韩泽上山下海，吃足苦头。然而近日七公主接到知情人爆料，韩泽已于去年年底更换了出道以来一直合作的经纪人王女士，而《凛冬记》也是该经纪人给他接下的，据知情人讲，更换经纪人的原因很复杂，不方便多说……点击查看全文。】

冉霖点开全文，还真什么都没说，通篇都在暗示更换经纪人的原因不简单，有内情，可暗示到最后，也没个明白话，光带了一波节奏，总结下来就三个中心思想：

一、什么事情会让韩泽更换掉出道就一起合作的经纪人？

二、之前一直有传闻说韩泽和经纪人关系暧昧，这次更换会不会是感情破裂分手？

三、韩泽为拍《凛冬记》，大冬天爬山下水，吃尽各种苦头，这样的男艺人还是要支持的，所以不管更换经纪人的内情如何，反正6月份《凛冬记》开播，七公主会去追的。

紧跟在这条微博下面的其他热门微博，也都是营销号，不用点开全文，看一百多个字的梗概，就知道内容大同小异。而且这些微博都无一例外带上了一张韩泽在机场的照片，然后还特意用箭头或者红笔圈出了跟在他身旁的王希。冉霖也不知道照片是什么时候拍的，因为偷拍得很仓促，能给出的信息不多，只知道是机场，从服装看可能是春天或者秋天，拍照片的人距离他俩有些远，而且照片的焦距对在韩泽身上，所以旁边的王希只是一个不甚清晰的大概模样，但因为她不管什么时候都不会让自己邋遢，所以照片虽然看不清，也依稀可辨是个精致干练的模样。

“娱乐七公主”的微博底下已经6000多条留言，一半是吃瓜群众，一半是韩泽粉丝，大部分跟着节奏开发脑洞，猜什么的都有，最热门的几条评论基本代表了几个主流意见——

【北海道的白色恋人：换经纪人无非就是双方对未来路线的规划有分歧合作不来，利益分配不均，或者艺人对经纪人的业务能力不满意，博主句句都往恋爱上靠也是醉了，韩泽放着一堆小花软妹不找找个半老徐娘，图啥啊！】

【瓜不够吃了：凡是有剧要播之前，必定先来几轮炒作，已经是套路了，不过还头一回见拿前经纪人炒作的，韩泽这是开创了一个新流派啊！】

【寒水则木而栖：热门里说韩泽炒作的，拜托你动动脑子。炒作和前经纪人的绯闻，他得是多想不开，百害无益吧！而且这篇文章里带节奏带得太明显了，黑人黑得一点技术含量没有。】

【清风向晚：韩泽签的是经纪公司，不是自己开工作室，更换经纪人还是得公司拍板吧，为什么都在猜韩泽和前经纪人有恩怨？就不能是公司内部问题？】

【泽泽生辉：《凛冬记》6.3开播，6.3开播，6.3开播，重要事情说三遍。

请大家多关注韩哥的戏，作品见人品，他究竟是什么样的人，通过作品去了解才更直观、真实。】

虽然评论里脑洞全开，很多楼层还或讨论或撕得不亦乐乎，但都在正常八卦范围内，营销号再没给出更多信息，那随便网友怎么聊怎么扒，也都是空中楼阁，没什么实际杀伤力，而且冉霖本以为会有人扒出“前经纪人王女士”现在在带他，但好像也没有，大家基本还是循着营销号的节奏，往“忘年恋”上猜。

弯弯说希姐认为是韩泽自导自演。但冉霖看下来，觉得“韩泽《凛冬记》”这个热搜有可能是韩泽团队弄的，可换经纪人这个，说不定真的是无妄之灾，只是恰巧也在这个时间来了，或者韩泽的经纪团队看这个爆出来，索性借着热度，把“韩泽《凛冬记》”的热搜买了。

原因无他。就像营销号下面评论的，如果韩泽真想炒作，不该句句都往恋情绯闻上靠的，那对韩泽本身的杀伤力也很大，得不偿失。

如果是其他内容，冉霖还能和王希讨论讨论，可现在捕风捉影的是两个人的“暧昧”，冉霖就不好跟王希聊了，即便她和韩泽真有，也是过去式，前面王希还带韩泽的时候，他都没和经纪人挑明，现在就更没必要了。

有一搭无一搭地刷到夜里 11 点多，见没什么新内容，而且换经纪人的热度也在慢慢往下走，反倒是韩泽怎么怎么辛苦拍摄《凛冬记》的通稿层出不穷，冉霖便退出微博，洗漱睡觉。

翌日，阴有阵雨。冉霖到片场的时候，雨没下，但也没太阳，阴云底下起了风，倒刮出些许凉爽。

这一天的戏都在“出租屋”里，冉霖化好妆去到拍摄现场时，造型完毕的齐落落已经等在那里了。经过造型师的妙手，她一改昨日的美艳，倒有了几分邻家妹子的味道。牛仔裤，胸前印着黑色字母的白底 T 恤，头发简单扎成马尾，造型师还用暗一色号的粉底将她白到发亮的肤色稍稍调暗，免得和整个电影的风格色彩以及男主角的肤色过于不搭。

“冉哥，早。”齐落落一看见他，便立刻恭恭敬敬打招呼。

冉霖有点受不起，但对方坚持叫哥，他也没辙，只得承担一个“前辈”的义务，慰问道：“早，准备得怎么样？”

“有点紧张。”齐落落吐吐舌头。

“没事，”冉霖道，“导演脾气很好的，只要你认真、用心，就没问题。”

冉霖也不知道这位齐姑娘演戏到底怎么样，只能说些客气话。

这会儿他们正站在“卧室”，外面的“客厅”里，剧组工作人员还在忙碌地准备，调试灯光，寻找合适的拍摄位置，毕竟空间有限，等下冉霖和顾杰要在这里扭打成一团不说，接着齐落落也要加入，稍不留神，就容易穿帮。

“聊什么呢？”顾杰穿着便服走进来，仍然英姿飒爽。

没等冉霖说话，齐落落已经开口：“我一紧张就爱和人聊天，冉哥不幸地被我抓住了。”

“你找他就对了，”顾杰调侃，“他是咱们这个剧组所有男演员里最细心最体贴的。”

冉霖意外：“原来我在你心中评价这么高？”

顾杰认真地看他：“你如果肯帮我压腿做仰卧起坐，你的评价会更高。”

冉霖黑线，想也不想就拒绝：“不可能。”

自从上次他差点被顾杰用脚掀翻之后，他就再不参与这项危险的助人为乐活动了。

“什么压腿？我能帮忙吗？”齐落落瞪着水灵灵的眼睛问。

冉霖窘，一时答不上。顾杰也有点不好意思，和冉霖他当然无所谓，随便开玩笑的，但和一个不太熟的女演员，就显得别扭了，所以下意识往“客厅”里看，希望那边弄好赶紧拍。

不知是不是剧组同仁听见了顾杰的呼唤，工作人员正好在门框探出头，说拍摄马上就要开始了。冉霖和顾杰不约而同松口气，立刻大踏步往外走。齐落落耸耸肩，忙跟上。

第一场戏没有齐落落，只有冉霖和顾杰在屋里，这场戏是小顾难得有一天休息日，所以来探探“线人小狄”的班，结果二人一言不合就打起来了。确切地说是狄江涛暴躁动手，小顾原本只是躲，后来见狄江涛有些失控，才出手将对方制服。

顾杰本身就会一些格斗擒拿，而狄江涛就是个乱打一通的野路子，所以这里不需要武术指导，越真实越接地气越好，所以导演让他们随着感觉自由发挥，走两遍戏之后，直接拍。冉霖从小到大就没打过什么架，这一自由发挥，就有点难，走戏的时候胳膊腿都好像不是他自己的了，比比画画十分僵硬，而且不知道该怎么往顾杰身上招呼。

顾杰实在看着闹心，猛地推他一把。冉霖正专注于对着空气模拟呢，忽地被这样一推，直接往后踉跄一步，幸亏背后是墙，虽然后背直接撞到墙上有点痛，但人还是站稳了。

“你……”冉霖第一个字几乎是吼出来的，吼完意识到还在片场呢，才压住火气道，“你干吗？”

“打架啊！”顾杰白他一眼，“不推你难道还要给你个拥抱？”

顾杰的态度冷冰冰的……不，不是顾杰，是小顾，面前站着的是那个从里到外都看不上狄江涛的小顾。

冉霖垂下眼睛，酝酿片刻，忽然抬起眼皮，毫无预警上前猛推了顾杰一把！

动作和顾杰之前的一模一样，完全是礼尚往来。

顾杰底盘比冉霖稳多了，只后退半步，站住，然后咧开嘴，露出白牙：“继续。”

冉霖满足他，加大力道，又推一下。这回顾杰没后退而是直接抓住他的手腕，瞬间就把他带到怀里一个转身，他的胳膊就被锁到身后了。

大力的扭拧让肩膀传来剧痛，冉霖几乎是本能地挣扎，可身后的人根本不松手，情急之下冉霖用另外一条胳膊向后肘击。顾杰发现了他的意图，向后躲，但还是晚了半秒，多少被打到一点，身体吃痛，手上就松了力道，冉霖趁机挣脱出来，跑出两米转过身，气喘吁吁和他面对面。

顾杰带着不屑的冷笑看着他，忽然嘴唇未动，用口型说了三个字。

冉霖不可置信瞪大眼睛，这人在骂他？！

虽然理智上知道是试戏，可情感上还是被挑起怒吼，冉霖再度冲过去，不管三七二十一就是一顿扭打。最后也不知怎么的，就被带得身体失去平衡，直接摔到地上。可因为顾杰拉着他的胳膊，也没真的摔多疼，而后顾杰顺势骑到他的后腰上，把他两只胳膊都钳制住，让他再也不能蹦跶。

肩膀越来越酸的时候，顾杰终于从他身上下来，然后眼带期望地看向导演：“何导，怎么样？”

何导非常满意地点头：“我喜欢这一套。”

冉霖浑身酸疼地爬起来，对这两人简直无力吐槽，还“这一套”，这是广播体操吗？！

“再来一遍？”顾杰活动活动肩膀，一脸跃跃欲试，仿佛刚才那些连热身都算不上。

冉霖把头摇成了拨浪鼓："我觉得可以实拍了。"

再来一遍，他容易爬不起来。

"好吧，"顾杰一脸可惜，末了转头道，"导演，我们可以了。"

何导询问似的看向冉霖。后者比出拇指，露出坚强微笑。

"《染火》第 ×× 场第 1 次……"

啪！场记板就是发令枪，站在窗前的狄江涛回身就给了小顾一个猛推！

一切都是刚刚的重现，逼仄的房间里没人说话，只有沉闷的扭打，或者说是一个克制的警察和一个狂躁的青年。

最后小顾终于把他弄趴下，骑在他身上将他双臂拧到后背制服的时候，狄江涛气急败坏地回头叫："放开我，你凭什么抓我！"

他已经用尽全力回头，可实际上他根本看不到背后小顾的脸，只能对着斜后方的空气和余光中的一点身影狂吼。小顾皱眉，刚要说服教育，不远处的玄关，忽然响起了敲门声。

啪啪。大咧咧的拍打使金属防盗门发出不小声响，客厅里的两个人都一愣，不约而同抬头看向玄关。

"卡，过——"

顾杰立刻松开手，从冉霖身上下来。冉霖却趴在那里半天不能动——顾杰是真把他当阶级敌人下死手了，他但凡再瘦弱点，就容易脱臼。

"没事吧？"客厅不大，导演走两步就到了冉霖身边，蹲下来慈祥地拍拍他后背。

"没事。"冉霖再次露出坚强微笑，然后为自己趴在地上不动的行为给出非常漂亮的解释，"等下不是还要继续往后拍吗，我就趴着不动了，免得姿势不能还原，容易穿帮。"

何导不光脾气好，还是那种心里有话就要说，看你顺眼就赞美的人，所以闻言特别欣慰地点点头："不错，有股子虎劲儿！"

冉霖望着导演徐步走回监视器后的背影，忽然觉得一身酸痛都值得了。

场地不换，布景也不换，所以导演不耽误时间，坐回监视器后直接继续。

顾杰重新骑回他身上，重新把他的胳膊钳制到背后，不过力道比第一次真正扭打的时候轻了许多，冉霖也绷紧身体，竭力做出被制服的不甘……

啪！随着场记板打下，门外响起了房东女儿姜笑笑的声音："别装不在家，我都听见声了！"

屋内的两个人还维持在蒙圈的状态。

外面忽然响起钥匙插入的声音，很快，防盗门应声而开，扎着马尾的姜笑笑一边进玄关一边不满道：“我可没我妈那么好骗，你的房租都……”

随着客厅情景映入眼帘，姜笑笑的吐槽戛然而止。一女两男，一女在玄关，两男在客厅，隔着几米对望，后者还维持着“略微妙”的姿势。

小顾穿的是便装，所以姜笑笑也不知道他是警察，只知道一开门，就看见地板上一个青年骑在另外一个青年身上。

“那个……”姜笑笑咽了下口水，嘴角微微抽动一下，“你们在干吗？”

“停——”

何导喊了停，没有过。但顾杰还是飞快从冉霖身上下来，免得把友人压太久，毕竟自己的重量也不轻。

冉霖也坐起来，活动活动上半身的筋骨。

这场戏很短，就是姜笑笑进门催房租，看见他俩，完全搞不清楚状况，有点蒙，但是她的台词又肩负着让这个尴尬场面带上一丝喜感的艰巨任务，所以对感觉的把握必须准。显然，她刚才的表现不是很尽如人意。

别说导演，连冉霖也觉得她刚才那句话稍微有点干巴巴，表情也略不自然。

他们这部电影基本都录同期声，后期实在因为环境噪音太大或者不理想的，才会进行个别补录，所以导演对台词的语调和语感，要求也比较细致严格。

齐落落在导演喊停之后，就立刻跑到监视器那边，听导演讲戏。毕竟是第一天第一场戏，冉霖觉得进入状态慢点是可以理解的，何况她的态度也很积极。但当这场简单的戏前后拍了七八条还没过，冉霖就有点扛不住了。

不是说心里扛不住，而是身体吃不消了，这是个太过拧巴的造型，就算顾杰一点力不用，他光拧着，关节也苦啊！顾杰虽然身体上没冉霖这么苦痛，但一场戏折腾七八条，也有点皱眉。

导演似乎也觉得再这么下去不是办法，但又不想凑合随便用之前的某一条，索性把这场戏跳过，先拍后面的。

然而不知是不是这一条的坎坷影响了齐落落的情绪，后面的几场戏，她发挥得也不尽如人意，最终收工的时候已是晚上 10 点，勉勉强强把今天的计划场次拍得差不多，但还是留了两场迟迟不达标的放到明天，一个就是第一场进门收房租的戏，一个就是后期监视时，她和狄江涛拌嘴的戏。

饶是何导脾气再好，对于这种进度也是郁闷的，所以收工时，一贯爽朗的笑容不见了，只剩下愁眉不展，默默地坐在监视器后面，不知道在想什么。

齐落落这一天光道歉了，冉霖看得出她也很着急，而且每一次NG（中断），都特别过意不去。但光过意不去，下次还是改进不大，也很让人纠结啊！

卸完妆出来夜已深，冉霖和顾杰搭同一辆剧组的车回酒店，待到车开起来，顾杰放下车窗，迎风一声叹，愁绪满满。

“要叹气也是我叹好吗！”冉霖揉揉肩膀，绝望道，“我现在感觉两个胳膊都不是自己的了。”

顾杰收回远眺夜景的目光，看向冉霖，认真询问：“你说她明天会不会忽然开窍，全部一条过？”

冉霖非常仔细地思索了一下：“我觉得可能性不大。”

顾杰垂下脑袋，生无可恋。冉霖现在理解顾杰之前说的那句话了——导演对那个新人演员并不是太满意。

现在这个“并不是太”估计要升级成“非常不”了。

以冉霖对何导的了解，时间再紧，他也不会彻底取消演员的门槛，试戏肯定还是试了的，不过试的时候或许齐落落表现得更好，起码是能到“勉强可以”的线的，所以眼看再没时间，何导也就通过了。

然而试戏和实际拍摄还是有不同的，加上第一天，估计齐落落也紧张，所以才有了这么一言难尽的一个工作日。

带着“明天会更好”的美好期盼，冉霖回了酒店。

彻彻底底洗了个澡，冲掉一身疲惫，11点半的时候，冉霖才吹干头发上床。

好在他现在头发修得稍微短了些，为了配合出狱半年左右这个时间线，所以简单吹吹，也就干了——等到最后一个月，也就是7月份拍他刚出狱的戏份时，头发就要剃成极短的圆寸了，所以冉霖现在且吹头发且珍惜。

躺进床里，冉霖摸过放在枕头旁的手机想给陆以尧发信息，不料微信里已经躺着一条新信息了，应该是在他洗澡的时候发过来的，而且发信息的不是别人，正是陆以尧——【韩泽的事，别回应。】

【放心，昨天已经看到了，都是营销号在说，韩泽没动静，我更不可能发声了。】——冉霖第一时间给他回复。

回复完，冉霖又觉得陆以尧实在紧跟热点，勾着嘴角继续敲字“你白天

拍戏晚上就好好休息别总刷微博行吗”，然而没等敲完，那头已经发来新信息——【收工了？在酒店？】

见对方已经从“提醒模式”切回“慰问模式”，冉霖只能默默把吐槽一字字删掉，然后恢复一个温柔的——【嗯。】

发过去没几秒，视频邀请便递了过来。屏幕变成男神脸，冉霖刚要咧嘴献上灿烂微笑，却发现屏幕里的陆老师表情严肃。

“怎么了？”冉霖不明所以。自己都说不会回应了，还这么凝重为哪般？

陆以尧看他那傻头傻脑的样，无奈叹口气，放缓了声音：“才回来？”

冉霖点点头，道：“刚洗完澡，就看见你消息了。”

陆以尧了然：“所以没刷微博。”

不是疑问，是肯定句。冉霖怔住，忽然意识到自己可能没领会对方那句“别回应”的指代。他以为陆以尧指的是昨天的热搜，可仔细想想，自己都能分析出来那种带节奏不痛不痒，陆以尧也不可能看不透，这么郑重来提醒，难道说今天又发酵出了新东西？

仿佛看透他的心思，屏幕那头毫无预警道：“韩泽回应了。”

冉霖正琢磨着呢，下意识脱口而出：“今天？”

陆以尧：“刚刚。”

“可是他能怎么回应呢？”冉霖想不通，“承认和王希谈过？还是痛斥营销号的捕风捉影？两种对他都只有麻烦没有好处，反而让这件事越描越黑，还不如不回应，就当听了个笑话。”

“今天的风向已经变了，不是恋爱问题了，是经纪人偏心的问题，”陆以尧扯了下嘴角，“昨天的节奏只是烟幕弹，现在才是正题。”

冉霖听见“偏心”两个字的时候，心里便一沉。

昨天的事情他之所以不在意，一是因为正主都没出面，只网友和粉丝在营销号底下讨论撕X，和圈里无数捕风捉影的八卦没两样；二是因为所有导向都集中在韩泽和前经纪人的“疑似暧昧”上，这种对谁都没有好处的言论，怎么想都不太可能是韩泽弄出来的。韩泽走的是暖男路线，粉丝里一水的迷妹，往自己身上揽这种“疑似恋情”毫无好处，昨天微博底下已经有很多粉丝嚷着，如果和前经纪人谈恋爱的事情是真的，那就彻底粉转黑。

正因为觉得韩泽不太像始作俑者，更像是觉得反正自己已经被营销号拿来炒作了，不如将炒就炒，把“韩泽《凛冬记》”也趁机推上去，所以冉霖昨天没太把这件事往心里去。

可现在陆以尧说风向已经从“疑似与经纪人恋爱”变成“经纪人偏心”，冉霖觉得或许昨天的自己，真的把事情想简单了。

“我先看一下微博，看完再连你。”网上的事情，转述是会损失很多内容的，包括舆论导向，粉丝情绪，都只有自己刷了，才能切实明白情势，所以冉霖不再继续向朋友打听情况，而是准备自己动手。

陆以尧理解，淡淡道：“嗯，等你。”

断了视频链接，冉霖第一时间打开微博。那个明黄色图标就像扇异世界的大门，在门外，还是这个平凡的世界，他拍戏、恋爱、奋斗，有幸福，也有烦恼，和所有认真生活着的人一样；可到了门里，就变成了另外一个世界，所有门外的规则都不适用了，所有既定的认知和习惯都要打碎重来，登录的那个微博账号，某种程度上就像是游戏账号，在这个既虚拟又真实的世界里，情势瞬息万变，战况风起云涌，无论你愿意不愿意，都将被卷进洪流。

韩泽又挂在了热搜榜，不过关键词不一样了，位置也不一样了。

——关键词是“韩泽疑似回应前经纪人偏心”，位置不是第六也不是第七，是第一。

冉霖点进去关键词搜索，意外顶在最上面的热门微博不是韩泽，而是营销号，正主的回应微博倒排在第二位了。陆以尧口中变化的风向，从评论转发都已破万的第一条热门微博里，看得一清二楚——

【天网捞娱工作室：网传韩泽更换经纪人是因为前经纪人在同时带他和另外一位男艺人 R 期间，私心严重，将好资源和机会全部倾斜给 R，致使韩泽近两年演艺事业发展停滞。韩泽发微博“感恩曾经的岁月，期待未知的明天”疑似回应。点击网页链接查看。】

紧跟在后面的就是韩泽微博了——

【韩泽：感恩曾经的岁月，期待未知的明天。】

内容和营销号转述的别无二致，只是多了一张配图，是他站在海边迎着海浪的背影，你可以说是岁月静好，可以说是孤单忧郁，也可以说是直面未来的无尽勇气。

韩泽的微博是晚上 10 点半发的。冉霖重新搜索“韩泽 + 偏心”，终于找到了所谓“网传”的源头，依然是一批娱乐营销号大军，发的微博大同小异，发博时间多集中在今天晚上 7 点到 8 点，足足刷了一大波节奏——

【封神娱乐台：韩泽换经纪人的真相在这里！经封神小编向梦无涯内部人士求证，不存在姐弟恋，不存在利益分配不均，全是偏心惹的祸。原本只带韩泽一位艺人的王女士，两年半以前接手另外一位男艺人R的经纪工作并合作至今。同时带两位艺人，王女士却将大部分好的资源和机会都给了R，致使近两年时间里韩泽的演艺事业发展停滞，R却蹿红，韩泽无奈只能向经纪公司提出更换经纪人。封神小编只想说，人心都是肉长的，确实很难一碗水端平，但既然做了经纪人就要有职业道德，这么对待自己合作多年的艺人，是不是有点过分？】

这是最有代表性的一条，冉霖甚至破天荒地展开了全文，逐字逐句阅读，读完，说不清是个什么心情。有可笑，有愤怒，有委屈，有漠然，各种相近或相反的情绪混杂在一起，搅得他头疼，胸闷。

他佩服自己这时候还能捋清时间线——昨天扔个姐弟恋烟幕弹，发酵到今天再扔个"真相"，于是有了年龄差悬殊的"姐弟恋"做对比，今天的"偏心说"便尤为可信，再等到"偏心说"在天上飞得差不多，韩泽来一句怎么听怎么有内涵的"感恩和期待"，表面上什么都没说，但态度上已经把"更换经纪人"和"更换原因是偏心"一并默认了。

否则为何不选在昨天"姐弟恋说"满世界飞的时候发这么一条，偏要等到现在？可冉霖乱成糨糊的思绪里只能理出这么多了，那个男艺人R，简直就差指名道姓了，机智的网友连猜猜乐都没机会体验，点开营销号评论，队形整齐的"冉霖"，相当壮观。

韩泽那条微博底下则基本成了韩泽粉和燃面的大型群殴现场。

韩泽粉基本是心疼、安慰、义愤填膺三步走——

【怎么办，我已经气哭了，心疼。】

【用力抱抱，挥别错的才能和对的相逢，你会有更好的未来。】

【我就想问多年合作下来的感情比不上空降新人，能是什么原因？从名气到人气再到发展前途，都是韩泽更好吧。昨天那些叨叨叨姐弟恋的今天都哑巴了？明显冉霖才是和王希搞在一起的那个！！！】

燃面则多是一些气不过的，明知道冒头就是撕X，还是压抑不住洪荒之力——

【两年半时间，拿得出来的作品就一部综艺《国民初恋漂流记》，一部电视剧《落花一剑》，请问冉霖的资源到底好在哪了？从去年1月份《落花一剑》杀青，到今年 1 月份进组拍摄《凛冬记》，中间整整一年冉霖没有任何戏拍，如果这叫资源好，那我真不知道韩泽资源得少成什么样。】

【画重点，韩泽和冉霖都是签在梦无涯的！给经纪人发工资的也是梦无涯不是韩泽或者冉霖，请问王希要真这么偏心，难道公司是瞎的吗？让她带韩泽这么多年？韩泽要有多蠢材会煎熬两年才跟公司提出更换经纪人？】

【我不喜欢阴谋论，但我还是忍不住想说，从昨天到今天，热度都草飞了，全是韩泽换经纪人，韩泽受委屈，韩泽被打压。很好，现在谁都知道你家《凛冬记》马上 6 月就播了。这波宣传牛啊。我就一个请求，能别带上冉霖吗？他真是倒了八辈子血霉和你同公司，拍个大制作要被你探班蹭，现在好端端在武汉拍戏，还能天降一口铸铁锅，惨成这样真是没谁了。】

退出韩泽微博，回到首页，冉霖才发现私信已经爆了。冉霖没有屏蔽陌生人私信，所以每次点开微博都能收到很多，大部分是粉丝表白，也有一些是骂他的，说讨厌他的，只是这个晚上，好像负面的格外多。

那些在公开评论里最多冷嘲热讽或者唾弃两句的人们，到了私信里，便战斗力全开了——

【就你还和韩泽比，你给他提鞋都不配！】

【抢资源抢得顺，祝你早日变糊。】

【你要不要碧莲，人家合作几年了，你才合作几年，真当自己是男神了，呕，活该出道这么多年都没红。】

【心虚了吧，不心虚你干吗缩起来不回应啊！】

心情复杂地退出微博，冉霖抬头看着天花板，一连做了几个深呼吸，良久，觉得心里稍微平静一些，才重新连陆以尧。

对面秒接："看完了？"

冉霖点头："嗯，都看了，从头到尾捋清楚了。"

"昨天看见热搜的时候我就觉得有问题，"陆以尧道，"果然是连续剧。"

"你们都是神人。"冉霖佩服，再也不敢说陆以尧傻白甜了。

"你们？"陆以尧疑惑重复。

"希姐，"冉霖解释道，"她昨天就让弯弯告诉我了，怀疑韩泽在自导自演，怕后面还会发酵出别的，让我什么话都不要说，一切交给她处理。"

"可是到现在也没见她有什么动作。"陆以尧不想质疑王希，但眼见方为实，"要么想办法撤热搜，要么发一篇好的公关稿回应，要么弄出点别的事情转移一下焦点，处理的办法有很多，每一个都比现在被韩泽带了节奏和舆论导向强，她在等什么？”

冉霖答不上。陆以尧有点着急，事实上在看见那些骂冉霖的留言时，他就压不住火了。普通的黑粉无所谓，谁都会有，没人能保证自己是人民币，全网都喜欢，但这种被别人刻意带了节奏，泼了脏水的，就不能忍了，他现在忙着拍戏，抽不开身，也分不了神，可还有姚红能帮上忙。

“我让红姐……”

“不用。”

陆以尧刚说了四个字，就被冉霖打断。

他说：“我给希姐去个电话。”

陆以尧沉吟几秒：“好。”

谁也不是谁肚子里的蛔虫，一切信任都是建立在充分沟通的基础上，友情、爱情、工作皆如此。再次断掉视频，冉霖直接拨通了王希的手机，响了会儿，那头才接，但声音十分精神，显然还没睡，甚至可能还在加班。

“怎么还没休息？”王希没问冉霖什么事，一接通倒先批评起来。

冉霖叹口气，回答里带了点调侃笑意：“微博有毒。”

王希一听就明白了：“看见韩泽回应了？”

冉霖说：“还有偏心的新风向。”

王希无奈：“不都让你别刷了，发生任何事情有我呢，你专心拍戏就好。”

冉霖沉默下来，良久无言。

王希似有所悟，忽然问：“不相信我？”

冉霖原本想问王希打算如何处理，可听见经纪人的反问，倒把他的问题咽回去了。电话两头都没说话，只时间在走，可没有钟表，再听不到嘀嗒声，只有漫长的安静。

“我相信你。”这是冉霖今晚和经纪人说的第三句话，也是最后一句话。

半晌，听筒里才传来经纪人的声音：“谢谢！”

直到电话挂断很久，冉霖仍有些恍惚。最后两个字王希说得很轻，轻到像是幻听。印象里，王希从没和他说过“谢”字，相反，倒是“你必须”“你记住”“你得这样”之类的话在二人的合作中占据主流。冉霖到现在都记得他刚被分到王希那里时，两个人的第一次见面。王希开口便嘲讽在会议室打盹的他，问“你一上午就在这里睡觉了”？后面便直接进入主题，说“之前是公司配合你，现在开始，需要你配合公司”。

当时的王希，就像念书时最严厉的教导主任。可不知什么时候，那样的王希变得遥远了，虽然她依然强势，依然干练，依然不讲废话，但却会在他想演《染火》的时候，帮他与公司斡旋，在无奈接了《灯花传奇》的时候，说两句宽心话安慰，甚至还未雨绸缪地帮他想到了未来，像一个朋友而不是梦无涯的员工那样，帮他分析续约解约甚至是解约后各种方向的利弊。

他不知道王希在谢他什么。表面上看应该就是谢他愿意相信她，可冉霖总觉得那两个字里还包含了很多东西。然而王希电话挂得太快，否则他就会告诉对方——该说谢谢的是我。谢谢你把我从一个十八线带到今天！谢谢你为我争取来的一个又一个机会！谢谢！

深吸口气，冉霖再次和陆以尧连视频……

“好，我知道了。”陆以尧对着手机屏温柔道，“早点休息吧，晚安！”

随着冉霖回应一声晚安，陆以尧关掉视频，终于彻底放下手机。然后抬头，颇无奈地看着一直坐在沙发角落里的经纪人。

姚红又好气又心疼：“我就说你不用操心吧。”

难得来剧组探班，就被自家艺人拉着大晚上不让休息，非要帮冉霖出谋划策，结果人家冉霖还根本不用，姚红都不知道该替自己心酸还是该替自家艺人悲伤。

“他说他相信王希一定有对策，”陆以尧虽然断了视频，却根本没踏实，“我都不知道他哪来的自信。”

“那我一直在和你说不用操心，你为什么不问我是哪里来的自信？”姚红好整以暇地看着自家艺人。

陆以尧一晚上心都挂在冉霖身上，其实姚红说了什么他没太听进去，一直惦记着和冉霖沟通完，再让姚红帮着想办法，现下被经纪人这样一问，才反应过来：“对啊，你为什么也觉得不用操心？”

“因为我和冉霖一样，”姚红耸耸肩，“也相信王希。”

陆以尧皱眉，怀疑地眯起眼睛：“你俩当年不是斗得要死要活的吗？”

姚红对这个评价翻个白眼，却无法辩驳：“正因为‘要死要活’，所以我更清楚她的能力，如果她是个草包，那跟她斗了好几年的我，水平能强到哪里去。”

陆以尧实在无法想象姚红和别人“斗”的模样：“红姐，我一直没问过，你到底为什么和她过不去，最后还把她逼得从奔腾时代出走，不是你风格啊，你不是一贯主张‘世界和平’？”

姚红扶额，还帮冉霖辟什么谣啊，她自己身上就一堆乱七八糟的谣言：“谁和你说是我和王希过不去？是王希太要强，处处和我对着来，非想取代我当经纪部的老大，我被逼得只能接招。”

陆以尧摊手：“所以还是接招了。”

“一山不容二虎，”姚红轻轻捋了捋头发，“她先冲我龇牙，那我只有有亮剑。”

“忆往昔”的姚红周身，似有杀气一闪而过。陆以尧后背一凉，忽然觉得自己对经纪人的了解，可能并不如想象中的透彻。

然而峥嵘岁月终究已过去，重新看过来的经纪人又恢复了慈祥和蔼：“我有预感，王希这一次，会借力打力。”

陆以尧茫然：“什么意思？”

“如果她想要的结果仅仅是辟谣，或者压下这波讨论热度，不让谣言继续发酵，那她现在就应该有行动了，”姚红道，“现在还没动静，只有一个解释。”

陆以尧似乎琢磨出门道了：“她在酝酿一个大的，一击翻身？”

姚红摇头，缓缓道：“一击致命。”

北京，王希公寓。

宽大的客厅餐桌旁，一个二十五六岁的短发姑娘对着一台笔记本，聚精会神滚动鼠标，不放过页面上所有内容。

王希端着刚泡好的花茶从敞开式厨房那边走过来，放到姑娘手边。

短发姑娘抬头道：“希姐，和你想得差不多，那边没再搞其他的动作。”

王希点点头，轻声道：“喝点茶，休息一会儿。”

短发姑娘没动茶杯，反而疑惑地问：“希姐，既然邓敏茹那边已经带起偏心的节奏了，为什么不干脆把资源列出来，别的不好说，《凛冬记》可是非常明显的，一个小投资的剧版，一个大投资的影版，资源好坏一目了然。”

“她不敢，”王希端着自己的茶杯，轻轻吹气，不疾不徐喝一口，才继续道，“她的目的是把韩泽的人气重新炒起来，能带上一些剧版《凛冬记》

就带，带不上就算。但如果她刻意挑起影版剧版的对比，说韩泽是因为我的偏心，才只拿到剧版，而没演成影版，那他就把影版剧版两边都得罪了。”

短发姑娘叫吴夏，原是梦无涯宣传部的小员工，面试的时候是王希招进来的，也特别崇拜王希，所以一直是她在宣传方面的得力干将。但最近谁都看得出来，公司想用邓敏茹替代王希，做经纪部老大，所以宣传部那边也纷纷改投阵营，吴夏向来都是王希死忠粉，这阵子被明里暗里穿了不少小鞋，最后忍无可忍，干脆离职。

王希知道的时候，吴夏已经办完了离职手续，她没劝对方回梦无涯，而是以私人名义，把对方招致麾下，五险一金暂时挂在一个王希相熟的公司里代缴，工资则比她在梦无涯的时候高了不少，工作还是宣传，只不过服务对象从梦无涯，变成了王希。任何时候都要有自己人——这是王希多年职场厮杀摸索出的铁律。

吴夏是个很机灵的姑娘，稍一琢磨王希的话，就悟了：“如果他把影版和剧版挑到明面上，说他之所以才拿到剧版而没拿到影版是经纪人偏心，那就等于默认了剧版不如影版，剧版当然不乐意，而影版那边也平白担了个‘选人不慎’的骂名。”

王希很欣慰不用自己多解释，又慢悠悠喝口茶，末了才徐徐道：“他想炒就炒，想炒到哪就炒到哪，得了便宜就撤，他成了受害者，冉霖被拖着炒了半天的倒平白落一身污水，这世上哪有那么美的事儿。”

吴夏拿过花茶，吹吹之后也喝了一小口，然后稳稳当当把茶杯放下，抬头问：“现在需要我做什么？”

王希垂下眼睛，漫不经心地看茶杯里飘着的花瓣：“把他探班影版《凛冬记》的通稿翻出来，陪他炒。”

冉霖没料到才一夜，微博风向就又发生了变化。好吧他承认，想忍住不刷真的很难，所以辗转一宿破天荒早起的他，还是在洗漱完毕等刘弯弯过来敲门的间隙，打开了异世界大门。

韩泽仍挂在热搜里，但后面的关键词又变了，这一次不是换经纪人，也不是回应，更没有偏心，而是“韩泽错过影版《凛冬记》”。

很神奇，明明演影版《凛冬记》的是自己，但刷出来的大回复量大转发的微博里，重点都在韩泽怎么因为经纪人偏心错过了电影版《凛冬记》，只能退而求其次演剧版，以及在这种情况下，还要被公司逼着去探班，对着镜头强颜欢笑，实在可怜，而自己这个真正的电影版男主角，仿佛成了个打酱油的，几乎大部分营销号里，也就是提一下同公司艺人，冉霖，然后，就没有然后了。

关键信息又更新了，舆论导向自然也随之有了微妙变化。

韩泽的粉丝已经开始立场鲜明地怼他了，在粉丝口里，他简直十恶不赦，扮猪吃老虎，处心积虑坑他们的男神，反正都是气势汹汹的血泪大控诉。

燃面倒消停多了。不知是不是“冉霖官方后援会”发了微博，号召燃面小天使拒绝撕X，不要给谣言增加热度，专心等待冉霖的新作品就是对他最好的支持。反正昨天晚上那种互相撕的局面都很难再见到。

结果路人们却一个个跳出来，说韩泽的粉丝差不多行了，这几天光看你们家撕了，最开始还挺同情韩泽，现在怎么越来越像炒作？被迫探班，那探班采访里笑容灿烂的是谁？演技这么好也让人很方啊！

当然也有很多粉丝和路人都觉得他不出面，就是心虚，越发坚定这几天刷下来的各种“事实”。总之，水是越搅越浑了。

随着抵达片场，化好妆开工，冉霖甩掉纷扰思绪，开始专心投入《染火》。而在北京的王希，则在上午10点的时候，给施九廷打了道歉电话。她已经做好了被助理搪塞或者干脆拒接的准备，可那头很快接了，而且就是施九廷本人。

“王总。”施九廷的声音一如既往，温和有礼。

“施总，”王希开门见山，“对不住。”

“是对不住探班的保证没实现，还是对不住把影版《凛冬记》拖下水？”施九廷的声音云淡风轻，如果不听话里内容，会以为他在和你谈天。

王希预料到施九廷会听见或者被告知一些网上舆论情况，却万万没想到他竟看得如此之透，这哪是听到风言风语，分明是追了两天两夜微博的节奏。

不过王希也没工夫去思索究竟是他自己追的，还是女儿或者助理追的然后告诉他，总之这人是很看重《凛冬记》这个项目的，可能比她想象的还要重视。

蓦地，王希心里有点慌。但开口说话，仍然镇定从容，还难得透出真诚恳切：“公司让我帮他安排探班的时候，我真的没想到会变成现在这样的局面。”

“但是现在这样的局面，有你出的力。”施九廷略带玩味的语气听不出情绪。

王希没想把他当傻子耍，但也没想到他会这么精，说是或者不是，都很难收场，王希第一次觉出狼狈。

“我问问题，你只需要回答是或者不是，行吗？”明明很强势的说法，却被最后一个“行吗”，又柔化出了彬彬有礼的味道。

王希总算有了出声的机会：“行。”

施九廷：“韩泽来探班是他或者梦无涯的主意，和你还有冉霖无关？”

王希：“是的，因为我们没有理由让他来探班，而且探班之后发的通稿也是他。”

施九廷：“是就行。”

王希：“施总……”

施九廷：“你以前是韩泽的经纪人？”

王希：“是。”

施九廷：“闹掰了？”

王希：“是。”

施九廷：“换经纪人的热搜是他现在的团队弄的，与你无关？”

王希：“是。”

施九廷：“今天韩泽错过影版《凛冬记》的话题，是你炒的。”

王希：“是。”

施九廷：“你给我打电话道歉，其实只是因为韩泽的探班给影版《凛冬记》带来不必要的负面舆论，没有想承认后面的话题是你炒的。”

王希沉默了下来。

“抱歉，我可能太咄咄逼人了，”施九廷舒口气，“取消只能回答是或者不是。能讲讲给我打完这个电话之后，你准备做什么吗？”

王希抿紧嘴唇，谨慎道：“和您道完歉，我会再把舆论带一波，死死咬住韩泽炒作，这两天剧版《凛冬记》就会宣布定档，时间配合成这样，说不是炒作也没人信。”

“这不是你原本的计划吧，”施九廷轻笑，“或者说，不是全部。如果我猜得没错，你原本是希望片方这边在看见韩泽错过影版《凛冬记》的舆论时，出公告为冉霖和剧组正名，说清楚从头到尾剧组都没有对韩泽发出过邀请，直接打他脸。”

王希莫名觉得周身寒意。这人都不是感觉明锐，是X光吧！

“我的时间有限，咱们长话短说。”施九廷收敛轻松，难得正色道，“我不喜欢被别人算计，但我和你一样，在被算计的时候，相比防御，更喜欢反击。现在冉霖是影版《凛冬记》的主演，他出问题，或者有负面新闻，对整个项目都没有好处。所以你把影版拖下水的事情，先记在账上，我这边会让剧组尽快出声明。”王希还没反应过来这事儿是怎么峰回路转的，施九廷那边就很礼貌地说：“如果没其他事，我先挂了。”

“施总！”王希连忙叫住，生怕对方挂电话。

好在那边不是急性子，慢悠悠地发出单音节：“嗯？”

“如果韩泽炒煳，剧版《凛冬记》可能也就跟着煳了。”王希委婉提醒。

但这种委婉在施九廷那边就等于明说了，而且他似乎早就想过这个问题：“当初我同意韩泽来探班，是想着如果剧版做得好，影版多少能沾到一点正面效应。目的不纯，所以变成今天这个局面，我也有疏忽的责任。但是既然现在已经能预见到剧版煳了，那红有红的共赢宣传，煳有煳的对比宣传，我倒希望它索性煳到谷底，这样影版更容易在对比中出彩，赢得口碑。”

王希不知道该说什么了，施九廷就是一个被老总岗位耽误的宣传总监好嘛！要不是这人太贵，她真的想挖到自己团队。

“这回没其他事了吧？”施九廷重新问一遍。

王希充分感受到了他对时间的珍视，也不好意思再浪费，真诚道：“施总，谢谢了！”

施九廷没说不客气，他说的是：“来日方长。”

王希听着电话里的嘟嘟声，总觉得会被秋后算账。

某大厦顶层办公室里，施九廷对着棕色实木办公桌上的日历，静静沉思。虽然望着日历，可他的眼睛却没有真正落到日历数字上，而是落在某个无焦点的虚空，以便他的大脑能更清晰地运转。

施九廷没有让人难堪的兴趣，所以即便看透了王希的那点伎俩，他也只是把话平静挑明。事情已经发酵到了这里，他真正关注的永远只是解决问题，以及在问题解决之后，让始作俑者知道惹谁都行，但最好别打他的主意。相比王希的自卫反击，借力打力，他更讨厌最初先动手的人。

冉霖不知道王希都做了什么，等他午休刷微博的时候，电影《凛冬记》

官方微博的公告就明晃晃挂在热搜——

【电影《凛冬记》：针对近日关于电影《凛冬记》的一些传闻，特此公告。点击查看图片。电影未映，澄清先行，是我们最不愿意见到的事情。我们更愿意见到大家一起努力，共创影视圈的和谐繁荣。】

冉霖点开公告图片，里面没有直接点韩泽的名字，但从头到尾都在严肃说明，电影《凛冬记》的选角是经过邀约——试戏——剧组商议等层层筛选的，就差明说没给韩泽发过邀约了。

公告下面的评论也基本都是群嘲“韩泽被打脸”的路人。

到了晚上收工，回酒店路上冉霖再刷微博，赫然发现自己上了热搜！

冉霖心里咯噔一下。要知道这件事撕来吵去两三天了，但关键词都围着韩泽、经纪人、《凛冬记》这些打转，自己顶多是个“R”，这会儿突然上了热搜，实在怎么看都非常不祥。

心如擂鼓中，冉霖小心翼翼进入自己名字的搜索，然后下一秒，愣住。满手机屏的微博页面里，搜索冉霖关键词出来的，全是同一个视频——

【电影《凛冬记》试戏片段流出，冉霖 VS 铃铛，实力诠释什么才叫神演技！这个哭戏绝对满分，但我只想哈哈哈！点视频链接看视频。】

# 第四十六章

点开视频，一片安静，只有曾经的自己抱着翠绿色青蛙公仔，一动不动。如果不是视频进度条在往前走，会以为被谁按下了暂停键。

“铃铛！”

扬声器里突然传出的呐喊吓了冉霖一跳。

他不记得自己当时有这么撕心裂肺啊！

视频里的冉霖没有被外界干扰，他像定格在了那个只属于小石头的一方天地里，没有过去与未来，没有戏里与戏外，只有当下，只有他怀中的“铃铛”。

“别离开我。”

白皙俊秀的脸庞随着哽咽话语缓缓抬起，眼泪滚落脸颊。原本只一滴，然后慢慢的，泪如涌泉。

视频中的冉霖抱住“绿青蛙”，哭得激烈却无声，悲伤几乎要溢出屏幕。视频外的冉霖拿着手机，看得心潮起伏，苦楚酸涩，眼眶被带得重新变热，他几乎要爱上了那个彻底入戏的自己。

视频播完良久，冉霖眼底的热气才慢慢平复，然后他怀着无比期待点开视频评论——

【北山的蓝云：哈哈哈哈哈哈！】

【蛋仔 18748：哈哈哈哈哈哈哈哈！】

【牧童遥指莆田村：哈哈哈！】

【Aessle：哈哈哈哈哈哈哈！】

捂着胸口中的刀，冉霖坚强地继续往下拉，总算看见一句暖心的话——

【初九夜未眠：这么感人的一场戏你们笑成这样良心不会痛吗？你们考虑过“铃铛”的感受吗……不行我坚持不住了哈哈哈哈哈哈哈！】

冉霖一口老血喷出。这个教训让他懂得，以后得把留言看全，再感动。不过虽然每个过来留言的网友或者粉丝都要先来一打哈哈哈，但哈完，还是纷纷给了正面评价，甚至很多是带着惊喜和赞叹的——

【警部补矢部谦三：这才是演技啊，我竟然没笑，还感觉到一丝悲伤？】

【雨霖铃：为什么博主才给满分，我要给一百零一分，多出一分不怕我男神骄傲！啦啦啦！】

【奈奈 NANA：有人和我一样全程都在害怕公仔被“真爱之泪”复活吗？这演技简直是巫术！】

【遥知不是雪：我觉得不笑场已经很难了，居然还能哭出来，关键哭得还巨有感染力，我是导演我也选冉霖，没毛病。】

【霖家的小燃面：一刷二刷的时候都在哈哈哈，可是三刷四刷之后，就被感染到了，心里也堵堵的。因为综艺喜欢上我偶像，因为落花变得深爱，现在彻底沉迷在他的演技中不能自拔。你们能理解那种明明只想捡个银锭一掰开里面却是黄金钻石玛瑙翡翠的感觉吗？最后，超级期待电影上映！预祝票房大卖！】

【尧爱一生：感受太复杂不知道该说什么，就，暗搓搓点个赞吧……飞速逃走。】

没有什么比业务能力被肯定更让人高兴的事了，看到后面，冉霖早已精气神全满，而且从里到外充满能量和斗志，再回头看那些哈哈，也跟着不自觉咧嘴笑。有图一乐的吃瓜群众，有刷屏给他应援的粉丝，也有透过现象窥见本质的分析帝——

【这是一个水军用户：只有我一个人觉得这时候放出冉霖试戏片段，是为了打韩泽脸吗？】

【煎饼馃子不放辣：剧版自己炒就行了，非拉影版垫背，这回被人连环怼了吧。】

【初九月如霜：这件事就是韩泽自己炒煳了。剧版官方微博一直都没发声，而且最开始也没扯上《凛冬记》，一直撕的是韩泽换经纪人，后来才扒到影版剧版的，韩泽粉非说冉霖能演影版是经纪人偏心，不然演影版的就是韩泽了，结果影版那边不乐意了，先发声明，再流出试戏片段，明显就是打韩泽脸。】

【冰山上的白莲：同意热门里面的分析。如果是剧版炒，除非脑子进水了才炒韩泽错过影版《凛冬记》，那不就侧面说明剧版不如影版吗？所以由始至终都是韩泽自己作，剧版《凛冬记》实力背锅，冉霖更倒霉了，被同公司艺人插刀，前两天他微博底下都不能看，一片骂的。】

【韩梅梅_童年记忆：我就想问问现在还有几个人期待剧版，反正我准备直接等影版了，不说炒作，就冉霖这个演技，都值得期待一下。】

【国产零零一：剧版投资方估计在家里哭呢，找谁不好非找这么个戏精。】

退出热搜，回到自己首页，私信里又被挤爆了。虽然还有很多韩泽粉的恶语相向，但鼓励、表白，甚至是道歉，也占了很大一部分。

网络是最直接最不用顾忌的平台，敲下一大段话也就是几下键盘的事，所以讨厌就骂，喜欢就夸，人的情绪总是在事件不断的反转中，跟着变化。

临要退出微博的时候，冉霖才无意中在首页看见了顾杰的转发——

【一秒变影帝。//@陆以尧：唐璟玉不想说话，并向你扔了一把飞刀。//@唐晓遇：你们知道得太晚了，落花一剑里我就已经体验过了被这位同学哭戏支配的恐惧，他一哭，全场飙泪。//@夏新然：哈哈哈哈哈哈哈……//@小瓜看电影：《凛冬记》试戏片段流出，冉霖 VS 铃铛，实力诠释什么才叫神演技！这个哭戏绝对满分，但我只想哈哈哈哈哈哈哈哈哈！点击视频链接查看。】

冉霖从头到尾看了两遍，总觉得自己不是在看一条微博，而是一根地瓜藤，几铲子下去刨开土，生生拎出一串地瓜。有了这么明确的指路标，冉霖干脆把这几位伙伴的微博底下都逛了一遍。

夏新然和顾杰底下，基本都是一个画风——哈得这么放荡不羁的必须是真朋友！唐晓遇和陆以尧微博下面，则风格多样起来，有表白各自男神的，有表白《落花一剑》这个剧的，有羡慕他们三个友情的，当然也不乏自家偶像转发才第一次看见视频，于是称赞冉霖演技棒的。

总之，满满积极向上正能量。

迟疑片刻，冉霖退出微博大号，换上小号，在陆以尧微博底下的茫茫人海里，留下点赞足迹。

手机忽然发出叮咚一声水滴响。冉霖吓一跳，还以为用小号窥屏露馅了，结果点开信息，是陆以尧问他收工没。

此时已是晚上 8 点多。今天是最近难得早收工的一天，冉霖记得自己回来时才 6 点多，未料刷几下微博，竟然就刷过去了两个小时。

待到回过去“已收工，在酒店”，对方的视频邀请就发过来了。

冉霖一边想着自己好像还没吃晚饭，一边接通视频，结果在陆以尧那边看来，就是他面沉如水，若有所思。

“怎么了？”陆以尧下意识担心起来。

冉霖总不能说自己惦记吃点啥呢，便道：“刚才刷微博了。”

陆以尧有点遗憾没能做成报喜鸟，但更疑惑的是：“刷完了怎么是这个表情？”

“我在思考……”冉霖拖长尾音，直到看见对方眼里的好奇升到最高点了，才吐出后半句，“我怎么演技这么好呢？”

陆以尧觉得一颗心提到嗓子眼的自己实在非常傻白甜。

冉霖看着陆以尧一脸黑线的表情忍俊不禁，半晌才收敛笑意，道：“我就说希姐会有办法的，没骗你吧！”

“嗯。”陆以尧轻轻应一声。

虽然听着有点漫不经心，但实际上他心里对王希能在这么短时间内打个如此漂亮的翻身仗，还是挺意外的。不光是堵住了那些质疑冉霖拿到出演影版机会的声音，还连带着给冉霖刷了一波演技热度和好感，同时将韩泽生生拖进了猪八戒照镜子里外不是人的沼泽。剧版已经定档6月3日，也就是说还有一个多礼拜就要开播，按照规律这几天必然要大面积宣传，可想而知到时候会被多少网友群嘲，韩泽这一炒煳，煳的不是他一个人，牵连的是整个剧组；至于影版那边，能流出试戏视频，就已经摆出了坚定打脸韩泽的态度，如果影版资方是个记仇的人，那韩泽这辈子都别想和这家资方有合作了。

一石三鸟，不是每一个经纪人都有这种本事的。

陆以尧正想这些有的没的，就听屏幕里的人说：“你转发的微博我也看见了。”

陆以尧窘：“你还真是刷得挺全。”

“其实我先看见的是顾杰的，”冉霖实话实说，“结果他转发了你们一串。”

“是啊，视频一出都帮你转，”陆以尧幽幽道，“你是万人迷。”

冉霖莞尔：“友谊万岁。”

陆以尧耸耸肩：“谁知道你们之间是不是纯友谊。”

“别人和我隔着十万八千里，现在每天能看见的就一个顾杰，”冉霖凑近屏幕，“你确定要质疑我和顾杰的友谊？”

陆以尧尽可能放飞自己的脑补在龌龊的草原上奔跑，然后发现，依然蓝天白云，空气清新，“好吧，我向他道歉。”

冉霖乐不可支，过了会儿，才想起来问他的近况：“拍戏还顺利吗？”

“挺顺的，”陆以尧道，“演员都挺靠谱，剧组氛围也好。”

冉霖听完，几不可闻叹口气：“真好。”

虽然那叹息很轻，陆以尧还是捕捉到了：“怎么了，你这边不顺？”

“也不能说不顺，”盘腿坐在床上的冉霖把手机放到旁边，伸手拿过床头柜上的矿泉水，拧开咕咚咚喝一大口，然后才道，“就是前两天不是新进组一个女演员吗，角色的感觉一直找不对，只要有她的戏份，总是要反复拍好几条，必须导演一遍遍给她讲戏，然后才能勉强通过，所以这两天拍摄进度有点慢，导演挺着急的。”

陆以尧没和何关合作过，但也听闻他对演员的表演要求比较高，所以能理解冉霖说的，戏感不对就反复拍，而不是像有的导演那样，觉得反正是配角，凑合凑合得了。但也正因为是何关，陆以尧才想不通：“这样的演员是怎么进组的？没试戏？”

“试了，”冉霖道，“不过试戏的时候好像挺仓促，导演没完全满意，但也没觉得特别差，而且是熟人介绍的，可能就觉得应该行吧。况且她也算救场，这个角色应该月初就进组的。”

“那我估计何导现在肠子都悔青了。”陆以尧叹口气，“她这不叫救场，叫忙里添乱。”

“也不能这么说，”除掉演技部分，冉霖对齐落落的印象还是挺正面的，“她也不是故意演不好，一遍遍 NG（中断）她也着急，而且态度一直特别好，几乎就是从开工道歉到收工，也挺可怜的。”

“这是工作，”陆以尧不认识齐落落，甚至连她长什么样都不知道，所以只能非常冷静客观地看待这件事，“态度好弥补不了工作效率低下带来的损失，如果让我选，我宁可选一个脾气臭，难伺候，但只要场记板一打，就能一条过的演员。”

冉霖脑海里立刻出现一位符合条件的昔日搭档：“奚若涵那样的？”

陆以尧挑眉：“我说的是演员，没强调是女演员，所以对于你能脱口而出她的名字，我觉得有必要好好探讨一下深层原因。”

冉霖无言以对。

这一次的视频聊天没有持续太久，因为冉霖无意中说漏了嘴，被对面发现自己还没吃晚饭，于是严格的陆老师勒令他马上去吃，并冷酷无情地断了视频。冉霖对着猝不及防断掉的手机屏扁扁嘴，看一眼时间，悲伤地发现还不到 9 点，也就是说他们才聊了半个多小时！

意犹未尽，又无可奈何，冉霖只能把手机揣进兜里，起身穿鞋。

好在回酒店之后就开始刷微博，根本没换衣服，于是这会儿穿好鞋，便走到玄关抽出房卡，出门找食去也。

这厢冉霖出去找饭吃，那厢陆以尧拿起明天的戏份背台词，而远在北京的梦无涯办公楼里，绝大部分区域都暗了，只两处依旧灯火通明——宣传部办公区和老总办公室。

从中午影版《凛冬记》剧组的公告挂上热搜开始，邓敏茹就一头扎进宣传总监办公室，与其商量公关对策，而到了傍晚试戏视频流出，原本好端端在自己办公室里准备下班的王希，则被老总叫进了办公室。

事实上昨天舆论被带到韩泽错过影版《凛冬记》的时候，邓敏茹和王希就分别被老总拎到办公室里“谈心”。邓敏茹那边谈了什么王希不知道，但按照老总与她“谈心”时的说法，老总那边是狠狠把邓敏茹批评过了的。

虽然老总的话里有水分，是否“狠狠”有待商榷，但批评是一定的。因为这件事无论发展到现在成了什么样子，最初挑头的都是邓敏茹和韩泽那边，这种拉同公司艺人垫背炒作的事，在无伤大雅的范围内，公司可以睁一只眼闭一只眼，但过了一个度，就不行了，毕竟韩泽和冉霖都是公司艺人，公司不希望任何一棵摇钱树倒掉。

而昨天老总和她的“谈心”，主要方向就是“安抚”，以及再三强调，要照顾好冉霖情绪，别让他真的在明面上和同门兄弟撕起来。

王希在最初的“不满”“委屈”“不甘心”之后，渐渐“被老板说服”，于是后半程就一直是识大体的“是是是”“好好好”，堪称模范员工，老总也很满意，故而在让她离开后，剩下的精力都关注到了宣传部的危机公关上，希望能最大限度控制舆论走向，别再让韩泽错过影版这种微妙的说法发酵。效果自然是不大的，但什么都比不上今天的二连击——公告加试戏视频。

邓敏茹已经在宣传部那边焦头烂额的时候，刚收拾好办公桌准备下班的王希，被老总二度抓进办公室。

中午看见公告的时候，王希只惊讶于施九廷动作的迅速，待到刚刚刷出试戏视频，她则真的佩服这个人的手腕了。

只有导演手里才有演员试戏的视频，而且通常试过就过了，没人会回溯，王希压根儿没想过用放出视频这招去平息对冉霖的质疑，施九廷不仅想到了，还在成功为冉霖正名后，进一步帮他刷了一波热度，圈了不少粉。这轮操作，王希服。不过在惊喜之余，她也料到老总会找她了。

截至昨天，事情的发展都符合“韩泽炒作——舆论发酵——粉丝将心疼情绪集中到影版剧版的选角上——疯狂攻击谩骂冉霖——舆论濒临失控”这样的规律，所以除了同为经纪人的邓敏茹可能会怀疑她在其中动了手脚却苦无证据，其他人都只会把她和冉霖当受害者。老总当时也是这么想的，所以才会和她说已经批评过邓敏茹，并且让她好好安抚冉霖的话。

但今天这二连击一出，老总怕是就要再想一想了，多心几乎是必然的。

因为走进办公室的时候，王希一脸茫然，天衣无缝。

老总面色不善，待到办公室门一关上，便劈头盖脸道："我昨天不是和你说了这件事到此为止，敏茹那边我也已经说过她了，你今天又弄公告又弄视频的究竟什么意思？"

王希蒙得特别真诚，几乎脱口而出："什么公告视频？"

"别和我装傻。"老总已经认定了是王希做的，毕竟这位员工也不是省油的灯，但乍一见女人脸上的茫然，还是有点被唬住，于是说出来的话虽然字面上还很有气势，但内里已经虚了。

王希来到老总办公桌前坐下，隔着一张桌台和对方四目相对，毫不闪躲："到底什么事，您别跟我打哑谜成吗？"

气势这种东西，不是东风压倒西风，就是西风压倒东风，而且一旦压倒，再想回天，就难了。

"影版《凛冬记》剧组中午发的公告，说角色是经过公平竞争和认真筛选的，刚才又发了冉霖试戏时候的视频，明显就是冲着韩泽来的，"老总眼里的肯定已经变成狐疑，"不是你弄的？"

王希愣愣眨了两下眼睛，末了一脸无辜地叹："我上哪有那么大能量，使唤得动官方剧组啊，您也太抬举我了。"语毕又想到什么似的，自言自语猜测，"会不会是舆论没压住，影版那边怒了，才一连做这么多动作？"

老总眯起眼睛，不放过员工脸上一丝一毫微表情。王希任由他看，偶尔眼里还闪过不被信任的受伤。

良久，老总往椅子后面一坐，头疼地叹口气："闹成现在这种局面，怎么收场？"

"很严重吗？"王希一边从衣服口袋里往外掏手机，一边诚恳道，"从您昨天嘱咐我一切交给宣传部之后，我就没怎么刷过微博，不然看着那些骂冉霖的也闹心。"

这件事归根结底，对于冉霖也是无妄之灾，所以老总暂时压下质疑，耐心等着员工自己去刷。王希刷得很认真，几乎把方方面面的关键词都搜了个遍。

老总仔细观察着，渐渐的，心中的疑虑就轻了些。因为就像王希说的，梦无涯和冉霖都没那么大能量，影版今天发飙，多半是被牵扯到了负面事件里，所以立刻重拳澄清。终于，王希放下手机，抬起头，却不发一言。

老总只得先出声："都看见了？"

王希叹口气，点点头。

叹息似乎会传染的，老总也轻叹一声，拿过水杯喝已经半凉不热的茶。

王希沉吟半晌，终于开口时，眼里尽是感慨万千的复杂之光："这话我现在说可能有点马后炮，但如果我是邓敏茹，最初就不会拿冉霖去炒。冉霖和韩泽都是梦无涯的艺人，伤了哪个对公司都没有好处，炒我王希无所谓，我带韩泽无方，想换经纪人是他的自由，但牵扯上冉霖，就过分了。冉霖这两年一直兢兢业业拍戏，您也是清楚的，他对公司从来都没提过什么要求，哪怕是《落花一剑》之后红起来了，在选戏上有点小任性，可后面还是接了《灯花传奇》，因为他知道是公司把他培养出来的，他感恩……"

老总或许这两天操心操得也累了，疲惫地放下水杯，难得附和："冉霖确实算是省心的。"

"其实我挺心疼他的，"王希继续道，"就拿韩泽要探班那件事来说，其实冉霖可以不答应的，影版投资那么大，宣传费肯定少不了，不需要演员自己去弄噱头炒作，所以说句不好听的，韩泽过去就是为了制造话题，拉他陪炒，但我和他一说，他就答应了，因为他把韩泽当自己人，自己人当然能帮就要帮。但您看敏茹那边怎么做的，剧版要上映了，这时候把韩泽换经纪人的事情爆出来，还说是因为我在资源上偏心。我和韩泽以前的关系您知道，就算偏心，您说我能偏心谁。"

"爆出更换经纪人这件事，敏茹已经和我解释过了，确实也和他们没关系，"老总打断王希，"只是后面热度起来了，敏茹那边就想着与其被炒，不如反客为主，自己来，还能趁机会宣传一下新剧，发展成现在这样，谁也没预料到。"

"那您说冉霖招谁惹谁了，"王希没和老总去争辩事件起源，到了如今这个时候，卖惨比争论对错更有效，"好端端在剧组拍戏，飞来横祸。"

让王希这么一说，老总也觉得冉霖挺惨的，于是又耳提面命王希一定要安抚好冉霖的情绪。明明是要叫下属来质问的，怎么就变成满怀愧疚安慰对方了，老总自己也没搞明白，但又觉得顺理成章，没有什么奇怪的地方，只能揉揉太阳穴，结束这次“训话”，让王希下班了。

冉霖的试戏视频在微博里大概转发了两天，热度渐渐下去，而随着关注度降温，这场以“韩泽更换经纪人”开始的连环撕X，经过反转再打脸，终于有了一个喜闻乐见的收尾。

韩泽那条“感恩曾经的岁月，期待未知的明天”仍挂在微博里，如今已经成为“打脸观光团”的景点，评论里大面积的群嘲，和那些依然表白着支持和爱意的粉丝混在一起，形成哭笑不得的景观。然而韩泽终归是不能删除这条微博的，删了，就承认打脸了，所以只能死撑。

好在舆论渐息的5月28日，剧版《凛冬记》正式发布海报和花絮，掀起了真正的播前宣传。韩泽微博连忙转发，没两天，首页里就基本都是剧版《凛冬记》的宣传消息了，再不见那条内涵的“感恩和期待”。

剧版投资有限，所以并没有搞首播盛典，而只是做了一场首播发布会。发布会就在北京，但邓敏茹还是跟车去韩泽公寓，将已经被提前赶到的造型师弄好造型的韩泽接上，之后一并赶往发布会现场。

这是自几天前邓敏茹回公司与宣传部一起进行危机公关后，两个人的第一次见面。还没磨合出怎样的默契，就来这么一档子烂事，邓敏茹一肚子火，尤其看见韩泽西装革履神采奕奕，仿佛根本没受到影响，就更郁卒。

邓敏茹和王希的性格截然不同，如果说王希是一眼就能看出的强势，那邓敏茹就是绵里藏针。乍一看温柔如水，实则心思细密，而且脾气并不见得就比王希好，只是发火的方式不同。

“气色不错。”邓敏茹冲他笑笑，但仔细看就会发现，笑意并没到眼底。

韩泽不傻，看一眼就明白了，故而回以苦笑：“首播发布会，我总不能哭丧着脸去。”

“既然这次尝到苦头了，以后就听话，”邓敏茹淡淡道，“我是你的经纪人，不会害你的。”

韩泽垂下眼睛，沉吟片刻，低声道：“谢谢敏茹姐！”

艺人这么听话，邓敏茹也不好发作，只得道：“早这样就好了，之前探班，多好的宣传点，完全可以这两天再翻出来炒一炒，现在也不能用了。我就和你说，剑走偏锋的炒作容易出问题。”

“对不住。”韩泽倒是不吝啬歉意。

邓敏茹叹口气：“算了。”

其实这件事里她也有错。她不喜欢王希趾高气扬那个样子，所以虽然韩泽的提议剑走偏锋，她还是冲动地答应了，想着让王希吃吃苦头也好，没料到倒是自己栽了跟头。实话实说，王希的确有两把刷子。

不过一个能蠢到和自己艺人谈恋爱的经纪人，邓敏茹实在没办法给她更高的评价。而且这个艺人还是白眼狼，转头就把事情都告诉她了，言语之间还暗示是王希主动倒贴，自己是迫于无奈才同意交往，结果有了冉霖之后，王希就又往新帅哥那边贴过去了。能挑这种男人恋爱，邓敏茹真想敲开王希脑袋看看里面是不是豆腐。不过韩泽作为男人虽然是渣，但作为艺人，还是挺不错的，有颜值，有野心，某种方面还比较蠢，带起来其实不吃力。

邓敏茹在琢磨韩泽的时候，韩泽也在想邓敏茹。其实邓敏茹对王希的心思不难猜。自己这位新经纪人很不喜欢王希，与人品性格什么无关，说白了就是一山不容二虎，邓敏茹摆明想要经纪部老大的位置，那么哪怕王希是真善美的化身，她也不会喜欢。

他利用的也是这点，所以才提了那个炒作的方案，整王希还在其次，他想整的是冉霖。就像邓敏茹不喜欢王希一样，他也不喜欢冉霖，一个公司不能有两个经纪部老大，也不能有两个一哥。

首播发布会很顺利，等待韩泽的间隙，邓敏茹已经想了好几套洗白方案，想着要在最快时间内把之前炒作的负面影响降到最低。

所谓洗白，无非就是再创造一些博好感的人设和作品，这个人设可以是暖男，可以是魔性，可以是吃货，可以是时尚咖，只要手段到位，潜移默化中就能把先前的负面印象消除不少，若是再有作品好感加成，那更是事半功倍。

立人设有很多种方法，这个不难，难的是好作品，空有人设没有作品，再洗白也不能彻底，只有优秀的角色，才是真正让演员获得好口碑的根基。邓敏茹只希望剧版《凛冬记》，能给韩泽带来这样的好效应。

后台休息室里，邓敏茹一边等待发布会结束，一边东想西想，偶尔还刷刷手机打发时间。结果在距离发布会结束还有 20 分钟的时候，忽然在微博搜索框里实时滚动的热搜关键词中看见了自家艺人和另外一个女艺人的名字——韩泽、崔妍言！

邓敏茹第一反应就不太好，待直接点击搜索，满屏都是评论转发量爆掉的营销号微博——

【九九娱乐：韩泽夜会崔妍言，地下停车场里激吻不断！《凛冬记》未开播，男女主角先上演激情大戏！娱乐圈里有很多因戏生情的神仙眷侣，但网友表示送祝福之前，还是想先问问崔妍言正牌男友萧天禹的意见。点击视频链接查看。】

邓敏茹对着手机，先是石化，然后，炸了……韩泽从来没和她说过还有这么一出，行，艺人私生活她无权干涉，但你总要长点脑子，知道什么该做什么不该做，最起码该在哪里做才安全总要知道吧！！！

王希刚洗完澡出来，正切了一碗黄瓜片，准备来点自然美容，手机忽然响了，拿过来一看，是吴夏。

“希姐，出事了！”电话一接通，小姑娘就火急火燎道。

王希心里一沉，也顾不得黄瓜片了，把碗啪地放到桌子上：“不急，你慢慢说，怎么了？”

吴夏：“韩泽和崔妍言停车场激吻被拍着了，已经上热搜了！”

王希以为是冉霖出事了呢，可没等她松口气，崔妍言三个字又让她心里一紧。王希对这位女艺人实在是太熟悉了，熟悉到一听见她的名字，脑袋里就自动浮出曾在韩泽微信里窥见过的“老女人”三个字。韩泽不清不楚过的女艺人里，这位是对她最不客气的。

“希姐？”迟迟没等来回应，吴夏疑惑道。

王希回过神，道：“具体什么情况？”

吴夏说：“视频已经传疯了，全是骂狗男女的，萧天禹那边还没回应，反正这顶绿帽子是戴定了，但是……这个视频出现的时机太巧了，今天是剧版《凛冬记》首播发布会，这时候闹出男女主角插足劈腿，这部戏还能看吗？”

王希静默片刻，问：“有说视频是什么时候拍的吗？”

吴夏：“最初爆料的狗仔微博直接说了，就是前天。希姐，你说会不会是有人要整他？”

“我先去微博看看情况吧，”王希没正面回答，只道，“既然和冉霖无关，我们就什么都不用做。”

吴夏：“好。”

挂了电话，王希低头看着那一碗水灵灵的黄瓜，出神。很多信息杂乱在脑袋里，经漫长回忆筛选之后，才抽出施九廷曾经说过的那句——

【既然现在已经能预见到剧版糊了，那红有红的共赢宣传，糊有糊的对比宣传，我倒希望它索性糊到谷底，这样影版更容易在对比中出彩，赢得口碑。】

从对方说那句话到现在，也就一个星期。言犹在耳。

《凛冬记》首播发布会几乎没在网上掀起任何水花，因为从发布会当晚一直到6月3日电视剧正式在两个卫视同步开播，网上铺天盖地全是韩泽、崔妍言和萧天禹三个人的名字。

萧天禹这一年都在大西北拍戏，已经久未露面。据说剧组的条件很艰苦，每天吹风吃沙；又据说萧天禹知道这件事后，情绪很不好，除了拍戏，这几天很少同周围人说话；还据说萧天禹在事发的转天，就私下发信息，单方面和崔妍言分了手。总之无数小道消息漫天飞，可作为绿帽子的主人，萧天禹一声没发。他可能连微博都没上，因为吃瓜群众依然可以从他的微博中搜出大量低调的，隐晦的，但爱意满满的微博，偶尔还会流露出“老婆”这样的称呼，俨然奔着结婚去的，如今再看，越发让人心疼。

越心疼萧天禹，自然越反感有了恋人还偷吃的崔妍言，和不检点的韩泽。更重要的是视频中的影像实在太有冲击力了，估计以为是地下停车场监控的死角，所以两个人都没避讳太多，连亲吻带摸，足足纠缠了几分钟，最后才相携进了电梯。

然而偷拍者挑选的角度真是非常专业，虽然距离有些远，但两个人的所有动作尽收眼底，最后还在视频中放上字幕，说明拍摄的日期是前天，拍摄的地点则是韩泽家的地下停车场。

两个人一起回了男方家，夜深人静能干什么，视频没说，但也不用说了，因为敬业的狗仔们通宵蹲守，最后拍到了清晨崔妍言从韩泽家里离开的画面。

证据链，完整到没给当事人留一丝狡辩的机会。

崔妍言和韩泽下面已经成了大型脱粉现场。

崔妍言这边脱粉原因很明确——恋爱自由，但劈腿不能忍，即便不上升到道德批判层面，但前两天还在微博给男朋友庆生，转头就和其他人激吻十八摸，反差实在太大，这么善变的偶像实在让人粉不来。

韩泽那边的脱粉原因则比较丰富——第一，如果是真爱，男未婚女未嫁横刀夺爱可以有，但在明知道对方尚未同男朋友分手的情况下，依然干柴烈火搞到一起，还是应该受到道德上的谴责；第二，如果不是真爱，只是玩玩，那更无耻了，没有任何可洗白的余地；第三，地下停车场的猥琐十八摸将之前塑造的暖男人设彻底摧毁，没有什么比粉上一个假爱豆更伤人的了。

群嘲脱粉谩骂看热闹一波接着一波，漩涡中的韩泽和崔妍言同萧天禹一样，也没回应。韩泽这边不出声可以理解，毕竟他的重点在于人设崩塌，这一点不管他和崔妍言是不是真爱，崔妍言有没有和萧天禹分手，都无法再洗白。但崔妍言那边不出声就有些耐人寻味了。

通常情况下她应该马上发公告，表明和萧天禹已经分手。如果私下没沟通好，担心这样的公告被萧天禹打脸，那经纪公司就应该暗地里给萧天禹泼脏水，造成他也不是什么好男人的舆论导向，转移焦点，模糊事件原本的性质。

但崔妍言什么动作都没有。或许是她对萧天禹还有感情，不愿意到这种时候了还拉对方垫背，也可能萧天禹手里有她的把柄，所以真闹起来，情况反而比现在还糟。

总之各路分析帝过足了狂欢瘾，而韩泽和崔妍言明面上那些艺人朋友，对此事也都没发表任何意见——这时候谁也不愿惹火烧身。

只有韩泽官方后援会发了一条微博——【请多关注作品，远离私生活。】但立刻被人回怼——【发日常卖人设圈粉的时候怎么不说请远离私生活？要么最开始你就别卖人设，永远都靠作品说话，娱乐圈里这样的实力派多了。但你圈粉的时候走捷径，出问题了又怪粉丝太关注私生活，不关注作品，这就十分双标了。】

因为被嘲得太厉害，后来韩泽官方后援会又把这条微博删了，只放上一张《凛冬记》里韩泽的剧照，然后配了一句不痛不痒的鸡汤台词。

其实“不回应”也是公关手段中的一种，虽然有些消极，但在容易“越描越黑”的时候，“不回应”往往会让群情激奋的人们有一种拳头打在棉花上的泄气，久而久之，也就觉得没劲了。然而“不回应”的效果是需要时间来发酵的，而韩泽和崔妍言都没有那样的时间了——就在舆论热度刚刚要往下走的时候，剧版《凛冬记》正式开播。

6 月 3 日当天，因为齐落落被导演一遍遍的 NG（中断）弄到情绪失控，泪洒片场，导演无奈，只得提前收工。说是提前，可等冉霖回到酒店，也已经快 8 点半了——近几天因为拍摄进度严重滞后，夜里 12 点收工已经成了默认作息。

冉霖回到房间的第一件事就是打开电视，调到《凛冬记》播放的频道。

爆出地下停车场丑闻这件事，是冉霖没想到的，他在第一时间问了王希，才从经纪人那里得知，应该是影版资方那边做的手脚。这件事对韩泽的打击太大了，如果剧版《凛冬记》不能出彩，那恐怕韩泽就再翻不了身了。

调到某卫视台的时候，《凛冬记》第一集刚刚播完，正在放广告。

两集连播，中途唯一的广告时间还被自己撞上了，冉霖都不知道该说什么。他怀疑自己和剧版《凛冬记》就是没缘分，所以才从最初到现在，一直错过。

被韩泽抢走剧版合同仿佛已经是很久之前的事了，那之后又发生了很多其他的事情，像被张北辰抢走《薄荷绿》，接下影版《凛冬记》，还有因缘际会拿下《染火》，甚至现在影版《凛冬记》都拍完了，而那个最初被抢走的剧版，才开播。

时间像是扣成了一个环，终点又回到了起点。说实话，冉霖还是挺好奇剧版拍出来的效果的，不带任何正负面的情绪，就是单纯的好奇，即便没发生韩泽这些乱七八糟的事，他也会第一时间打开电视，看看这个自己错过的作品，最终成了什么样子。

终于广告结束，片头曲响起。剧版片头做得还是挺精美的，没用歌曲，用的是纯音乐，古意盎然，配上剪辑出的剧中画面，字体设计得也好看，整体自然清新，还带一丝仙气。终于，“第二集”三个字随着片头曲的尾音，徐徐出现。随后画面一转，正剧开始——

“小石头——”

一声呼唤，音色婉转，情感充沛，满满都是天真和活泼。可画面上出现的“阿堇”，脸上的表情却是温柔有余，活泼不足，表演同声音有轻微的割裂感。

冉霖一听就听出来了，这不是崔妍言的原音，是后期找的配音演员。没等他细想，镜头渐渐拉远，阿堇拿着偷偷拔来的几根甜丹草，正兴冲冲往她和小石头时常玩耍的山洞里跑。

原著中村子周围的山野该是烈日之下的无精打采，虽然枝繁叶茂，但因为太热，连树叶都卷了边。可剧中的山野因为调色过亮，翠意盎然，怎么看都生机勃勃。很快，画面便转到山洞之中，韩泽饰演的小石头正在鼓捣先前偷拔来的“甜丹草”，研究这味村里世世代代种植的草药到底有什么神奇，是他和阿堇的秘密活动。

韩泽的扮相虽然不算特别少年，但还是挺拔俊朗，眉宇之间颇有傲气，是个与九重天斗的样子。

一集看下来，虽然和冉霖想象中的《凛冬记》有些不一样，但除了调色过于艳丽，个别大场面的特效有些简陋之外，也没有太多槽点，不过或许因为他早就烂熟原著，也没有感觉惊艳，就是中规中矩。

待到片尾曲的时候，冉霖微博里刷剧集评论，发现全是一面倒的吐槽。

有就事论事单纯吐槽剧——

【剧本平庸 + 表演平庸 + 画面平庸 + 五毛特效 = 弃剧。】

【既然选的都是二十五岁多的演员，就别往十五岁上靠了，装嫩真的很尬。】

【一切国产魔幻剧的短板它都有，不雷，但略无聊，所以还不如天雷滚滚呢，好歹还能做表情包。】

【我就想问问后期究竟有多执著于调色？画面就不能清新淡雅，非要姹紫嫣红吗？】

【虽然知道前两集剧情还没展开，但节奏会不会太慢了一点？真的没有看下去的欲望啊！】

更多的则是带着之前的负面印象，嘲得更不留情——

【粉丝就别呼吁关注作品，远离私生活了，这作品真拿不出手啊！】

【有多少人和我一样，看不下去韩泽和崔妍言假装青梅竹马纯洁无邪……汗。】

【不行，一看见他俩同框就出戏，地下停车场像幽灵一样在我的脑海里挥之不去。】

【竟然还有追剧的，我连看都不想看。】

【那些刷小石头和阿堇配一脸的，你们考虑过萧天禹的感受吗？让我允悲一会。】

就事论事也好，综合评价也好，基本都是看热闹的网友，粉丝倒不多见，也不知道是已经脱粉脱得差不多了，还是风口浪尖，不想再给偶像招黑，只默默支持。

冉霖退出微博，说不上是什么心情，有点复杂，有点唏嘘。对着电视里重新出现的广告静静发了一会儿呆，肚子忽然传出抗议的咕噜噜。

冉霖元神归位，这才想起自己还没吃晚饭呢！

这几天忙得回酒店就是午夜，为了尽可能多地争取睡眠时间，他的晚饭通常都是草草啃几口面包，或者干脆就不吃了。

今天难得时间充裕，冉霖看看手机上的时间，才9点40分，当下决定出去找一顿热乎乎的晚餐。没几分钟，冉霖便收拾妥当，离开房间。

不料刚从外面把门关上，转过身来没等迈步，便听见走廊那头也有开门的声音，下意识望过去，就见顾杰从某个房间里出来，回手带上了门。

离得有些距离，冉霖看不清顾杰的表情，但那一下带门的声音，不算小，在密闭的走廊里，清晰入耳，久久不散。那一下不能说是摔门，但也不是悄悄把门关上，而是一个稍微带些力度，又不算很大力的关门。

冉霖怔在原地，一时不知道要不要叫住友人，因为对方刚刚出来的那个房间，是齐落落的。

"冉霖？"顾杰先发现了他，立刻朝这边走过来。

随着顾杰走近，冉霖才看清他穿着休闲短裤和背心，就一副私下里随性的打扮，和每天收工之后别无二致，但情绪似有烦躁，眉宇间依然带着未散的淡淡川字。

很好，这下不用纠结要不要打招呼了，冉霖冲伙伴尴尬笑了笑："吃饭了吗？"

顾杰很自然点头："回来就吃了。"

冉霖有点遗憾，"我准备出去找点吃的，想着要是你没吃可以一起。"

"吃过了也可以再吃夜宵，"顾杰没半点犹豫，抓抓头发道，"我正想出去转转呢！"

语毕不等冉霖反应，他便一胳膊挎住冉霖脖子，大咧咧往电梯那边走。

冉霖虽然身体跟着友人的步伐，可思绪却有点乱。

顾杰的样子不像做贼心虚，他甚至都没问一声"你是什么时候出来的"，这倒是符合友人向来坦荡的性子。但那一声不轻不重的关门，还有这会儿的语气神态，怎么看都不像"心情好"，倒是通通散发着"有点烦"的气场。

随着顾杰松开他，按下电梯，冉霖甩甩头，告诉自己别瞎琢磨了，等一会儿到了适合说话的地方，直截了当问顾杰，说不定答案来得更快。

可心里明白，大脑却不受控制，看着电梯上的数字一层层往下走，冉霖禁不住想，顾杰和齐落落之间到底有什么事？

这几天的拍戏除了齐落落一如既往NG（中断）女王外，没有什么大变化，如果非说今天有什么不同，那就是连续多日的拍摄不顺让每个人压力都很大，于是今天再NG（中断），导演也有点急，齐落落更是当场落泪，但最后导演也没发火，只是无奈提前收工。

难道顾杰是特意跑去安慰齐落落的？怜香惜玉也不是顾杰的人设啊！而且如果真是安慰，顾杰为何是带着“烦”出来的，说不通。想不出个所以然来，让冉霖有些懊恼，这两天太过沉迷于微博的异世界，以至于现实世界里悄然发生变化的事情，竟毫无所觉。

随着电梯抵达1楼，门扇缓缓打开，冉霖终于彻底关闭“侦探模式”，不再自己瞎想。

临近10点，说晚不晚，说早也不早，所以二人就近找了一家小馆子，点了几个小菜，冉霖要碗面，顾杰要瓶啤酒。

馆子不大，但很热闹，多数顾客都坐在外面露天的桌子旁边吃夜宵，冉霖和顾杰则进了唯一的小包厢，待点完菜，服务员离开，包厢门一关，空调一开，将热空气和喧嚣全部隔绝在了一门之外。

很快，包厢里温度就降到了舒适的清凉，然而气氛也和温度一样，略微有些冷。顾杰望着空荡桌面，不知道在想什么，但从他撇着的嘴判断，应该不是什么开心的事情。

冉霖用手拄着下巴，犹豫再三，还是轻轻出声：“我刚才看你从齐落落房间里出来。”

顾杰惊讶抬头，脱口就问：“你看见了？”

友人问得实在太真诚，冉霖一时竟有些迟疑，再三于脑海中回忆之前的片段，才确定自己没看错，于是再瞅向友人的眼神，就满是黑线：“你抬起头的时候我不就在那儿杵着吗，肯定看见了啊！”

“呼——”顾杰长舒口气，像卸下多大包袱似的，“我还愁要不要和你说呢！不说，我憋得慌，说，我又觉得像讲别人闲话，挺不爷们儿的。”

八卦之心，人皆有之，但顾杰最后半句话，又让冉霖小小惭愧了一下自己的好奇。最后收拾玩笑，正色起来，道：“你如果想和我说，我就闭嘴听，保证不外传，你如果不想和我说，就当没这回事。”

顾杰翻个白眼：“话都说到这里了，不让我继续，你是想憋死我啊！”

冉霖乐，刚想开口，服务员推门进来，一口气把啤酒、面条、小菜上了个全。

顾杰懒得去拿瓶起子，直接用筷子把瓶盖撬开，咕咚咚倒了一满杯，一口气喝掉半杯，清凉入肚，总算爽快一些。

那厢服务员已经离开，包厢门重新关好，这厢冉霖则挑起面条，吸溜一大口，然后才鼓着腮帮子，一脸“洗耳恭听”。

顾杰放下酒杯，也没吃菜，皱了两下眉，似乎在思索怎么开口。冉霖吃自己的面条，耐心等待。顾杰不是一个嘴皮子利索的，甚至和娱乐圈里很多艺人比，他算是不太会说话的，而且说，也多半都是大实话，加上心思也简单，没那么多弯弯绕，所以出道前几年经常掉进记者挖的坑，后来学乖了，嘴皮子不够，沉默来凑，掉坑次数才慢慢少了。

但这是对外，对自己人，顾杰就没那么多顾忌了，之所以这会儿还要犹豫怎么开口，实在是这件事情不太好开口……

“她叫我过去的，”顾杰总算起了头，“说是想再对对白天因为NG没拍成的那几场戏。”

“然后你就过去了？”冉霖不知道后面发生了什么，但总有一种不好的预感。

“她找我帮忙搭一下戏，我总不能拒绝吧！”顾杰理所当然道，“举手之劳而已，况且如果搭戏能对她的表演有帮助，明天拍摄一条过，那对整个剧组都是好事。”

冉霖无奈叹口气：“那你有没有考虑过，大晚上去女演员房间，如果被别人看见会怎么想？”

“当然考虑过，”顾杰道，“所以我一早就打算从始至终开着房间门。”

冉霖皱眉：“那为什么我听见了开门声？”

顾杰：“因为对戏对到后面的时候，她忽然就把门关上了。”

冉霖怎么脑补都觉得接下来的剧情可能少儿不宜。

顾杰没理会友人暧昧的沉默，只揉揉发疼的脑袋，自顾自继续讲：“关门之后她就开始哭，说她拍戏怎么怎么认真，怎么怎么刻苦，其实很多NG都是可以过的，是导演要求太苛刻了……”

冉霖大概猜出来了：“所以她是看你和导演关系好，希望你能帮她和导演说说话？”

顾杰纠正："她是一边哭着往我怀里钻，一边说了你说的这些话。"

冉霖猜中了结局，没猜中过程。

"如果她是真哭，真的因为得不到应有的肯定而委屈，就算扑我怀里，我就当妹妹安慰一下也行，"顾杰郁闷道，"但她不是，她一边哭还一边……"

冉霖眼巴巴凑过去，耳朵竖成天线。奈何友人一个回车跳过剧情，给了结果："反正我觉得她目的不纯，就直接走了。"

冉霖歪头想想，道："严格意义上讲，你算是被骚扰了，不过也没吃大亏，别郁闷了。"

"我不是郁闷这个，我一个大老爷们儿，能吃什么亏，"顾杰道，"我是觉得既然知道自己演戏有问题，就针对问题去努力，去克服，勤能补拙，而不是去弄歪门邪道。"

冉霖点点头，理解顾杰的感受了，因为他和顾杰算是和齐落落对手戏最多的，所以齐落落到底怎么样，他们最有数。合作10天有余了，齐落落一路NG，磕磕绊绊到现在，虽然看起来虚心接受批评的态度很好，但就是一直没有改进，其实导演翻来覆去和她讲的无非就是几个问题，但第二天，拍不同场次戏的时候，她还是会因为相同的原因NG（中断），也就是说从她的表演里，看不到她回去之后的努力，但凡用心一点，都不应该这样，就像顾杰说的，勤能补拙，即便达不到理想状态，用心不用心也是看得出来的。

现在又弄了这么一出，明天还要继续演对手戏，顾杰的郁闷可想而知。

"算了，不想了。"顾杰把剩下半杯啤酒喝完，又倒了第二杯，拿起来和冉霖的面碗边沿碰了下，发出干杯一样的清脆声响，末了一饮而尽。

冉霖看着向来很少有烦心事的友人，莫名有点担心起来。

翌日，《染火》拍摄现场，冉霖的担忧成真。

齐落落还是一贯的NG（中断），但今天多了一个人陪她，那就是顾杰。顾杰的性格属于心里有事，一眼就能被人看出来的类型，而太多的杂念也干扰了他的表演，导演喊了几次"卡"，就觉出不对了，直接让大家先休息，然后把顾杰拉到拍摄现场的屋外，私聊去了。

剧组工作人员挤在狄江涛出租屋的"客厅"里面面相觑，不知道一贯发挥稳定的顾杰，今天怎么和齐落落作上了伴。

化妆师趁机上来给齐落落补妆，先小心翼翼沾掉额头的汗，再补上一些粉。

冉霖这边简单许多，擦擦汗就好，他几乎算是半素颜了。工作人员难得休息，三三两两聊着天，冉霖走进“卧室”，刚补完妆的齐落落正躲在那里吹空调。

“今天挺热的。”冉霖一进屋就冲齐落落笑笑，算是没话找话了。

“是啊！”姑娘也冲他笑笑，不过分亲昵，但尽显友好。

冉霖终于想明白昨天晚上听见顾杰讲齐落落的事时，怪异感在哪里了。

因为齐落落给他的感觉一直都挺自然舒服的，所以顾杰口中的那个姑娘，和他印象中的“齐落落”，怎么都重叠不到一起去。但可能他也没有真看透过这个姑娘，冉霖想，因为自从齐落落进组，韩泽那边就没消停过，于是他除了拍戏时专注之外，剩余精力都分给了那边，并没有真的和齐落落深入相处。

“我拖累了剧组的进度，”齐落落忽然低低出声，听起来特别失落，“冉哥你其实也有在生我气吧？”

冉霖不自觉皱了下眉，一是没想到齐落落会主动挑起这个敏感话题，二是……

“为什么要说‘也’？”冉霖顺着对方的说法问。

齐落落抬起头，纤纤柳眉皱出一抹委屈：“因为顾哥已经在生我气了，所以今天才一直故意 NG（中断）。”

“故意”两个字让冉霖大开眼界，就算这世上所有人故意 NG，顾杰都不可能。但更让他在意的是齐落落关于“生气”的说法。

她肯定清楚顾杰因为什么生气的，但对自己这个“第三人”提起，真的没问题吗？

“顾杰为什么要生你气？”冉霖还是问出了口。

齐落落疑惑看他，“我刚刚不是说过了，因为我拖累了剧组的进度啊！”

冉霖愣愣眨了两下眼睛，才转过弯来，敢情齐落落不是想承认昨天骚扰顾杰的事。一边在心里吐槽自己脑袋短路，一边惊讶于齐落落的镇定。或许是自己和顾杰没怎么在片场秀哥俩好，就是正常拍戏，正常交往，让齐落落以为他俩没那么铁，至少没铁到会让顾杰把昨天的事情告诉自己，所以这会儿才无比从容。

“冉哥，”齐落落疑惑地眨眨眼，“你怎么不说话了？”

“哦，”冉霖回过神，道，“在想戏。”

“你演戏真好，”齐落落一脸真诚，说完下意识看了眼门外，仿佛在确认是否安全一样，然后才悄声道，“其实，我一直觉得你才应该演男主的，顾哥的演技和你比，还是差一点。”

冉霖实在不知道该怎么接了。

“这话你别告诉顾哥啊！”齐落落吐吐舌头，已经很漂亮了，这会儿又透出顽皮可爱来。

可冉霖已经没办法以客观角度欣赏了，他现在的心情就四个字，一言难尽。

借故结束聊天，冉霖回到“客厅”，拿起剧本看了好半天，才刚慢慢静下心来，何导和顾杰就回来了，然后何导宣布，今天的拍摄调整，顾杰因为状态不好，所以今天先不拍内景戏了，全部改拍外景，而且是远景戏，基本不太需要台词和表演那种，只要演员露个面就好。

宣布这一决定的时候，何关脸上看不出什么情绪，还是和平常一样。可冉霖总觉得他眼底有黑云，也不知道究竟和顾杰聊了什么。至于顾杰，则有明显的情绪低落，应该是很懊恼自己的不在状态，毕竟他是一个宁肯通宵开工，也不愿意耽误剧组进度的人。

导演一声令下，剧组只能行动，于是所有人都奔到武汉郊外，拍一些远景、背影什么的。但这些戏里都不需要姜笑笑出场，所以剧组奔赴郊外的时候，导演让齐落落先回了酒店。

晚上 7 点多，冉霖跟着剧组的车回到酒店，见顾杰还是情绪不高，便想拉着他一起出去吃饭喝酒，结果被友人拒了。

“今天不想出门。”顾杰拒绝的理由简单直白。

冉霖叹口气，体贴地问：“那你是想一个人在屋里待着，还是想有个哥们儿陪着你聊天？”言下之意，他哪个都行，想享受孤独，他就回自己屋，需要倾诉，他这个哥们儿义不容辞。

顾杰哪个都没选，而是自己提出了选项 C。于是 10 分钟以后，就变成了冉霖掐时间，看着他 1 分钟能做多少俯卧撑的局面。

与其说顾杰是锻炼，不如说他在消解郁闷，从昨天的“意外”，到今天的“NG（中断）”，对于一贯心无旁骛走江湖的洒脱友人来讲，是挺闹心的。

一轮俯卧撑做下来，顾杰身上的肌肉线条好像更有型了。

冉霖一边思忖着自己是不是也应该加强锻炼，一边随口问：“你和何导聊什么了，聊那么半天，而且怎么聊完就改拍外景了？”

“改拍外景是因为觉得我的情绪今天没希望调整到最佳状态了，不想再浪费时间。至于聊什么了……”顾杰绝望地看向友人，一字一句道，“不是聊，是严刑逼供。”

冉霖咽了下口水：“导演打你了？”

“差不多了，”顾杰生无可恋地掀起背心下摆蹭了蹭脸，“如果我不说实话的话。”

虽然接触至今，冉霖都觉得何导是一个好脾气的人，但不知是不是和顾杰太熟了，所以相比别人，他对顾杰倒没那么客气，加上他本来就是爽朗直接的性格，如果他认定一件事，非要弄个清楚明白的话，那把顾杰怼到墙边，高压逼供也是有可能的。况且今天顾杰的表现，谁都能看出来反常。

唯一的女演员已经略坑了，男一号要再反常，导演估计哭死的心都有，当然不弄清楚不踏实。

“也就是说导演现在知道齐落落找你的事了？”冉霖其实不用问，也大概能确定了。

果然，顾杰无奈点头。昨天吃饭的时候，冉霖曾问过顾杰，这件事他打算怎么处理，顾杰的原话就是“算了”，毕竟齐落落也没有真做什么，他这边拒绝，事情也就没下文了。但他肯定也没想到今天会这么不在状态，以至于被导演看出端倪。

“我知道你现在心情复杂，”冉霖一针见血道，“是不是觉得自己这事儿做得像打了小报告似的？”

顾杰惊讶抬头：“完全正确！”

冉霖叹口气，沉吟半晌，才分析道：“其实现在的核心问题是拍摄进度严重滞后，你没看这两天导演和制片人都喝菊花茶呢，就是在发愁进度。至于为什么拍摄进度慢，咱们都心知肚明，所以即便没有你和齐落落这件事，齐落落自己的 NG 问题不解决，也迟早会有别的事冒出来。”

顾杰还要说什么，放在桌上的手机忽然响了。他接听之后只说了一个“喂”，然后便都是对方在讲，并且对方也没讲两句，因为顾杰很快挂了电话。

冉霖挑眉，无声询问。

顾杰也没卖关子，直接给了答案：“何导把齐落落叫去谈话了。”

可能是顾杰那件事留下的阴影，冉霖第一反应就是：“叫到自己房间？

就他们两个人？”

“不是，”顾杰道，“还有何导的助理也在。”

冉霖后知后觉，自己的担心完全多余。何导在娱乐圈里混多少年了，不是人精，是大仙，掉过的坑都比他们走过的路多，现在自然是金钟罩铁布衫了。

“等等，”冉霖忽然想起个问题，“谁给你来的电话？”

顾杰说：“我助理。”

冉霖皱眉：“你助理为什么会盯着何导的一举一动？”

“我让他盯的，”顾杰把电话放回桌面，“我就觉得今天何导会有行动。”

冉霖：“那你再感觉一下何导会和齐落落说什么。”

顾杰黑线：“我要能猜中他的心思，我就是导演了……”

两个人有一搭没一搭聊到困乏，也没聊出什么结果，最后各自洗洗睡了。直到第二天起床，两个人都接到通知——剧组停工一天。

通知是发到微信群里的，也就是说剧组每一个工作人员都收到了，而且并不是没头没脑只抛下一句停工，而是委婉地说明了原因——需要重新寻找饰演姜笑笑的女演员。所谓委婉，也只是没有明确说剧组与齐落落解约，但剧组就那么大，这些天的拍摄情况大家都看在眼里，不光是进度滞后的问题，而是进度滞后了，那些磕磕绊绊通过的戏份，也并没有真的做到让导演非常满意。大家都能看得出来，即便喊了“过”，也是无奈下的勉强之举，而那些一直无法通过的场次，则是因为真的连“勉强可以”都达不到，何导又是出了名的追求戏的质量，所以大家私底下也议论过，导演到底会不会换人。如今真换了，倒不觉得意外了。

不过导演也没权力直接开除女演员，大家都按合同办事，剧组和齐落落解约，一定是要付违约金的，但即便这样还是解约了，想来导演和制片人也真是没其他办法了，毕竟长痛不如短痛，再找个靠谱的女演员，顶多杀青日往后推一月半月，也比临到最后才没法收场强。

6 月 5 日这一天，整个《染火》剧组的伙伴们，都在酒店里发呆，而且他们中的大多数，都觉得那个“停工一天”是虚指，因为如果一天就能找到合适的救场女演员，那导演当初也不会焦头烂额，最终只能用熟人推荐的新人演员了。

# 第四十七章

一个演员可以成就一部戏，也可以毁了一部戏。

剧组已经停工两天了。制片人和导演急得火上房，一众工作人员和演员，只能蒙圈等待。

“所以7月底杀青肯定没戏了。”冉霖对着电话那头的经纪人道，声音里是和导演一样的犯愁，“如果这两天能找到女演员救场，估计也得拍到8月中旬。”

“8月中旬能拍完是最好，”王希说，“再晚真就不好弄了。”

冉霖诧异，《灯花传奇》8月8日开机，按照合同，晚一天进组都是要赔钱的，他已经做好被劈头盖脸教育的准备了，结果只有这么一句？

仿佛听见他心中所想，王希继续道：“《灯花传奇》那边我已经和剧组协商过了，他们同意把你的戏份往后调整，但最多只能等你10天，也就是说8月18日，你必须进组。”

“希姐你还真是……”真是半天，冉霖也没找到合适形容词，因为王希的贴心和高效已经超过了他词汇量中的所有赞美。

王希等半天也没等出来形容词，哭笑不得，但还没忘正事：“女演员有眉目了吗？”

冉霖叹口气：“好像还没有。”

“何导对作品质量要求高，肯定不愿意敷衍，”王希头疼道，“但好演员从来不愁戏，哪有今天谈定明天就来进组帮你拍的，太难遇了。”

冉霖说：“上一个演员就是熟人介绍的，所以导演拖了这么多天才开口和对方解约，现在也不太敢让人介绍了，而且吃一堑长一智，这回必须到剧组，到真实的拍摄环境里来试戏，觉得可以，才会签合同。”

“经历过一次糟心事了，剧组慎重可以理解，”王希道，“不过这样更难找着好演员了，人家过来救场，还得先被面试。”

让经纪人这样一讲，冉霖更觉得前途灰暗了。

“没事，”接收到自家艺人的低落，王希连忙安慰道，“最坏的结果，大不了剧组先解散，等过几个月找到合适女演员，定一个大家都可以的档期，剧组重新集合，继续拍。”

冉霖总觉得经纪人的描述似曾相识，忽地灵光一闪，心情复杂道：“何导上一部片子是不是就这么来过一次？”

王希只是随口一说，因为这样的事情虽然不常见，但在娱乐圈里也不是没有，结果被自家艺人一提醒，才发现，好像还真是同一位导演。

良久的无言安静。终于，王希一声轻叹：“追求艺术嘛，总是要辛苦一些。”

冉霖无言以对，只想发个扶额哭的表情。挂了经纪人电话，冉霖才发现剧组群里又有了新信息，点进去看的时候他心惊肉跳的，生怕真是“剧组暂时解散”这种晴天霹雳，好在不是——

【各位剧组同仁，现在急需一名二十五岁左右（非硬性规定，目测合适即可）的女演员。请各位同仁帮忙广为宣传，有合适者可马上进组试戏，片酬从优。】

发通知的是副导演，但授意者自然是导演。已经被熟人介绍坑过一次的导演还愿意发这样的通知，估计是真的无计可施了。而大家都心知肚明，这招的是姜笑笑，所以导演也没在通知里透露更多其他信息。

冉霖毫不犹豫把通知分享到了朋友圈，结果分享完才发现，朋友圈里一票最新更新都长得一模一样，全是同剧组小伙伴复制粘贴的招人通知。

思索片刻，冉霖又单独给两个合作过的关系比较熟的女艺人发了私聊。私聊就没有那么官方了，而是先发了一个“哈喽，有人在吗”的表情包探路，然后才正文——

【我最近在拍何关导演的《染火》，现实主义题材电影，风格悬疑冷峻，剧组现在急需一名女演员，是剧中唯一的女性角色（正面角色），但戏份大概算三番。因为时间比较紧，所以需要马上进组，至于片酬，虽然导演说从优，不过和你的片酬比应该也可以忽略不计了。救场如救火，有意向或者有合适人选推荐联系我，没有也请帮忙随手转发。】

奚若涵是最先回复的。冉霖发信息的时候是下午 4 点，她在一个小时之后就给了回应——【场我是救不了了，下礼拜我也要进组拍一个电视剧，但是已经帮你在朋友圈转发了。】

冉霖弯起嘴角，回复道谢，结果被对方吐槽，举手之劳，朋友哪用这么客气。

江沂是在奚若涵之后，大约晚上 6 点刚过的时候，发来回复——【拍摄期多久？】

在被奚若涵拒绝之后，冉霖几乎就不抱希望了。因为相比至今仍然电视剧和电影都拍的奚若涵，已经不再拍摄电视剧的江沂，其实这两年选片的眼光还是挺高的，尤其刚拍完大投资的《凛冬记》，身价水涨船高，虽然她有说过想演现代戏，但未来可以让她挑选的女一号的本子多的是，实在没有回过头来演个三番的必要。

正因为不抱希望，于是看见这条回复的冉霖异常惊喜，立刻回复——【大概两个月。】

问完他才后知后觉，未必是江沂想演，也可能是对方发现他的通知里没有说明拍摄时间，所以才多问一句，好让帮忙扩散时，信息更清楚。人就是这样，越靠近惊喜，越担心一场空。

幸而江沂没有吊着他太久——【我想试试这个角色，但我的档期只空到7.25，之后就不行了。】

7月25日的话，那就算是明天立刻进组，她的拍摄时间也才50天不到。

冉霖抿紧嘴唇想了想，敲字——【我不确定这个拍摄时间够不够，得问一下导演，但是你确定如果时间可以，就过来演吗？要不要先和经纪人商量一下？】

江沂——【这是何导啊！我经纪人要知道我第一部现代戏是何导的电影，能抱起我来满世界转圈。】

冉霖——【但是三番，女配。】

江沂——【这部戏不是就一个女性角色吗？】

冉霖——【对，满屏糙汉子，绝对把你衬托得美美的。】

江沂——【赶紧帮我问问导演吧，48天够不够拍。】

冉霖——【48天？】

江沂——【如果导演觉得我行，后天我就能进组。】

冉霖——【好嘞。】

冉霖退出微信，就给何导打了电话。何导似乎在外面，接通的电话里，全是街上嘈杂的声音："喂？"

"何导，我是冉霖。"

"嗯，怎么了？"

"我这边有个朋友想试试姜笑笑，但是她最多只有48天档期，够拍吗？"

"你朋友演过什么片子吗？有没有我知道的？或者外形气质大概什么样，还有演技如何，千万要给我客观评价啊，再来一个齐落落，制片人能和我拼命。"

何导的郁闷酸楚透过听筒，清晰入耳。剧组停工，最着急的就是制片人，一天天流出去的都是钱，而造成这种局面的则是导演熟人介绍过来的演员，可想而知制片人的心情。

“她叫江沂，就是刚和我演完《凛冬记》的女一号，您应该有印象的，她去年的《断水桥》票房很高。”

“江沂我知道……”何导沉吟着，似有犹豫。

冉霖怕导演误会，连忙帮朋友说话：“何导您放心，她没有网上说的那些耍大牌脾气差什么的，我跟她一部戏合作下来很顺当，而且她戏感也好。”

“我不是担心她脾气，”何导好像找了个僻静角落，电话里杂音少了许多，“她在业内口碑还是挺不错呢，她要能来我当然欢迎，但剧组预算你知道的，能给出的片酬也就是她正常片酬的一个零头，而且还是很配角的配角，你确定她能来？”

“她一听说是您的片子，根本没问片酬，您这边要觉得 48 天能拍完，她后天就进组。”冉霖忍着笑道，“导演，您低估了自己的魅力。”

电话那头沉默良久，忽然重重舒口气：“冉霖，如果江沂真能过来演，你就算是帮我解决了大难题。”

“要这么说，那是因为您当初给了我演狄江涛的机会。”冉霖真心道。

“那咱俩还是都谢谢顾杰吧，”何导坦白道，“如果不是他极力推荐，我们未必有合作的机会。”

冉霖怔了下，随后勾起嘴角，一片了然。他一直都觉得能有机会演《染火》，顾杰肯定出了许多力，可顾杰偏偏只说自己是“牵线”，说导演因为急着找人，所以有演员就会看，然后定不定的也在导演，和他半毛钱关系都没有。

何关口中的“极力推荐”，从来都不在顾杰的描述里。然而冉霖对此一直存疑，今天总算被导演盖了章。

不过眼下不是友谊万岁的时候，冉霖重新把最重要的问题再次抛给电话那边：“何导，48 天够吗？”

何关脱口就答：“只要她表演没问题，38 天我也能赶出来！”

冉霖等着何关说下句。

何关：“呃，这个有点吹的成分了。”

冉霖忍俊不禁，“行，那我这就去和江沂说。”

何关正色道："嗯，等你信。"

江沂那边一听说48天够拍，直接就联系经纪人去了，7点刚过，便回了信，让冉霖把地址发她，后天就过来。冉霖哪能让"救场女侠"自己找路，连忙把好消息告诉导演，很快就让生活制片安排了接机的车。

晚上8点，全部搞定。冉霖看着手机上的日期，心想6月6日，六六大顺，果然是个好日子。正想把好消息告诉这些天看起来比导演还犯愁的顾杰，剧组群里忽然又冒出新信息，是一个灯光助理发的微博链接——【网爆顾杰在剧组欺负新人女演员——来自@漏网之娱大侦探的微博。】

很快，群里就一片"什么鬼"的刷屏，冉霖连忙点进去，只见那条微博配的五张图片里，第一张是《染火》剧组微信群里的通知截图，就是顶着"需要重新寻找饰演姜笑笑的女演员"的委婉原因，通知大家停工一天的那条。一切可能暴露截图者信息的地方都被隐去，只留下剧组群名和通知内容；第二张是齐落落微博截图，第三张和第四张分别是顾杰和齐落落的照片，第五张则是剧组现场工作照，画面模糊，也不知道什么时候偷拍的。

总而言之，除了通知截图的确说明饰演姜笑笑的演员换了人，以及齐落落的"疑似伤感微博"外，再没有任何能和微博内容挂钩的实质性东西。

但营销号微博里说得特别精彩，展开全文之后，俨然一篇深度报道，说顾杰对同组的新人女演员百般刁难，故意NG（中断），剧组为了安抚男主角，只能丢卒保车，将已经进组拍摄了10余天的新人女演员开除。女演员毫无背景，平白受了委屈也只能往肚里咽，但在剧组发停工通知的当天，女演员也发了一条伤感微博，两相呼应，颇有深意。该营销号微博虽然从头到尾都是"新人女演员"的称呼，可配图已经给网友们指了路。

冉霖先去了齐落落微博，她的ID（账号）是"演员齐落落"，首页里最热门的一条微博，就是6月4日，导演找她谈话的那个晚上，夜里11点半发的——【大梦一场。改变不了世界，只能学着坚强。】

无配图，无表情，就是一句话。然而正如营销号里说的，意味深长。点开这条微博，下面评论基本都是观光团和顾杰的粉丝。

观光团的态度普遍都是看热闹不嫌事大——

【什么原因会让一个男明星欺负一个新人女演员，纯好奇，想问问？】

【签合同进组开拍了再被开除，心疼你，但与其发这种不痛不痒的微博，不如把委屈痛痛快快都讲出来。】

【男演员欺负女演员这事儿新鲜了，怎么个欺负法。】

【总觉得会有打脸，先不站队，观望观望再说。】

【有点担心你会被封杀，但还是希望你能站出来说话。】

顾杰粉丝的脚印倒是惊人一致，齐刷刷就是一句话——【你上锤，我脱粉。坐等！】

一排排刷下来，竟有点震天动地的意思。等到冉霖赶去顾杰微博首页，终于知道谁是榜样的力量了。就在半小时之前，营销号已经带起了节奏和热度，但灯光助理尚未在微信群里发链接的时候，顾杰已经发了微博回应——

【听说我欺负女演员了？求证据，录音照片视频聊天记录都行。上证据，我道歉！@漏网之娱大侦探@娱乐七公主@小道消息@国产太阳报@零零狗八卦工作室@娱乐圈超级小灵通@吃瓜协会@神探娱记】

虽然艺人的微博有一多半都是团队在打理，尤其公关危机的时候，更是全权接手，不敢让艺人乱动，可冉霖看着那条微博的说话口气，还有后面恨不得把所有转发带节奏的营销号都艾特上的执著，总觉得发微博的就是顾杰。

不再窥屏，冉霖直接穿着拖鞋拿上房卡，去到走廊里敲响了顾杰的门。

“来了——”门内传出一嗓子。

很快，房门打开，顾杰穿着灰色运动裤，黑色无袖T，脑门上一层汗。

“又锻炼呢……阿嚏！”冉霖一边进屋，一边问，没等问完就鼻子发痒，打了个喷嚏。

然后就听见顾杰道：“没，吃泡面呢！”

冉霖闻着空气中的辣味，再看看桌上吃了一半的泡面，可撕掉放在一旁的包装纸上醒目的“特辣”二字，知道友人那一脑门子汗哪里来的了。

“继续，不用管我。”冉霖往泡面方向做了个请的手势。

顾杰重新坐到桌前，似乎想继续吃，可琢磨琢磨，还是觉得不对，抬头问冉霖：“你来就是为了看我吃泡面？”

“我是想来慰问你，”冉霖翻个白眼，“但你还有心情吃泡面，估计没受什么影响。”

“怎么没影响，”顾杰郁闷皱眉，“我都做一百个俯卧撑吃两包面了，汗是出透了，这里……”顾杰说着捶了两下自己胸口，“还是气儿不顺。”

“一看你就没受过什么委屈，”冉霖坐到小茶几旁边的单人沙发里，“我前两天上热搜你不是也看见了，那才叫坑，齐落落这点手段和韩泽比差远了。”

“问题是她说我欺负女人啊！”顾杰简直冤死了，声音陡然升高，又气愤又委屈，“她自己因为什么原因被开除不清楚吗？心思不用在正地方，天天琢磨邪的，临走了还往别人身上泼脏水，咋想的！”

顾杰从出道到现在，一直走的都是低调踏实路线，也没过度去经营人设和粉圈，更没有正经和谁撕过逼，突然被拉进战场，无所适从，浑身不自在，还不如打一架痛快呢！

“我看见你发的微博了，”冉霖宽慰道，“这就挺好，问心无愧，谁想说话，那就拿出证据。”

顾杰：“强哥那边想动，我没让，这种空口白牙的造谣根本不用理会。”

冉霖愣住：“强哥？”

“我经纪人。”顾杰说完，总算拿起叉子，继续吃泡面。

冉霖只在漂流记的时候见过顾杰经纪人一次，很匆匆，既无交流，也不知道他的名字，如今听着顾杰一声“强哥”，再回忆那个健硕的中年男子，总觉得越发高大威猛了。

趁着顾杰吃面的工夫，冉霖就转发了顾杰的微博，单纯帮着转发，什么都没说，但立场已然鲜明。可能自己最近是非比较多，刚转发完，一刷评论，就几十条粉丝的真情小提示——

【男神你可长点心吧，前两天刚被黑完，可别再往自己身上招是非了……】

【偶像，咱安静如鸡不好吗？】

【知道你和顾杰关系好，但这种事还是先别站队吧。】

【最近可能水逆，怎么我偶像连续拍的两部电影都闹幺蛾子。】

看着粉丝替自己操碎了心，冉霖的神情不自觉柔和下来。不再看评论，冉霖回到微信里，工作群已经安静下来，虽然大家对于这件事都有自己这样那样的看法，但在明面上，除了最开始的震惊之外，再无其他。

“哦对了，”眼看着顾杰把面吃完，冉霖才想起来道，“女演员找着了，江沂。”

顾杰刚把面碗用塑料袋装好，闻言惊讶：“和你演《凛冬记》那个？”

冉霖点头：“后天就进组。”

顾杰：“片酬谈好了？”

冉霖：“她说片酬无所谓，就想演现代戏。”

顾杰：“你面子够大的啊。”

冉霖：“人家是奔着何导来的。”

有一搭无一搭聊到10点多，两个人都困了，也便各自休息。

顾杰的郁闷主要来源于无端被人泼了脏水，要说有多担心这件事造成的负面影响，还真不是。虽然有营销号带节奏，但齐落落毕竟不是韩泽，没有把这件事真的炒到霸占热搜的地步，傍晚舆论最热的时候，也就是热搜榜第九第十名左右的位置，等到临睡前冉霖刷微博，热搜榜上这件事已经掉到三十几名了，加上顾杰那边态度坦荡，齐落落也没真正发声，冉霖几乎可以预见，明天一早，这事儿就烟消云散了。毕竟每天发声的明星太多，真撕X也好，假炒作也罢，总要各自登场并且势均力敌才精彩，像齐落落这种小透明，除非爆出大料，否则热度实在无法持续。

翌日，冉霖一觉睡到自然醒。睁开眼睛的时候，阳光透过薄纱帘，洒在房间里，一片柔和的明亮。

江沂要明天才能来，所以这注定又是停工的一天。冉霖无聊，打电话问顾杰要不要去市中心逛逛，顾杰闲着也是闲着，一口答应。

于是两个人戴上帽子墨镜，轻装出发。

武汉是一座很有味道的城市，带着复古的沧桑悠然，又带着现代的高速变革，坐在车里看着街两边时而林立的高楼，时而门面斑驳的小商铺，有种在过去与未来交织中穿梭的感觉。

两个人明明在武汉待过几个月，可还没有真正逛过，所以这一天逛嗨了，如果不是顾杰经纪人的电话，他俩没准晚上还要去美食街。

电话进来的时候，天色将暗，华灯初上。两个人在熙熙攘攘的街道旁站定，友人接电话，冉霖漫无目的看过往车辆，等回过头来，友人的脸已经比夜色还深沉了。

冉霖没听见顾杰怎么说话，好像都是电话里的人在说，隐约有种不好的预感：“怎么了？”

顾杰摇头，只道：“回酒店再说。”

因是闲逛，两个人没用剧组车跟着，都是一路打车，这会儿正好在路边，一招手，便有出租车停下。冉霖忍住好奇，想着既然顾杰说回酒店，那就回酒店再问，哪知道车开至半路，何导又给顾杰打了电话，于是一到酒店，顾杰就扎进了何导房间。

冉霖的不安感越发强烈。回到自己房间，先是打开微信看了工作群，然而剧组工作群里最后一条发言还是昨天的“震惊”。要知道这个群从建立起来那天开始，走的就是活泼妖艳风，大家有事没事也会逗上两句，如今却从昨天安静到今天，这安静怎么看都让人心里没底。

冉霖退出微信，沉吟片刻，刚要开微博，手机却响了，是王希。

“希姐？”冉霖知道自己经纪人不会无缘无故打电话的，一打，准是有事。

“干吗呢？”经纪人没问事，倒先聊起家常。

“刚从外面回来……”经纪人越迂回，冉霖越发虚，“剧组停工了，反正闲着也闲着，就出去转转。”

王希：“自己？”

冉霖：“和顾杰。”

王希一下没说话。

冉霖：“希姐你到底想说什么，如果又出事了你直接讲就行，我已经习惯了，扛得住。”

王希没好气地乐了一下，然后才说：“不是你，是顾杰，那个女演员到底哪找来的，怎么戏那么多？”

顾杰经纪人的电话，何导的电话，自家经纪人的电话，三者一串，冉霖即刻就反应过来了：“齐落落回应了？”

王希叹口气：“是，而且一口气回了个大的。”

“什么意思？”冉霖没听懂，“不就是说顾杰整她欺负她吗？”

王希说：“那是表面看到的结果，但是顾杰为什么要欺负她呢，人家女演员说了，是因为顾杰骚扰她，被她义正词严拒绝了，所以顾杰才在拍戏的时候整她，导致她最后被开除出剧组。”

冉霖见过编故事的，没见过编这么离谱的。而且但凡泼脏水的人好像都有共性，韩泽抢了他剧版《凛冬记》，反过来说王希偏心，齐落落骚扰顾杰，反过来说顾杰骚扰她，这年头都流行倒打一耙？

冉霖压下心中翻滚的情绪，问自家经纪人：“顾杰骚扰女演员，希姐，你信吗？”

王希翻个白眼，脱口便道：“就他木头桩子似的，被骚扰还差不多。”

冉霖无言以对。

自家经纪人都不是眼光毒辣了，是料事如神。

“但是这种事很麻烦，”王希声音沉下来，“顾杰这边肯定没办法提供‘我没有骚扰’的证据，因为就不存在这种证据，而齐落落那边，要么也没有证据，要么用一些伪造的聊天记录或者别的什么当成莫须有的证据，但无论哪种，公众都会倾向于相信女方。因为这种事是说不清的，而且齐落落也确实被剧组开除了，无论剧组给出什么理由，现在都会被认为是包庇顾杰，即便顾杰走法律途径，或者用其他手段把事情热度压下去了，形象也会严重受损。”

冉霖气得有点发抖，比自己被黑都激动：“那就没有办法了？任由齐落落造谣？”

“有，”王希道，“从齐落落下手，私底下做工作，让她主动澄清，但几乎没可能。”

冉霖的心情随着经纪人的分析，落到谷底。让齐落落道歉，自己打自己脸，还不如找个黑客盗了齐落落的号，然后冒充她道歉来得快呢！王希能理解冉霖的心情，也知道自己说的那个办法等于没说，也沉默下来。

不知过了多久，冉霖才想起来自己这个知情者还没告诉经纪人真相呢，立刻道：“其实不是顾杰骚扰她，是她骚扰顾杰，而且剧组拍摄进度因为她严重滞后，导演迫不得已才和她解约，已经对她仁至义尽了。”

“有些人不会想到自己得到了什么，只会记着自己失去了什么，”王希说，“而且这么一炒，她也算出名了，一箭双雕，不亏。”

冉霖问：“那她不怕得罪了何导吗？”

“就算她不做这件事，估计这辈子也没可能跟何导这种级别的导演打交道了，再说娱乐圈那么大，何导也不能只手遮天，总有给饭吃的剧组。这么说吧，这种演员什么都不怕，就怕红不起来，所以一切可能红的机会，都会紧紧抓住。而且……”王希沉吟两秒，道，“她背后肯定有团队。”

冉霖皱眉：“所以这不是报复，而是一场精心策划的炒作？”

“有报复的成分在，”王希说，“但被开除当天就发那种可怜兮兮的微博，然后昨天先让营销号带‘欺负女演员’的节奏，沉住气到今天，才正式发声爆骚扰，有条不紊，步骤太清晰了。”

冉霖的脑子有点乱，他现在只是听经纪人在讲，还没真正去微博上看，不知道事情究竟发展到什么程度了。可光听王希讲，他就已经觉得回天乏术了。

这和韩泽黑他还不一样，韩泽黑他抢角色，剧组放试戏片段就能打脸，可齐落落说顾杰骚扰，这要怎么打脸？

冉霖甩掉纷扰思绪，先把“怎么替顾杰解围”放到一边，转而想起另外一个问题：“希姐，你特意给我打电话过来，不会就是想给我剖析一下这件事的影响和对策吧？”

当然不是的。虽然替顾杰无奈，但顾杰有自己的团队，轮不到她出手，她看到热搜第一时间想到的就是冉霖昨天转发的那条微博，事实上那条微博底下已经有嘲讽的了，说他这么快站队容易被打脸，但毕竟昨天事情也没怎么发酵，她也清楚冉霖和顾杰的关系，所以没说什么。

但今天不一样了，“当事人自爆被骚扰”和“营销号捕风捉影说女演员被欺负”是性质完全不同的两件事，她怕冉霖再脑袋一热，挺顾杰，招致不必要的非议。可一通电话聊下来，冉霖从头到尾都急切地想找出能帮顾杰的办法，她听得出来，于是那种“别发微博，明哲保身”的论调，就有点羞于启齿。

现在微博上大家都在观望，还没有一个人冒出来站队支持顾杰，或许私底下有发信息或者通电话沟通安慰吧，但面上，谁也不愿意卷进是非里。

但其实，私底下的一百条安慰，也不如面上的一条，在舆论正喧嚣的时候，更是如此。因为真正的战场就在明面上，这时候所有挺身而出的，都等于替当事人挡了枪林弹雨，忽然有人站到你身边揽住你肩膀，和有人飞鸽传书告诉你，我支持你，感受是截然不同的。

“没事，怕你情绪也跟着不好，所以打电话来看看。”王希最终也没开口。

冉霖或许会站队，或许不会，她作为经纪人和朋友，既不打算鼓励，也放弃阻止了。她曾被冉霖的热度温暖过，她知道雪中送炭对于收到暖意的人有多重要，如果可能，她希望自己是守护那个温暖的人，而不是让自家艺人也变得和自己一样，凡事先分析利弊，理智，却也冷冰冰。

挂掉经纪人电话，冉霖还是觉得哪里怪怪的。不过没时间多想，他以最快速度打开微博，这回顾杰和齐落落真是双双上了热搜榜第一。

冉霖直接进了齐落落微博，终于发声的她，洋洋洒洒写了一篇近两千字的长微博，题目是——【我只是一个小演员。】

行文之间极尽扮弱，声泪俱下，将接到剧组邀约怎么开心，进入剧组之后怎么努力，又怎么被顾杰骚扰，委婉拒绝后被穿小鞋，被欺负，被整，最后剧组迫于无奈，为保住男一号，只能让她走人，简直比秦香莲还惨。

更诛心的是，她在微博里放出了酒店监控。监控有加快速度，日期和时间都很清晰，就是 6 月 3 日，从顾杰进入她房间，到顾杰带上门离开，前后大约 20 分钟，而且视频的角度就拍到齐落落房间所在的那半截走廊，自己这边的走廊完全没拍到，而且结束也就结束在顾杰带上门，所以后面顾杰看见自己，还有两个人一起进电梯这些都不存在。

整个视频里就没有自己这么个人，看起来就是顾杰主动去齐落落房间，然后不知道在里面干什么，反正待了 20 分钟，最后开门出来。

冉霖当然知道顾杰干吗了，如果他没记错，友人说他进去之后是先对戏，后面对着对着，齐落落就开始哭着往他怀里钻。但网友不知道顾杰究竟在里面干吗了，监控加上齐落落的长微博，顾杰的骚扰似乎已经板上钉钉了。

齐落落微博底下再看不见顾杰粉丝或者看热闹的吃瓜群众，一水都是心疼她的正义战士。齐落落那篇微博就像王希说的，背后一定有团队，因为她从头到尾都在控诉顾杰，却有意无意把剧组和导演放到了“不明真相”“无奈只能迁就男一号”的位置，行文中几乎就没得罪除顾杰以外的其他人。

明明找齐落落谈话，最后决定与他解约的是何导，而且齐落落肯定能料到顾杰和何导说了她的所作所为，却还是克制住了只咬住顾杰一个人，半点没往何导身上扯。小演员不好惹，大导演不能得罪，起码明面上不能得罪。利害关系看得这么透，分寸把握得这么准，说全是齐落落一个人弄的，冉霖不信。

看齐落落微博看得闹心，冉霖转而来到顾杰首页，没料到就在几分钟前，顾杰更新了微博——【我不用挑事，但我也不怕事。】

单薄得仿佛风吹两下就能散的一句话。

不用点开，冉霖都能想象得到底下铺天盖地的群嘲，因为你没证据，没反驳，就一句口号，空洞到无力。然而冉霖却好像能听见友人的声音在自己耳边，坚韧刚毅，掷地有声——顾杰把这条微博置顶了。

“阳光下少年，梦想可曾实现？冰冷的世界，有没有把你改变？”

冉霖刚点了顾杰那条微博的转发，还没来得及真正发送，手机就响了。

这两天他停工，电话 24 小时拿在自己手里，所以难得有了不用发微信探路，想怎么飙电话就怎么飙的痛快机会。

“喂？”冉霖的声音在门窗紧闭开着空调的房间里，听起来格外有回响，像自带混音效果似的。

“逛完回酒店了？”陆以尧一听就判断出了大概。

冉霖早上和陆以尧通过电话，告诉他自己要跟顾杰去拥抱这座城市，还被深谙伪装之道的陆老师科普了如何不捂成粽子仍可以避免被人认出甚至围观的各种招数。冉霖听完，没选出几招能用的，却还是为对方这些年的辛苦掬一把同情泪。

“本来还想去美食街的，”冉霖仰躺进床里，无奈道，“结果导演一个电话，就把我们招回来了。”

“连你视频。”陆以尧说完没等冉霖回应，就利落挂了电话。

冉霖窘，刚退回桌面点开微信，视频邀请就发了过来，还是一张填满屏幕的脸，冉霖现在已经习惯于对方迷乱的自拍角度了。

“导演把你们叫回来的？”陆以尧续接上文。

“准确地说，是叫顾杰回来。”冉霖轻叹口气。

“因为齐落落那条长微博？”

“你看见了？”

“嗯。”

冉霖一言难尽地看着屏幕里的人：“看来你们剧组是真的不忙……”

陆以尧难得把手机拉远，似乎摆到了桌上，云淡风轻道：“演员一条过，全剧组合作默契流畅，所以现在时间宽裕，而且杀青可能会提前。”

冉霖眯起眼睛瞥他：“你要再这么刺激我，没法聊天了。”

陆以尧乐，不开玩笑了，关心地问：“顾杰怎么样？”

冉霖摇头：“从回来他就去找导演了，还不知道情况呢！我刚才和希姐通完电话，希姐说这种讲不清楚的事情最难办，”冉霖说着说着那股火又起来了，“我就想不明白了，为什么总是老实人被坑，顾杰真是我见过最有耐心的男一号了，你是没看见齐落落在片场NG的时候，灯光摄影都无奈了，导演都要发飙了，顾杰还好脾气地陪着她一遍遍重来……”

“对啊，”冉霖忽然眼睛一亮，“可以放NG（中断）片段啊，顾杰有没有整她一目了然！”

陆以尧抬眼，缓缓摇头：“你能想到的她的团队早想到了，所以她一开始就没打算真的去说顾杰欺负她。片场是公共环境，真的被欺负了，大家都看得到，导演随便放出NG（中断）花絮，她的被欺负就不攻自破了，但如果咬定顾杰骚扰她，那么即使剧组放出NG（中断）片段，她也可以说是剧组为了顾杰和这部戏洗白，再一个，她还可以说NG（中断）片段里的顾杰是骚扰她之前的顾杰，对她脾气好，恰恰是为了后面能顺理成章骚扰她。”

“那都不用她说，NG（中断）花絮99%都是她找顾杰对戏之前的，因为对戏转天就是顾杰一直NG（中断），然后我们就去拍外景了，晚上何导找她谈话，就解约了。”冉霖重新低落下来，“还以为找到反驳证据了呢！”

陆以尧沉吟片刻，忽然道：“顾杰有给你仔细讲过那天晚上对戏被骚扰的经过吗？”

“还真讲了，”冉霖不假思索便道，“他从齐落落房里出来正好赶上我也出门，我俩是直接在走廊遇见的，后来就一起吃饭去了，他一肚子苦水都倒给我了。”

陆以尧伏案摸了摸手指，沉吟道：“那你也给我仔细讲讲。”

齐落落骚扰顾杰的事，冉霖第一时间就和陆以尧吐槽了，不过当时还没有想到会发展成现在这样，所以只是简单说了两句。现在陆以尧要求听完整版，冉霖虽然不解，但清楚对方一定有自己的理由，故而没犹豫，直接在记忆里把顾杰那晚和他吐槽的内容，原封不动倒给了陆以尧，几乎没漏掉任何细节。

窗外夜色如墨，房间里只亮着一盏床头灯，映出有限光明。冉霖索性起身，把全部灯开开，屋内一片大亮，然后他才盘腿坐到床上，给对方讲来龙去脉。

陆以尧听得很认真，到最后，腰板已经直起来，像个正襟危坐的严肃状态。

“就是这样。”冉霖讲得嗓子有些干，便拿着手机下床，也来到桌边，学陆以尧把手机靠着台灯立好，然后拧开一瓶矿泉水喝。

“你刚才说，”陆以尧目不转睛盯着冉霖，“顾杰进去之后没关门？”

冉霖水喝一半，匆忙咽下去，用力点头：“对，顾杰觉得孤男寡女共处一室不太好，进去之后就没关门，是对戏到后面，齐落落自己关的。”

陆以尧皱眉：“可是放出的酒店监控里看不到门。”

冉霖翻个白眼：“那是监控器的角度问题，还看不见我呢，但其实我比顾杰先出来的，我关上门了，那边顾杰才开门出来。”

陆以尧：“走廊里有几个监控？”

冉霖被问住了：“我没注意……”

没等陆以尧发话，冉霖已经飞快起身：“我这就去看！”

急促的开关门声接连响起，眨眼间，冉霖就如一股小旋风般重新回到视频里，一脸兴奋：“三个，走廊两端和中间各一个。”

陆以尧了然，和他想的一样。齐落落放出的视频里，监控器的位置在电梯间刚拐出来的地方，它没办法拍到走廊全貌，只能拍到左右各一段走廊，所以在它的监控范围内，能看见左边距离较近的齐落落房间，却看不到右边距离较远的冉霖房间。

因为冉霖的房间更接近走廊尽头。由此可见，这个监控器的位置更接近于走廊中间，而如果不想出现监控死角，那走廊两端也该有监控器。

冉霖这边的监控器对这件事没用——就算拍到冉霖在同一时间出门，甚至最后和顾杰勾肩搭背去吃东西了，也没任何意义。但齐落落那半截走廊尽头的监控器则不同。齐落落放出的监控里，她的房间已经在监控边缘了，由于距离和角度问题，加上齐落落那边刻意加快的视频速度，如果不仔细辨认，很难注意到门有没有关，但如果是另外一个走廊尽头的监控器，它距离齐落落房间会更近，也会拍得更清晰。

冉霖在看到三个监控器的时候就明白陆以尧的意思了：“虽然NG（中断）视频不能说明根本性问题，但酒店监控要能拍清楚顾杰没关门，再加上NG（中断）花絮，起码可以让舆论不那么一边倒。”

“嗯，”陆以尧道，“如果顾杰经纪人那边还能弄来更多的东西，或者公关得当的话，这次危机也不是过不去。”

事情发生到现在，时间太短了，冉霖还没来得及细想这些，估计导演和顾杰那边也还在蒙圈中，如今被陆以尧提醒，冉霖立刻起身：“我现在就去找酒店要监控。”

没等陆以尧说话，冉霖又忽然坐回去：“差点忘了，我先转发，不然等下忙起来就更容易忘了。”

“转顾杰的微博？”淡淡上扬的尾音，听不出太多情绪。

冉霖本来打算和陆以尧说一下，就断了视频去转微博，被这么一问，又下意识多心起来：“你会不会觉得我在这个风口浪尖上转他微博站队，有点鲁莽？”

“你心里呢，想要公开支持他吗？”陆以尧不答反问，声音依旧平静淡然。

冉霖深吸口气，又慢慢呼出，沉声道：“我不想公开支持他，我想直接上场帮他对线！”

陆以尧听到前半句的时候疑惑挑眉，待听完全部，莞尔。

他说：“那你就去，公开支持也行，撕也可以，随着自己的心就好。”

“希姐肯定会骂死我，”冉霖简直能脑补未来的惨烈，“而且顾杰如果没办法彻底平反，我就等着和他一起被喷吧！”

陆以尧眼里染上浅浅笑意：“你就是flop（过气）了，还有我接着呢！”

冉霖哭笑不得：“接着也煳了。”

陆以尧定定看他：“那我就再把你捧起来。”

明明八字没一撇的事，可从陆以尧嘴里说出来，就充满了笃定的可信。

冉霖忍着笑，道：“那我以后是不是可以在娱乐圈里横着走了？”

陆以尧没半点犹豫，点头：“跳广场舞都行。”

断了视频，冉霖心里再无踌躇，只觉踏实。随着拇指按下发送，顾杰那句置顶的话，挂到了冉霖的微博主页上，顾杰那句“不挑事，也不怕事”，也是他想说的。

转发之后冉霖满微博搜了搜，同行们全都很安静。顾杰在娱乐圈的时间比他长，一路发展也算顺遂，平日里虽然低调，但朋友圈肯定是有的，可现在，没一个人发声。

这很好理解。毕竟事实尚未明朗，又是骚扰女演员这种敏感事情，即便私底下联系慰问，公开场合也最好明哲保身。但冉霖做不到。他是清楚事情来龙去脉的，他做不到装傻。

搜了一圈再回来自己微博底下，已经一片飞沙走石——

【世界那么大我想去看看：不作死就不会死。】

【琉璃宫：社会我冉哥，人狠话不多，咔咔一顿转，迟早要翻车。】

【低空飞过的高数君：这时候站队智商是有多低……】

【富毛村：一个剧组合作的，当然要帮“好兄弟”啊！】

【直男癌都走开：不挑事也不怕事，所以你俩这是准备联手围殴齐落落？】

【妮酱lily：我觉得挺好啊，省得犹豫了，一起打包路转黑。】

不知道是前两天刚被韩泽的粉丝撕完，有了抗体，还是陆以尧那句有我呢能量太足，反正冉霖现在看着这些恶评，心里奇异地毫无波澜。

就算所有人都不出来站顾杰，他站，因为那是他的朋友。就算所有人都骂他这时候站队没脑子，他也不怕，因为总有一个人会永远支持他，只要回头，就能看见那张“盲目自信”的帅脸。

而且……冉霖看着混杂在恶评中的众多小燃面们和零星顾杰粉，觉得也不用把自己塑造成悲情英雄，自家小燃面里，还是支持、感动以及明里吐槽暗里心疼的多——

【皮皮虾我们走：偶像，你想要热搜让公司给你买行吗，咱别自己坐火箭上去啊！我可能粉了一个傻子。】

【白蛟逆鳞：以为你和顾杰只是关系好，原来情比金坚。】

【专业双节棍二级：我是顾杰的粉丝，谢谢你愿意这个时候挺他，他真的太委屈了。】

【霖家的小燃面：坚定帮转。】

【落花一剑不得闲：不知为什么就是觉得好燃啊，这才是兄弟！】

【霖火贴吧：凭什么齐落落可以拿个破监控看图说话，同剧组最清楚情况的演员就不能发声了？反正这一波我站冉霖。好吧我从漂流记的时候就粉你了我是资深燃面啊打滚求翻牌！】

【尧爱一生：不落井下石是善良，敢雪中送炭是勇士。】

冉霖一边看着，一边琢磨等下问酒店要来视频，该怎么发，自己是不是应该也配一篇长微博，讲清楚全部细节，这样才能让视频和线索扣得更清楚，更严丝合缝。而且也不能自己发，让希姐找营销号带节奏好像更可信……

漫无目的乱想中，手指重新一刷，大批量的新评论已经涌入，最上面一条就是——

【激情燃夏：夏新然和陆以尧点赞了顾杰和冉霖的微博，漂流团的感情果然不是塑料的。我露出老母亲般欣慰的笑容。】

冉霖愣住，点开截图，果然是在他发出微博没几分钟，众友人们就点赞了。这年头点赞就和发表意见一样，虽然没有转发高调，但也是站队无疑。

这两个家伙……

咚咚。突来的敲门声打断了冉霖的思绪。

纳闷儿放下手机，冉霖一边往门口走，一边警惕地问：“哪位？”

“顾杰——”来者应得倒干脆。

冉霖连忙快两步到跟前，把门打开，只见顾杰还穿着回来那身衣服，像是刚和导演谈完话，不过表情倒不见多沉重，虽然皱着眉，可并不低落，气场一如往常。

“和导演聊完了？”冉霖把友人让进来。

顾杰一边往屋里走，一边道：“嗯，现在换强哥和他沟通了，我坐等就行。”

冉霖精神一振：“有应对的办法了？”

顾杰诧异：“这你也能看出来？”

冉霖：“真的没有任何难度。”

顾杰的心思实在太好猜，不，都不用猜，全在脸上，一目了然。

“何导太鸡贼了，”顾杰已经按捺不住，“直奔谜底+感慨万千”二合一，“他找齐落落谈话的时候，不光带了助理在场，还用隐蔽摄像机全程拍下来了。”

冉霖万万没想到看起来浓眉大眼的何导还会来这一手。他以为谈话的时候带上助理已经是防患于未然了，结果人家不光防患，还直接攒下了杀手锏。

何导这段位高到天上去了……

慢着，冉霖觉出不对：“就算拍下来了，难道齐落落会在谈心的时候和导演坦白，她骚扰你？”

“她当然没那么傻，一开始还说我情绪不好是故意整她，咬定是我骚扰她未遂，但后来好像何导用什么办法让她自己跳坑里了，”顾杰抓抓头，“具体我也不清楚，等视频出来你就知道了。”

冉霖就知道问这二愣子也问不出来什么干货。

“我过来就是想告诉你这个，”顾杰又道，“不用替我担心，强哥说只要有何导拍的内容，这次我不光能说清楚，还能连带着帮《染火》刷一波关注度，正好何导一直就发愁他的片子叫好不叫座。”

冉霖懂了：“所以现在这两位一拍即合。”

顾杰回忆了一下经纪人和导演视频沟通的场面，末了摇头：“不是一拍即合，是快要结拜了。”

冉霖实在不知该怎么评价这场峰回路转，更重要的是他现在超级好奇视频内容啊！

“你转我微博了？！”随手一刷微博的顾杰，诧异出声。

冉霖愣愣眨了两下眼睛，莫名有一种做坏事被发现的微妙感，憋半天，憋出来一个：“嗯。”

顾杰一屁股坐到椅子上，一脸“你没事吧”的无奈：“你咋想的？你也猜着何导偷拍了？”

冉霖窘：“我要有那脑洞我就写科幻小说去了！”

“那你转什么啊！”顾杰语气里是实实在在的反对，“我要是洗不白，你这不等于往自己身上揽事儿吗，没必要的啊！”

“我挺我哥们儿要什么必要啊！”经纪人没批评，陆以尧没批评，被当事人批评了，冉霖都不知道该哭还是该笑，“这才是第一步，后面我还打算写长微博还原案发现场呢！”

顾杰呆愣良久，一口劫后余生的大气呼出：“幸亏我找你找得快。”

冉霖白他一眼：“要没你我还演不上这个电影呢，一条微博换名导电影，我赚大发了。”

顾杰定定看着冉霖，胸膛起伏，似有千言万语，可最终，他只是起身过来一拍冉霖肩膀，用力捏了捏，一切尽在不言中。冉霖目光灼灼地回望他，在肩膀上令人发指的酸痛里决定，如果三个数之内友人再不松开，他就嗷一声喊“你给我撒手”。好在，顾杰没有把大力金刚指进行到底，赶在友人惨叫之前，撒手撤退。冉霖肩膀垮下来，缓了好几口气，又动了动胳膊，才确认，嗯，没废，还能用。

“哦对了，”刚活动两下胳膊，冉霖想起之前和陆以尧的视频，立刻道，“走廊里有三个监控，齐落落放出来的是中间的，没拍清楚门，另外一个监控应该能拍清楚你进去之后没关门，我们可以问酒店要。”

虽然何导那边有必杀，但证据嘛，总是越多越好。

不料顾杰道：“下午齐落落刚发微博的时候何导就让人去要了，但酒店那边一直不愿意给，说是出事了或者警察办案什么的，才有权调监控。”

冉霖无语：“那齐落落监控哪来的？”

顾杰摇头，也不清楚。

齐落落的视频肯定也是酒店流出的，但未必是正规渠道，可能是私底下找了人，酒店当然希望多一事不如少一事，毕竟这家酒店是来武汉的艺人经常入住的酒店，如果监控说提供就提供，势必会让很多人觉得没什么隐私，不过如果剧组强硬交涉，又不是酒店本身犯了什么事，也未必就不会提供。

不过如果何导手里有谈话过程，那监控有没有也无所谓了，时间这么紧，估计何导也懒得交涉。

“陆以尧还点了赞？”顾杰感觉每多刷一下微博，都有新发现。

冉霖看着他发现新大陆一样的表情，乐着补充：“夏新然也点了。”

顾杰怔住，刷手机的动作变慢，然后渐渐停下，彻底沉默。冉霖看着他面沉如水，眼里却带着炽热的光，一时拿不准他的情绪。

忽然，顾杰猛地抬头。冉霖被他的气势吓一跳，坐在床边的身体不自觉往后挪了半下，然后就听见了友人铿锵有力的声音——

“找个时间，咱们四个拜把子吧！”

冉霖很认真地考虑了一下这个提议，末了慎重道：“要不先征求一下陆老师和夏新然的意见？”

武汉的剧组不平静，北京的两位经纪人也在密切关注着局势。

晚上9点半。陆以尧工作室的2楼办公间里，姚红开着笔记本电脑和手机免提，一边给被抓上线加班的宣传人员下达任务，一边和自家艺人沟通：“哪来的视频？”

陆以尧道：“酒店来的呗。”

姚红黑线：“你人在天津剧组，然后发给我一个武汉酒店的监控录像，别告诉我你穿越过去拿的。”

“怎么拿的不重要，监控是真的就行，”陆以尧道，“红姐，你让人帮忙做一下后期，把顾杰没关门，还有后面是齐落落自己关门的两个地方都重点突出就行，哦对，还有时间轴，和齐落落的视频要对上，最好能做个对比。”

姚红：“要不你来？”姚红没好气地笑：“明明可以当偶像，非操经纪人的心。行了，你红姐知道怎么做，视频后期、营销号转发、雇佣兵带节奏、围观群众燃热血一条龙，保证让冉霖的站队变成忠肝义胆、豪气干云、义薄云天、两肋插刀。”

陆以尧：“那个，其实也不全是为冉霖，顾杰也是我朋友。”

姚红：“哦。”

陆以尧：“红姐你忙吧。”

挂断电话，陆以尧一边嚼着探班粉丝送的天津麻花，一边感慨顾杰摊上个好导演。两个小时前，冉霖发来信息，说不用担心了，导演那边有翻盘证据，正快马加鞭弄，至于监控视频，因为酒店那边态度消极，而且也不是决定性证据，就不弄了。

他当时已经让人去酒店找视频了，本想着找来之后让红姐帮忙，带一波节奏，翻盘有难度，可把水搅浑还是可以的，没想到天降喜讯。于是乎，等视频真正弄来之后，策略就从“搅混水”变成了“佐证”。

现在只等耿屹强和何关那边的动静了，估计会是顾杰团队和剧组一起发声。到时候姚红这边的视频再添一把火，把“真相”烧得再旺些。

同一时间，王希家里又成了办公室。

吴夏在QQ（聊天软件）上发完最后一句话，回头和王希道：“都准备好了，现在就等着剧组发声了，只要出来，就是疯转。”

王希点点头：“最好能在10点半之前出来，那时候流量大。”

“希姐，你为什么不拦着冉哥。不转发顾杰那条微博不就完了？”吴夏吃完晚饭就被王希召唤过来，主要任务是帮冉霖灭火控评，因为他就尚未明朗的“顾杰骚扰女演员”问题跳出来站了队。

结果救着救着，冉霖这边打电话过来说，先是承认了自己冲动，然后就非常有底气地说不用担心，晚上就能反转翻盘。于是她放下灭火器，端起助燃剂，就等着反转一出，帮着轰热度。但冉霖转微博的时候还没有迹象说可以反转呢，所以为什么要在那种情况下坚持转博，吴夏不懂。

王希没解释，只问：“你觉得娱乐圈大大小小明星里，有几个敢这样？”

吴夏皱眉，半晌，道：“很少吧。”

王希笑笑：“所以对于珍稀动物，要保护。”

顾杰一直待在冉霖房间，直到10点45分，耿屹强打过来电话，说搞定了。

正在联机打游戏的两个人连忙切出来，登上微博，此时“染火剧组发视频澄清”“顾杰回应”“冉霖仗义”“齐落落骚扰事件反转”“齐落落酒店监控”等关键词已经挂在热搜榜里，其中染火剧组的澄清在榜首，之后前10名里和事件有关的关键词也占据了好几席，连“陆以尧点赞”“夏新然点赞”也被刷进了前20名。

冉霖没点热搜，直接进染火剧组官方微博，置顶的就是澄清微博，是10点25分发的，应该是发出之后耿屹强又观察了一下情势，觉得没问题了，才告诉的顾杰。澄清视频是染火官方微博发的，但一看就是专业宣传团队的手笔。染火还没到真正的宣传阶段，宣传团队几乎还没组织起来，所以应该是耿屹强的手笔。

整个微博写得极其干净利落，将来龙去脉以最明晰的用词表达清楚，不煽情，不卖惨，不带节奏，就是还原事实本身，按照“齐落落无法入戏——频繁NG（中断）剧组进度严重滞后——顾杰作为男一号十分敬业陪着一遍遍重拍——齐落落骚扰未遂反咬一口——剧组得知真相后与其解约”的时间顺序，将整件事捋得顺顺当当，一目了然。

更重要的是每一件事剧组都放上了证据。齐落落无法入戏——大量NG（中断）集锦。虽然外人看热闹，但冉霖作为经历过的可以一眼看出，这些NG都是精挑细选出来的，全部以齐落落的表演为开始，导演喊NG（中断）为片段终结，不放后面导演讲戏或者其他，但每一条都可以明确看出是齐落落的原因导致NG，尤其放在前面的几条，几乎是齐落落最尴尬的几场NG（中断）。

频繁NG（中断）剧组进度严重滞后——现场花絮。也不知道谁挑的，选的正是一场NG（中断）次数最多的戏，偏这场戏调度起来还有点复杂，所以可以清晰听到现场工作人员的叹息在一遍遍NG（中断）之后，越来越明显，到最后已经不太给齐落落留面子了。

顾杰作为男一号十分敬业陪着一遍遍重拍——大量NG（中断）集锦。但这个集锦不放在齐落落如何NG（中断）了，而是NG（中断）后顾杰如何耐心地一遍遍陪着她重演，时不时还鼓励她两句，简直是真正的暖男。

齐落落骚扰未遂反咬一口和后面剧组与其解约，用的就是何导的撒手锏——谈话视频。

摄像机的角度布得恰好，既没有偷拍视频的那种猥琐感，也没有正到像访谈节目一样假，就是个你能看出是偷拍，但视角和观感还挺舒服，总之很神奇，冉霖怀疑何导是找剧组摄影师帮他布的机位。

视频只剪了9分钟，但已经浓缩了全部精华。开头就是齐落落哭，哭得比每一场戏都真，然后恶人先告状，和何导说顾杰今天状态不好是故意整她，因为顾杰昨晚骚扰她未遂。何导直截了当说，顾杰已经讲了，是你骚扰他。齐落落的震惊脸简直能当影后。可很快这姑娘眼泪就干了，发现卖惨不行，直接和导演说，如果剧组和她解约，她就要把顾杰骚扰她的事情揭发出来。截止到这里，齐落落还是死死咬住顾杰骚扰她不放的。

然后神奇的事情发生了，冉霖几乎没看出剪辑痕迹，但他知道肯定剪辑了，因为下一秒何导就语重心长道：“你和我说实话吧，说了实话还有商量余地。”

这句话说完，齐落落还没出声，导演助理先起身离开了，只听一声关门响，画面里只剩下导演和齐落落两个人，是个“私人谈心”的静谧气氛。也不知道是助理的离开给了齐落落勇气，还是以为她的威胁已经奏效，希望女神再向她招手，总之垂下眼睛一直在犹豫的齐落落忽然抬头，一把握住导演的手，说：“何导，我是真想演这部戏！”

何导不着痕迹把自己的手抽出来，真诚而和蔼道：“我也是真的想再给你机会，因为我们这个戏的进度已经严重滞后了，虽然你在表演上的很多问题还没解决，但毕竟拍了十来天，换个演员重拍的成本太高。可是你不把心用在拍戏上，非想一些旁门左道，现在顾杰那边因为你的干扰，情绪一直调整不过来，就算我让你继续拍，你俩还是没办法合作。”

“我去和他道歉！”齐落落连忙道，情真意切的，“我真的就是一时冲动，再说我也没做什么，我还没靠他身上呢他就跑了，而且我是女的，他能吃什么亏啊！”

视频到这里，就够了。至于后面的部分，无非是让视频看起来完整，没那么戛然而止。但这个视频肯定是不完整的，起码何导那些出神入化的招儿都没被剪进来，他到底说了什么，最后让齐落落软话下来咬定的态度，一步步掉进坑里，可能只有上帝知道。

蓦地，冉霖想起那个和自己吃羊腿的爽朗导演。假的，都是假的，这就是一只老狐狸！

评论里已经炸锅了——

【这年头屋里不摆个摄影机都没法活了，导演简直英明！！！】

【我就想知道何关到底被多少齐落落这样的女演员坑过，闪避技能才这么出神入化。】

【啊啊啊啊啊气死我了，支持顾杰告她的点我右上角，把我送上去！抓狂抓狂！】

【怎么能有这么坏的人呢啊啊啊啊啊啊啊，顾杰跟她合作倒八百辈子血霉了！！！】

【我不行了，看顾杰一遍遍NG（中断）还鼓励她让她别着急，我都哭了，整个泪目。】

【顾杰这回真是被坑惨了，要不是导演留了一手，妥妥被齐落落黑到没法翻身啊！男一号携全剧组用耐心捧着你小公主，你回头拿机关枪一顿突突，好样的。】

【顾杰的遭遇让我想起一句话，杀人放火金腰带，修桥补路无尸骸，拜拜。】

【不想说话，坐等电影上映，我去包场！不过，这女的确定不演了吧？】

【酒店视频第二弹出来了！点击看视频链接，能清楚看见顾杰没关门，和他微博里说的都能对上！我之前还骂过顾杰，我去死一死。】

第二弹？冉霖疑惑地点看视频，赫然就是顾杰说导演去要没要来的那段视频，视频里不光能看见顾杰没关门，还能隐约看见是齐落落过来关的门！

虽然画面模糊，但架不住做视频的人贴心啊，不光做了字幕，还把一些容易被忽略了细节都圈了出来，做了标注，更重要的是在最后10秒钟还来了一段两个角度视频的同画对比，几乎可以杜绝一切“视频造假”的质疑。

冉霖搜索视频关键词，发现源头是一群营销号，而且是紧跟在剧组和视频回应后冒出来的，简直就像在给剧组澄清加码热度。酒店不愿意给剧组监控，给营销号流出倒快速高效，冉霖实在不能理解这个行为逻辑。

不过他也没工夫多想，这一波爆炸一轰，他要观光的地方多了，退出放监控视频的营销号微博，冉霖立刻去了顾杰首页。

顾杰置顶微博已经不再是那句话，而是一条长微博，从题目看就是很明显对齐落落的回应——演员无大小，做人凭良心。

冉霖点开长微博，没有齐落落那么长，也就几百字，但三言两语就把事情讲清楚，和染火剧组官方微博的风格如出一辙，不渲染，不煽情，不控诉，就不卑不亢，我心坦然。

下面评论就不说了，除了点赞的就是道歉的，还有拼命为冉霖呐喊的。而且很多一看头像和ID（账号）就是男粉，冉霖自己的粉丝多是妹子，头回发现，男粉丝原来更疯狂。

离开顾杰微博，冉霖进到热搜榜，发现“冉霖仗义”冲到热搜第三名了，点进去全是营销号在夸自己，底下评论的画风和顾杰基本一致，原本骂过的道歉，一直观望的点赞，很多路转粉，粉转铁粉，唯一的区别就是没有顾杰底下那么多想和偶像一起锻炼肱二头肌的男同学。

自己粉丝也疯涨了一大波。虽然冉霖怀疑这里面也有自家经纪人的借势而动，但主力肯定是耿屹强，他和何关沟通之后弄出来的澄清，以及之后的造势，几乎要把这个晚上的热搜承包了，不光洗白了顾杰，彻底让齐落落被全民声讨，还把他这个敲边鼓的也弄起来镀了一层金，堪称反击典范。

“你家强哥厉害。”冉霖抬起头，对着顾杰感慨。

自己和友人一直待在一起连手机游戏，那条长微博自然出自顾杰经纪人之手。而且打脸让剧组来，自己这边只乘着清风，陈述事实，姿态简直不能更帅。

顾杰先看的自己长微博，故而这会儿才看完剧组澄清微博里的集锦和视频，抬起头来一脸不可置信：“这得多少人一起挑NG做剪辑啊，《染火》的后期要有这个速度，咱们电影年底就能上映！”

冉霖黑线：“你的关注点能不能不跑偏。”

顾杰放下手机：“何导跟我说没问题的时候我就已经激动完了，现在没有太大感觉。”

冉霖不知道该说什么，好半天，才道：“齐落落听见你的话，能气死。”

顾杰没有报复后的幸灾乐祸，反而苦大仇深叹口气，认真道：“以后我绝对不单独去女演员房间了，死也不去。”

冉霖翻白眼：“早该这样。”

顾杰扯扯嘴角，无奈道：“你说人和人相处，简简单单，直来直去，多好，喜欢就多接触，不喜欢就避开，干吗非搞得钩心斗角。我一直以为宫斗剧都是瞎编，里面的人全有被害妄想症。”

冉霖挑眉：“现在呢？”

顾杰摊手：“我承认我在里面活不过一集。”

冉霖乐不可支，末了轻叹：“这次其实也很险，如果何导就是正常谈话，不费尽心思把齐落落往沟里带，就算放出视频，也没用。”

顾杰显然认同友人的说法，一脸“这种事我再也不要来第二回了”的决心。

冉霖却忽然被自己刚才的感慨勾出了疑惑，问友人：“何导一早就想到齐落落会诬陷了？不然怎么千方百计也要让齐落落承认你没骚扰她呢？”

顾杰解释道：“他早年间拍一部片子的时候就被一个女演员这么坑过，说他潜规则，很艰难才把那件事摆平，所以那之后他对这种事情特别敏感，严防死守，现在基本防御无死角了。”

冉霖五体投地，这哪是防御无死角啊，这是防御攻击双修吧。不过通过这件事他也看出来了。

“何导是真拿你当哥们儿，”冉霖感慨道，“否则他只要自己避嫌就行了，没必要还替你防患于未然，那个视频没剪全，指不定多费劲才让齐落落说出那句实话。”

“不是你想的那样……”顾杰咕哝一句，破天荒沉默下来。

冉霖以为顾杰会附和自己，或者再分享一下和何导相识相知的兄弟情义史，万没想到是这样的回应。沉吟再三，冉霖还是开口：“你该不会觉得何导这么做全是为了电影吧，对，肯定也要考虑电影，但我真觉得他拿你当朋友，不然不会替你着想到这个地步。”

“我不是说他为电影，”顾杰无奈打断友人，“我是说我和他不是你想的那样，我们不是哥们儿。”

冉霖怔住。顾杰脸上的为难和欲言又止让屋内气氛陡然微妙起来。

被突如其来的消息轰得晕头转向的冉霖，艰难咽了下口水，良久，才颤巍巍地问：“所以你们是什么关系？”

顾杰看了友人半天，最后把手机啪地往桌上一放，豁出去了：“他是我二姨姥家的三姨夫。”

# 第四十八章

秘密抖出，顾杰通体轻松，解脱似的呼出一大口气，抬手抓抓头，脸上还残留着点窘：“你现在知道我为什么不好意思说了吧。”

冉霖真的不知道，他现在所有的脑细胞都在运算华夏民族千百年流传下来的复杂家族体系，“再给我两分钟，两分钟就行。”

顾杰闭嘴，特认真地等，两分钟以后……

“好吧，”冉霖看向友人，投降，“何导是你亲戚。”

顾杰不懂这么一目了然的事情为什么友人要足足思考两分钟，但还是秉着既然说了就要说透的原则，补充细节：“对，就是我姥姥的二姐家的三女婿，也就是我妈的三表姐夫，我的三表姨夫。但我姥姥只有我妈一个孩子，我妈从小都是和二姥姥家的三个孩子一起玩的，所以我们四家直到现在也走动得很近，我直接叫他三姨夫的。”

冉霖听得头要爆炸，总有一种想去拿笔和纸把庞大的顾氏家族按照辈分一行行排下来仔细捋的冲动。

顾杰误解了友人脸上的纠结，以为是生气自己瞒着，着急解释道：“我不是故意瞒着你的，就是关系户这种事……说出来实在挺丢脸的。”

冉霖愣了下，总算将灵魂从顾家族谱里拽出来，随即便被顾杰的话弄得哭笑不得：“你为了等这部戏空出快一年档期，随便你任性的三姨夫把剧本一改再改，开机日一拖再拖，我就请问还有比你更实在的亲戚吗？！”

顾杰歪头想想，觉得友人说得也不无道理：“也是，一起吃饭的时候我三姨说过好几回了，能拍就拍，不能拍就让顾杰去忙别的，别天天没个准信耽误我外甥赚钱。”

冉霖简直能从顾杰的转述里脑补出三姨的语调气场：“你姨是真疼你。”

顾杰笑，打心底往外舒畅，就跟跑了 5000 米似的，末了连人带凳子一起挪正，和冉霖面对面道：“这件事圈里没人知道，是朋友就帮我保密。”

“不是朋友，”冉霖直直看他，“是兄弟。”

顾杰动容，从昨天到今天经历了太多破事，直到此刻，才又觉得天朗气清，生活美好。冉霖也终于把所有线索串起来了，像第一次见面就觉得顾杰和何导过于熟悉，还有顾杰一推荐何导就答应和自己吃饭了，以及何导在得知顾杰被骚扰之后，于谈话里千方百计也要让齐落落说明白顾杰没骚扰她……凡此种种，一个“三姨夫”全能解释得通了。

所以说以后讲重要问题的时候不要大喘气，顾杰那一句“不是你想的那样，我们不是哥们儿”，害得他差点脑补出 S 弯赛道，咔咔飙车。

“话说回来，”冉霖一脸感激地看向友人，“其实我才是真正的关系户，要是没有你这层关系，我哪有机会进组。”

“不是的，”顾杰几乎是不假思索地摇头，“我是极力推荐没错，但最终能让他拍板的还是你。去吃饭之前他和就我说过，行就是行，不行就是不行，事关作品，没人情。”见冉霖仍半信半疑，顾杰索性全说了：“我当初能拿到这个角色，也是要试戏的。”

冉霖惊讶：“你也要试戏？”

“对啊，”顾杰说得理所当然，不过说完，又重新低下了羞愧的头，咕哝道，“但是我有快速通道。就是我可以第一个试戏，如果适合这个角色，就不用再找别人了。”

冉霖懂了，这不是快速通道，这是高考的提前批录取。

北京，王希家。吴夏把笔记本推开，拿过老板刚给她做的 10 分钟快速咖喱配白米饭，风卷残云。王希已经过了怎么吃都不怕胖的年纪，只能羡慕地看着小宣传大快朵颐。

吴夏忙活一晚上，待闻着咖喱味，才觉出腹中空空，于是这会儿热饭下肚，舒服熨帖。

“希姐，我现在明白你的意思了。”吃到碗快见了底，吴夏才放缓节奏，悠悠喝两口热水，然后忽地来了这么一句。

王希还在有一搭没一搭地刷微博，闻言茫然抬头：“嗯？”

吴夏道：“就是你说冉霖是珍稀动物，我们要保护。”

王希莞尔：“明白了？”

“彻底明白了，”吴夏用力点头，“要是我朋友能这么为我出头，我也天塌下来都不怕。”

“谁都希望有这样的朋友，”王希轻叹一声，“但能真正做到其实不容易。谁都没想到何关会留个心眼，所以冉霖当时的出头，怎么看结局都是陪着顾杰一起被骂、被黑。”

“但是何关偏偏就录了像，所以冉霖非但没有被骂，还生生圈了一大波粉，我觉得都是注定的。”吴夏抬头看向王希，“希姐，你听过那句老话没？”

王希挑眉：“什么？”

吴夏语带感慨：“人善人欺天不欺。”

天津，某酒店。

陆以尧挂上经纪人的电话，彻底放下心来。齐落落是再无翻身可能了，她现在应该正千方百计地联系顾杰团队，希望那边能不告她。顾杰和冉霖双双挂在热搜里，关键词除了澄清、仗义，就是欠清白者一个道歉。

陆以尧靠进沙发里，重新把手机切回微博，用小号继续窥屏冉霖主页——

【三顾留情：有朋如此，夫复何求。】

【顾杰家的肱二头肌：这才是兄弟！】

【凤去台空江自流：偶像，你今天气场两米八！】

【今天你吃燃面了吗：是不是皮肤越白的人热血起来越燃。】

【考研之神保佑：因为令狐小刀粉上你，现在莫名骄傲。】

【生当作人杰：我不赞成去那些没发声的“圈内朋友”下面嘲讽，也许他们私下联系过顾杰，也可能他们和顾杰的关系就不是你想的那么好，总之，发声与否是每个人的自由。所以我继续怒赞冉霖就好了，纯爷们儿！】

【龙井冻鸳鸯：对不起，之前一直对你有偏见，《落花一剑》里你明明演得挺好，我也说难看，在这里真心向你道歉。你的粉丝也很可爱，小燃面，这名谁起的，哈哈哈。】

陆以尧一条条评论往下看，看到最后，整个身体都靠进沙发里，惬意，放松，还带点自得的小幸福。视线停留在那条道歉的评论上，良久，陆以尧动手回复——

【我家冉霖全世界最好 回复@龙井冻鸳鸯：国民初恋漂流记第1期桂林站的快问快答环节里，他自己选的，作为粉丝，我也觉得这个昵称很可爱。给你心心。】

翌日，武汉是个大晴天，艳阳高照，万里无云。盛夏的阳光太强烈，薄纱帘已经挡不住，冉霖生生是被晒醒的。睡眼惺忪里，有些后悔昨天没拉厚窗帘。然而房间并不热，空调仍尽职尽责地把室温控制在舒适的26℃。

冉霖起床摸过手机，发现才早上7点半。难怪闹钟没响，因为今天9点才开工，所以他第一个闹钟设定在7点40分，最后一个闹钟设定在8点10分……慢着，9点开工？没女演员怎么开工？不，不对，有女演员的。

冉霖发现昨晚突发的“齐落落事件”让他把另外一件事彻底忘到了后脑勺——江沂今天过来！

自约定好之后，冉霖再没和江沂联系过，因为彼此信任，他也不觉得对方会临时变卦，所以只要坐等对方过来就行。但对方不变卦的前提得是他们剧组没出幺蛾子。

现在被齐落落这么一闹，尤其是昨天晚上事件反转已经是10点半以后的事情了，可以想见直到现在，他们剧组仍然处于舆论中心。甚至未来很长一段时间内，《染火》这部戏都会因为这件事，被贴上“是非多”的标签，保不齐等电影上映的时候还会被人翻出来炒冷饭。

这和谁对谁错没有关系，在路人的观感里，这些事都围绕着《染火》这一电影，作为艺人，在这个时候进组，而且就是顶替齐落落去演她原本要演的那个角色，无论是谁，都百分百会被人拿出来讨论、关注。而且这只是个三番女配，怎么想都不值得江沂牺牲这么多。

冉霖沉吟片刻，给刘弯弯打电话，待那头接通，便直接道：“弯弯，你把生活制片电话给我一下。”

一直和生活制片沟通事宜的都是刘弯弯，所以闻言很自然道：“冉哥你有什么事吗，告诉我，我和制片去说就行。”

冉霖想了想，也行，反正就是一句话的事：“你帮我问问他安排去机场接江沂的车已经走了吗？”

“这个时间应该走了吧，”刘弯弯没想太多，但条件反射嘀咕完，还是干脆利落道，“冉哥你等我半分钟，我这就打电话问！”

挂断电话后，眨眼工夫，手机就响了，冉霖接起，那边刘弯弯立刻汇报：“冉哥，已经走了，说是接到后直接去片场，9点开工没问题。”

显然生活制片误会了自己的意思。不过无所谓，他就是想确认一下江沂有没有改变主意，毕竟她不是一个人，还有一个团队，如果改变主意，由经纪人和剧组沟通，也是可能的。然而现在看，江沂还是如约来了。

冉霖放下电话，起身伸了个大大的懒腰，走过去拉开窗帘，让阳光再无一点遮挡地尽情晒到自己身上。

叮咚。手机忽然传出微信提示音。

冉霖转身走回床边，拿起手机一看，是染火剧组的微信群，发信息的是场记，没文字，就一张表情包，图片上一个精神抖擞的大脑袋小人儿——【吃苦耐劳的一天开始了。】

今天要拍的不是室内戏，而是一场郊外小河旁的四人戏——姜笑笑跟踪小卖店店主应烽被发现，逃跑厮打中，姜笑笑落水，小顾随后赶来，应烽逃跑，小顾救上姜笑笑，而狄江涛全程躲在暗处，虽然想冲上来帮姜笑笑，可被应烽威胁过的他又胆怯了，内心极度挣扎，最终也没上前，以至于小顾在救了姜笑笑之后，狠狠揍了懦夫狄江涛一顿。

这是全片几场最重要的转折戏之一，应烽由此暴露，姜笑笑也由此对小顾生出好感，而狄江涛则在小顾愤怒的拳头里，在姜笑笑冷漠的眼神里，第一次因为自己的懦弱感到后悔和羞耻，也为之后的勇气爆发埋下伏笔。

第一天进组就拍落水戏，这样的安排其实有点“狠”。但冉霖明白导演的想法。因为这是一场前半段以姜笑笑为绝对主角的戏，无论从情感难度还是动作难度上，都是姜笑笑所有戏份里比较高的一场，如果上来就能把这样情感冲突激烈的、对表演的细腻程度要求极高的戏拍好，那么其他的戏份也就不难了。在现在这样的情况下，作为导演，何关没有一步步深入考察的时间，只能上来就试大戏。

冉霖是 8 点半抵达现场的，此时的拍摄现场已经忙碌起来。

河风吹着岸边的树，阳光的炙烤下，连风都是扑面的热。

不知是不是心理作用，冉霖总觉得大家都忙碌得热火朝天，那干劲足以和今天的阳光一较高下。不必和前两天的低落丧气比，就和齐落落没进组之前，拍摄顺利的时候比，仍然在“朝气蓬勃”上，胜出许多筹。

桌椅摆出临时化妆区，冉霖走过去的时候，正赶上顾杰化好妆出来，冉霖惊讶：“这么早？”

顾杰活动活动肩膀，抡抡胳膊，最后还捏捏指关节，一脸斗志道：“我现在精气神全满，就等着新搭档来了。”

冉霖黑线，知道的，这是顾杰对新搭档无比期待，不知道的，还以为他要给新搭档一顿胖揍呢！友人来得早，但大部分演员还是和冉霖一个时间到，所以他刚坐下开始化妆，饰演小卖店店主的邱铭也来了。

一在他旁边的椅子上坐下，邱铭就道：“总算能安心开工了。”

冉霖理解他，应该说他代表了整个剧组的心声。

“进度慢了十来天，”冉霖叹口气，“看来咱们得玩命往前赶了。”

“赶工我不怕，”邱铭道，“有几个拍戏能朝九晚五的，都是通宵达旦。”

另外一个化妆师已经过来了，邱铭端正做好，让化妆师给他上妆，但还是抽空道：“江沂能过来演我还挺意外的，你怎么说动的她，没骗人家小姑娘吧？”

邱铭三十来岁，在娱乐圈里仍然算年轻，但对着冉霖他们这样二十来岁的，就都当弟弟妹妹看，所以话里话外透着兄长似的亲切。

冉霖闻言哭笑不得：“我是那种人吗？我一开始就说了是女配，但她一直想演现代片，也特别想跟何导合作，所以我就是帮忙牵了个线。”

“但愿齐落落这事别影响她对咱们剧组的印象，”邱铭感慨道，“如果今天拍摄顺利，她就此进组，那我觉得咱们剧组得送她一面‘扶危救困’的锦旗。”

冉霖乐：“嗯，还必须是金线绣的。”

都说重要角色压轴出场，当现场布置完毕，所有演员和工作人员都就位，冉霖已经拿着和顾杰一样的小风扇吹了十几分钟脸了，剧组派去接江浙的车，终于抵达。江浙没迟到——现在才 8 点 50 分。

保姆车直接停在拍摄现场旁边，于是江浙这位救火队员是在全剧组的期待目光里，开车门下来的。

有那么一瞬间，现场鸦雀无声，只风吹着树叶的沙沙声，以及明亮的蝉叫。

从保姆车上下来的江浙穿着牛仔短裤，西瓜红蝙蝠衫，虽然个子不算很高，但比例匀称，头发不长，像马尾那样拢到脑后全部扎起，但只是兔子尾巴一样的长短，较好的五官和光洁的额头，让她看起来元气满满，不是那种一眼就被倾倒的惊艳，却像可爱的邻家妹妹一样耐看。

她是认真研究了角色的，冉霖可以肯定，因为这不是他认识的那个江浙，正一蹦一跳过来的这位，就是姜笑笑。脑后的兔子尾巴随着她的步伐顽皮地乱晃，晃来一阵清凉的风。

“何导，”江浙先跟导演打了招呼，然后才环顾四周，朗声道，“大家好。”

剧组同仁大部分微笑致意，也有一嗓子喊出来回应的，气氛越发热络起来，所有人都等着场记板那声啪——这位继任姜笑笑能不能成，就看正式开拍了。

和大家打完招呼的江浙又把目光放回何关这里，她是来救场的，清楚自己该干啥：“导演，我在车里已经化好妆了，你看要是行，我现在就可以开始。”

随着保姆车一起去接江浙的是剧组的化妆师，江浙穿的这身衣服也是车里换好的，所以在造型上自然没毛病。

故而何关只问她：“不用再看一下剧本？”

“不用，”江沂说，“都背熟了。”

何关满意点点头，直接回到监视器后面坐稳。5分钟后，早已各就各位的剧组人员，目光全集中到拿着板的场记身上——

“《染火》第××场，第1次……”

啪！

“为什么跟着我！”已经站好位的邱铭二话不说就去拉江沂胳膊。

江沂奋力甩开，撒丫子就跑！邱铭在短暂愣神之后，立刻起身去追，轨道上的摄影机随之移动。跑出几步的江沂，一只脚忽然踩在堤岸边缘，随着用力，鞋底在边缘上猛地一滑，整个身体随之踉跄！

“卡，过！”

随着过的声音，江沂重新站稳身体——脚下一滑是剧中要求，但她还是有技巧地把重心放在了另外半边身体上。

全剧组悬着的心都稍稍放下——虽然堤岸底下做了保护措施，但没到拍摄滚落镜头呢，当然还是不希望女演员提前摔摔打打。

这个镜头只是这场戏的开端。之后很快堤岸布置完毕，随着场记板再次合上，江沂身体一歪，直接从堤岸上滚落下去！

只听扑通一声，江沂，或者说姜笑笑，落水。

平心而论，这条河真的不算清澈，水面泛着幽幽的绿，是那种藻类疯长得让“野泳”的市民都望而却步的绿，然而江沂落进去的时候没半点犹豫。

随着导演一声卡，工作人员赶紧把江沂拉上岸，好在天气够热，起码不会被河水刺骨。但看着上一秒还精气神满满的姑娘，这会儿头发衣服全湿透的狼狈样，还是有点让人心疼。

而且谁都心知肚明，这是一场“试戏”，拍得好，素材和人都留下，拍不好，素材和人都没用，颇有一点全剧组一起考核女演员的意思，这样一想，感觉挺差的。

然而江沂没半点不自在，摆手拒绝助理递过来的毛巾，在堤岸底下抬头大声道：“导演，趁着我还没被晒干，继续呗——”

从江沂的角度看不见岸上的剧组同仁，但冉霖看得清楚，剧组气氛被她一句话搅得彻底轻松开来。导演满足“新员工”要求，直接继续。

江沂重新入水，随着场记板一合，水性极佳的江姑娘开始在水里浮浮沉沉地挣扎，无比逼真。

“姜笑笑——”

远处传来小顾的呼喊——英雄登场了。

听见声音的江沂，一边呛着水一边喊呼：“小顾……救命……”

江沂的声音传到镜头外的冉霖耳朵里，已经有些缥缈了，于是越发楚楚可怜，听得冉霖都有一种跳下去救她的冲动。

扑通——轮不到冉霖出场，小顾一个猛子扎进去了。

“卡，过！”

冉霖似乎听见了何导声音里的惊喜和亢奋。演戏就是这样，一旦配合默契，飙起来，演员着魔，导演也跟着疯。及至上午 11 点半，小顾跳入河中英雄救美以及姜笑笑被救上岸后和小顾的对话戏份，全部拍完。

导演直接抬头问旁边的冉霖：“情绪行吗？”

冉霖明白导演在问什么，深吸口气，郑重点头。

何关直接指挥现场工作人员，继续准备下一场——对于现在的《染火》剧组来说，快马加鞭都不够，要争分夺秒。

拍到现在，已经没人将今天的工作当成“试戏”了，就是一个正常的工作日，忙碌而紧张，但因为各单位通力协作，拍摄顺利，所以再苦再累，也有动力。

“《染火》第 ×× 场，第 1 次……”

啪！场记板的尾音刚从堤岸上飘远，顾杰的拳头迎风而至。

冉霖不闪不躲，只站在那里任他揍……

下午 4 点，小树林拍摄顺利收工。剧组马不停蹄收拾设备上车，奔赴“狄江涛家”，拍室内戏。冉霖和刘弯弯被江沂邀请同乘一辆车，两位合作了一白天的“老友”，才总算找到说话的机会。

“我的表现怎么样？”没了外人，江沂连寒暄都省了，直接问冉霖。

江沂本就是个活泼性子，这会儿可能还没彻底从姜笑笑的角色里出来，眼睛闪烁着的都是“求表扬”的光芒。

冉霖竖起拇指，不吝称赞：“完美。”

得到友人肯定的江沂长舒口气：“我和你说实话，试戏《凛冬记》的时候我都没这么紧张。”

冉霖完全理解：“因为试戏《凛冬记》的时候只面对导演和制片人，试咱们这部戏，你得经全剧组考核。”

江沂惊讶于冉霖的敏锐：“你能看出来我紧张？”

“看不出来，你的表演毫无破绽，”冉霖乐，“但我可以换位思考。”

“我觉得你们剧组氛围真的挺棒，大家都为这部戏努力，没有乱七八糟的东西，”江沂显然仍处于兴奋中，她一兴奋，话就多，“何导人也很好，比我想象中的还要好。”

冉霖笑着纠正：“不是你们剧组，是咱们剧组。”

江沂愣住，继而忙不迭点头：“对，我考核通过了。”

轮到冉霖意外了：“有人通知你了？”

“不用通知啊，”江沂骄傲一摊手，“我能从大家的眼神里看出来对我的爱。”

“哦——”冉霖拖长尾音，“刚才谁和我说她特别紧张来着？”

江沂黑线，没好气白他一眼。冉霖忍俊不禁。

“多好的机会，”江沂忽然一声自言自语的感慨，“齐落落怎么就不知道珍惜。”

突来的名字勾起了冉霖的心绪，沉吟良久，还是问了：“昨天晚上微博里闹的事情，你看见了吗？”

“那么精彩，我当然不能错过，”江沂道，“而且是我马上就要进的剧组，我心再大也得跟着看结果啊！”

“虽然结果是好的，但你顶了齐落落的角色，肯定还是会被议论的。”作为朋友，冉霖私心里还是想提醒一句。

江沂却不太高兴皱眉：“什么叫我顶了齐落落的角色，要我说这角色就不是她的，她这叫乱入。”

上一部电影养成的斗嘴习惯，让冉霖下意识就想抬杠：“齐落落，姜笑笑，哪里乱入，多匹配。”

“呸！”江沂毫不留情，“叫什么不重要，重要的是姓，姜笑笑对吧，这角色就应该姓江，所以我江沂来了，命中注定。还有什么问题？”

冉霖没问题了。

他带着五体投地的佩服，面向说新也不新的拍档，就像当初他俩在《凛冬记》片场第一次见面那样，伸出手，弯下眉眼：“从今天开始，多多指教。”

江沂握住搭档伸出的手，同前次一样笑眯眯道：“好说好说。”

车行驶在郊外小路上，有些颠簸，但不妨碍车内演员交流——

江沂：“所以这部戏结局到底是什么？”

冉霖：“你不是拿到剧本了吗？”

江沂：“剧本是拿到了，但没有结局，说是签了合同才能给结局。”

冉霖沉默了一下。

江沂：“所以应烽为什么要害老张？又为什么发现你监视之后，一开始明明极力想消除自己嫌疑，后面又豁出去了把你也放到黑名单里？你到底喜欢的是我还是小顾？”

冉霖：“老张是6年前纵火烧死应烽父母的人，狄江涛是当时的目击者，但是他根本没当回事，警察问的时候随便敷衍了一个什么都不知道的证词，老张就这样脱罪了。结果没两天他自己也因为抢劫进监狱了。”

江沂：“因此应烽找上老张是想报仇？”

冉霖：“对。而且他最初不知道狄江涛是当时那个让老张脱罪的目击者，所以被狄江涛察觉他在监视老张的时候，他最初只想解除自己嫌疑。”

江沂：“但后面发现狄江涛就是那个不负责任的目击者之后，就想连他一起报复？这么一来就都能说通了。所以你到底喜欢的是姜笑笑还是小顾？”

冉霖：“我在这部戏里就没有感情线！”

剃头推子嗡嗡地响，像割草机，所到之处，头发如被修整好的草坪一般，矮短，整齐。发型师手腕灵活，最终出来的是个弧度很自然的圆寸，只是着实太短了，贴着头皮，让圆咕隆咚的脑型无所遁形，好在冉霖的颜值还扛得住。

镜子里的少年若不做出太阴郁的表情，或者干脆露齿一笑，不会让人联想到刚出狱，反而像是到了反抗期的乖学生，终于豁出去叛逆了一把。

“好看！”江沂本以为剃完会惨不忍睹，然而等到真看见才发现，这样的冉霖依然清秀，但是原本给人的温和感被发型削弱了，取而代之是一抹浪荡不羁，就是那种看似无害，却会在你见不到的地方露出一丝邪笑的迷人魅力。

“有颜就是任性。”同样在一旁围观全程的顾杰，酸溜溜地叹息。

这也就是冉霖，快剃秃了还能有别样风情，换自己，分分钟就是凶神恶煞，街坊远远看见都会抱着孩子躲回屋里那种。

7月下旬的武汉，热得像蒸笼，现场化妆区是个半开放式的空间，虽然晒不着太阳，气温也居高不下。冉霖本以为剃了这么短的头发，会凉快一些，因为他记得上一次剃这么短的头发是在初三上学期，因为期末成绩不好，所以削发明志，结果那是个寒冬，从理发店出来，没戴帽子的他就被冻木了，一路走回家，感觉整个头都不是自己的，进屋缓了好久才缓回来，于是那个冬天他最好的伙伴就是一顶毛线帽。

然而天气实在太热，所以光看见头发落地，丝毫没感觉到凉意。

随着发型师扫落碎发，彻底收工，冉霖情不自禁抬头摸了摸头，发茬扎在手心，微微痒，手感奇妙。顾杰和江沂一起上来，也各自摸了几把，总算满足了好奇心。

赶工的日子，偷得半小时闲已是难得，然而今天全组都放缓了节奏，因为江沂——杀青了。江沂的进组犹如神兵天降，拍摄进度自她之后，仿佛踩上了风火轮，一路风驰电掣往前赶，她给剧组的档期只到7月25日。

今天是7月24日。如果不是非要等着看猕猴桃脑袋的冉霖，江沂今天一早就可以赶飞机回去了。但正因为比预计的早杀青了一天，所以她还能多留出半天看热闹，剧组也正好可以趁机给她弄个小型欢送会。

救场如救火。江沂这位救火队员，来时虎胆龙威，走时英姿飒爽。

欢送会结束的午后，江沂离开，剧组重新开工，从现在起直到彻底杀青，都是狄江涛刚出狱时的琐碎戏份了。

滞后的进度几乎都在江沂来的四十几天全力奋战追了回来，这一日久违的6点收工。回酒店之后，冉霖第一时间发了张自拍到微博，照片里冉霖纯素颜，顶着圆寸，眼神邪气眯起，嘴角勾起淡淡弧度，透着桀骜不驯，然而配的文字是——【省洗发水了。】

后面还附带了一张兔子的表情。

自齐落落事件之后，冉霖微博的热度一直居高不下。洗个澡出来，底下评论已经看不过来了——

【燃面真的能烧着：文字软萌出水，自拍诱惑邪魅，画风不统一逼死强迫症啊！】

【忧伤的驴子：都这么拉风的头型了咱表情包是不是别用粉红色小兔兔，换一个酷的表情才搭啊……】

【梨花带雪：啊啊啊啊我好喜欢新发型！阵亡中！】

【皇甫白：你到底经历了什么，有颜值也不能这么放飞啊！】

【霖家的小燃面：越来越期待《染火》了！太开心！】

【冉冉升起：科普一下，冉冉正在武汉剧组拍摄新电影，这个发型是剧情需要。】

【我家冉霖全世界最好：想摸。】

冉霖退出微博，给前两天已经杀青回京的陆以尧发信息——【在家休息得怎么样？】

北京，樊莉家。

陆以尧躺在浴缸里闭目养神，按摩模式喷出的水流把浴缸水面弄得波荡不止，腰背肌肉在水柱冲击中松弛下来，舒爽惬意。陆以尧的人在浴缸里，元神还在10分钟前刷到的那张自拍里。

他原本是要过来洗澡的，结果临出房间之前，随手一刷，就看见了那张自拍。冉霖从来没和他说过后面的戏份要剪这么短头发的，所以刷出来照片那一刻，陆以尧有点蒙。

怔了一会儿，才确认自拍里的家伙是冉霖。他怀疑对方隐瞒不说是想给他一个惊吓，然而越看越顺眼的他，只觉得惊喜。

他现在只希望冉霖的头发不要长太快，这样等对方杀青回来的时候，他还可以摸一摸那颗脑袋，手感一定不赖。

欣赏了10分钟，陆以尧才把手机锁屏充电，然后过来泡澡。他估计冉霖也是刚回酒店，所以准备晚些时候，再和对方视频。

前两天杀青的那部戏是陆以尧的最后一部戏，他现在身上只剩下一些代言，有年底到期的，明年到期的，这些都可以自然履行完合同，少数几个代言期才过半的，已经让姚红那边在商谈解约金了，好在一直以来双方合作关系都不错，品牌方虽然诧异向来都是提前谈续约，还没见过提前谈解约的艺人，却也没就解约金狮子大开口，比想象中顺利，有两个品牌经过姚红的推荐，已经在考虑是不是要让冉霖来接盘了，但这些陆以尧都没和冉霖讲。

每个人都有自己的战线，他努力他的，冉霖奋斗冉霖的，无须多言，总有胜利会师的一天。

关掉按摩模式，及至水面安稳，陆以尧身体向下滑，直至整个人完全没入水中。从进娱乐圈那天起，他的世界就一直喧嚣着，而此刻，在温暖的水下，他感觉到心里和这个世界一起，静下来了。

陆以尧从浴室出来已经晚上7点40分了，阿姨要给他热晚饭，他没让，自己烤两片面包做了个简易三明治，然后拿着便回了房。

“今天回我妈这边了，刚洗完澡，彻底活过来了。你在哪儿呢？”陆以尧啃着三明治给冉霖发语音。

“酒店。”对面回复得很快。

陆以尧几口吃掉三明治，从床头柜抽屉里找出蓝牙耳机，戴好后，才发过去视频邀请。视频接通的时候，陆以尧嘴里的三明治还没全咽下去，腮帮子微鼓，平日里的帅气被吃相打了折，尤其看见冉霖之后，更加快了咀嚼速度。

冉霖本想给陆以尧一个“惊喜”，结果反倒被对方逗乐了：“偷吃什么呢？”

陆以尧拿过水杯喝一大口，总算顺了下去，才道：“三明治。”

冉霖皱眉：“你回家就吃这个？”

陆以尧道：“少油低卡。”

冉霖歪头看了两秒，才道：“你不是已经不打算接戏了吗，还这么严格？”

陆以尧：“不接戏不代表就能不管不顾了。”

冉霖点点头，差点忘了这是位十分执著于颜值的选手。

“你别动。”陆以尧忽然低声道，“让我看看你头发。”

冉霖心说可算到正事了，立刻正襟危坐，带着点顽皮故意问：“酷吧？”

陆以尧没回答，只目光柔和下来，定定看着。

冉霖以为对方会吓着，现在感觉自己要被对方吓着了：“你倒是说两句话啊！”

“什么感觉？”陆以尧轻声开口。

冉霖没反应过来：“嗯？”

陆以尧把手机拿近一点，呢喃：“摸起来什么感觉？”

冉霖皱眉，总觉得这个问题哪里怪怪的，但手已经下意识抬起又摸了两下，感受和白天相同：“有点扎手。”

陆以尧轻轻点头，然后眯起眼睛，似神游，又似满足。冉霖总觉得有一只无形的手正在隔空摸自己脑袋。

“江沂今天杀青了。”冉霖清了清嗓子，出声。

陆以尧皱了下眉，显然不太开心自己的“神游”被打断，不过略一思索，这似乎是个好消息：“她杀青了，你们整部戏的杀青也就快了吧？”

“嗯，”冉霖道，“按现在的拍摄计划应该是8月8日全片杀青。”

8 月 8 日，还有半个月，如果没记错的话，冉霖的《灯花传奇》紧跟着就要拍了。思及此，陆以尧有点不确定了："那你还回北京吗？"

"回啊，"冉霖不假思索说完，才想起自己没跟陆以尧说过《灯花传奇》进组期后延的事，连忙道，"希姐帮我和灯花那边协调好了，8 月 18 日去横店进组就行，中间还有 10 天假期。"

陆以尧总算踏实，眉眼温柔弯下来，低声道："正好，夏新然一直嚷嚷着等你们回来要聚，明天我就和他约个大概时间。"

"夏新然有空？"冉霖意外。

陆以尧道："他最近跟公司闹得不太愉快，很多活动都停了，正闷得慌。"

冉霖这阵子忙着赶工，没跟夏新然联系，不清楚还有这档子事："什么情况？"

陆以尧解释道："他那个公司想续约，但给出的新合同只是在原合同基础上稍作改善，夏新然接受不了，想解约，就谈崩了。"

冉霖："开出的条件有那么差？"

陆以尧听见冉霖这么问，就知道对方完全没了解到其中关键："夏新然马上要到期这份合同，就是他出道签的合同，现在终于熬到头了，公司又给了一份换汤不换药的，只是个别条款有改善，还不算差？"

冉霖错愕，这不叫差，这简直是吸血鬼。夏新然选秀出道，这种情况下签的合同通常都跟卖身契一样，年限长，条款苛刻，他以为夏新然早换新合同了，毕竟这些年他的名气人气有目共睹，完全有资本和公司谈条件的，结果竟然一直坚持到了合同期满？！

冉霖不可思议摇头："他公司怎么想的，夏新然现在红成这样，还指望拿选秀合同留住人？"

"应该只是个谈判策略，"陆以尧分析道，"觉得先给一份离谱的合同，过后再谈，余地会更大，如果上来就给一份丰厚合同，夏新然还不满意，还狮子开口，公司那边就难做了。"

冉霖翻个白眼："如果夏新然是这种人，他就不可能用出道合同在公司坚持这么多年。以他这几年的人气，外面指不定有多少公司联系过他，想挖他，他如果不是重情轻利，早走了。"

"这个合同一甩出来，夏新然就寒心了，我估计他之前可能都没动过离开的念头。"陆以尧道，"所以我也赞成他解约，合作这么多年都不清楚自家艺人的品性，这种公司不值得浪费感情。”

“说得好。”冉霖斩钉截铁站在陆以尧这边，“那他现在情绪怎么样？”

陆以尧：“情绪没问题，说是当天晚上就找朋友出来喝了通宵，把公司从夜晚骂到黎明，最后身心舒爽地拥抱朝阳。”

冉霖窘：“嗯，这是他的风格。”

两个人一直聊到快11点，才互道晚安。

陆以尧摘掉蓝牙耳机的时候，耳朵已经有点发热。

8月8日，《染火》杀青。杀青那天，武汉下了瓢泼大雨，一扫连日的酷暑，迎来丝丝清凉。这个电影拍得不容易，杀青宴上，喝高了的制片人拉着导演交心，终于卸下压力的他，还弹了两滴男儿泪。

8月9日，冉霖回到北京，第一时间去了梦无涯，按照希姐事先提点的，跟恰好在公司的老总汇报了一下拍摄情况，并对马上要进组的《灯花传奇》表达了誓要努力拍好的决心。

老总看着风尘仆仆的自家艺人，深感满意，且老怀安慰。待到冉霖离开，专门打电话表扬了王希，说她带的艺人懂事，并顺带着想起冉霖明年6月底合同就到期了，让王希最近有时间和冉霖提提，公司愿意跟他提前续约。

王希接到这话的时候，冉霖就坐在她办公室里，待到挂了电话，她把门关上，百叶帘拉上，才和冉霖道：“老总的电话，表扬你呢！”

冉霖窘，他才刚离开5分钟，老总这个表扬也是够快。

“不过太懂事了也麻烦，”王希忽然轻叹口气，“老总终于想起续约的事了。”

“终于？”冉霖不是很懂经纪人的用词，还有一年呢，怎么像等了许久似的。

王希却道：“你的戏要拍到11月底，很多通告已经排到明年上半年了，再不聊续约的事，公司都没办法给你接工作了。”

“可是……”冉霖欲言又止。

王希点点头，低声道：“我知道你不想续，之前我们不是聊过吗，但之前只是意向，现在要具体操作了。”

“怎么操作？”冉霖问。

王希道：“续约的事我会帮你拖到年底，反正你在拍灯花嘛，也确实没时间谈。然后年底的时候就算正式开始和公司聊，但合同这种事不可能短时间谈完的，等公司拿出明确合同，应该就已经是年后 2 月底 3 月初了，那时你灯花的片酬已经到账，正式跟公司提解约，公司没有什么能拿住你的了，一切按合同走就好。”

冉霖怔住，没想到王希已经替自己考虑得这么全面了。

“解约之后是签公司还是成立工作室，想好了吗？”王希忽然问。

冉霖心里有波动，但脸上没表现出来，道：“还是倾向于签公司吧。”

王希道：“行，那我这边也帮你物色看看有没有合适的。”

冉霖脱口而出：“不用……我想再考虑考虑，”冉霖含糊道，“也没完全想清楚。”

王希莞尔：“怕我做无用功？”

冉霖犹豫一下，终是点了头。

王希好笑道：“我是你经纪人，我的工作就是替你操心。”

冉霖心里有点过意不去。

王希以为他还在想那些有的没的，便又道：“放心，我暂时还忙不起来，就算想替你物色，也要等明年《凛冬记》和《染火》上映，那时候不用我找，想挖你的公司会排着队过来。”

让经纪人这么一说，冉霖有点期待明年了。

翌日，晴。冉霖在家里换了八套衣服，才终于搭出来一身自觉满意的，待出门时，夜幕低垂，月明星稀。不过他没有多少时间看星星，因为顾杰的车就停在他公寓楼下，一出门，没走两步，便进了车里。

顾杰还是穿着他的迷彩裤和 T 恤，但裤子的迷彩颜色和前几次他见过的不同，前几次泛深绿，这一回泛黄绿——冉霖怀疑友人的迷彩裤能组海陆空全套，没准还有丛林迷彩、沙漠迷彩等细致分支。

昨天才一同乘早班机回京的二人实在无须寒暄，所以顾杰一边发动汽车，一边道：“你也该买个车了，不然非工作时间出门只能打车，多不方便。”

这话要换个人说，冉霖怕还要多想想，是不是对方不愿意过来接他，但是顾杰，就完全都是字面上的意思了。

系好副驾驶的安全带，冉霖答道：“去年的时候我就想买，后来一忙，就没顾上。”

顾杰目视前方：“哦，那你想买的时候可以找我。”

冉霖看他：“你能拿到优惠价？”

顾杰窘："我是说我对这方面比较懂。"

说话间，车辆已经驶入主干道。车内忽然响起"叮咚""叮咚"两声。

冉霖拿出自己手机，只一条微信语音，是夏新然发来的："我已经到啦！"

夏美人的余音在车内绕了好几秒，才散。冉霖莞尔，想起顾杰还在开车，而另外一声叮咚是他的手机，便问："用不用帮你看看？"

"不用，"顾杰半点犹豫没有，"肯定是和你一样的信息。"

好有道理，冉霖竟无言以对。

这场聚会是月初就定下的，那时候剧组已经进入尾声，没有再出什么岔子的可能，所以陆以尧和夏新然就把聚会日期定在了今天。

顾杰这边是冉霖问的，一问，友人就痛快答应了，还连带提供了顺风车——顾杰在北京的住处距离冉霖不算太远。

"我们在路上了。"冉霖也给夏新然回过去语音。

过了大约十几分钟，夏新然二度发来信息："陆老师也到了，他今天打扮得特别帅。"

冉霖一边抿嘴偷笑，一边瞄顾杰，发现友人专注于开车，才清了清嗓子，非常正经道："无图无真相。"

叮咚。夏新然的偷拍速度堪比闪电侠。

冉霖点开图片，陆以尧正在看窗外院子里的落地灯，他的头发应该刚刚修剪过，比视频时稍短些，但更显精神，桌上的小提灯在他的侧颜上洒下光影，将他的脸部轮廓描绘得更立体，更英俊。

冉霖没再回语音，而是打字——【帮我告诉他，很帅。】

聚会地点是陆以尧选的，一家私密性比较好的会所，圈内很多老板和艺人都喜欢光顾，有时是公事，有时是私聚，但因为出来进去的明星多，所以来这里也就不扎眼了，尤其像他们这种四人聚会，显得自然而然。

"你们两个怎么都来这么早——"顾杰推门，人还没进包厢，声音就先进来了。

冉霖跟在顾杰身后，进门之后很自然地坐到陆以尧旁边的空位。

结果刚一落座，头就被人摸了个结结实实。

不是摸一下，是来回地摸，蹭得他的脑袋也跟着晃。

"是挺扎手。"陆以尧眼里带上笑意。

"差不多就行了，"冉霖见他感慨完，依然没有收手的趋势，只得无奈提醒，“这是脑袋，不是皮球。”

陆以尧轻笑，声音低低的，很好听。

随着菜上桌，酒开启，四人碰杯，气氛渐渐在清脆的声响中热络起来。说是热络也不恰当，应该是随意，四个一年到头也见不了几回的人，却像多年老友一样，想到什么聊什么，吃吃喝喝，毫不顾忌。

喝没两杯，就聊到了夏新然现在的合同问题，夏新然正烦着呢，胳膊一挥，斩钉截铁道：“不续约了，就是把条件改成金山银山，我也不续了！”

冉霖能看出来，就像陆以尧说的，夏新然寒了心。他问：“那你解约之后去哪儿，下家找着没？”

夏新然撇撇嘴，摇头。

“要不要来我公司？”陆以尧忽然道。

冉霖心里一惊，下意识看向陆以尧，以为自己出现了幻听。陆以尧勾起嘴角，忽然单手挎住冉霖脖子，将人紧紧捞到自己身旁，大大方方搂着冲夏新然道：“冉霖已经答应合同到期就来我公司了，你要不要考虑一下？”

夏新然被这枚炸弹轰掉了筷子。粗神经如顾杰也愣住。

好半天，夏新然才不可置信地问：“你要开公司签艺人？”

“还有出品影视剧，”陆以尧道，“年底之前就能注册成立。”

夏新然：“那你的工作室呢？”

陆以尧：“合并到公司里。”

夏新然：“你忙得过来吗？”

陆以尧：“我当全职老板，就忙得过来了。”

看着对答如流的陆以尧，夏新然相信他是认真的，但……

“陆老师，你做艺人很成功，当朋友也靠得住，但要是做老板的话……”夏新然实话实说，“我不是太有信心。”

“不急，”陆以尧似乎对此早有预料，“等年底公司组起来了，我给你看更详细资料。”

冉霖终于相信，陆以尧是认真在挖人了。这位已经提前进入商业模式，虽然人还在艺人位置上，心已经飞向了下一阶段。

包厢里空调开得有些凉，但陆以尧身上很热。冉霖任由他搂着，看起来就像给挖人的陆老板站台助威。

然而最终，夏新然还是摇头：“不要。”

陆以尧有点失望："理由？"

夏新然："在你公司我永远当不了一哥。"

陆以尧整个人愣住。

冉霖乐出了声，挣脱陆以尧臂弯，抬手拍拍求贤未果的陆老板肩膀，以示安慰。

"全职老板？"顾杰猛地一拍桌子，震惊道，"陆老师你不打算当演员了？！"

三双眼睛齐齐看向顾杰，神色复杂，漫长的安静之后——

夏新然代表大家发问："你坐的这张椅子是不是和咱们仨坐的有时差？"

# 第四十九章

这是陆以尧第一次和圈内朋友聊自己的人生方向，不是家人、恋人、发小、经纪人，而是同在娱乐圈的朋友。自己的转变，对事业整体的想法，以及未来的发展规划，悉数道来。他从未想过会有这样一天。甚至他都没刻意去跟夏新然或者顾杰交往，但等回过神来，一切都自然而然。

同为艺人，夏新然和顾杰看这件事的角度又和家人经纪人不同，甚至和霍云滔也有区别，霍云滔会替他的未来操心，但这二位——

夏新然："说转型就转型，还是转型当老板，羡慕……"

顾杰："既然喜欢就去做。好不容易才能活一回，跟着感觉走！"

陆以尧放松下来，觉得整个人都轻快了。他当然知道未来有风险，道路有坎坷，但偶尔也需要这样"帅哥你大胆往前走"的粗暴鼓励。

"冉霖，你合同什么时候到期？"夏新然羡慕完，小脑袋瓜就转起来了。

"明年6月底。"冉霖如实相告。

夏新然点点头，提醒道："根据我的血泪经验，公司不会轻易放你的，你得早做准备。"

聚会一直持续到凌晨两点，四个人从会所里出来的时候，陆以尧敏锐地发现了狗仔——不是一个，是一车。这家会所总有狗仔蹲点，本不值得大惊小怪，但发动着的引擎分明是要跟车的节奏，这就有点让人不爽了。

四个脑袋聚在一起，研究——

夏新然："跟谁的？"

陆以尧："不能确定。"

顾杰："应该不是我吧？"

冉霖："我们就是聚个餐吃个饭，拍到也没什么。"

"不是拍到有没有问题的问题，"夏新然皱眉道，"是被跟着很烦，而且一想到他们还要跟我到家门口，我就超级没有安全感。"

"那你就把他们甩开呗。"顾杰不觉得这是个问题。

夏新然翻白眼："说得容易，他们那车开得比我还溜呢，不跑F1都屈才。"

被狗仔跟是明星的必修课，所以四个人对此也并非一点不能忍，但今天实在是难得的一场快乐时光，以被狗仔跟作为收尾，实在是不太爽。

顾杰抬头眺望一下那辆车，透过挡风玻璃，似乎能看见驾驶座里司机那双"你能奈我何"的得意之眼。

沉吟片刻，顾杰忽然按按指关节，于咔咔声响中问："要不要运动一下？"

冉霖和陆以尧沉默。

夏新然艰难道：“打人还是不提倡的。”

顾杰总觉得要和这仨哥们儿就“默契”问题磨合一辈子了。

嘀嘀咕咕密谋 3 分钟之后。顾杰忽地开门坐进驾驶位，剩下仨伙伴如闪电般蹿入相应位置——夏新然副驾驶，冉霖和陆以尧上后座。前后不超过5秒，顾杰发动引擎，踩油门走人！面包车没料到四男星上了同一辆车，这下好，不用发愁跟哪个了，直接挂挡，走起！

“系好安全带！”顾杰一边往主干道里开，一边提醒。

夏新然忽然有种不好的预感，友情提示道：“超速 50% 以上直接扣 12 分要重新学习的……”

“超速？违反交通规则的事，哥们儿从来不干。”顾杰嗤之以鼻，“坐稳了——”

夏新然后背紧紧贴在椅子上，有一种马上就要被火箭发射上天的巨大压力。陆以尧倒喜欢即将到来的刺激，于是一手抓车窗上端拉手，一手揽住冉霖：“我们准备好了。”

夏新然不用回头，都能听出来那里面的默契。午夜的街道空空荡荡，不断加速的引擎声便格外清晰。顾杰确实没超速，基本都卡在要超不超的边缘，然后就这样一路……驶出了六环。狗仔队究竟在第几环消失的，还是在六环外迷了路，不得而知，反正四伙伴是把风兜了个够，等到顾杰逐一把伙伴们送回家的时候，天边已泛起鱼肚白。然而傍晚时分，狗仔们还是尽职尽责在微博发了蹲守成果——

【一网打尽娱乐工作室：情义深，漂流团聚会，躲记者，四人组飙车！点击视频链接查看。昨日，记者发现陆以尧、夏新然、顾杰和冉霖四人在某会所吃饭，等到凌晨两点，四人吃完出来，疑发现记者，于是四人均进入顾杰车内，该车辆最终驶出六环，消失在茫茫夜色中……点击全文查看。】

发完没 5 分钟，该工作室又自己转发自己——

【友情提示，午夜兜风有危险，请尽量选择手机信号情况好的区域，以免迷路后无法及时地图导航。//@一网打尽娱乐工作室：情义深，漂流团聚会，躲记者，四人组飙车！点击视频链接查看。】

娱乐工作室自己带节奏，把话题炒得还挺热。其实视频就没拍到什么，除了他们最初陆续进会所，和后面一起出来，剩下内容就是跟车，跟车，一直跟车，直到……跟丢了。看到最后，冉霖简直有点心疼。

评论里画风一致是“哈哈哈”，本来就没什么猛料，所以关注点都在工作室的蠢萌上。工作室也刻意塑造这种魔性风格，否则也就不会转发友情提示那么明显了。除此之外，也有很大一部分是羡慕他们的感情的，毕竟《国民初恋漂流记》已经过去两年了，两年时间，足以让娱乐圈发生翻天覆地的变化，可当初一起上节目的人并没有随着时间，关系变淡，反而友情越发深厚，对于曾经真心投入过那档综艺的粉丝来讲，没有比这更美好的事情了。

可是当年的漂流团有五人，但凡会因为他们的重聚而激动的粉丝，无一例外都会发出疑惑的声音——

【为什么每次有漂流团重聚的新闻，都是四个人，张北辰呢？】

【当年在节目里不是大家都玩得很好吗？怎么现在聚会总没有张北辰？】

【你们排挤张北辰排挤得太明显了吧，我一个路人都看不下去了，简直无语了。

【看看节目就行了，还真相信秀出来的啊！冉霖和陆以尧合作了落花一剑，和顾杰合作了《染火》，所以现在开始秀友情了。】

【楼上的，你心里是有多阴暗，合作了作品就要秀友情？那夏新然怎么说？他和这三个人拍过什么？】

【不是很懂为什么都说他们排挤张北辰，如果所有人都不和你玩，是不是该从自己身上找原因？】

【受不了了，只要有圈子，有小团体，就会有这种抱团和排挤，如果你被校园暴力了，是不是也要从自己身上找原因？】

原本的疑惑，到后面就成了撕X。这是网上看八卦的特点，甭管什么新闻，聊着聊着都能撕起来。更重要的是，开始有一些很无聊的八卦营销号带节奏了，微博内容几乎是如出一辙的——【又是五缺一，为何每次缺的都是张北辰？深扒国民初恋的爱恨情仇……点击查看全文。】

简直是吃饱了撑的。

有好事者把一条嘲讽评论艾特了张北辰，冉霖顺着艾特点进张北辰页面，发现他今天发了两条微博，一条是活动宣传，一条是街拍。街拍照里，张北辰穿着复古的格子衬衫和短裤，鼻梁上顶着一架圆形墨镜，墨镜有些往下，后面的眼睛顽皮地盯着镜头，像在和照片外的人互动，造型青春，富有趣味。

然而配的文字却是漫看云卷云舒的淡然、悠远——【兴逐孤云外，心随还鸟泯。】

这条微博的时间和那家工作室爆出他们聚会微博的时间几乎重叠，所以冉霖也不能确定这是回应，还是单纯的抒发心情，或者这条微博根本是宣传团队弄的，和张北辰无关。但这条微博底下的粉丝，却有相当一部分更愿意相信这是偶像的回应——

【不抱团，不作秀，我就喜欢这样自然的你。】

【你这境界比他们不知道高到哪里去了。】

【好帅，求同款眼镜！】

【你们没觉得那个冉霖抱大腿抱得太明显了吗，从漂流记抱到和陆以尧的落花一剑，现在又和顾杰拍电影，真怕他哪天来蹭我男神。】

【我是贝贝也是燃面，看到热评里的言论心情好复杂。】

【有些粉会不会戏太多啊，聚就是抱团，不聚就是被排挤，合着就不能有自己的生活了？】

【希望贝贝们不要拉踩其他艺人，我们专注自家就好。】

退出微博，冉霖倒进沙发里。他已经很久没跟张北辰联系了，但具体有多久，他自己都记不起来了。生活一旦忙碌起来，很多事情都容易忽略，待到某天它自己蹦出来，只剩惆怅。

“明天是 ×× 节目的专访录影，后天有两个活动站台，大后天是 ×× 刊的时尚酒会，知名品牌的高层几乎都会来，很难得有这样的机会，再之后……”

“再之后我就不听了，”张北辰不耐烦地扫经纪人一眼，“你一口气说那么多谁记得住，总之你让我干吗，我配合就行了。”

武雪峰皱眉，但还是闭了嘴。自神奇地拿下《薄荷绿》之后，张北辰的脾气就越来越差，当然自家艺人以前的性格也不算多好，但武雪峰能明显感觉到，如今的这种变化不是来源于内在性格，而是来源于外部压力。他不知道张北辰到底和秦总达成了什么协议，或者发生过什么，反正秦总出面帮他拿下了《薄荷绿》，然后，他整个人的情绪就开始变得糟糕起来，近半年尤为明显。

这样的状态让他错失了一次非常好的机会，那是《薄荷绿》之后，秦总帮忙牵线的另外一个电影，相比《薄荷绿》，秦总和那个电影的资方关系更铁，但在张北辰糟糕的试戏表现下，对方还是拒绝了，毕竟投资总要图个回报，可以回报不高，但不能连本金都不安全。

秦总因为这件事很生气，但具体两个人是吵架还是打架还是促膝长谈，武雪峰不得而知——张北辰不说，秦总更没义务向他汇报——唯一能看见的是，在那之后，秦总再没给张北辰找过资源。这半年，几乎就是靠自己的人脉在帮张北辰奔波，感觉上和张北辰没跟秦总之前，几无区别。不，武雪峰觉得还不如那时候，起码那时候张北辰是正常的，不会像现在这样喜怒无常。

于是近半年张北辰的事业几乎停滞不前，虽然行程依然满档，但都是些没什么含金量的通告，而越是这样，越让张北辰负面的状态雪上加霜，简直是恶性循环。武雪峰现在就期盼两件事。一、秦总赶紧甩了张北辰。反正已经不给资源了，那就赶紧放手，别耽误自家艺人找别的路，而且最好是和平分手，如果结了仇，未来还会被打压，那就得不偿失了；二、明年初一上映的《薄荷绿》票房口碑双爆。张北辰现在已经明显开始走下坡路，能不能重新火起来，就靠这个电影了。

深夜的机场贵宾休息室里，只有在心中打着算盘的武雪峰，和低头刷着手机的张北辰。他们彼此互不关注，仿佛两个独立世界。

窗外的跑道上很久没有飞机起飞或者降落了，一片寂静，静得骇人。

冉霖很早以前就在刘弯弯给出的行程单上看见了 8 月 14 日这场时尚酒会，但他以为只是简单的通告，却不料这天中午就被经纪人拉去美容、保养、做造型。虽然他的圆寸头实在没有太多发挥空间，但还是在服装的选择搭配上费了不少心思。冉霖也是在一件件试衣服的过程中，意识到这场酒会的重要性，一问经纪人，果然是 ×× 刊举办的。

“希姐，那你下次就应该让弯弯在这种通告旁边拿红笔画上重点符号。”冉霖站着，伸开双臂，任由造型师给他弄衣服，有点后悔这两天没忌口以及好好睡足。

王希看出了他的懊恼，然而凑近观察一下，觉得自家艺人多虑了：“皮肤状态挺好的。”

做了一下午的美容，皮肤看起来当然不错，但冉霖还是觉得自己可以更好，毕竟是难得的提升自己时尚资源的机会。作为几大刊之一，×× 刊一年一度的晚宴算是时尚圈和娱乐圈的双重狂欢，届时各娱乐公司高层、各大品牌中国区的高层以及众多文体界明星齐聚一堂，气氛喜庆热烈。

相比之下，酒会就简单低调得多，邀请的范围也很有限，通常只是和杂志关系比较密切的娱乐圈重量级老板、高端品牌中国区掌门人和极少数媒体人，邀请的明星也是看关系多过看名气。

相对轻松随意的氛围，让酒会更像一场朋友聚会，也更便于攀关系或者联络感情，对于真正想打入时尚圈的艺人来讲，是比晚宴更难得的机会。

“等明年《凛冬记》和《染火》接档上映，你的资源应该暂时不愁，但时尚这一块不解锁，就永远都拿不到高格调的代言。所以……”王希说着后退两步，全方位打量冉霖的造型，颇为满意，“晚上好好表现，艳压全场。”

冉霖黑线地看着镜子中风度翩翩的自己，总觉得经纪人给的目标有点跑偏。

“对了，”王希想起什么似的，透过落地镜和自家艺人四目相接，“我白天的时候和《灯花传奇》剧组那边说了，你会提前两天，8 月 16 日进组。虽然之前定的是 8 月 18 日，但那是最晚期限，现在时间充裕，提前两天，导演和制片人心情都好，合作起来也会更照顾你。”

“好。”经纪人已经帮想这么周全了，冉霖当然一口答应，“早两天进组，早两天杀青。”

王希已经预见到了自家艺人的反应，毕竟对于冉霖，演戏的乐趣永远排在第一位，哪怕是雷剧。如果能早几年带上冉霖就好了，这阵子王希总会这样想，但每每想到最后，她又觉得幸好没有早遇见。冉霖值得更好的助力，就像大鹏直上九万里，也需同风而起，如今的她都未必是能让冉霖真正起来的那道风，何况从前。

造型师最终给冉霖选的是一套浅灰色西装配白衬衫，不过衬衫本身带着不明显的条纹，离远看是白色的，离近看便能隐约看见暗纹，低调又有质感。不戴领带，西装不系扣子，自然敞开，在闷热的 8 月里，这身打扮正式又清爽，且灰与白的利落配色也和冉霖现在的圆寸头相得益彰，看起来倒有种别样的洋气。冉霖拿出手机，对着镜子来了张全身自拍。

王希莞尔：“别自恋了。”语毕看看手表，道，“时间差不多了，出发。”

冉霖把手机放回西装口袋，转身跟着王希往外走的时候，发现经纪人手腕上多了一块新表。这是自去年摘下那块卡地亚之后，冉霖第一次见到王希再戴腕表。

待车缓缓驶入晚高峰的车流，坐在后排的冉霖才状似无意地问：“希姐，买了新表？”

王希愣了下，才反应过来，大方举起胳膊亮给冉霖欣赏：“嗯，好看吗？”

冉霖对手表没太深入的研究，除了耳熟能详的一些牌子和经典款，其余全无了解，所以也认不出王希戴的这块表究竟是不是低调奢华的冷门高端。不过相比上一款的精致柔美，这一款表在设计上更简洁大方，一眼看过去表盘和指针清晰明了，对于单纯看时间的人来讲，视觉舒适度满分。

“好看。”冉霖真心道。

手表对于佩戴者的价值不在于品牌和售价，而在于“适合”，自己觉得舒服的，就是最棒的。王希显然对于这个评价很开心，收回胳膊坐好后，又抬手腕定定看了一会儿。

冉霖上半年一直在剧组，和王希的相处时间不多，这次回来后发现，经纪人似乎比以前更“放松”了，这里不是说王希对工作不再尽职尽责，而是说她整个人的状态，没有从前那样“紧绷”了，这是一种很微妙的变化，或许旁人看不出来，但冉霖和刘弯弯，感觉得很清晰。

私底下冉霖还和小助理交流过，一致认为对于他俩这样的共事者来讲，现在的王希给人的“压迫感”比从前少了许多；而即便是从旁观者的角度，也依然会觉得王希的风风火火里，多了几分舒缓和从容。

抬眼看了下刘弯弯，小姑娘正望着车窗外渐渐亮起的路灯发呆。

冉霖低下头，拿出手机悄悄发信息——【北京昨天暴雨，上海天气如何？】

聚会的转天晚上陆以尧就飞去上海，录制一个户外运动的节目，算是公益性质，为期一周，冉霖已经有心理准备，进灯花剧组之前见不着陆以尧了。

隔了大约 10 分钟，回复随着振动传来——【昨天晒，今天暴晒。】

冉霖乐，乐完又有点心疼——【注意防晒，晚上敷点舒缓的面膜。】

陆以尧发了张自拍。

冉霖——【好好说话，发什么自拍？】

陆以尧——【让你放心，我颜值扛得住。】

冉霖黑线，下意识就想吐槽，可看着照片里的脸，又实在说不出违心的话。

陆以尧的“自恋”简直可以洗脑，反正现在冉霖就觉得天底下陆老师最好看。礼尚往来，冉霖也把刚刚自拍的全身照发了过去。

陆以尧一眼就看出来——【有通告？】

冉霖——【×× 刊酒会，现在就在去的路上。】

陆以尧定定看着收到的信息，有点意外。

×× 刊酒会的门槛不低，冉霖虽然明年会有两部电影上映，但现在还只是一个凭借综艺和电视剧攒了一些人气的小明星，许多人气比他高名气比他大的明星，都未必能被邀请，因为想进入这个圈子，人气和名气只是一部分，更重要的还是人脉。所以很多艺人作品有了，人气和名气也有了，却迟迟进不去时尚圈。相反，有些艺人作品平平，人气也平平，却能在时尚圈如鱼得水，杀出一条血路，最终收获各大品牌青睐。

王希这么多年攒下的人脉果然还是挺厉害的。陆以尧本想继续聊，却听见广播提示，该登机了。算了，他把手机关机，放回口袋。与其发表情包，不如直接发过去个真人，来场面对面的惊喜。

发过去的信息没回应，冉霖想着陆以尧应该是有事在忙了，毕竟不到 6 点，时间还早。

正值晚高峰，冉霖车几乎是一路蹭到酒会现场的，抵达时，已临近 8 点。

夜幕降临，酒会现场外很安静，虽然冉霖下车的时候，后面还有好几辆车陆续抵达，但既没有走红毯环节，也没有长枪短炮的记者，大家井然有序，就像参加一场私人派对。直到走进门口，冉霖才看见一个设计精美的木质立牌放在那里，告诉进入者，酒会的地点在 2 楼，开始时间在 8 点半。

冉霖算是来得早的，进入 2 楼酒会现场时，受邀宾客还没有来多少，零星散落在各处，三三两两聊着天。

酒会现场布置得很温馨，既方便大家来回穿梭走动，又有稍微僻静的可供坐下来聊天的沙发和坐椅，背景音乐放着舒缓的轻音乐，让人惬意。

然而冉霖没时间体验更多，因为王希已经看见了熟人，当下带着冉霖过去打招呼。那是该刊杂志的一个资深编辑，和王希相识多年，算半个闺蜜。

在这位闺蜜的引见下，冉霖几乎把在场的所有杂志社的人都认识了个遍，待到一圈走下来，已是 8 点 25 分，冉霖这才发现会场不知何时，已经被抵达的宾客们填满了，这会儿再抬眼望过去，便都是光鲜亮丽的宾客们，除了几个脸熟的艺人之外，基本上他都不认识。随着会场的光线柔和下来，连那几位同行也看不真切了。

8 点半，现场安静下来，主办方上台发言。冉霖凑不到跟前，只能远远看着台上模糊的人影，然后随着众宾客们在适当的时候鼓掌。

随着欢迎词结束，人群逐渐散开，酒会正式开始。冉霖拿了一杯香槟，跟着王希满场应酬，酒没怎么喝，倒是芬芳果香一直似有若无从杯口飘出来，闻着也让人心情愉悦。

“王总。”这厢王希刚带着冉霖和一个媒体人聊完，就听见后面有似曾相识的声音在呼唤。

一回头，竟是丁铠。跟着王希一起转身的冉霖也愣住了。今天的丁铠穿着一袭黑色西装，沉稳而庄重。

王希在刚刚带着冉霖满场转的时候就瞥见了这位老板，但碍于他们之间那场“微妙夭折”的合作，她以为“视而不见”是大家心照不宣的事，况且自《薄荷绿》之后她也的确与对方再没联络了，毕竟一个惦记自家艺人的老总，还是少沾为妙。

没承想丁铠会主动过来，王希只得应酬道：“丁总，好久不见。”

冉霖也只好硬着头皮打招呼：“丁总。”

看着王希和冉霖跟攻守同盟似的，防备得近乎铜墙铁壁，丁铠却乐了，估计私底下这对搭档指不定怎么吐槽自己呢，但无所谓，他很享受这种“你看不惯我却还拿我没办法”的关系，乐趣无穷。

“羽黛的中国区总经理在那边，我带你们认识认识。”丁铠忽然道。

王希闻言颇为意外，可意外之后，又不自觉警惕起来。

羽黛是国际知名的大品牌，能和这个品牌攀上关系的都是一线巨星或者新生代的流量人气王，以冉霖的咖位，实在差得有点远。

“放心，”丁铠看也不看冉霖，只对着王希笑，“不会问你们收介绍费的。”

王希惊讶于丁铠的直白，这就等于把话挑明了——我纯属学雷锋做好事，不会对你们提非分要求。

话已至此，她总不好再驳对方面子：“那就多谢丁总了。”

丁铠点点头，转身往羽黛总经理那边走。

王希看了冉霖一点，刚要说话，后者已经先开口：“我明白。”

伸手不打笑脸人，何况人家还免费帮你牵线搭桥，冉霖不喜欢丁铠，但也不至于不懂事。因为如果对方真的只是图谋不轨，那有很多种方法和手段，不必要还非帮你介绍一线大品牌。很快，王希和冉霖就来到先一步停住的丁铠身边，丁铠也很自然将他们介绍给羽黛的中国区老总。

看得出来，丁铠和对方关系不错，介绍冉霖的时候也没说客套话，反而颇带些遗憾道："去年我有一部戏本来可以和他合作的，后面阴差阳错没合作成，现在想来还觉得可惜。"

三言两语，就把应酬意味浓厚的"介绍"变成了"朋友相识"，老总对冉霖并不熟悉，但经丁铠这么一讲，便好奇起来，和冉霖聊了不少，没拘泥于冉霖自身的情况，反而是聊了一些时尚和品牌方面的话题，直到后面这位老总被其他朋友叫走。丁铠倒不以为意，后面又把冉霖和王希介绍给了其他一些朋友，无一例外，都是品牌高层。

王希再迟钝也看出来丁铠不是逗闷子，是真的不遗余力在帮忙了。就丁铠今天晚上介绍的这些人，她拼尽浑身解数能交上一两个，都算多的。

一圈转下来，没等王希说些感谢的客气话，丁铠就被人叫走了，王希远远看着他和人热络交谈的身影，和冉霖咕哝："你说他图什么啊？"

冉霖没回答，因为他的心神就不在王希那儿，而是飞到了会场一角——刚刚路过那里的时候，他看见了熟人。

"想什么呢？"王希轻拍一下自家艺人，奇怪地问。

冉霖收回目光，摇摇头："没事。"

"你总算空下来了，"那位和王希关系好的编辑不知什么时候来到两人身旁，对着王希道，"快点跟我过去，不然一会儿我们主编又没影了。"

编辑口中的主编，是 ×× 刊的新任主编，上个月刚空降过来，王希也没机会结识。和杂志主编第一次攀交情，还是走姐妹花路线比较好，带着艺人反而像谈工作了，所以王希直接和冉霖道："我先过去一下，你别到处乱跑。"

"放心吧。"冉霖窘，总觉得王希带自己像带孩子。

目送经纪人和闺蜜离去，冉霖拿了块点心到一僻静处没人的沙发里，配着香槟吃。肚子已经有点饿了，冉霖发现应酬还是挺消耗体力的。

三两口吃完点心，冉霖擦擦嘴，重新抬头，望向刚刚遇见"熟人"的方向。从他现在的位置其实已经看不清那边了，中间隔着太多走动的人影，可他还是尽力望着，好像不需要实体，只看着那个方向，就能透过所有障碍，看清对方的脸。

"是在找我吗？"背后突然传来带着轻笑的声音。

虽然许久未见，未联络，却仍能第一时间，分辨出来的熟悉声音。没等冉霖回头，来者已经绕到他的对面坐下。上一次见面还是《薄荷绿》试戏，刚刚偶然一瞥也没时间仔细看，这会儿冉霖才发现，张北辰瘦了许多，尽管灯光有些暗，还是轻易可以看出脸上的憔悴。

“好久不见。”冉霖听见自己说。

“是啊，”张北辰笑，淡淡道，“总是赶不上你们的聚会。”

冉霖语塞，不知道该怎么回应。他和张北辰并没有一个明确的撕破脸的时间点，只是他单方面地疏远了对方，而对方也没有找过来说什么，于是时间一长，就成了如今这个样子。他觉得对方欠了自己许多解释，但反过来想，在对方的立场上，或许并没有对他解释的义务。

“你现在是连话都不想跟我说了吗？”张北辰的笑容渐淡，带上一丝苦涩，“还在怪我抢了《薄荷绿》？”

冉霖直觉想否认。诚然，《薄荷绿》被截和的时候他是很郁闷，但“竞争”从来都不是他和张北辰关系的破裂点，如果非要找那样一个点，或许是更前面的“偷拍事件”，张北辰用偷拍他和陆以尧的方式来转移自己身上的绯闻。那时候的他把张北辰当朋友，真的很难接受真相。

然而直到现在，张北辰都没有正面说起过这件事。冉霖甚至都不敢肯定，对方究竟知不知情了，如果知情，怎么能若无其事到现在？如果不知情，那是否自己错怪了对方？

相比之下，《薄荷绿》被截和好像没那么难以接受了，毕竟是“竞争”，各凭本事，即便对方是在最后关头把角色抢过去的，即便用了某些手段，也在可理解的范围内，唯一让他伤心的是，如果是朋友，对方总该来和他说一声，哪怕只是打个“我要截和”的招呼，或者后续来一句都不用太走心的安慰。

可是都没有。就像夏新然说的，在张北辰这里，“前途”总是比“感情”重要，无论是爱情抑或友情。总抬头望着山顶的人，不会注意到脚下踩到的花花草草。

深吸口气，冉霖决定把话摊开，既然张北辰喜欢沉默，那就由他来挑明，就像发炎的伤口，总要把脓包挑破，脓血挤出来，才能结痂：“其实……”

“其实你应该谢谢我。”张北辰几乎同时开口。

冉霖后面的话都被堵了回去，蒙圈中只能重复对方的话：“谢谢你？”

“对啊，”张北辰耸耸肩，“如果不是我抢了《薄荷绿》，你怎么能有档期去演《凛冬记》，《凛冬记》的投资可比《薄荷绿》大。”

冉霖被这个神逻辑折服了，竟一时无言以对。

张北辰把手中的酒杯递到唇边，抿一口，随后轻轻放到沙发前的矮桌上，醇厚的深红色，与冉霖杯里清澈的淡金色，形成鲜明对比。

“不过有一点我挺佩服你的，”放下酒杯的张北辰，抬眼轻轻看向冉霖，嘴边带着的笑不知何时退去苦涩，只剩下一丝冷，“没演成《薄荷绿》，倒把资方拿下了，这算不算贼不走空？”

冉霖瞪大眼睛，不光惊讶于张北辰的刻薄，更惊讶于他的结论。

“你瞪我也没用，”张北辰笑，笑意却没抵达眼睛，“全场都看见了，丁铠带着你满酒会应酬。”

说着，对方身体前倾，眼神暧昧地凑近，声音压低到近乎呢喃：“就差在你身上贴个‘私人物品’的标签了。”

冉霖静静看着他，忽然什么都不想说了。他们之间可能有误会，可能有阴差阳错，可能有无可奈何，但，就这么着吧，他们做不成朋友，也可能从来都做不成。

“老秦的眼光太差了。”上方突然飘来男声。

两个人不约而同抬头，没等看清，来人已经坐到另外一张空着的单人沙发里。围着这一桌拢共就摆了三张单人沙发，现在都坐满了。沙发的精准摆放让人与人的距离完全相同，没有远近亲疏，但在气场上有。

丁铠眯起眼睛，带着点不屑地瞥着张北辰，淡淡摇头：“找时间我该和他好好聊聊，眼光也代表着一个人的品位，品位太低，会被笑话的。”

张北辰先前对着冉霖的气焰完全灭掉，脸一阵红一阵白，最后干脆起身道：“丁总，不打扰您聊天了。”

丁铠目送张北辰狼狈逃离，末了笑笑，望着桌面道：“他忘记把酒拿走了。”

冉霖才不关心什么酒不酒，他现在的脑袋已经被“老秦”给轰炸了，连应酬礼仪都忘了，直接问丁铠：“你刚才说的‘老秦’是谁？”

丁铠饶有兴味地看向他，轻声问：“不喊‘您’了？”

冉霖再忍不住，直接给了这位同志白眼：“你都用小号加我微信了，我们都聊过人生和理想了，再客气多假。”

丁铠挑眉，他和冉霖唯一的一次近距离交集就是在那次饭局上，之后加微信聊闲的不算，前两天偶遇根本没说两句话也不算，今天才算是第二次正式接触。可冉霖给他的感觉和去年那次饭局有了很大变化。

与他有没有向冉霖提出要求，或者有没有加他微信都无关，是冉霖本身的性格，有了很不一样的地方。

上一次的冉霖虽然反应敏捷，会听话音也会说话，但还是看得出明显的拘谨和小心翼翼，然而这一次大方从容了许多，刚刚带着他去认识那些品牌高层的时候，丁铠就发现了，现在的冉霖更自信，也更愿意把本身的性格张扬出来，比从前更鲜活，也更迷人。

“丁总？”冉霖看着不知想什么想到失神的丁铠，有点窘，他只是说了一句实话，不至于有这么大杀伤力吧，而且从刚才丁铠愿意介绍那些品牌高层给他和王希认识来看，这人应该是不太记仇的，和之前被自己拒绝，还愿意给自己公平竞争《薄荷绿》的行为吻合，人设统一，所以冉霖觉得这位老总八成又想到别的事了。

被呼唤的丁铠收敛心神：“你问我老秦是吧？”

冉霖对其找回话题的能力五体投地：“嗯，你刚刚说老秦眼光不好，然后张北辰就变了脸色，他们之间……”

“这是两个问题，”丁铠打断他，道，“我先回答你第一个，老秦是我朋友，很好的朋友。”

冉霖点头，表示明白，并且没有继续追问老秦全名以及公司的意思，他现在只想知道第二个问题的答案。

“第二个问题……”丁铠拉长尾音，良久，才扔出来一句，“你应该能想到的。”

冉霖一口气差点没上来，有种等半天双色球开奖，结果最后一个球卡住了的绝望。然而就像丁铠说的，这个问题不难想，其实丁铠和张北辰说的那些话已经很清楚了。包括张北辰狼狈离开的反应，冉霖不愿意那样想，但除此之外，实在想不出第二种解释。

等等，是我朋友，很好的朋友……冉霖总觉得以前就在丁铠这里听见过这种描述，刻意强调友情的描述……

灵光忽地一闪，冉霖惊讶看向丁铠：“《薄荷绿》？”

丁铠露出满意微笑：“你还是那么聪明。”

冉霖心里一阵恶寒。丁铠怀念的口吻不像两天前才见过，倒像是多年未见难得一聚的老同学。不过现在丁铠不是重点，重点是张北辰。

《薄荷绿》被截和的时候冉霖想过很多种可能，却唯独没想过这个。他听过圈里类似的八卦，可真的发生在自己认识的人身上，还是截然不同的感觉。

而且刚刚那个每句话都带着恶毒和刻薄的张北辰，状态很糟糕，消瘦、憔悴，和那个在漂流记里一起疯一起闹的青年，几乎判若两人。

“他们多久了？”冉霖这么想，就这么问了，问完才意识到或许不合适，便又加了一句，“如果你方便讲的话。”

“没什么不方便的，只要你别没事找事爆料给狗仔，”丁铠无所谓地喝口酒，“老秦能应付，但也会烦。”

“你已经把最重要的部分告诉我了，然后在我问时间有多久的时候才和我讲要保密？”冉霖发现丁铠的重点实在太难抓了。

丁铠莞尔：“这算亡羊补牢，连之前的部分一并适用。”

和这个人说话心太累，冉霖考虑实在不行就算了，毕竟究竟在一起多久什么的，也不重要。

“两年吧，”丁铠淡淡道，然后想起什么似的看向冉霖，“哦对，好像就是你拿下《落花一剑》的那个时候，就那一前一后吧。”

冉霖不想去问丁铠为什么对他的事业时间线那么清楚，直觉这不会是一个好话题。但对于他说的张北辰是在那一前一后跟的秦总，冉霖却心里一沉。

他的方闲，不能说从张北辰手里抢的，但也是将对方 PK 下去，才得到的角色。难道那时候张北辰就已经对他有了嫌隙吗？若是如此，为什么不直接说，反倒在他主动联系的时候说恭喜呢？他不需要张北辰的恭喜，他只希望朋友之间能坦诚相待。就像最初陆以尧非要跟他做朋友的时候，几乎要把心掏出来了，那样的坦诚对于他来讲，几乎是无法抵抗的。

他不需要张北辰做到陆以尧那个程度，事实上他自己都做不到陆以尧那个程度，但夏新然、顾杰，这些人也没有说天天拉着他非要把心剖开给他看，可并不妨碍他们依然成了很好的朋友。

手机忽然振动起来，打断了冉霖的思绪。掏出来看到来电显示，冉霖脸上闪过惊讶，连忙接听：“喂？”

“向后转。”陆以尧的声音。

冉霖吓一跳，连忙照做，然后就在十几米外的茫茫人群里，一眼瞧见了对方。换别人看，陆以尧可能就被来回走动的人群淹没了，可在冉霖眼里，这个人是自带醒目气场的，往任何地方一站，都跟用荧光笔圈出来的重点一样。

“本来想等着你蓦然回首，可你实在聊得太投入了，”陆以尧顿了下，才又咕哝一句，“还是和丁铠。”

冉霖不知道该说什么才好，更想不通对方怎么会出现在这儿。

“和你发微信的时候就在机场等起飞，下飞机就过来了。”仿佛知道冉霖在想什么，陆以尧直接解释。

冉霖总算明白过来了。合着他在晚高峰堵着的时候，对方正咻咻咻在天上飞呢！

陆以尧远远看着冉霖傻乎乎的表情，挂上电话，心满意足。

虽然这个惊喜揭开的形式出现了偏差，但效果是好的。而且对于他来讲，今天能看见冉霖，也是惊喜，他本以为要等到去灯花剧组探班，才能再相会了。

冉霖转过身来，看向丁铠。后者微微歪头，等待一个解释或者说法。

冉霖笑一下，道：“我经纪人找我。”

丁铠指指不远处正和人热络交谈的王希：“她在那边，好像没打过电话。”

冉霖没想到撞枪口上。丁铠在冉霖打翻了酱油铺一样的表情里，身心愉悦，末了摆摆手：“逗你的，赶紧走吧。”

冉霖在心里把这位老板抻成长条放油锅里翻着个地炸，于滋滋声响中，郁闷方才纾解一些，随后踏着轻快脚步，离开会场——先去卫生间兜一圈，再回来和陆以尧“相遇”比较没那么突兀。

丁铠看着冉霖离开大厅，很好奇外面等待着的是谁，或者说那通电话对面的人是谁，但他不屑于做跟踪这种事情，相比强求，他更喜欢随缘，是自己的总归是自己的，不是自己的，有机会就争取一下，没机会就随它去，不留遗憾便行，如果老秦也能像自己想得这么开就好了。

收回目光，丁铠几不可闻叹口气，拿起酒杯，把剩下的最后一小口喝掉，然后看着空了的酒杯，出神。如果冉霖再晚走两分钟，他可能会讲更多的事情，因为他看得出冉霖对那个张北辰还挺上心的，他打听老秦时的样子，不像探听八卦，更像对朋友的关切。虽然丁铠觉得对于一个以最大恶意揣测自己的人，并不值得如此。

老秦对人很大方，只要乖，他甚至会比经纪人还用心地帮对方铺路，拿好资源去捧，但就一点，老秦的习惯不好，几乎没有人受得了他那些花样，最长的一个小明星也就跟了他一年出头，张北辰能坚持两年，丁铠还挺惊讶的。

不过应该也就到此为止了，张北辰现在的状态是肉眼可见的糟糕，以冉霖的角度看可能只是憔悴，但以他这个知道更多内情的人来看，张北辰的情绪已经不稳定了，再这么下去容易出事。

丁铠思忖着，或许该找个机会提醒一下老秦，该放手就放。

# 第五十章

冉霖去卫生间转了一圈回来，再进会场时，还是一眼就看见了陆以尧。他端着酒杯，站在中间的空地上与人交谈，周围还有一些人也在这样应酬交际，陆以尧站在那里没有任何不自然——但，与他说话的是张北辰。

从冉霖的角度，听不见他们说什么，也看不清大半个身子背对门口的张北辰的表情，只能看见陆以尧脸上淡淡的，连惯常的礼貌浅笑都没有，但也同样没有皱眉或者厌恶，只是淡然，平静，带一点点疏离。仿佛有感应般，陆以尧抬眼，与他四目相对。下一秒，陆以尧轻摇一下头。

陆以尧的动作很轻，如果不是冉霖一直盯着他，怕也要错过。冉霖明白他的意思，这是在阻止自己这时候过去，虽然对于张北辰来说，“冉霖过来和陆以尧打招呼”这件事没什么奇怪，但多一事不如少一事，三人打了照面，还要再来一遍寒暄，大家都不痛快，没必要。

冉霖叹口气，很想告诉陆以尧，他已经和张北辰“寒暄”过了，该闹的不愉快也都闹完了。而且说实话，从丁铠那里知道张北辰跟了那个什么秦总，冉霖心里还是挺堵得慌的，虽然那是张北辰自己的选择，或许人家根本不需要他们这些外人来操心，但毕竟曾是朋友。

“冉霖——”尽管陆以尧的动作很轻微，却还是被张北辰捕捉到了，转过头的他一眼就看见了冉霖，热情挥手召唤。

他的声音很大，虽然不至于震慑全场，可在大家都低语交谈的氛围里，这样一嗓子，就显得尤为突兀，生生将轻松慵懒的背景音乐刺破一道缺口。

好在他只喊了这两个字，没再变本加厉。冉霖忙对着看过来的宾客歉意笑笑，同时快步走过去，以免动作慢了对方再生出事端。

陆以尧不易察觉地皱了下眉，显然对张北辰的莽撞举动不太满，但这样的情绪转瞬即逝，待冉霖走到跟前，已很自然开口：“他说你也在，我还纳闷儿怎么看遍全场也没找着你。”

“我刚才去洗手间了。”冉霖知道陆以尧是不想额外多做解释，便配合他把“偶遇”演到底，“你不是在上海录节目吗？”

“难得被邀请，就是再忙也得过来，”陆以尧说着轻叹口气，“可惜还是迟到了，没赶上开场。”

“不愧是三天两头就聚一聚的好朋友，连陆老师的行程都这么清楚。”张北辰扯了扯嘴角，带着笑意的话听不真切究竟是调侃还是嘲讽。

陆以尧没接话，而是仔细打量张北辰。从和冉霖通完话没两分钟就被这人缠上开始，他就觉得对方的状态有点奇怪，以往甭管心里如何，大家面上总还能保持虚假的和气，然而今天的张北辰说话不阴不阳，感觉句句都奔着挑事儿去的，陆以尧不知道这人究竟要干吗？

冉霖听得出张北辰的嘲讽，但也听得出只是单纯的酸，而没有怀疑他和陆以尧的“偶遇”。思及此，他便又开口多说两句，以便陆以尧更清楚眼下的情况：“你没来之前，我们已经在那边聊了一会儿了。”

话是对着陆以尧说的，这个“我们”自然就指他和张北辰。

陆以尧了然，正想接话头问一些无关痛痒的，比如都聊了什么啊之类，却被张北辰抢了先——

“还有丁铠丁总，”张北辰说着，下巴往仍然坐在远处的丁铠那里扬一扬，“我们三个聊了很久，丁总很欣赏冉霖。”

“三个”“很”，张北辰刻意加重的发音让一句话听起来深意满满。

陆以尧持续了半个晚上的好心情，终于在这一刻，被张北辰彻底弄没了。不想再虚与委蛇，陆以尧看了眼角落的僻静处，道：“去那边吧，安静，我们好好聊聊。”

冉霖不明白张北辰今天抽的什么风，又或者刚刚被丁铠当面揭出和秦总的关系，让他恼羞成怒，总之眼下对方就是“我不痛快你们也别想痛快”的架势。陆以尧应该也看出来了，所以才想着既然脱不了身，总要离开会场中心这样招摇的地带，选个不那么扎眼的地方。

今天可能是个黄道吉日，冉霖想，宜交心，宜摊牌。没等回应，陆以尧说完便径自往那处没人的角落里走。张北辰愣了两秒，才无所谓地耸耸肩，跟上。冉霖走在最后，心情复杂。

外人看，或许他们三个就是在酒会偶遇的老友，于是乐颠颠找个角落聚着私聊。个中一言难尽的滋味，只有他们自己懂。

去往角落的路上，冉霖拿过来三杯香槟，清澈的佳酿盛在晶莹剔透的高脚杯中，细碎气泡从杯底欢快往上蹿，赏心悦目。

待到落座，他把三杯酒放到矮桌面上，酒杯依次摆到每个人面前。香槟酒总是和节日、庆祝这样的词联系起来，似乎只要喝香槟，就代表着欢乐时光。他不知道今天过后，他们与张北辰的关系会变得怎样，但内心深处，仍然希望可以彼此碰杯，好聚好散。

“谢谢。”张北辰是第一个拿起酒杯的，轻轻喝一口，嘴角勾起，淡淡看着冉霖道，“你就是这点最好，无论什么时候，无论发生什么事情，无论面对多讨厌的人，你的姿态都很好看，不让自己难堪，也不让别人难堪，但是——”张北辰放下酒杯，杯底在火烧石的桌面上磕出清脆声响，“做太过就虚伪了。”

冉霖可以在投资人的饭局上游刃有余，却没多少经验来应对这样的尖锐刻薄，他直觉自己和张北辰存在认知上的偏差，但具体症结在哪里，他一时又找不出来。张北辰不喜欢看对方脸上的无辜，那会让他更像一个恶人。

这个位置选得很好，偏僻，安静，连光线都略暗，适合说些不中听的实话："丁铠已经把老秦的事情都告诉你了吧。你可以看不起我，嘲笑我，讽刺我，我都接着，哪一种反应都比你现在这种假装没听过的虚伪至极，好太多。"

冉霖无言以对。当两个人对同一件事的认知偏差太多，沟通好像都无从下手了。陆以尧听出来张北辰这就是不打算让双方关系维持最后一丝体面了，但他没听懂控诉的内容，抛开说冉霖虚伪那种歪到天际的言论不讲……

“老秦是谁？”三个人的对话，出来第四个名字，陆以尧有点蒙。

冉霖不知道该怎么给陆以尧解释，尤其当着张北辰的面，索性道：“不重要。”

陆以尧黑线，不重要能让张北辰狼狈成现在这样？张北辰的话却像开了闸的洪水，再收不住：“《薄荷绿》你一直耿耿于怀吧，签约当天被截和，你还能和我做朋友？不，早就不是朋友了。《落花一剑》你拿到方闲，是不是很开心，开心到直接给我发信息炫耀。对，是我自己蠢，等不及签了别的戏，你既然清楚是怎么捡漏拿到这个角色的，就应该闷声低调，发信息告诉我是想干吗？非要我恭喜你才行？好，那我恭喜你，你终于可以心安理得去拍了，我这个朋友还不算够意思？”

一连串说太多，张北辰缓口气，带着冷笑刚要继续，却被陆以尧打断——

“如果你真拿冉霖当朋友，就不会在被爆出绯闻的时候，拿他当挡箭牌。”

陆以尧说的是“他”，不是“我们”，以至于张北辰怔了怔，才反应过来，当下眯起眼睛，声音沉下来：“你们知道？”

张北辰问得没头没尾，陆以尧却答得清晰明白：“当时就知道了，你和你的经纪人做得太明显，不够高端。”

张北辰看向冉霖，挑眉：“你也知道？”

冉霖没言语，算是默认。张北辰低笑出声，带着讥讽：“看，这就是我说的，明明什么都知道，还和我装傻。”说着他转向冉霖，轻嘲地问，“看着我傻子似的在那表演，你是不是特过瘾，特爽。”

冉霖终于出声，可莫名的，哑得厉害：“我一直都在等你和我解释，哪怕只是一句对不起。”

“为什么要我道歉，”张北辰一脸不解地看着他，不是假装，是真的不解，“别总一副我多对不起你，你多以德报怨的样子。你这一路怎么走过来的，你自己心里没点数吗？你能比我干净多少？”

“张北辰，”陆以尧沉声叫了他的名字，很低，但很严肃，“差不多行了。”

“陆老师你是不是傻，”张北辰莫名其妙地看着极力维护冉霖的陆以尧，这个疑问从漂流记开始，一直在他心头盘旋到现在，“冉霖怎么就突然红了，突然上了漂流记，那是蹭你热度抱你大腿，别告诉我你看不出来？”

陆以尧没接话，只定定看着张北辰，一针见血地问了六个字：“和你有关系吗？”

张北辰愣住，好半晌，乐了：“对，和我没关系……”他笑意渐淡，优哉叹息，“我就是佩服他，不，我羡慕他，蹭热度都能蹭出真感情，这可以开课教学了。”

陆以尧起身，一刻都不想再多留。张北辰现在不正常，根本不是一个能好好说话的样子，虽然他不知道对方究竟怎么了，但直觉告诉他，还是远离为妙。再待下去，就算张北辰不做什么，陆以尧都没信心能控制住自己的脾气。

不料陆以尧一起身，张北辰也跟着站起来，仿佛知道再晚说几秒对方就要撤了，于是忙不迭开口：“刚才你没来的时候，丁铠已经带着他把全场大佬都认识完了。你还傻了吧唧当他自强不息艰苦奋斗呢，他指不定和丁铠……”

陆以尧已经警告过自己，不要被激怒，因为张北辰句句都是带着挑衅来的，好像不打一架不痛快。可难听的话，确实比刀子还伤人，理智上他知道不应该，本能上却压不住火。拳头几乎带着自主意识往张北辰那边招呼……

然而终究没碰着张北辰。不，连一半的胳膊都没抬起，就被冉霖死死抓住，一边抓着一边往外拉：“我们走。”

陆以尧一连做了几个深呼吸，才稍稍平静下来，随着冉霖离开。张北辰没再阻拦或者出言不逊，反而坐回座位，静静望着桌上的三杯香槟，似在想什么，又似已经抽离这个空间，三魂七魄神游到了不知名处。

待穿过来往宾客走到距离较远的另外一处角落，陆以尧才彻底静下心来，然后越发觉得，张北辰是故意激怒自己的。

“我不懂，”陆以尧眉头深锁，闷声道，“激怒我们和他打一架，对他有什么好处？”

冉霖也想不通，但联系张北辰从头到尾的表现，他又隐约感到或许今天发生的一切，本身就没有什么逻辑，完全是随性的产物：“我总觉得他今天的情绪不太稳定，正常情况下，就算不嘱咐我帮忙保密秦总的事，也不可能自己主动把话题挑起来，我要是真的一生气，把料爆出去，就算秦总能压下来，对他也没好处啊！”

会场的背景音乐不知何时换成了节奏分明的西班牙舞曲，明快鼓点扰得陆以尧更难集中精神思考，也越发纠结：“秦总到底是谁？”

冉霖这才反应过来还没给陆以尧科普呢，看一眼四周，确定没有隔墙有耳的风险，也没人注意到这边，才低声道：“帮他拿下《薄荷绿》的人。”

冉霖没说得太白，这样的事情无论怎么讲，用词都不会好听。

陆以尧稍一思索，就懂了，不免惊讶：“从那时一直到现在？”

“应该更早，”冉霖道，“丁铠说有两年了，应该就是试戏《落花一剑》那时候。”

“丁铠说？”陆以尧就觉得自己好像忘了什么事情，经冉霖这么一提醒，记忆終于回笼。

冉霖窘，连忙乖乖把从酒会开始丁铠介绍品牌高层给他和王希认识，一直到后面遇见张北辰，丁铠说出秦总这些事情，原原本本道给了陆以尧听。

陆以尧听完就懂了，丁铠摆明贼心不死。冉霖有点担心刚才张北辰说的那些会让陆以尧多想，刚要张嘴解释，却听陆以尧一声叹息——

“这人太优秀了也麻烦，天天招贼。”

冉霖像被人挠了痒，扑哧就乐了，眨了一下明亮的眼睛，坚定道：“放心，我自带防火墙和杀毒系统。”

陆以尧喜欢这个比喻，像是把丁铠直接格式化掉似的。

“找了半天，原来你俩躲在这里。”旁边忽然传来王希的声音。

二人抬头，发现王希和姚红肩并肩过来。王希神清气爽，显然在酒会里交际应酬得很顺利，姚红则依旧温和沉稳。

“希姐，红姐，”冉霖立刻起身，礼貌打招呼，“坐这里。”

“不了，”王希摇摇头，道，“那边刚来了两个我比较熟的人，想带你过去打个招呼。”

冉霖只得跟王希走了。

及至两个人走远，已经坐下来的姚红道：“王希好像还不知道冉霖要去你公司的事，冉霖没讲？”

“没有，”陆以尧道，“只要提了他会到我公司，势必牵扯我转行的事，他觉得还有点早，想等我这边差不多妥当了再说，怕给我增加不必要的麻烦。”

姚红点点头：“还挺细心的。”

陆以尧忽然想起了另外的事：“红姐，你认识秦总吗？”

姚红下意识问：“哪个秦总？”

陆以尧道：“我不知道名字，反正也是咱们这个圈里的老板，人脉实力应该都不差。我以为你能认识，还想问问他的花边新闻呢！”

姚红思索片刻，不太确定道：“我好像知道一个，和你描述的身份地位有点像，不过别说花边了，连人我都对不上号……”说到这里她终于反应过来，看向自家艺人，“需要我打听看看吗？”

“如果不麻烦的话。”陆以尧好奇的不是秦总，而是张北辰，或者说冉霖会比他还在意张北辰今天的异常状态，所以如果可能的话，他希望帮冉霖查查清楚。

“行。”姚红一口答应，没有问更多的缘由，因为她清楚自家艺人不会无缘无故提请求，提了，就是有正当需要。

说完张北辰，陆以尧才想起刚刚姚红和王希一起过来的和谐场面，遂好奇地问：“红姐，你和王希冰释前嫌了？”

不料经纪人却道：“也不算。”

陆以尧不解：“那你们刚刚在一起聊那么久？”

“过去的事就过去了，没必要翻出来分个你对我错，现在大家处起来舒服，一致往前看不是更好。”姚红说完又感慨一句，“而且小王性格变了不少，没以前那么锐利了。”

陆以尧窘，总觉得王希要听见这句话，刚刚修补好的友谊小船或许又要开始漏水。不过变的又何止王希，自己刚出道那年遇见的姚红，和眼前这个，也有很大不同了，只不过人都是看别人清楚，看自己模糊。

好端端一个惊喜，因为张北辰，气氛急转直下，还留了许多疑惑。

酒会结束后，陆以尧又得马不停蹄去机场，等待最早一班飞机回上海，冉霖则跟着王希打道回府。

到家已是凌晨，冉霖翻来覆去很久，才迷迷糊糊睡着，可睡得并不踏实，一直都在做梦。梦中的他，一会儿在漂流记，一会儿在试戏《落花一剑》，可梦中的漂流记里，他和张北辰掐起来了，网上一面倒支持张北辰，对他骂声一片，而到了《落花一剑》试戏，他试的也不再是徐崇飞，而是方闲，同时再没有俞冬这个人，直接是他把张北辰 PK（对决）下去的，等待结果的时候他俩都坐在试戏的会议室门口，工作人员把试戏结果一拿出来，他就抱着张北辰欢呼，结果被一把推开。梦中的张北辰质问他，你赢了我，还要我替你高兴？

之后的梦境冉霖就不记得了，支离破碎，毫无逻辑，唯一清楚的是悲伤的感觉，酸涩，压抑。

醒来时，已上午 10 点多，天阴得厉害，风很大，不时有滚滚雷声传来。

这几天不大热，冉霖没开空调，而是开着窗，于是风将纱窗吹得呼呼作响。

叮咚——门铃声拉回了冉霖恍惚的思绪。

冉霖起身去到玄关，正想透过门镜看，就听见刘弯弯元气满满的声音：“冉哥，起床啦——”

冉霖不自觉露出笑意，这才想起明天进灯花剧组，今天弯弯要过来帮他收拾行李的。

“早。”冉霖开门，把小助理让进来。

刘弯弯对于不管几点都可以说“早”的冉霖已经见怪不怪了，进来之后带上门，对着因为阴天造成的满室暗淡压抑，咕哝：“这么暗怎么不开灯。”

话音刚落，小助理已经把灯开开了，玄关大亮，也映亮了冉霖的脸。

刘弯弯换鞋的动作一顿，皱眉道：“冉哥你没休息好？黑眼圈怎么这么重？”

冉霖抓抓头，没解释，只道：“可能睡得不太踏实。”

刘弯弯匆忙换好鞋进来，道：“那你再去睡吧，我收拾就行。”

“没事，”冉霖睡也睡不着了，便说，“我去洗把脸，回头我们一起收拾。”

冉霖每次进组都不会带太多行李，毕竟大部分时间穿着戏服，这一次因为要拍到 11 月底，天气会冷，所以带的厚衣服会比较占地方。

时间充裕，两个人一边收拾一边聊天，不紧不慢，转眼到了中午，刘弯弯终于扣上箱子，大功告成。

为犒劳小助理，冉霖索性道：“带你出去吃午饭，想吃什么？”

刘弯弯向来不跟老板客气，立刻在心里铺开自己的美食地图，于中餐、日料、烧烤等各派系之间纠结，哪知还没纠结出一个选择，手机先响了。

刘弯弯不敢怠慢，立刻接听：“希姐。”

王希：“和冉霖在一起？”

刘弯弯一听这毫不悠哉的语气，就觉得不妙：“在一起，刚收拾完明天进组的行李。”

王希马上说：“你把电话给他。”

接过刘弯弯的电话，冉霖才反应过来自己电话调成了振动，还放在卧室里的枕头边呢，估计王希是打了没人听，才找上了刘弯弯。

“希姐。”冉霖以为要交代明天进组的事，所以很自然道。

不想电话那头直截了当地问：“昨天的酒会上，你和陆以尧还有张北辰之间，到底发生了什么？”

冉霖心里咯噔一下，几乎是条件反射道：“被人拍下来了？”

昨天谈话的时候他已经很小心了，几乎可以确定在能够听见他们谈话的范围内都没有人，况且那个酒会也不是轻易能进去的，怎么会……

“对。”王希简单的一个字，就湮灭了冉霖所有侥幸。

冉霖有一瞬间的空白，一时想不起昨天他们有没有聊什么出格的话。

“但是只有录影，而且录得也不清晰，谈话内容根本没录进去，”王希又道，“偷拍者距离很远。”

冉霖：“希姐，以后这么致命的关键信息先告诉我行吗？”

顾杰的一次大喘气差点把他玩坏，经纪人又来一次，他心脏扛不住啊！

王希的声音却依然严肃：“还不是开玩笑的时候，你们到底说什么了？”

冉霖沉吟一下，道：“就说了在横店那次，为了转移他的绯闻，偷拍我和陆以尧栽赃的事。”

“这都是什么陈芝麻烂谷子了，现在才拿出来说？”电话里的经纪人显然十分无语。

“一直也没机会摊牌，这次正好赶上了。”除掉秦总丁铠那些乱七八糟的，其实事情也就是这样，或许真的只是一些陈芝麻烂谷子，但日积月累，最终吞噬了人与人的关系。

王希："所以一言不合差点大打出手？"

冉霖愣了下，连忙道："没有啊。"

"那是你机灵，也幸亏陆以尧没真的失去理智，不然你那小身板就是使出吃奶力气也拦不住。"王希没好气道，"视频已经发微博了，说的就是你们闹不和。"

"严重吗？"冉霖这么问，是因为觉得即便被拍到了，像王希说的，只有影，没声音，也无所谓，因为他们三个就是坐在一起聊了聊天，哪怕最后都站起来了，又怎么样，站起来就一定是闹不和，不能是情到深处的激动？

果然，王希淡定道："没事，毕竟没打起来，而且视频里看着也不明显，可以说是气氛紧绷，打架前奏，也可以说气氛热烈，聊嗨了站起来了。我给你打电话，主要是想提醒你一下，如果张北辰或者陆以尧那边有解释，你别忘了跟着互动，再一个就是想最终确认，有没有发生其他爆出来有危险的事情，免得偷拍者再发一个视频，我们措手不及。"

"没有了，"冉霖可以肯定，"我把陆以尧拉走之后，你和红姐就过来了，后面的时间我就一直和你在一起了。"

"OK。"王希心里有了数，"安心收拾你的行李吧。"

挂了电话，冉霖心情复杂。这还怎么安心啊，虽然经纪人说得轻松，但毕竟也算负面八卦，伤不了根本，也影响心情。

等冉霖反应过来时，已经手欠地打开了微博。不知是不是白天微博里的流量没有晚上那么凶残，虽然"漂流团不和"的关键词挂在热搜第四名，但点进去看，并没有铺天盖地的转发，只有几个营销号在蹦跶——

【纪实八卦路：漂流团不和，兄弟情决裂？！昨日有人拍到陆以尧、张北辰、冉霖三人出现在某聚会现场，三人疑似吵架，陆以尧更是差点大打出手，幸而被冉霖拦住，最终三人不欢而散，太可怕了。《国民初恋漂流记？虽然已经结束两年，但漂流团不时重聚，其间也有网友质疑作秀，不知这次冲突是积怨爆发还是偶然事件……点击视频链接查看全文、点开全文查看全部内容。】

节奏带得太明显，一如链接里那个模模糊糊的视频，让人一言难尽。若非自己是当事人，别说视频里发生了什么看不清楚，就连视频里谁是谁都难以分辨，也难为偷拍者还能把事情描述得那么清楚。

偷拍者在现场，一定是把过程看个清楚的，所以他的解释基本就是真相，奈何视频拍得太糟，也难怪王希不着急，因为这样程度的所谓“证据”，既无说服力，也无冲击力。

果不其然，下面的回复也是群嘲的多——

【这画质就别拿出来了行吗，你圈上红圈我都看不清啊！】

【我就想说以后朋友聚会，是不是不能站起来，只能乖巧坐着聊天，加个狗头。】

【确定陆以尧站起来不是想给张北辰一个男子汉的拥抱？】

【你们是不是挖不出来有用的新闻了，没事找事。下一题。】

冉霖把所有带节奏的营销号都仔细看了看，确定带节奏的就是营销号自己，目的也是为自己炒热度，再往背后的深处，应该没黑手了。

毕竟这个新闻爆出来，对他们三个谁都没有好处，陆以尧当然不可能做这种事，但张北辰也没理由，因为这个新闻对于他也是负面的，何况他如果真想使坏，完全可以找人埋伏起来，拍更清晰的，甚至把谈话内容录制了，再剪辑作假都行，不至于这么不痛不痒。唯一的解释，就是他们三个比较衰，好不容易有机会摊牌，还倒霉催地碰上了狗仔。

冉霖有点后悔昨天防备的范围有点小，以至于挡住了声音，没挡住影像。见视频也没掀起什么风浪，冉霖退出微博，带刘弯弯出去吃饭。吃完饭，他让刘弯弯回家休息，自己则回到小公寓，看起了《灯花传奇》的剧本。

再抬头时，天已黑下来，雨仍然未下，风却越来越大了。

冉霖放下剧本，正琢磨着晚饭吃点什么，夏新然发来信息——【你俩和张北辰是怎么回事？】

冉霖知道这是友人看见微博，过来慰问了，连忙回复——【没事，我中午就看见视频了，画质渣得要命，糊到看不清人脸。】

夏新然直接发来语音：“三人成虎懂不懂？你中午看的是吧，那你最好现在再看看，舆论已经发酵了，最近圈里就没什么新闻，好不容易沾上陆以尧，你以为不理就过去了？”

冉霖皱眉，被夏新然说得有点不安，但一颗心也没彻底落到谷底。因为如果事情真的发酵到了不可挽回，夏新然绝不可能还这样平静地和他发微信吐槽，早电话甚至视频飙过来了。

没继续和夏新然聊，冉霖退出微信，再度打开微博。不用搜索，搜索框里挂着的就是“漂流团不和”5 个字，一下午没关注，这话题已经到了热搜榜首。

冉霖打开热搜榜，发现果然没几条和娱乐圈沾边的，大多是社会新闻。就像夏新然说的，最近圈里太平静了，一平静，就显得一朵小浪花都特别醒目。

点进热搜话题，果然营销号全动起来了，除了白天看见那几个，又增加了许多，拜晚上微博流量增加所赐，评论和转发量也激增。

冉霖随便点开一条下面的评论，理解了夏新然为什么说三人成虎。白天还一水群嘲的围观群众，已经有不少在兴致勃勃讨论，究竟聊什么能聊到让一向温和的陆神忍不住揍人。这样的疑问可太有遐想空间了，于是下面说什么的都有，亦不乏讨论三角恋修罗场的。

不过整体基调还是看热闹——就像他下午想的那样，没打起来，没冲击力，也就没有情感共鸣，只能八卦臆想。如果视频拍到的是陆以尧一拳打到张北辰脸上，那就热闹了，粉丝能疯，路人能嗨。

往下看了半天评论，待回过头来再刷新一下，热搜里营销号的内容忽然有了变化，原本清一色的“漂流团不和”里，出现了“张北辰回应”。而且十几分钟前被他刚刚点过一次清空的“艾特我的”，又出现了几百条新提示。

冉霖点进去，发现都是张北辰粉丝转发的张北辰的微博，而那条张北辰七八分钟前新发的微博里，艾特了他和陆以尧——

【看来以后和兄弟聊天也不能聊太嗨，不然分分钟说你要打架。@陆以尧@冉霖】

张北辰的回应基本就是辟谣的常规套路，但这样更印证了冉霖的想法，那就是这次偷拍与张北辰无关，纯属狗仔误打误撞，估计也没想到能拍着什么。

张北辰的评论里大部分都是粉丝在声讨营销号造谣，但也有抱怨的，说明明拍到三个人，为什么只有你一个人站出来回应，可是不可能只让张北辰一个人回应。

别说张北辰艾特了他俩，就算没艾特，面对这种新闻，也是口径一致才最有说服力，这也是中午王希让他关注另外两个人是否回应的原因。

略一思索，冉霖转发了张北辰的微博——【也不能喝酒了，酒是穿肠毒药。//@张北辰：看来以后和兄弟聊天也不能聊太嗨，不然分分钟说你要打架。

@陆以尧@冉霖】

不到3分钟，陆以尧就转发了他的微博——【你这样让我怎么接后半句……//@冉霖：也不能喝酒了，酒是穿肠毒药。//@张北辰：看来以后和兄弟聊天也不能聊太嗨，不然分分钟说你要打架。@陆以尧@冉霖】

画风到这里开始变歪。冉霖的转发微博底下还有严肃讨论究竟是不是真吵架的，到了陆以尧这里，除了“哈哈哈”，就是队形整齐的——

【我们帮你接，色是刮骨钢刀！】

【色是刮骨钢刀！】

【刮骨钢刀！】

【刮。】

【骨。】

【钢。】

【刀。】

也难为陆神粉能在竞争激烈的评论里排出这么有特色的队形，冉霖简直能脑补出陆以尧看见这些评论后的表情。三位当事人回应后，大约过了一个小时，另外两位漂流团成员陆续回应——

【夏新然：聚会不带我几个意思？//@陆以尧：……】

【顾杰：幸亏没带我，我醉起来自己都害怕……瑟瑟发抖中……//@夏新然：……】

漂流团的完整聚集，让之前的“不和论”越来越像谣言。可就在晚上8点，微博流量最高峰的时候，最先爆料的“纪实八卦路”放出另外一个视频，虽然距离仍然有点远，但比之前的视频清晰了不少，已经能明显看到陆以尧愤而起身，冉霖拉陆以尧胳膊的动作了。

许多围观群众哗然。刚刚和谐起来的风向又有偏转的趋势，“纪实八卦路”甚至已经用比白天更大的力度带节奏了……直到“唐晓遇沈滢公布恋情”忽然空降热搜。

冉霖先是看见友人名字，吓了一跳，再看见友人女朋友的名字，又吓了一下。沈滢，当下爆红的几朵小花之一，论人气比唐晓遇高不少的。不过唐晓遇现在正有一个主演的电视剧在上星播出，口碑和收视率都很亮眼，等待电视剧播完，他的人气也会继续水涨船高，总之这一对绝对郎才女貌，甜蜜养眼。然而在此之前，这两个人毫无恋爱迹象，连互动都很少，简直就是八竿子打不着啊！沈滢的粉震惊，唐晓遇的粉蒙了。

可是没等两家粉丝掐起来，公布了恋情的“躺赢 CP”就把两个人交往点滴全倒狗粮碗里了——两个人是青梅竹马，幼儿园同班，小学同班，初中同年级，到了大学又都念的表演系，虽然一个北京一个上海，可建立在共同理想上的爱情之花更灿烂啊！这下粉丝再没掐点了，哪有什么谁配不上谁的，命中注定就是你，谁敢拆散天打雷劈！

一个热搜爆了，连带着“唐晓遇”“沈滢”“青梅竹马”等各种关键词都爆了，漂流团那点捕风捉影的事早被挤没了影。冉霖也忘了自己不久之前还在热搜上呢，专心致志看一个知名博主紧跟热点的抒情长微博——【最美的爱情不是赢在起跑线上，而是还没起跑，就已经“躺赢”了……】

博主不愧是博主，文笔简直让人心醉，可是——

这里面说的爱情和他那个拍摄《落花一剑》时常常夜不归宿的友人的爱情，真是同一款吗？一个迎着杏花雨荡秋千，一个中环路上飙车，文字版和记忆版的画风差距有点大啊……

叮咚。手机屏上方弹出唐晓遇的微信，点进去一看，三个大大笑脸——【不好意思，抢了你的头条。】

冉霖抿住嘴唇，却还是止不住上扬的嘴角。哪有不好意思，这人分明是故意抢的。早不公布晚不公布，非挑新的不和视频爆出来的时候公布，估计“纪实八卦路”已经哭死了。

冉霖——【多谢三弟，及时雨！】

唐晓遇——【你三弟妹说了，反正都要公开的，下雨只是捎带手，不必客气。】

冉霖心情复杂地望着那朵鲜艳玫瑰，总觉得被人强行塞了狗粮。

# 第五十一章

二轮视频发出来的时候，陆以尧正在录完节目回酒店的路上。车里开着空调，凉快，但不流通的空气始终带着隐约的憋闷。天气预报说北京今天有暴雨，但现在只是刮了一天山雨欲来的大风。

“好，麻烦你了。”讲了几分钟电话的姚红把手机放下，拿了一瓶水递给后座的陆以尧，说，“弄清楚了，那个纪实八卦路就是大丽花工作室的小号，×× 刊那边很不高兴，已经开始施压了，用不了多久热度就会降下来，不会再发酵的。”

“大丽花工作室？”陆以尧惊讶，那是一个以正统娱乐报道出名的工作室，在娱乐圈深耕多年，口碑很好，也是为数不多几个被邀请到酒会里的媒体人，“他们也搞偷拍了？”

“正经新闻不赚钱了，现在是爆料敲诈和炒作收费的时代，”姚红扯扯嘴角，对这种现状无力又无奈，“不过他们这回撞枪口上了。能进酒会的都是多少带点关系的人，在酒会里偷拍，就是打主办方的脸，不只是 ×× 刊，张北辰那边也有人动用关系施压了，而且动作比 ×× 刊还快，如果不出意外，等下第二波视频都会被删。”

陆以尧愣住：“红姐，你的意思这件事不是张北辰做的局？”

虽然自己经纪人说是娱乐工作室，但他以为至少也该是合谋……

“应该不是，”姚红道，“如果是他做的局，没必要把自己搭进去，而且那样一来他和工作室就是合作关系，犯不着再动用公关手段给工作室施压。”

“那他为什么要故意激怒我？”这是陆以尧一直想不通的地方，尤其过后静下来仔细想，张北辰几乎每句话都往最难听里面说，这不就是明摆着想让他动手吗？

“不妨换个角度考虑，”姚红没有读心术，只能帮着陆以尧一起分析推理，“如果你没控制住，打他了，结果会怎么样？”

陆以尧都不用想：“我上头条，”陆以尧试着脑补未来发展，大概明白经纪人的意思了，“然后大家会讨论我为什么要打他。”

“对，”姚红终于点头，“一个巴掌拍不响，你揍他，一定有你的理由，而且你一贯的公众形象还是非常好脾气的，那什么事情能把你陆以尧都逼到失控？如果让我来公关，一定会抓着这点不放，到时候就算洗不白你，张北辰也别想独善其身。”

见陆以尧听得认真，姚红歇口气，继续道："你们两个都是男演员，围观群众不会在一开始就带着明显偏向的同情立场，相比你打了他，大家更在意'对错'，所以舆论很容易带到'你打他情非得已，他被打咎由自取'上，他折腾半天给自己折腾一堆麻烦，图什么？"

"那这个问题就无解了，"陆以尧道，"明知道激怒我对他没好处，为什么还要这么做？这不符合他的性格。"

不，陆以尧忽然发现，其实昨天晚上张北辰的表现从头到尾都很奇怪。

在陆以尧的认知里，对方是那种无论背地里做了什么，面上仍然可以若无其事的人，这样的人在圈里有很多，多到陆以尧足够摸清他们的思考逻辑。包括昨天盛怒之下没心情细想，今天才静下来琢磨对方说冉霖的那些难听的话，其实都符合"明明我们都差不多，为什么我苦苦追求才能得到的东西你轻而易举就能收获"这样的心理。

此种思考逻辑的根本扭曲之处在于，从来只看到自己的辛苦和别人的收获，却看不到自己的收获和别人的付出，于是这样的人永远觉得自己付出最多收获最少，而别人恰恰相反。

看待世界的角度这样根源性的问题，除非自己意识到错误，否则旁人根本帮不上忙扭转，陆以尧也无意去挑战。他更在意的是这个人究竟怎么了，为什么昨天晚上的人和记忆中的那个人，会有那么大偏差？这两年里并未听说对方身上发生什么重大事情，演艺事业也依然在按部就班，如果非说有什么特别的，可能就是昨天从陆以尧那里意外听来的"秦总"……

【张北辰那边也有人动用关系施压了，而且动作比 ×× 刊还快。】

经纪人刚刚说过的话在脑海里蹦了出来，陆以尧一怔。

姚红没发现自家艺人已经陷入了头脑风暴，思绪还停留在艺人抛出来的"激怒我没好处为什么还要做"的问题上。于是陆以尧那边往纵深思考，姚红这边则只就事论事："你不是说他当时整个人的状态很糟糕，而且好像情绪也不太稳定，如果真是这样，行为就不能用常理判断了，失控也不奇怪……"

"红姐，"总觉得要捕捉到点什么的陆以尧忽然问，"张北辰那边是谁给工作室施的压？"

提问猝不及防，姚红反应了一下，才道："不清楚，我也是听 ×× 刊那边说的，不仅动作快，而且很有力度，即便杂志那边不联系，二轮视频也会被删。"

陆以尧看向自家经纪人，道："有没有可能是秦总……"

"你让我查的那个秦总？"姚红意外，瞬间反应过来，"你的意思是他和张北辰？"

陆以尧让自家经纪人帮忙查的时候只提了秦总，没提更多，这会儿也不隐瞒了，直接点头。

姚红想了一下，道："如果是他的话，有这个能量不奇怪，不过……"姚红说着皱起眉来，问陆以尧，"就算查出他和张北辰的事情，又能怎么样，难不成你还想去爆料？"

"我没那么闲，"陆以尧苦笑，实话实说，"就是想弄清楚，图个安心。"

姚红闻言，了然。都在一个圈里，总还会再遇见，知己知彼，方才有底。

和经纪人聊完，陆以尧低头重新刷一下微博，然后惊讶地发现，热搜换人了。

"红姐，"陆以尧抬起头，有点蒙地呼唤自家经纪人，"唐晓遇沈滢公布恋情了。"

姚红惊讶，唰地回过头来："现在？"

陆以尧咽了下口水，点头。

姚红："上热搜了？"

陆以尧："全面热搜，我那点事儿已经被挤没了。"

姚红有点恍惚："这时机撞得也太准了吧。"

陆以尧已经从最初的震惊里平复下来，闻言坚定摇头："不是撞的，就是挑的，为我和冉霖解围。"

姚红："你们事先沟通过了？"

陆以尧："没有，完全是他单方面突然袭击。"

不知道该说什么，五味杂陈里，姚红只想用手指头挨着个戳脑门儿，这帮熊孩子……

"等等，"姚红后知后觉，"唐晓遇和谁？"

陆以尧："沈滢。"

姚红茫然："他俩什么时候走到一起去了？"

陆以尧："幼儿园。"

姚红瞬间沉默了。

居然在幼儿园就认识了。

"早知道唐晓遇要抢头条，就不必秦总出手了。"武雪峰把手机往茶几上一扔，满脸懊恼，“又欠一次人情。”

张北辰坐在地毯上，肩膀靠着沙发边，淡淡抬眼看经纪人，嘴角勾起一抹嘲讽：“又不用你还，郁闷什么。”

“你别太拿自己当回事，”武雪峰没好气地看他，见他一副无所谓的吊儿郎当样，又缓了语气，难得语重心长，“‘面子’是消耗品，用一次少一点，你在他那里的面子也不过就是比其他人多一些，额度仍然是固定的，当然得用在值得用的地方。”

“有件事我一直想不通，”张北辰饶有兴味地看着武雪峰，带着微微上扬的音调道，“都说心宽体胖，你心眼那么多，怎么一点不见瘦呢？”

武雪峰还真以为这人要和自己探讨什么正经事，结果等来一句揶揄嘲讽。不过他也已经习惯了，近一年来张北辰越发阴阳怪气，你越认真生气，这人反而越得意，所以武雪峰现在的原则就是“不搭理”，他惹不起，总躲得起，反正抽风的张北辰也不耽误演戏接通告。只要摇钱树还往下掉钱，一切就都不是问题。

经纪人的闷声不吭让张北辰觉得没趣，索性低下头重新刷手机。武雪峰坐在沙发上，一低头就能看见张北辰的手机内容。他还在刷唐晓遇公布恋情那个头条，想来也好理解，毕竟这件事实在太突然太意外，网上已经炸锅了，连带着唐晓遇和沈滢的前世今生都被挖了出来，演过什么戏，上过什么节目，整理出来的内容简直能集成《演艺生涯回忆录》了。

蓦地，自家艺人点开一张照片，然后，就定定地看着不动了。武雪峰刷了两下自己手机，再低头去瞄，自家艺人还盯着那张照片，中邪似的。

武雪峰皱眉，仔细去看对方的手机屏，好半天，才认出来那是两年前录漂流记的时候，五个常驻嘉宾和那期特约嘉宾，六个人在迪士尼里的合影。不怪他认了这么久，因为合影中的六个人都穿着一样的蓝白色印花卫衣，根本分不清谁是谁，再加上背景也一片五颜六色，整张合影简直花里胡哨到没眼看。

突然而至的电话切走了照片，跳动着的熟悉名字占满了屏幕。张北辰维持着先前的姿势，怔怔看着手机，却没有接的意思。

“干吗呢？接电话啊——”武雪峰出声提醒自家艺人。

然而对方就像傻了一样。

武雪峰没辙，只得从艺人手里夺过手机，飞快接通，声音里满是点头哈腰：“秦总，是我……”

被唐晓遇虐到的冉霖打算找陆以尧求安慰，可还没等发信息，新信息倒先进来了。

1111——【以后再遇见张北辰直接躲着走，他现在整个人都有问题。】

冉霖皱眉，迅速打字——【什么意思？】

1111——【就是字面上的意思。】

丁铠放下手机，庆幸当时在会场，冉霖被那通电话叫走了，否则他可能真会脑袋一热，把老秦的事情讲了。现在想想，提醒到这里已经仁至义尽了，毕竟那是个人隐私，万一冉霖再二次传播，老秦发起火来也够他喝一壶的。

丁铠这厢不愿多讲，冉霖那边也没再追问，而且陆以尧像是算准了时间一样，直接发了视频过来。视频一接通，冉霖就先把和丁铠那没头没尾的提醒汇报了。

“我已经让红姐帮忙去查了，”陆以尧道，“有结果我第一时间告诉你。”

冉霖没想到他动作这么快，正惊讶加佩服中，就听见陆以尧道：“公司注册提前了，10月应该就能搞定，到时候把工作室的部分业务转移过去，让公司先运转起来。”

“这么快？”虽然知道陆以尧一直在弄，可等真到跟前了，冉霖还是有点不真实感。

“不快不行，再晚老霍就没时间给我当壮丁了，”陆以尧莞尔，“他明年5月结婚。”

冉霖意外，继而感慨：“总算要结婚了。”

陆以尧乐：“你的口气和他妈一模一样。”

冉霖：“霍云滔和霍伯母，应该都不会喜欢这个说法。”

翌日，冉霖奔赴剧组。

如果说微博像是异世界，那剧组就有点像桃花源，一旦进组，全情投入拍摄之中就行，专心塑造角色，保证拍摄进度，再不用理会外界风雨。

不过从8月下旬到11月底，娱乐圈也确实风平浪静。三个多月时间里，除了公布恋情的唐晓遇和沈滢合体上的一个综艺节目，再没有什么新闻能掀起话题，连暑期档的电视剧和电影都乏善可陈，让人提不起讨论的兴趣。

《灯花传奇》杀青那天，正赶上男二号生日，于是杀青宴也成了生日宴，整个剧组嗨翻天。说实话，冉霖对这部剧的前景不是很乐观，因为整个拍摄过程导演都在极力要求大家往浮夸欢脱方向走，加上剧本也一言难尽，所以已经可以预见，未来就是一部下饭剧，不用太考虑逻辑和剧情，热热闹闹开开心心就好。

但如果不考虑剧本身的质量，单纯从这三个月的剧组生活来看，又是很快乐的时光。或许是剧情本身就很欢脱的原因，整个剧组的氛围都很乐呵，演员亦然，镜头内和镜头外一样没心没肺，于是这三个月的工作，待结束时回头看，倒像一场加长版的夏令营。

从北京离开的时候正值夏末，再回来，街道两旁已满树枯黄，树叶要掉不掉，摇摇欲坠，似就在等着一场秋风，好痛痛快快落到地上，融进泥土，给来年新发的枝叶积蓄养分。

冉霖刚回到家的转天，就被公司老总找过去聊合同问题了，一如王希之前预测的那样，老总拿出了新的合同，让他好好考虑考虑，如果有不满意的地方，还有商量的余地。新合同自然比旧合同有了改善，但就和夏新然之前的遭遇一样，改善有限，诚意不足，或者说，几乎没有诚意。

不过冉霖本身也没打算续约了，所以没讲什么，只按照王希嘱咐的，说再考虑看看。相比较之下老总显得更为着急，希望能尽快把这份合同定下来。

“因为一旦明年你的两部电影接连上映，身价和现在就不同了。”回到王希办公室里，经纪人这样给他分析。

冉霖了然，正想和王希说如果没有其他事，他就先回去了，刘弯弯却敲门进来，然后通风报信似的悄声道：“希姐，邓敏茹刚刚带着一个小帅哥进老总办公室了。”

王希点点头，表示她明白了。

可冉霖不明白，疑惑地看向刘弯弯：“什么小帅哥？”

邓敏茹上个月已经被升到经纪部主管了，现在梦无涯的经纪部相当于有两个主管，但公司的任职声明里说得有理有据——因公司业务结构调整需要，所以王希以后分管的是经纪部运营，而邓敏茹分管的是经纪部发展，说白了就是一个主内，一个主外，孰轻孰重，一目了然。

但身在剧组的冉霖只知道这些，还有一部分是刘弯弯从王希那里听来，再八卦给他的。

“冉哥你别看我，”也才跟着冉霖从剧组回来的刘弯弯摊手，“希姐刚刚让我盯着的，我就盯着了。”

冉霖转而看向王希。王希也没卖关子，坦白相告：“我听说她最近在帮公司搜罗新人，今天可能会带人过来给老总看，所以让弯弯帮我注意点。”

“新人，”冉霖惊讶，“她不是带韩泽吗？”

“韩泽现在根本接不到新工作了，听说以前签的通告也取消不少，”刘弯弯对于公司要挖掘新人的事情毫不知情，但在梦无涯内部员工的微信群里还是听到了不少韩泽的八卦，“和崔妍言那件事对他的形象伤害很大，然后邓敏茹那边好像也不想帮他收拾烂摊子，所以现在基本是放养状态了。”

冉霖询问似的看王希。

后者轻轻点头，沉吟片刻，补充道：“如果邓敏茹那边挖掘新人顺利的话，公司可能会把韩泽给康回带，这样邓敏茹就可以全力带新人。”

冉霖愣住，第一反应是韩泽能同意？可转念一想，不同意又怎样，解约吗？韩泽这两年人气持续走低，再出这一档子事，《凛冬记》的收视和口碑都惨淡，想翻身已经很难了，娱乐圈更新换代那么快，梦无涯显然不怕他走。

曾几何时，王希和韩泽是公司的金牌搭档，现在韩泽被放养，王希也即将被邓敏茹全面取代。跟了王希 3 年，冉霖只觉得咻一下，日子就过去了，可回头看看，很多人很多事已经变了。

从公司出来，起风了。冉霖将风衣裹紧，坐进公司的车里，回家路上，给友人发了一条信息——【我记得有人说过，买车可以找他当参谋？】

那头没回，直接一个电话飙过来，顾杰的声音和初相识时毫无变化，依旧洪亮爽朗：“回北京了？”

“嗯，”冉霖踏实下来，“杀青了，昨天回来的。”

顾杰：“那正好，我这几天都没事，你想哪天买，我陪你去。”

冉霖扬起嘴角：“定好了我给你电话。”

顾杰：“现在不能定？”

冉霖：“我再问问陆老师。”

顾杰：“不相信我的眼光？”

冉霖：“我想陆老师了。”

顾杰：“好吧，知道你们关系铁，那我问问夏老板。”

冉霖：“夏老板？”

顾杰：“上个礼拜，他的工作室正式成立了，现在自己给自己当老板。”

冉霖："那光叫过来不行，得专门帮他庆祝一下啊！"

顾杰："汽车趴，不挺好吗？"

这么洋气的活动，冉霖实在没办法跟夏新然开口，于是约夏老板的工作就交给了顾杰，他则约陆以尧。后者的公司上个月成立，凡事都要学习摸索，亲力亲为，现在忙得人仰马翻，不仅仅是工作运营需要时间上轨道，公司的第一个项目也需要认真考虑，为此陆以尧专门成立了一个小组搜寻好的剧本，他本人则天天在公司繁杂事务里和如海洋般的剧本里挣扎。

到家以后，冉霖给陆以尧打电话，电话响了好几声，那头才接，但不是陆以尧，是李同："冉哥？"

冉霖一听就懂了："在忙？"

李同道："在开会。"

冉霖倒真有一种给老总打电话的感觉了："那等下开完你和他说一声。"

李同："放心吧，冉哥。"

挂上电话，冉霖靠进沙发里，虽然刚从剧组回来的疲惫还没彻底缓过来，但心里很踏实。有很多人和事变了，但也有很多人和事没变，更有一些正在变得越来越好。

冉霖不知道自己怎么在沙发里睡着了，等到被视频提示音吵醒，房间光线还是明亮着的，一时辨别不出时间。

陆以尧没料到视频一接通会是个睡眼惺忪的冉霖，霎时一愣，然后刚刚还被公司一摊事弄得紧绷的神经，就自然而然放松下来。

冉霖迷茫眨眨眼，三魂七魄才完全从周公那里收回来，眸子也终于清明："我刚刚打电话，李同说你在开会。"

"嗯，公司刚起步，事情比较多，我前两天一直跑通告，所以事情都攒到今天了。"陆以尧解释完，又道，"我想着等两天再去找你，让你好好休息休息，没想到你倒先找我了。"

"我主要是想你……"冉霖故意拖长尾音，及至屏幕上的人都要相信了，才补完后半句，"陪我买车。"

陆以尧感觉自己被忽悠起来又被啪叽摔地上了。"买车？"

"嗯，早就想买，但一直没时间。"

"所以你想让我帮忙去挑？"

"挑车的事情交给顾杰了。"

陆以尧没想到自己只排第二位，心情十分复杂："你还约了顾杰？"

冉霖："他说叫上夏新然，来个汽车趴，算是庆祝夏新然成立工作室。"

很好，自己排到第三位了。叹口气，陆以尧低声哀怨："他成立工作室，那我还成立公司了呢！"

"一并庆祝啊！"冉霖凑近屏幕，很认真地询问，"你喜欢汽车趴吗？"

陆以尧很认真地想了想，摇头，飙车到六环外什么的，一次就够了。然而汽车趴最终三缺一，陆以尧在来的路上，又被叫回了公司——奔腾时代的老总正巧在他公司附近，所以顺路过来看看。

陆以尧出道就在奔腾时代，后面成立工作室，依然是挂靠在奔腾时代下面，应该说在艺人这条路上，一直都被奔腾时代照顾着，等有了想成立公司的念头之后，和老总一沟通，人家便很大方送上祝福，陆以尧都记着的，故而对方难得过来，他不能不接待。

虽然三缺一，车还是买到了，一辆黑色 SUV（运动型实用汽车）。虽然夏新然觉得黑色不够亮眼，但冉霖觉得低调才实用，最好融入车流就消失，简直完美。

可惜车买回来之后并没有多少使用的机会，因为从 12 月份下旬开始，冉霖就重新忙起来了，先是《灯花传奇》的后期配音，然后是拍《凛冬记》的各种宣传片，《染火》那边也开始启动，虽然赶不上春节档，但片方还是想压在 2 月底 3 月初，赶个春节观影热潮的尾巴。一来二去，别说没机会见陆以尧，连过年回家都不大可能了，因为《凛冬记》大年初一上映，宣传活动会从年前持续到年后，所以冉霖只能在 1 月份尚未过年的时候，回家陪父母待了几天，就算是提前过春节了。

待从家返回北京，当天晚上，凛冬记官方微博便正式发布第一款先行版预告片——【仙雾缭绕九重天！《凛冬记》先行版预告片第一弹，震撼来袭！点击视频链接查看。】

先导预告片只有 1 分钟，可冉霖来来回回看了好几遍，直到把每一帧画面都刻在脑海里了，才停下来不再按重播，心里久久不能平静……剧组果然把钱都花在后期了！

明明每一个镜头都是自己演的，可替换掉绿幕，加上特效之后，完全是崭新的东西，新到冉霖看见某些镜头时，会恍惚自己究竟演没演过。

更难能可贵的是，虽然 1 分钟先导预告片的内容有限，主要是小石头初上九重天看见的美景，但已经透出浓浓的东方韵味，这一点在官方微博下面的评论里也可以看出来——

【特效的风格几乎不会让人联想到西方魔幻或者网页游戏，太难得了。】

【终于有一个懂得东方韵味的特效团队了，中国山水画美在哪？就美在留白的艺术啊！——来自一个对满屏花花绿绿特效绝望的国产片死忠粉。】

【意犹未尽，真好。期待正片也有这个水准。】

【很美，很仙啊！】

【读过原著的表示，虽然很美，但这是反派地界啊，未来是会被男主砸的。】

除了夸特效的，也有不少夸演员的，因为这1分钟里并没有太多冲突的戏份，完全是各演员的亮相，所以好评主要归功于能精准把每个演员的颜值衬托到巅峰的造型师——

【别打我，我真是第一次感觉到冉霖的帅，之前我只是觉得他清秀。】

【冉霖这一脸胶原蛋白真是显小啊，演十几岁少年毫无违和感。】

【只有我一个人迷司酒官吗……老王，我男神！】

【迷老王那个，带我一个！我从他演奈何桥不奈何的时候就喜欢他了，疯狂给他应援！！】

【北天帝没人要是吧，我抱走了。】

【女主角只有两个镜头，但是美呆啊！】

有夸的，有赞的，自然也有谨慎观望和微微吐槽的，还有一些想起了扑街的剧版——

【鉴于剧版……呃，我还是等影评出来之后再考虑刷不刷吧。】

【画面已经甩剧版十条街了，就希望别把精华都剪到预告里。】

片方在宣传上舍得花钱，所以预告没发出多久就被营销号疯转，评论刷得也很快，分分钟爬上热搜，冉霖点开热搜榜想看看已经升到了第几名，不料却先在热搜榜第二名看见了“裂月”两个字。

点进去一看，原来是还没在国内上映的陆以尧主演的《裂月》，成为今年国外某A类电影节主竞赛单元唯一入围的华语片！

# 第五十二章

《裂月》入围的热搜一出，众圈内人士纷纷转发表达恭喜，冉霖也悄悄藏在恭喜大军里，低调转发，恭喜后面配着一颗跳动红心，在满屏爱心转发里，画风统一，毫不突兀。

陆以尧显然在忙，直到第二天，才发了几条微博，先是表达能演这部电影的幸运，再称赞一下整个剧组，最后则是对恭喜的小伙伴们表达了感谢。

相比同片其他演员趁着热度抓紧宣传不同，陆以尧团队在发完这几条微博之后，再无其他动静，虽然路人觉得这样低调踏实非常博好感，可粉丝有些沉不住气了，纷纷在偶像微博底下忧虑——

【上次是《北海树》，这次是《裂月》，三年两部电影入围A类电影节主竞赛单元，这样的成绩为什么不宣传啊！】

【陆神你是不是换宣传团队了，为什么感觉不如从前给力啊……】

【女一号男二号都上热搜了，你的名字在哪里！】

【人格分裂很考验演技，这么好的宣传点是想等着国内公映的时候再用吗？】

【容我猜测一下，该不是看见冉霖的《凛冬记》在宣传，怕抢了好兄弟的风头吧……谦让不是这么来的啊！】

冉霖倒能理解陆以尧的低调。一来，《裂月》的热度已经被这条热搜还有后面趁热度宣传自己的女一男二带起来了，连剧组都不失时机放出五十几秒的花絮，陆以尧这边也一连发了几条微博，算是做到了对电影的宣传，之后若是再炒，炒的也是他自己，而不会给已经够热的电影本身增加什么。但炒自己并不是陆以尧想要的，他的工作重心已经慢慢偏移；二来，《裂月》的上映期毕竟还远，也没到需要真正铺开宣传的时候。

但粉丝总是以自己偶像为第一考量的，所以当有第一个提到《凛冬记》的人之后，便陆续有了第二个第三个——

【可能因为早期蹭热度印象太根深蒂固了吧，反正一直对冉霖粉不起来。】

【陆神喜欢交什么朋友是个人自由，但我们也有不喜欢的自由。】

【我也感觉热评里说得有道理，昨天晚上本来一直是《凛冬记》占热搜，然后就被《裂月》顶了，冉霖粉已经吐槽了。】

【冉霖粉吐槽陆神？在哪里？求指路！】

【我觉得各家粉各家就好，还有粉丝撕X不要上升正主，这样会让陆神

很难做。】

这些微妙的评论风向已经是第二天的事情了，当天的冉霖在忙着参加《凛冬记》定档发布会，而陆以尧则在某茶庄里和几个老板喝茶，两个人都没关注这些。

古筝清雅，茶香悠长。陆以尧看着老板们一个个有模有样地在那里品，也不知道他们是真悠闲，还是假风雅。陆以尧倒是懂一些茶的，因为他爹好这口，以前念书时每次假期回国，他爹的“一对一中式教育补习”里，总是穿插着茶文化，耳濡目染，也略通一二。

但看着这些大佬们头头是道地在那里品评，他就只能谦虚状，认真聆听。

这些人并不是总能在娱乐报道里听见的名字，甚至有两个的主营业务都不是娱乐业，但他们的资本已经延伸到圈内各处，不是谁都有机会和他们一起喝茶的。

今天带陆以尧过来的就是奔腾时代的老总，他和这些人的关系一直不错，偶尔也会这样聚聚，保不齐就聊出来个大项目，带陆以尧过来，说引荐也行，说见见世面也可，有那么点提携的意思。

陆以尧的到来生生将全场平均五十多的年龄拉低了好几岁，面对一群和自己爹年纪差不多的前辈，陆以尧绝对算得上小朋友了。这些人里大部分并不太认得出陆以尧，或者即便听过他名字，也无法在一堆年轻明星里对上号，不过听说他正当红却想转行建公司自己投资项目，还挺意外。

“你现在人气正高，而且才二十几岁，我还第一次见着当红艺人要转行的。通常都是过气了才不得不转，或者投资演戏两不耽误。”说话的是一位姓刘的老板，五十几岁，黑瘦黑瘦的，但一身唐装穿着，气场十足。

起先见到陆以尧，刘老板是挺不以为然的，毕竟他们处的这个位置，手里握着资源，看明星就跟看自家员工差不多，何况很多明星还虚有其表，聊两句就知道脑袋空空，这也是为什么和资方接触的大多是经纪人的缘故——好歹是个能聊到一起的。可是跟陆以尧聊两句，刘老板发现这个年轻人脑袋里面还是有点东西的，再一听他要彻底换身份转行，就来了兴趣。

陆以尧明白对方的意思，因为圈里很多明星都是既做艺人也做老板，两边都做得风生水起，不过这不是他想要的：“人的精力是有限的，想要兼顾太多，就难免分神。”

刘老板道：“但是同样，你的人气和名气对于你的公司，你的新事业，也会有助益。”

陆以尧摇头：“要能兼顾到还是不错的，但如果想做到最好，就必须专注。”陆以尧说着带上笑意，调侃道，“不然为什么刚才李叔介绍您的时候，只说过您投了哪些项目，却没说过您演过哪些片子。”

刘老板立刻就领会了陆以尧的意思——如果兼顾可以做到最好，今天聚在这里的就不应该都是商人，起码也要有一个商人加明星的综合体。

可陆以尧拿他举例这事就太逗了，刘老板自己都忍不住乐：“我这模样可端不了明星的饭碗，老李行。”

“李叔”是陆以尧对奔腾时代老总的称呼，毕竟当初进公司就算是关系户，所以出道至今，称呼也没变。而在同龄的刘老板口中，自然就是老李了。

李总也不客气，立刻接口道：“现在不都流行说什么明明可以靠脸，非要靠才华，就指的我。”

全场哄笑，无情吐槽，然后吐着吐着，就聊到别处去了，再没搭理他这个准备改行的年轻人。陆以尧也不刻意往话题里插，只围观听着，也觉得有趣。

说是老板，各应酬场合也都端着有型有派，可私下聚起来就像几个老哥们儿。陆以尧看着看着，不知怎么就想起了自己爹。

在陆以尧的印象中，自己亲爹永远不苟言笑，严格强势，在家里和在公司都是说一不二。那架势很像刚刚抵达这个茶庄时，这帮老板端着的那个范儿。然而现在气氛打开了，这帮人也无视他了，就不管不顾聊起来，全然没了之前的装腔作势。陆以尧不知道自己亲爹是不是也有这样的时候，在他看不见的地方，和一帮聊得来的老朋友嬉笑怒骂。

那画面太难想象，以至于陆以尧脑补了许多次，都以失败而告终。他好久没回他爸那边了。

无意中看向窗外，陆以尧才发现不知什么时候飘起了雪，虽然竹帘遮住一半，但还是看得见雪花飘落在院里的竹叶之上。不知这家茶庄在院子里种的什么竹子，耐得住这样的寒。

一早就把茶艺师弄走，非自告奋勇坐案前给老伙伴们秀一把技术的陈姓老板，已经把茶泡好，开始让大家品鉴。陆以尧自出道后很少有正经喝茶的机会了，凭着记忆中的印象，先看色泽，再闻茶香，而后轻呷一小口，低头闭目慢慢品其味。

陈老板圆头圆脸，白白胖胖，尤其耳垂宽大，是个福相，原本专心泡茶没太理会老朋友带来的小朋友，只笑眯眯等着众人给些评价，因为这茶并不是店里提供的，而是他刚得来的好茶，也正因想和老伙伴们分享，才有了今天的茶会。然而这会儿发现小朋友好像也懂些门道，才第一次认真打量起陆以尧来，这一看，就觉得面熟。

“不错。”带陆以尧来的李老板先放下茶杯，幽幽一叹，“老陈，你这回才真算是拿来点好东西。”

本以为老伙伴要嘚瑟起来，可等了半天还安静着，李老板抬眼去看，发现友人正盯着自己带来的陆以尧看呢，而且眼神怪怪的。

没等他看出个所以然来，老陈就先开口了，自然是问陆以尧：“懂茶？”

陆以尧没想到对方主动和自己搭话，连忙道：“谈不上懂，我父亲喜欢，以前总带着我喝。”

“你……”慈眉善目的陈老板“你”了半天，来了一句，“你姓什么来着？”

陆以尧窘，再次确认这人果然从头到尾注意力都在自己的茶道上。

“姓陆，陆以尧，”带人过来的李老板不乐意了，“老陈，你好歹也跟跟娱乐新闻，别光投项目，连最后找的谁来演都不认识，这么下去你迟早要跟时代脱节了。”

“脱就脱吧，反正我过两年也要退休了，现在流行的东西我都不懂，不懂就没有发言权，就是瞎投，天天被人忽悠……不是，你别打岔，”陈老板终于意识到话题跑偏了，没好气止住话头，重新看向陆以尧，一本正经地问，“你姓陆？陆国明你认识吗？”

陆以尧有一瞬间的恍惚，那感觉就像看着黑帮电影呢忽然插入一仙侠闪回，让人除了蒙，再给不出第二反应。品着茶的众老板也安静下来，莫名其妙地看这边。

陆以尧依然没有完全回神，只能愣愣道：“陆国明是我爸。”

陈老板一拍大腿，恍然大悟：“我就说嘛，你看着眼熟，你和你爸简直一个模子刻出来的！”

陆以尧觉得这话要是被一直说“儿子随我”的樊女士听见，会发飙。

但更让他惊讶的是：“您认识我爸？”

完全没弄清楚状况的其他人也问：“陆国明是谁？”

陈老板一脸“世界真是太小了”的感慨，先给老朋友们解释：“就是我总和你们说的，我喝茶认识的老陆，每回想约过来都因为太忙约不到的那个。”

刘老板皱眉，好像有点印象：“坚持实业救国的那个？”

“对，”一说到这个陈老板就郁闷，“我和他说多少回了，现在文化产业才是朝阳产业，每天都有新的资本涌入，晚了就分不着这块蛋糕了，你猜他和我说什么？”没等老伙伴们回答，陈老板直接看向陆以尧又问一遍：“你猜你爸和我说什么？”

陆以尧猜不出来，他只知道：“应该不会太好听。”

“果然是亲儿子，”陈老板一拍陆以尧肩膀，“你爸说，我不吃蛋糕，我有糖尿病。”

陈老板学得惟妙惟肖，以至于有那么几秒，陆以尧还以为拍着自己肩膀的是亲爹。众老板一口茶水喷出，陆以尧心情复杂。这么噎人的风格，以及对实业的狂热和对娱乐圈的不屑，是自己亲爹无误了。然而，世界那么大，他偏就打进了亲爹的朋友圈，这感觉还真是一言难尽。

有了亲爹的光环加持，本就面容和蔼的陈老板对他的态度近乎慈祥了，就像长辈照顾晚辈那样，给了他许多提点，当然过程中也探寻了一下为什么他爸看不上娱乐业，他这个儿子却一头扎进来了。

陆以尧只能说两代人总归在认知上存有差异，但是他爸非常尊重他，所以虽然未必全认同他的选择，依然鼎力支持。说完陆以尧都觉得他爸应该给他包个红包，以表彰他维护了亲爹的高大形象。

虽然在场只有陈老板一个认识他爹，但其他人是陈老板的朋友，所以到最后，就都拿陆以尧当朋友的儿子看了，言语之间也少了客套，多了一些亲切。

茶会临散的时候，那个最初问他为什么不兼顾演艺事业的刘老板把他拉到一边，给了一些并非宏观层面，而是切实可操作的意见。他说如果我是你，第一部戏就不求稳，而求精，别不舍得花钱，你省的每一分钱，都会在成品里反映出来，也别担心赔钱，只要口碑好，赔钱也赚到了吆喝，第二部你就能几倍甚至十几倍地赚回来。

回去之后，陆以尧一直在琢磨对方的话，直到霍云滔打电话过来问他公司近况如何，他才把这事儿跟友人讲了。

霍云滔听完，只一个感觉：“你这辈子都逃不脱你爹的魔爪了……”

陆以尧窘：“我是在和你探讨我公司的未来。”

“哥们儿，隔行如隔山，让我帮你想该做一个什么样的电视剧或者电影，就和让你这个路痴找东南西北一样，难。”霍云滔说着话锋一转，“不过投钱行，资金不够可以找我。”

陆以尧乐了：“嗯，这个提议很有参考价值。”

互相揶揄完，霍云滔才问：“当老板的感觉怎么样？”

陆以尧叹口气：“就一个字，忙。”

霍云滔：“比你当明星还忙？”

陆以尧：“不一样，以前拍戏也好赶通告也好，忙完一个就是一个，跟做任务似的，有始有终，现在是看不到终点，感觉忙得没有尽头，而且累心。”

霍云滔：“后悔了？”

陆以尧：“忙并爽着。”

霍云滔：“你个变态。”

陆以尧笑，疲惫地揉揉太阳穴，安静半晌，道：“老霍，记不记得我以前和你说过，小时候我爸天天不回家，或者回来我也已经睡了，一个月都见不着他几回。”

“嗯，你说你不相信一个人能忙到不回家，你觉得他是故意的，根本就不想和你妈好好过了。”霍云滔低下声音，半认真半揶揄道，“怎么，现在相信了？”

“相信但不原谅，”陆以尧坚持，“我妈提离婚只是赌气，他有很多机会可以挽回的，但是他没有。”

“而且还故意把你送到国外，害你和你妈分开。”霍云滔对友人的这些过往很清楚，“怎么好端端提起这些？”

“虽然有不能原谅的点，但我也在想，我对他的看法是不是太片面了。”陆以尧道，“我只从我的角度看了他，但我没有试着去了解他究竟是一个怎么样的人，从茶会上听见别人说他的时候，会感觉很陌生，好像那不是我认识的我爸。”

霍云滔最佩服友人的一点，就是这种反思精神，简直让他这种不思进取的人无地自容。

“那就别光坐在这里想了，多回家，多沟通。”这也是霍云滔的经验，回国这一年多快两年的时间，他天天跟爹妈一个屋檐底下住着，反而比在国外的时候，更能互相理解了。

咚咚。有人敲办公室的门。

陆以尧直接道："进来。"

电话那头的霍云滔一听便懂了，说了声"不耽误你奋斗了"，便挂了电话。进来的是李同，拿着手机，开门见山道："陆总，《凛冬记》定档发布会视频出来了。"

陆以尧点点头，道："行，我等会儿自己刷。"

李同等了下，见没有其他交代，便转身离开。目送小助理离开，陆以尧把办公室的遮阳帘放下来，隔绝外界繁杂。然后他才坐回办公桌后面，拿过手机刷微博，很快看到了《凛冬记》官方微博发的定档发布会视频——

【炎铁锤砸落新四季，小少年冲破九重天！《凛冬记》定档 2.5（大年初一）！点击视频链接……@冉霖 @江沂 @黄……】

随着冉霖在视频中的舞台上现身，陆以尧感觉连日来的疲惫都散了。

出席发布会的冉霖一身定制西装，英俊，优雅，不知是不是发型的缘故，竟带了一点轻熟男的味道。

发布会的流程大同小异，无非是介绍电影、做游戏、与观众互动、主持人提问这些。但在主持人提问环节，除了事先准备好的问题，还有几道附加问题，都是现场从观众中搜集来的，其中一道是问冉霖的。

主持人："去年网上已经有了你当初试戏的片段，你当时抱着一只绿色青蛙公仔，哭得特别有感染力……"

主持人的问题还没真正出来，冉霖就已经抿嘴乐了。陆以尧总觉得哪里不对，冉霖的笑容就像做了坏事却没被发现的得意……

主持人："这位叫尧爱一生的观众想问你，怎么才能对着公仔哭出来呢，当时心理活动是什么样的？"

冉霖听见尧爱一生的时候愣了下，表情似没有变化，但陆以尧总觉得他嘴角的笑更甜了。

"其实最开始我也哭不出来，"拿起话筒的冉霖，声音清亮，透着动听，"后来我就试着把公仔想成真实的人，想成是对我十分重要的人为救我而受伤，眼泪一下子就收不住了。"

主持人："我们都见过那个公仔，颜色实在是很醒目，这样不会干扰你入戏吗？"

冉霖："还好，其实当你入戏之后，你会觉得你脑补的人和你抱着的公仔，其实是有一些气质上的相似的。"

主持人：“所以你当时把公仔想象成了谁？”

冉霖：“这个不能说……”

不知道是不是错觉，陆以尧总感觉冉霖看了一眼镜头，然后才对着主持人笑道：“我这个朋友特别玻璃心，说了怕他受不了。”

主持人立刻掏出手机调出当时的公仔照，不怀好意道：“摄影大哥，麻烦给个特写。嗯，看这个发布会视频的冉霖朋友们注意了，如果有气质和图片里公仔相似的，不用怀疑，冉霖试戏的时候想的就是你。”

陆以尧看着摄影师尽职尽责给的那个特写，丝毫没往自己身上怀疑，毕竟自己颜值气质都在那里摆着呢，和青蛙公仔完全是一个天上一个地下。然而后面看完视频，起身去卫生间的时候，陆以尧还是在洗手池前下意识照了镜子。

陆以尧看《凛冬记》定档发布会视频的时候，冉霖和江沂正作为嘉宾，在录制一期综艺。这期会在临过年之前播，为大年初一上映的《凛冬记》做宣传。录完回酒店已经是深夜，他才有时间刷刷微博，结果一刷，发现《薄荷绿》将先导预告片和定档发布会一起发了，和《凛冬记》几乎是前后脚，打擂台的意味简直再明显不过。

《薄荷绿》的先导预告片也是1分钟左右，然而和《凛冬记》的画风完全不同，画面没有那样明亮，带一些现实感的色调，夕阳、草地、树影、安静的校园、喧嚣的城市。不过同《凛冬记》第一弹先导预告一样，预告片里也没把真正的冲突剪进去，从头到尾渲染的都是青春的迷茫，还没有透露一丝躁动。与《凛冬记》发布时，大家都谈论特效，偶尔对比一下剧版不同，《薄荷绿》一发，书粉蜂拥而至，1分钟的预告片里看不太出来剧情，只能从演员造型和氛围上讨论——

【啊啊啊啊啊，我最喜欢的小说啊，求不毁！】

【氛围挺有感觉的，但张北辰不是我心中的李熠。】

【我觉得张北辰挺符合李熠的，期待电影。】

【听说删掉了李衍？为什么！我最喜欢他啊……】

【张北辰就是李煜，不服来辩！】

网友们讨论得热烈，可冉霖点开发布会，却觉得有点冷清，因为男一号没出现，发布会全程就靠女一号和男二女二撑场。

主持人给的理由是张北辰身体不适，无法判定是真的还是托词。

张北辰的微博没有任何动静，只是按部就班转发薄荷绿官方微博的各种宣传，看不出是他本人转发的还是宣传团队代劳。

围观群众并不知道这些电影背后的事情，他们只知道《凛冬记》和《薄荷绿》都要在大年初一上映了。大年初一上映的电影还有其他几部，但目前铺天盖地的宣传攻势里，就属这两部电影的存在感最强，也最被期待。

1 月下旬，冉霖就开始了路演，跟着《凛冬记》主创跑了一个又一个城市，做活动，做宣传，几乎是不停歇地跑到了过年。

2 月 4 日，除夕夜。已在亲妈和亲妹那边待了两天的陆以尧，拿着大包小包回到了亲爹这边，有一些是他买的东西，有一些是从亲妈亲妹那边顺来的东西。陆以尧进门的时候，已是傍晚，阿姨在厨房准备年夜饭，陆国明坐在客厅里看电视。

陆以尧把东西放下，走过去道：“爸，我回来了。”

陆国明抬头看他一眼：“嗯。”

若在平时，这样交流完也就差不多了，接下来的时间就是所有人都在安静的空气里做自己的事情，假装并没有什么不妥，但谁都知道其实很难挨。

不过或许是陆以尧存了交流的心思，想趁这个机会把转行的事情也跟亲爹分享一下，便没离开，而是直接坐到了旁边的沙发里。

陆国明瞥过来，眉毛动了动。陆以尧看得出，亲爹有点意外。他们已经这样疏离淡漠地过了许多个春节，忽然要走天伦模式，陆以尧其实也有点紧张。

“我听说你要转行？”

没等陆以尧开口，陆国明倒先说话了，虽然语气没有太大波动，但这样简单粗暴直奔主题还是让陆以尧有点吃不消。

几个月没见的父子，好歹铺垫一下吧……

“嗯，不做演员了。”话一出口，陆以尧就明白了，他是对方的亲儿子。

陆国明微微皱起眉，不重，说明他的心情还可以，但仍有些不满：“既然不做演员了，想从商，为什么还要在娱乐圈里混？”

“我喜欢这一行。”陆以尧几乎没犹豫。

陆国明冷哼一声，又是一贯的不屑。若在从前，谈到这里就算是崩了，但陆以尧也不知道是大过年的气氛好，还是自己这两年变坚韧了，竟觉得气氛还可以，是个能够继续往下交流的状态，故而一叹：“你这么不喜欢娱乐圈，难为老陈还能跟你做朋友。”

陆国明脸色微变，就像是一直固若金汤的父亲威严忽然被儿子抠到了裂缝：“老陈是你叫的吗？没规矩。”

“行，陈叔。”陆以尧变得倒快，然后好奇地跟亲爹打听，“他怎么和你说我的？”

亲妈亲妹早就知道的事情，亲爹这会儿才知道，自然不可能是那边走漏的风声，唯一的信息源就只剩下慈眉善目的陈老板。而且陆以尧都能脑补陈老板给自己亲爹打电话的状态，一定是先夸“你有个好儿子”，然后吐槽“有儿子在圈里也不说，说了我还能照应照应”，最后再老生常谈“真的可以考虑投资几个圈里的项目”。

但自己预见，和从亲爹口里说出来，感受是截然不同的。陆以尧还没从亲爹嘴里听见过什么夸奖呢！

“老陈没说什么。”好半天，陆国明才扔出来这么干巴巴的一句。

陆以尧窘，无奈道：“起码说了我要转行吧，不然你怎么知道的？”

陆国明皱眉，这回是真的千沟万壑了：“知道还问。”

陆以尧没像以往那样觉得亲爹难沟通，反而觉得有趣，因为他发现自己好像捕捉到亲爹的逻辑模式了——在亲爹这里，爹就是爹，必须是威严的，说一不二的，绝对正面高大的形象。任何一点私人的柔软的不那么高大的东西，比如在友人面前的状态，都不能出现在他这个儿子面前，一旦出现，或者被窥见一点，都会让亲爹没有安全感。所以小时候每次父母吵架，亲爹都会先把自己和妹妹赶回房间里，因为亲妈是不会给他留面子的，更不幸的是，胜利的也几乎都是樊女士，因为每次吵完架都是亲妈笑盈盈走进房间把他们两个抱出来。小时候的陆以尧，对这样不苟言笑的父亲是害怕，待到了青春期，害怕就变成了叛逆，而现在，既不害怕，也过了叛逆期的陆以尧，再坐下来看自己亲爹，终于有了新的发现。

“吃饭了——”阿姨的声音随着满溢的菜香飘过来。

陆以尧先一步起身，一边走一边道：“闻着味就饿了——”

语毕已经走到跟前的陆以尧，给了阿姨一个大大拥抱，然后洗手，落座。

过了好一会儿，陆国明才慢吞吞过来，坐下之后也没想说话，拿起碗筷就吃，结果刚放一块鱼到嘴里，就听见儿子道——

“对了，陈叔很厉害，他不知道我名字，也不认识我，单纯看我的长相就把我认出来了，说我和你简直一个模子刻出来的。”

陆国明莫名其妙，想也不想就道：“老陈什么眼神，你要像我还能当明星吗？你眉毛鼻子眼睛都……咳咳咳咳——”

陆以尧原本乐呵着呢，被亲爹突如其来的咳嗽给吓着了，连忙起身绕过去帮他顺后背。终于，亲爹的咳嗽停住，陆以尧连忙把阿姨递过来的水给亲爹喝。陆国明只喝了一口，就摆摆手。

陆以尧见他还紧皱眉头，担心道：“爸，你怎么样，没事吧？”

陆国明终于抬头，但神色痛苦，好半天才艰难抬手指指喉咙：“卡着……鱼刺了……”

大年二十九，陆家父子难得的“天伦时刻”，夭折于一根鱼刺。

扎鱼刺容易，一口鱼就行，拔鱼刺也容易，医生用小木板一压你的舌头，灯一照，镊子一夹，最多两三秒的事。但不知为什么，几乎所有人在找医生拔鱼刺之前，都要先尝试一下吞咽米饭、馒头、醋等神奇做法。

有些鱼刺不粗不硬的，或许这样一折腾，也就随着巧劲儿下去了，但遇上战斗力强的，只会让扎刺者越来越痛苦——比如陆国明。

到最后亲爹不得不承认，鱼刺比自己坚强，只得同意陆以尧找家庭医生过来。事实上那时候陆以尧已经偷偷给孟医生打过电话了。

大过年把人请来，虽说是多年交情，陆国明也很过意不去，孟医生倒医者仁心，不仅没抱怨，还温和提醒，下次吃鱼别太急，注意刺。

回头趁着终于解除了鱼刺痛苦的陆国明去卫生间的时候，把难得一见的陆以尧拉到一旁，告诉他陆国明这一年的心脏状况不是很好，主要原因是长期疲劳得不到休息，其次就是性格爱生气，也会伤肝伤身，让他这个儿子劝劝，年纪大了，就别那么累。

陆以尧连声道谢，顺便给孟医生拜了年，本想亲自送他回去，孟医生说自己开了车，便没用。送走好端端过着除夕被唤过来的孟医生，陆以尧再回来，陆国明已经坐回餐桌。

陆以尧静静看着亲爹，第一次发现，记忆中那个威严得会让他倍感压力的男人，老了，而他竟然连对方是什么时候变老的，都没有察觉。

饭菜已经凉了，阿姨准备重新去热。

陆以尧借着帮阿姨的名头，不言不语把那盘鱼端走了，结果刚走到厨房那边，还没等他和阿姨说这个不用热了，就听见亲爹高声道——

“先热鱼，我还没吃完呢——”

陆以尧总算知道自己百折不回的执著是从哪里继承来的了。

# 第五十三章

冉霖已经预见到这会是一个忙碌的除夕，但也没想到会悲催得在飞机场过。航班延误，整个《凛冬记》路演的主创团队都被困在了机场，明天电影就要正式上映了，他们需要在最短的时间内赶回北京。

大部分工作人员都在候机大厅里等待，他和几个主要演员则被安排在贵宾休息室里等。路演的疲惫和飞机延误的郁闷，打消了本就少得可怜的过年喜庆，贵宾休息室里的同行都窝在不同处的沙发里补眠，只江沂在角落里和男友甜蜜讲电话。

冉霖看看时间，晚上 11 点。除夕夜的贵宾休息室里除了他们，再无旁人，冉霖挑了个距离大部队最远的靠窗角落，窝进单人沙发里。窗外的机场跑道与往日没有任何不同，看不出还有一个小时，便要跨入新年。

冉霖拿出手机，拨通了老妈的电话。

听筒里响了一会儿，才接，春晚热闹的背景音里，是老妈中气十足的声音："喂——"

冉霖弯了嘴角，温柔道："还没睡？"

那头立刻大声问："什么——"

冉霖窘，满腔柔情被打碎，也只能提高音量，一点没情调地问："还没睡？"

"我和你爸刚吃完，"亲妈总算把电视声音调小一些，"这就准备睡了。"

这几年随着年纪增长，父母已经不执著于守岁了，太晚休息会让他们的身体吃不消。即便冉霖在家的时候，也是一家人其乐融融，差不多到了 10 点或 11 点，就休息了，转天起床，冉霖再给父母拜年。

"你在哪呢？"吕清接电话的时候没觉出什么，等到把自家电视机调低音量，就听见儿子那边类似广播通知的声音了。

"机场呢，"冉霖实话实说，"飞机晚点了。"

吕清心疼起来："那你就在机场过年啊？"

冉霖轻声叹息："是啊，你儿子多可怜。"

吕清："我和你爸天天 4 点就得起来蒸包子呢，钱哪有好赚的。"

这是亲妈还是经纪公司啊！

"行了，精神起来，"吕清提高声音，就像往日在店里招呼街坊们那样，让人听了就心情舒朗，劲头十足，"大过年的，得喜庆！"

“行。”冉霖带着笑意应，对亲妈完全没辙。

“对了儿子，妈已经把电影票买完了，一共三拨，明天上午先带着你叔你姑他们几家子去，下午带你舅你姨他们几家子去，明天是你何姨周姨孙姨李姨……”

“这几个姨就不用了吧。”自己家人来捧场无可厚非，冉霖总觉得亲妈这几个闺蜜未必会喜欢被这么强行“秀儿子”。

吕清：“我就随便说一嘴，是你这几个姨非要去看，你周姨还说呢，从小就看你有出息……”

冉霖总感觉亲妈的“随便说一嘴”不是那么可信。另外，自己下次回家，还是不要去找那几个姨家的发小玩了，作为“别人家孩子”，容易被围殴。

虽然心里吐槽，可听着亲妈念叨里的各种自豪，冉霖又觉得眼睛发热。作为子女，最骄傲的事情莫过于，父母以你为骄傲。

“妈……”冉霖低低出声。

“嗯？”吕清停下话头。

冉霖也不知道自己想说什么，就是单纯想喊一声，好半晌，才没头没脑说一句：“该不会三拨都由你带着吧？”

“当然得我带着，”亲妈毫不含糊，“这都多少年没看过电影了，我买票的时候才摸清电影院的门，他们没我带着肯定迷糊。”

冉霖窘：“那你不是要看三遍？”

“这是我儿子！”吕清莫名其妙，“看三百遍我也觉得好看！”

怎么感觉亲妈不是夸自己，而是要帮爱豆跟自己这个路人撕。

“你还能不能说完了？”电话里传来亲爹的声音，一听就是耐心耗尽，等不及了。

“行行行，给你。”亲妈满是嫌弃地把电话交过去。

冉霖乐：“爸……”

冉义民：“嗯？”

冉霖：“过年也不能喝太多。”

冉义民：“知道，你妈从早念叨到晚。”

冉霖突然陷入沉默。

冉义民也突然陷入沉默。

吕清：“你说不说，不说话就把手机给我——”

终于恋恋不舍结束通话的时候冉霖想，自己爹妈之所以能在一起过一辈子，应该就是在话多话少上比较互补。

江沂还在煲电话粥。冉霖远远看着她，想的却是陆以尧。

陆以尧今天在亲爹那里过，冉霖脑补不出这对父子相处的场面，虽然陆以尧总说他们父子相处除了冷场，没别的，但板着脸的陆以尧，其实还挺难想象的。随手拍了张空旷的贵宾休息室，冉霖把照片配着泪奔的表情包，给陆以尧发了过去。

陆国明自己一个人，把整条鱼吃得只剩下鱼刺。陆以尧觉得如果不是亲爹怕再被卡住，能连鱼刺一起消灭了。

整个过程中他一直提心吊胆，生怕再麻烦孟医生，幸而亲爹没在一个坑里摔倒两次，也让已经离开的孟医生过一个消停年。

然而经过这么一折腾，再没有特别好的机会可以提起自己改行的话题。毕竟连亲妈都会在第一时间问出既然想做生意，为什么不去帮她的质疑，亲爹只会质疑得更强势，鉴于气氛难得融洽，陆以尧不想破坏。

孟医生临走时千万叮嘱要多休息，所以吃完这顿中途被打断的饭，陆以尧看看时间，已经不早，便和阿姨一起赶着亲爹回房休息。亲爹黑脸皱眉满腔不愿，却还是上了楼，估计也觉出自己没那么老当益壮了。

不料进屋之前，又返回来扶着 2 楼栏杆往下面客厅里看。正目送着亲爹的陆以尧自然察觉，抬头迎去：“嗯？”

陆国明脸上闪过一丝别扭，却还是沉声开口：“资金不够就说话，别拉什么乱七八糟的投资，第一个项目权当练手，不用怕赔。”

说完不等儿子反应，直接转身回房，徒留陆以尧一人在客厅里蒙圈。阿姨带着笑意收拾碗筷，不去打扰陆以尧“领会精神”。结果等收拾完了，桌明几净，见陆以尧还呆呆站在那儿，阿姨只得出声道：“早点睡吧。”

陆以尧总算回过神，看一眼忍着笑的阿姨，有点窘，道：“没事，我还不困，你先休息吧。”

待到阿姨也回房，整个别墅重新安静下来。

陆以尧关掉大灯，只留散发着柔和光线的夜灯。落地窗外的院子里挂着大红灯笼，灯笼的红和夜灯的蓝，交织成如梦似幻的光影。抬头看了看亲爹卧室的方向，陆以尧也说不清自己什么心情，有温暖，有踏实，有惊喜，有庆幸，也有对曾经年少无知的后悔，以及仍残留着的“为什么你们偏要离婚”的丝丝怨念。如果两个人都重组家庭也罢，但离婚十几年，双方都没有再找，亲妈直到现在提起亲爹还牙根痒痒，亲爹直到现在还留着镶着实木框的结婚照，只不过从原本挂在卧室墙上，变成摘下来翻过去背着立在墙角，完美地诠释了掩耳盗铃。

事情憋在心里不摊开来讲，这种虐人虐己的杀伤力足以毁天灭地——这是陆以尧从爹妈那里吸收的最惨痛深刻的教训。所以在感情路上，他一直拿这两人当反面典型。想也无用，毕竟感情的事情只能自己解决，谁也插不上手。

轻声叹息后，陆以尧甩掉纷扰，看向放在玄关墙脚处的手提袋——那是他从妹妹那里顺来的“好东西”，准备和冉霖一起分享的。

叮咚。清脆的提示音在静谧的客厅里，仿佛带了回响。

陆以尧不自觉带上笑容，立刻走到置物台上拿起手机，准备迎接冉霖“已经安全到家”的信息，结果打开一看，还在机场，而且还不是北京的机场。

【航班延误了？】——作为同行，陆以尧经验丰富。

冉霖——【泪奔。】

陆以尧——【方便视频吗？】

冉霖——【方便，等我插耳机，连你。】

趁着对方还没发来视频邀请，陆以尧以最快速度捞过玄关衣架上的外套裹好，拎起手提袋去了屋后的露天庭院。没等走到，视频邀请提示音已经响起，陆以尧由走变小跑，快速抵达后院，才放下手提袋，接通视频。

冉霖看见他呼出的白气，先是诧异：“你在外面？”结果等发现陆以尧呼吸不稳，白气明显急促往外呼的时候，就窘了起来，“除夕……夜跑？”

“我在自己家后院。”陆以尧白他一眼，有点后悔没带自拍杆出来，这会儿举着手机，能明显感觉到手指的热度正飞快流失。

“你爸呢？”冉霖只觉得屏幕里黑乎乎一片，也就陆老师的脸能在这样打光严重不足的情况下依旧透着一丝帅。

“休息去了，上年纪了熬夜不好。”为维护亲爹光辉形象，陆以尧没把一根鱼刺引发的骚乱告诉对方。

“那你在后院做什么？”冉霖不懂。

陆以尧的呼吸逐渐平稳，低声道：“陪你守岁。”

冉霖哭笑不得：“那也不用大半夜吹风啊，屋里一样守。”

陆以尧凑近手机屏，微微眯起的眼里带着得意：“但是屋里放不了烟花。”

冉霖怔住。只见陆以尧把电话立在半米高的某处，可能长椅或者花架上，然后从一个大手提袋里拿出六七个形态各异的烟花，放到旁边地上，待片刻思索后，挑了个圆柱形的拿到院子中央，转眼间，一个打火机就变戏法似的出现在手中。

“别眨眼……”陆以尧远远对着电话说着，然后飞快用打火机点燃引信。

冉霖没眨眼，所以很清楚看到点着烟花的陆老师嗒嗒嗒跑过来，把手机举起，镜头向上，对准浩瀚星空。

嗞嗞嗞——

几乎是刚看见星空，冉霖就听见了烟花的声响。

一颗心在强烈的期待中扑通扑通乱跳。

嗞嗞嗞——

星空还是星空。

嗞嗞嗞——

没有半点礼花在天空炸开，安静的星空此刻看来，有少许尴尬。

冉霖本不忍心破坏气氛，但听了半天音效却不见视觉特效，实在落差有点大。正欲出声，视频里的画面突然晃动起来，很快，视角就被从天上调整回了地面，冉霖也终于来得及捕捉最后几秒“圣诞树”一样的烟花，呃，“圣诞小树”可能更恰当。

终于烟花熄灭，嗞嗞嗞的余音也随风消失在夜空，视频里才终于出现陆以尧表情复杂的脸。

冉霖问：“什么情况？”

陆以尧皱眉，良久，不死心道：“我再试一个。”

显然他也不知道问题出在哪里。冉霖耐心等待第二个烟花，这回陆以尧学聪明了，镜头一直对准地面。于是两个人共同见证了烟花燃放全过程——先是引信燃烧，接着释放出漂亮烟花，但还不如上一个，好歹有个喷涌的小圣诞树的形状，这一个释放的烟花，不往上喷，而是往四周甩，释放的热能转化成动能，让扁圆形的烟花盒本身成了一个旋转的陀螺，带着绚烂光彩在地上转圈圈，各种转圈圈……很美，很可爱，只是和两位青年预想中的“在天际盛开，满苍穹夺目光彩”有比较大的偏差。

“奇怪，昨天我妹放的时候效果不是这样的……”陆以尧站在夜风里百思不得其解。

“你确定你妹放的也是这种？”冉霖挑眉，“你把手机对着剩下的烟花，我看看包装。”

理亏的陆总只能乖乖去到手提袋旁边，蹲下来把手机镜头对准还没燃放的几个烟花，依次给特写。冉霖随着镜头，一个个看过包装上字体醒目的烟花名字——霹雳陀螺、仙女树、小鸭子……

“行了，”冉霖扶额，虽然那一个个烟花的个头都不小，但每一个名字都透着学龄前的童真，“都是儿童烟花。”

陆以尧窘，他拿的时候没多看，以为和陆以萌已经放完的那些是一样的……

冉霖记得陆以尧刚才说和昨天妹妹放的效果不一样，便猜测道：“这些都是萌萌给你的？”

陆以尧欲言又止了一会儿，才老实交代：“是她没放完剩下的，我都给顺过来了。”

冉霖：“那你现在知道她为什么会把这些剩下了吧。”

陆以尧：“完全理解了。”

虽然场面十分尴尬，可冉霖看着一脸一言难尽的陆以尧，又觉得可爱，带着笑意轻叹：“顺来的绚烂，总是要打点折的……”

陆以尧重重一点头。冉霖以为他要认命，不想对方又毫无预警抬头，眼睛里闪着顽皮的光：“那还要不要继续？”

冉霖没半点犹豫：“要。”

于是接下来的时间里，陆家后院被各种虽没气势如虹，却温暖可爱的小烟花们包围，嗞嗞嗞的燃放声，像除夕最美的音符。零点到来的时候，最后一个“仙女树”正在燃烧，喷出的如繁茂枝丫的烟花，映亮了大半个院子。

“陆以尧，”冉霖轻声开口，“过年好！”

屏幕上的烟花很快变成对方的脸：“过年好！”

冉霖微笑，道：“希望明年春节能和你一起过。”

陆以尧静静看了他一会儿，沉下声音：“去掉‘希望’和‘能’。”

大年初一上午，趁着街道上还没多少人的时候，给亲爹拜完年的陆以尧溜出家门，裹得严严实实去了家附近一处客流量没那么高的影院，偷偷看完了《凛冬记》。

影院虽然经营不善，但屏幕质量不俗，加上《凛冬记》本身的3D（三维）效果就不敷衍，实打实请的顶尖团队，所以一场电影看下来，酣畅淋漓。

不带任何滤镜，客观评价，陆以尧也会给这部片子打7.5分甚至是8分，钱都花在该花的地方了，没有简单粗暴地堆砌特效，追求视觉轰炸，而是让整个《凛冬记》的世界看起来够逼真，够漂亮。如果是抱着娱乐心态来看，这部片子画面够美，人物够仙，故事流畅，笑点泪点都到位。如果想从故事中挖掘点什么，那么影片中并未竭力渲染但也在各场景中不时暗示着的“觉醒”“反抗”“自由”等线索，也足够观众去挖掘。

从影院出来坐进车里，没等发动汽车，陆以尧先发了个微博——

【我家冉霖全世界最好：#凛冬记#三百六十度花式旋转安利《凛冬记》！国产大片的良心之作，剧情精彩，表演精湛，特效精美，观影体验惊艳，没刷的赶紧去刷，刷了的就去二刷！】

编辑好之后陆以尧来回检查三遍。嗯，毫无破绽。点击发送后，陆以尧放下手机，于心满意足中，驱车回家。

虽然“我家冉霖全世界最好”的粉丝只有一百来个，但无一例外都是燃面，所以陆以尧对安利的成功率还是非常乐观的。

这厢陆以尧偷偷观影，那厢滞留机场的冉霖也终于飞回北京。刚一落地，即刻跟着整个主创团队奔赴某黄金地段影院参加宣传活动——电影正式上映第一天，当头炮很重要。

或许是零点的烟花带有提升精神力的功效，整一天，冉霖都神清气爽，宣传活动也都圆满成功，而且在他们做宣传的影院，《凛冬记》的排片量也是最高的，虽然没有压倒性优势，但还是比《薄荷绿》高出几个百分点。

老妈知道他白天都在忙，没打电话，但从中午开始，一直到晚上，给他发了好几条微信——

“你姑说你在电影里看着太好看了！”

“你二叔中间差点被你拿的那个锤子吓着，就像真能打过来似的。”

“我看见好几个小姑娘和你的宣传板合影呢，那个是叫宣传板不？就是挺大的，电影名字和演员脑袋都在上面。”

“你舅看一半就出来了，没坚持住，说声音太大了心脏受不了……”

冉霖回到家已是凌晨 2 点，一条条听过亲妈的语音，乐不可支。尤其说到亲舅那条，他简直能脑补出对方被音效尤其是重低音折磨的心酸。要命的是亲妈还不知道从哪里查的攻略，得知票价最贵的是 IMAX，为了能多给他贡献票房，一水买的都是 IMAX（超大银幕技术）票，也难为亲戚们了。

洗了一个水温稍高的热水澡，冉霖这才彻底放松下来，累积了两天的疲惫也随之来袭。然而躺进床里之后，他还是拿过手机搜了一下《凛冬记》的票房。作为演员，演好电影，拿到片酬，再配合宣传，就算尽职尽责了。票房如何，那是资方的事情。可实际上，没有一个演员会不关心票房，因为票房意味着对作品的肯定，而作品是自己参与的作品。

现如今票房都是实时统计的，一搜，所有正在上映的影片票房一目了然——

《薄荷绿》累计票房 1.46 亿。

《凛冬记》累计票房 1.37 亿。

《××》累计票房 9214 万。

《××××》累计票房 7335 万。

《×××××》累计票房 4022 万……

排名前四的都是大年初一上映的电影，也就是截至目前都只上映了一天零三个小时，而前四名除了《薄荷绿》之外，剩下三部都是 3D 电影，单张票价还要比《薄荷绿》高一些，即便双方票房一样，也说明《薄荷绿》在观影人次上胜出，何况《薄荷绿》本身的票房还要领先一些。

目前影评还没大批量出炉，观众口碑也还没起来，影片票房主要靠宣发，然而在宣传发行上《凛冬记》并不逊色，那剩下的就是 IP（项目）自身的号召力了——《薄荷绿》原著小说的号召力还是远远高于《凛冬记》。

不过让冉霖意外的是其他几部电影，票房也并不低，相比于往年大年初一的“两三部影片领跑，其他影片做炮灰”，今年算是势均力敌了，所以票房分布得也比较平均，没有碾压式的单日冠军出现。

冉霖白天做宣传的时候已经发现了，影院的排片量相对平均，虽然在他做宣传的那个影院，《凛冬记》排片量最高，也没有将其他影片的排片空间碾压到不剩。这种均衡排片的原因通常是多部电影旗鼓相当，影院需要时间来观望究竟哪部片子会脱颖而出，然后再根据票房和口碑来调整排片。

显然，这是一个竞争非常激烈的新年档。冉霖还没有机会去看《薄荷绿》，只能在影评网站里刷刷评论。影评网站里的评论和微博里的评论往往带有不一样的气质，微博里有粉有黑有路人，有安利有拔草有围观，并不全然是针对影片本身的评价，而影评网站里则大多是已经看过的观众过来打分，虽然也有粉有黑，还不乏看也不看直接打一星或者五星的，但多数留言还是就影片评论，虽然后者往往吐槽起来更凶猛。

《薄荷绿》现阶段在网站的评分是7.4，对于国产青春片来说，是一个比较高的分数了。冉霖点开短评，果然全是犀利风——

【提前看的点映，比预期好，但其实还可以更好的，四星鼓励。】

【电影改编得还行，能看得进去，但原著最动人最灵气的那点东西没了，可惜。】

【张北辰在这里的表演让人眼前一亮，不知道是自己悟了还是导演调教得好。】

【我就想问为什么青春片里的演员们永远顶着一张沧桑脸！虽然这部电影在这方面已经有改善了，还是不到位，青春电影就要找十五六七八的少年啊！】

【我们的青春就是五年模拟三年高考，原著里学习压力和青春迷茫兼顾得很好，电影把剧情全集中在青春迷茫上了，请问你哪来那么多时间？不上课了？不做作业了？不补习了？不考试了？不背文言文了？为迷茫而迷茫，一星不送。】

【没看过原著，个人感觉这个故事有点平，不知道是故事本身就平，还是导演拍得太流水账了。】

【虽然没有狗血，但强行迷茫，对原著的删减太多，人物心理转变缺乏铺垫，三星。】

【改编成电视剧更好，电影时间太短，什么都想讲的结果就是什么都不够深入，草草带过的感觉。】

【不懂为什么删掉李衍，虽然原著里这个人物的戏份就不多，但真的是

一个妙人。】

【也就画面有点质感。青春期的迷茫，微妙的情愫，这些最主要的东西，毫无质感。两星给画面，一星给张北辰，演技在这里有突破，看得出下功夫了。】

【一直觉得《薄荷绿》很难影视化，今天去看了电影，果然还是应该相信自己的直觉。】

评论不算很差，很少有直接喷烂片的，但也没有很好，起码和它 7.4 的评分比，有点不太相称。正面评价基本都集中在画面和演员的表演上，尤其张北辰，好几条都说他的表演是亮点，而吐槽则集中在剧情上，并且都说出了自己的道理，这就证明观众感觉一致，不是为吐槽而吐槽。

冉霖往后翻了许多页，翻到最初的几页评论，看到一水的五星好评，大概知道 7.4 分怎么来的了。不过这也算是常态了，通常影片上映时，片方的宣发团队都会把自家影片的评分往上抬一抬，不会抬得太过分——毕竟组织再多人力也扛不住人民群众打分的汪洋大海，但多少会高一些，然后在影片中后期，或者下档之后，评分会慢慢趋于客观。当然也有确实口碑强劲的好片子，观众自愿自发过来打满分，卖安利。

把《薄荷绿》的页面都快翻烂了，冉霖也没下定决心要不要搜《凛冬记》。看别的影片被吐槽无压力，看自己影片甚至自己被吐槽，想想还是有点怯。

但是吐槽不会因为你的不看就不存在……冉霖在床上翻滚了几个来回，还是暗搓搓在搜索框里输入“凛冬记”，回车。

剧版和影版一起出来了，冉霖没点进剧版，只是看了一眼评分——5.2，影版评分则是——7.9。

看见评分的时候冉霖有点意外，虽然觉得或许评分里也含一些水分，但依然比他预想的高。点进页面，打开全部短评——

【国产制作不精良的魔幻大片别想再骗我的钱了，一星。PS. 强烈呼吁设置零星或者负一星！】

【原著就很难看，电影更没兴趣。】

【没看的就不要过来打分了，可以吗？看的零点场（对，除夕夜的我就是这么空虚），画面仙死了，全员演技在线，尤其冉霖，一直担心他太单薄，压不住这种角色，没想到该爆发的时候霸气侧漏！帅炸了！】

【以为精华都剪到预告片里了，没想到预告片才只是冰山一角。这才叫把钱花到该花的地方，请以后所有国产特效大片都来学习。】

【把十分原著拍到八分算及格，把五分原著拍到八分就是惊艳了。原著党轻拍，我是真觉得剧本改得好，特效和表演也跟得上，难得在电影院里看一部中途不想退场的国产大片。客观四星，多加一星鼓励。】

【看完就一个感觉，冉霖太帅了！】

【书粉表示电影只拍了原著的前三分之一，欣慰没有魔改，全部改动和原创的地方都很流畅，人物性格也和书中吻合，不知道后面有没有续集，如果有，会支持。】

【不夸张地说，代表了中国电影工业的顶级水平，特效摆脱了一贯的山寨和西方魔幻化，看得出很用心在制作东方仙境，诚意十足。故事虽然猜得到走向和结局，但该有的起伏、反转、高潮都恰到好处，笑点也设计得很聪明，不尴尬的幽默是很难得的。冉霖的表演很惊艳，当初选定他的人应该加一个鸡腿。】

【原本没想看这个，只是别的片子时间都对不上，现在很庆幸看了，简直惊喜。已经准备二刷了，好电影值得支持！】

【冉霖是怎么做到看着像弱受战斗起来像强攻的，反差萌啊！】

虽然说这里的大致画风和微博不同，但总也有跨界的，比如上面这条，冉霖怎么看着都像微博里的小天使。

刷着刷着，冉霖就睡着了，梦里又回到九重天，继续化身小石头去欺负北天帝。一觉睡到刘弯弯带着早点来敲门，冉霖打着哈欠爬起来，随便穿件衣服，给小助理开了门，接过热乎乎的包子和豆浆，转身放到了餐桌上，然后去卫生间洗脸刷牙。刘弯弯虽然看着比冉霖有活力，但也顶着淡淡黑眼圈，这些日子她不比冉霖轻松。

“希姐呢？”冉霖洗漱完毕出来，一边拧开豆浆喝，一边问。

“在车里补觉，让我一个人上来了。”刘弯弯回答。

冉霖点点头，这些日子天天飞来飞去，跟各种宣传活动，大家都辛苦。

静静看着冉霖啃了一会儿包子，刘弯弯突然道：“冉哥，你如果觉得太累，身体不舒服，一定要和我讲，千万别硬撑。”

冉霖不知道小助理怎么冒出这么一句，好笑道：“放心，我年轻力壮。”

“我没和你开玩笑，”刘弯弯正色起来，或者说是难得的严肃，“身体是革命的本钱，别总觉得自己扛得住，真出事了就晚了。”

冉霖觉出不对，放下啃了一半的包子，认真问：“出什么事了？”

刘弯弯估计自己老板昨天肯定回来就睡了，没刷微博热搜：“张北辰昨天在宣传《薄荷绿》的时候晕倒了，送医院之后一直昏迷，今天早上才醒过来。”

冉霖：“什么原因？”

刘弯弯：“不知道，就说是身体不适，醒了就没什么大碍了。我觉得肯定是太累了，然后就引发低血糖或者别的什么，他这阵子宣传《薄荷绿》，肯定和咱们一样忙。所以我就想啊，冉哥你如果觉得身体不舒服，一定要马上说，别等到突然晕倒，多吓人。”

冉霖蓦地想起前两年陆以尧也晕倒过，看来亚健康状态是艺人的通病。

“放心吧，只要觉得不舒服，我就跟你汇报。”冉霖望着助理，乖乖保证。

刘弯弯乐，半晌，收敛笑意，轻声问：“冉哥，你离开梦无涯之后，我还能跟着你吗？”

冉霖愣住，他从没和刘弯弯聊过解约以后的事，遂问道：“你不想试试别的工作吗，跟着我的话，可能一直都是助理。”

“我不知道别人当助理什么样，但我很喜欢这份工作，而且也能学习到很多。”刘弯弯说着抬眼，定定看向冉霖，“冉哥，只要你不退出娱乐圈，我就一直跟着你，未来你如果觉得我能力行了，当助理屈才，你就升级我当个经纪人助理什么的，经纪人也行。”

冉霖乐：“你给自己规划的职业路线还挺清晰，回头我得跟希姐说，你这天天想着抢班夺权呢！”

“这个职业路线就是希姐帮我规划的，”刘弯弯瞪着大眼睛，道，“而且我就算抢，也是抢你未来经纪人的饭碗，又不会抢希姐的。”

冉霖怔了下，有些东西闪过，幸而及时抓住了：“你这话什么意思？希姐和你说不做我经纪人了？”

刘弯弯半张着嘴，似乎没料到这事居然还是个秘密，眼里闪过懊恼。

冉霖眯起眼睛，语调微扬：“刘弯弯同志，你到底是谁的助理？”

“好啦，反正你迟早也会知道的，而且希姐也没让我保密，我还以为她已经和你说了呢！”刘弯弯撇撇嘴，和盘托出，“希姐打算等你和梦无涯解约，她也辞职，然后帮你物色个靠谱的经纪人，自己就放大假去了。”

冉霖茫然：“放多久？”

刘弯弯道：“她说要环球旅行……”

# 第五十四章

大年初一到初五，冉霖的宣传通告就没停过，直到初六这天，才有了半日休息，还要赶忙回梦无涯给老总拜年。老总喜笑颜开，显然这个年过得很是舒心，而后也没吝啬，给了他一个厚厚的利是红包，算是对去年的肯定，和对新一年的鼓励，冉霖接红包接得有点心虚。

回头拿着红包去了王希办公室，才和经纪人道："要不现在就提解约算了，越早提也越让公司有个心理准备，别临到期再突然说不续了，总觉得闪了公司一下。"

王希停下手里的工作，无奈看他："如果你现在提出要解约，只有一个结果。"

桌对面的冉霖身体前倾，凑近做贼似的小声问："什么结果？"

王希没好气地推了一下他的脑门："被雪藏。"

冉霖皱眉："就剩几个月了还雪藏什么。"

"《凛冬记》之后还有《染火》吧，到时候不让你宣传，不让你上通告，"王希斜眼看他，"你能怎么办？"

冉霖无言以对，他确实没办法。

"所以，听希姐的没错。"王希舒口气，拿起杯子喝水。

冉霖看着她脸上掩不住的疲惫，略一沉吟，开了口："我想一直听你的。"

这话来得突兀，没有任何前因后果，王希微微发愣，放下水杯后定定看了自家艺人半晌，忽然咻地眯了下眼睛："刘弯弯。"

没半点猜测或者疑问，完全是了然的肯定语气。冉霖在心里和小助理说了声对不起，然后便大大方方将对方出卖了："嗯。"

王希没好气地翻了个白眼，但她本来也没想瞒着冉霖，只是从定了这个打算之后，整个团队就一直在忙，没找到特别合适的机会开口："累了，想给自己放个假。"

"那我等你回来，"冉霖真心道，"你总不会放个假回来就改行吧？"

王希莞尔，起身把办公室的百叶帘都放下，隔绝掉外界眼光。重新坐回位子时，肩膀已放松下来，没了往日工作状态中的凌厉，连语气中都带上一些慵懒，仿佛他们不是在办公室，而是在某个私人空间，聊聊心里话："我从入这行就没正经放过假，这一次要把20年落下的都补上，说不定就不回来了，直接退休。"

冉霖黑线，无语地看着她。王希乐，伸手揉揉他的头发："你值得更好的合作伙伴，我和梦无涯都不行。”

冉霖心里不舍，本还想说些什么挽留，可看着王希眼里的坦然，还有因为暂时抽离工作状态而呈现的舒适与放松，又把想说的咽了下去。

每个人都会在人生的某个阶段做出一些选择和改变。放个大假，缓下节奏，全身心地享受生活，就是王希现在想要的，作为朋友，能做的只有祝福。

“收起你一脸的送别伤感，”王希好笑地白他一眼，“我还没要走呢！你现在该关心的是接下来的宣传，稍微有一丝松懈，都可能被《薄荷绿》逆袭。”

说到《薄荷绿》和《凛冬记》这两部电影自上映以来的交锋史，简直能用跌宕起伏来形容。初一初二这两天《薄荷绿》在票房上一直压着《凛冬记》，观影网站评分上却一直落后，口碑也有褒有贬，相较之下，《凛冬记》的好评更多。

转折点发生在初三。这一天《凛冬记》的票房全面逆袭，虽然当天的最终票房还没出来，但可以看到实时票房，反超《薄荷绿》已成定局。加上《凛冬记》口碑营销做得也不错，未来几乎可以预见的口碑票房双丰收。

然而就在当天晚上，一条长微博被刷上了热搜，题目简单粗暴：“凛冬记 KO（打败）薄荷绿，胜在哪里？”说是“KO（打败）”，通篇就真的往死里吹《凛冬记》，黑《薄荷绿》，虽然行文用看似中立客观的风格包装，但架不住句句槽点——

【第一，风格。《凛冬记》的风格完全符合大年初一的观影取向——娱乐大片。纵观历来大年初一档，特效大片鲜有失手，即便剧情再渣，只要特效过得去，都能收获不错的票房。何况《凛冬记》还是近几年国产大片里难得的剧情特效双加持的商业片。这样的电影会让观众在走出影院之后，觉得这个年过得更热闹，更痛快，更过瘾，锦上添花。反观《薄荷绿》，本身风格就是偏细腻，偏抒情，偏微妙青春心理的把握。然而大过年，能有多少观众静下心来体味影片想要传达的“青春期的迷茫”？无论影片质量如何，单在风格上，娱乐商业片 VS 青春情感片，前者就稳赢。】

【第二，故事。《凛冬记》的故事主旨是反抗，是自由，是对真相的执著追寻和不向命运低头的顽强。这样的主旨简单直接还热血，谁都可以理解和感受，甚至可以借由影片去满足现实生活中无法这样抗争命运的遗憾，获得精神慰藉。《薄荷绿》的故事参考第一条风格论时说的，“青春期的迷茫”，然而这只是90后甚至00后的青春，那么70后80后要怎么办，进入影院是为了看自己家熊孩子的青春？每一代都有自己独特的青春印记，没有任何青春片是可以跨越年龄层的，这是先天局限，也注定了《薄荷绿》无法获得比《凛冬记》更多的观众情感上的共鸣。】

【第三，影视化改编。《凛冬记》的剧本完美继承原著的精神内核，又大刀阔斧修改了原著中不甚出彩的若干情节，使之在不改变原著故事主线和人物性格的基础上，更利于影视化，也让整部影片的起承转合更自然，更紧凑，更环环相扣，几乎全程无尿点。《薄荷绿》在剧本上恰恰相反，不舍得或者说不敢动原著，除了做一些基本的减法，比如去掉了原著中的一些无关紧要的支线，其余几乎全部保留，这就让整部电影成了“原著小说的翻译”，无非是把文字变成影像，对于看过原著的人来说，观影过程完全没有惊喜……】

【第四……】

果然，这条热搜刚上去没多久，就有知名影评人看不过眼了，直接下场开怼——

【首先要承认，《凛冬记》和《薄荷绿》都是近几年国产片中的上乘之作，前者剧情流畅特效惊艳，后者情感细腻表达真诚，原本就是没什么可比性的片子，就像喝可乐不影响你吃沙拉一样，无奈都想抢滩新年档，难免被比较。但是比较可以，拉踩就太难看了。】

【第一，风格。谁说过年就不能去看情感细腻的现实题材影片？敢情我过年想思考一下青春和人生，就是不合群了？还有……】

【第二，故事。按照你的“情感共鸣论”，很多电影都不用拍了。我看犯罪电影，我自己没犯过罪或者没被犯罪过，就没资格看了，因为没共鸣啊！恐怖片也不用看了，反正咱们都没遇见过神经病或者鬼……这里你有一个最基本也是最致命的狭隘点，就是真正的好电影，是会给观众传递它想要表达的，并用影片本身的质量获得观众共鸣，而不是反过来，先选一个觉得会让大家有共鸣的题材或者点，然后再围绕这个构架故事……】

【第三，这点我都懒得喷你了，原来忠于原著在你这里是影视化的缺点，那资方当初买版权干吗，直接自己做个原创故事好了。不是说影视化不能二度创作，而且《凛冬记》本身的二度创作也不错，但既想吃IP（项目）热度的红利，又要标榜自己剧本改掉了多少原著的“缺点”，这就有点忘恩负义了。】

怼到最后，这位知名影评人已经几乎把那条“KO（打败）”的长微博看成《凛冬记》片方宣传团队搞的动作了，所以到最后与其说是怼长微博，不如说是怼《凛冬记》的宣传手段太难看。

正所谓物极必反，一个东西即便是真好，吹过了头，也会惹人反感，于是前两天口碑一直压制着《薄荷绿》的《凛冬记》，从这一撕开始，有了舆论反弹，而《薄荷绿》也至此收获了更多的肯定和好评。

冉霖不太相信那篇长微博是《凛冬记》宣传团队干的，因为实在是有点蠢，这个热搜不光败了《凛冬记》的好感，还给《薄荷绿》拉了一波同情分，更虐了一把《薄荷绿》的原著粉和影版粉，很多人开始在自己首页强烈安利。王希对此也有同感，所以更倾向于这是《薄荷绿》玩的手段。

但不管真相如何，三天后，也就是到了今天，大年初六，《薄荷绿》的评分已经升到7.5，而《凛冬记》的评分降到7.5，两部电影上映至今，第一次在评分上打平。

然而票房上，《凛冬记》3D（三维）电影的优势还是慢慢显露，与《薄荷绿》之间的票房差距稳步拉大。整个票房排行榜的格局也发生了明显变化——《凛冬记》和《薄荷绿》已经凭借强劲口碑脱颖而出，每天的票房都大幅度增长，而原本紧跟在后面的几部影片，票房增长断崖式放缓，最明显的就是影院的排片量，这两部电影已经形成了垄断。

这一切，就发生在短短六天中。王希说要警惕《薄荷绿》的逆袭不是没有道理的，因为如果未来它的口碑持续往高走，那谁也不知道它会分流走多少观众。要知道《薄荷绿》的投资是远低于《凛冬记》的，毕竟一个是青春片，一个是特效大片，这就注定了两部片子的盈利分水岭大相径庭，可能《薄荷绿》的票房只要达到4亿，便收回成本，开始盈利，而《凛冬记》或许要票房到了10亿之后，才能开始盈利。王希自然希望冉霖参演的电影能帮资方赚到更多的钱，这是演员价值的一部分。

“放心吧希姐，”冉霖跟经纪人表决心，“就是不吃不喝不睡觉，我也肯定要把宣传跑好了，吆喝起来，这个之后还有《染火》呢，我得霸屏！”

王希既欣慰又想乐：“给你嘚瑟的。”

冉霖说到做到，整个2月份，几乎是《凛冬记》所有主要演员里，跟宣传最多的一个，而且每次宣传都拼尽全力，没有哪一次是应付差事，走走过场。相比之下，《薄荷绿》在宣传的声势上就弱了一些，因为最主要的男一号张北辰，前半个月在医院休养，后半个月出院休养，几乎缺席了整个2月的宣传活动。

3月初，几部排片量已被挤压到近乎没空间的新年档电影，纷纷下档，而电影密钥的有效期通常也就是一个月，但《凛冬记》和《薄荷绿》却像约好了一样，都发出公告——延期一个月下档。也就是说这两部电影的片方都将密钥延期了一个月，意味着3月初应该下档的两部电影，会到4月初再下档。

此时，《凛冬记》的票房已近17亿，《薄荷绿》的票房则破了10亿大关，如果考虑到3D（三维）和普通电影在票价上的区别，那几乎可以说两部电影的排片量和上座率都是旗鼓相当的。

两部电影的主要演员都凭借各自影片刷了一大波人气，不过冉霖是收获人气最高的，因为他塑造的“小石头”和他本身的反差最大，很多被圈粉的观众都表示“没想到你是这样的冉霖”。

虽说电影延期，但其实宣传工作已经接近尾声，随着陆续有新电影上映，再跑宣传对影片票房已经没有多大意义，现在起作用的主要就是发酵起来的口碑了。

冉霖终于得空休息，也终于可以暗搓搓跑到影院，一睹《薄荷绿》的真容。那天是3月5日。一个月前，新年档全线上映，一个月中，他因为宣传活动无数次进出影院，却直到一个月后，才有机会亲自看一下那个曾经与自己擦肩的电影，而不是干巴巴地用手机刷各种评论。

冉霖买的是晚间场，抵达影院时，已近夜里10点。影院的人潮高峰已经过去，又不是节假日，只有七八个人随意坐在那里等待各自电影检票开场。商场的空调不知是不是随着营业时间结束而停了工，空气里带着3月的凉意，好在，爆米花微甜的香气又赢回一些温暖感。

冉霖穿着黑色羽绒服，戴着口罩，坐在角落毫不显眼。不过等候观影的都是一对对年轻情侣，沉浸在自己的二人世界里，也没谁会关注恋人以外的独行侠。终于，广播提示22点10分放映的《薄荷绿》开始检票。

冉霖和另外一对情侣同时起身，前后脚进场。偌大的影院里，只有他们三个人，堪比包场。冉霖按照买的票坐在了中间一排，那对情侣则去了最后一排。

随着灯光暗下，电影开始……整整125分钟，冉霖连一刻分神都没有。

或许是对这部电影的情感有些复杂，所以他专注到不愿错过任何一个镜头，时而会想，这里如果由自己来演会如何，会处理得比张北辰更好吗？时而会想，看剧本时，这里是这样的吗，为何不记得有这场戏？更多的时候则是在拿影片与自己当初看剧本时心里的预期比较，是完全一致，还是超过预期，抑或没有达到？这些不间断的心理活动，让他在字幕出现，影院灯亮起时，有些恍惚，一时不知今夕何夕。

直到那对小情侣从旁边的过道里走过，女孩儿回头看了一眼已经摘掉口罩的他，似有疑惑，又不敢确认。冉霖这才回过神，重新戴上口罩。也幸而扫地阿姨及时出现，分散了姑娘的注意力。

开车回到家之后，冉霖才彻底静下心来，回顾刚刚看过的《薄荷绿》。平心而论，这确实是一部细腻真诚的电影，影片氛围和演员表现都很棒，至于观影网站上集中在“没有表现原著气质”上的差评，冉霖觉得还是和原著中几条重要配角的线被削弱有关。最终呈现的影片，和自己当初看的剧本是有一些区别的。

冉霖不知道是导演自己的意思还是后面资方的意思，总之他清楚记得自己当时拿到的剧本，作为男一号，李熠的线也只占到65%左右，剩下还有几个配角的线，也兼顾得很好，并且他们遇见的问题和李熠遇见的问题并不全然相同，都有各自的代表性，也让电影探讨的青春问题更多元化。然而成片里，李熠的线大概占到了80%，也就是说张北辰的戏份增加了，但这就让剩下几个配角的线，失去了深入的空间，只能草草带过，在深度和力度上，都有一些缺憾。看过原著的人，应该会不满于原著的青春群像，被改成了张北辰个人的青春史；而没看过的人，可能会有一部分因为影片过于偏重张北辰这条线的“迷茫感”，而认为影片有些“为赋新词强说愁”，但大部分应该还是会有不错的观影感受。

起码冉霖看完，还挺喜欢的。如果是自己来演这部电影会呈现什么效果？冉霖不知道。这世上没有如果，哪怕看似离得很近的机会，最后仍没有抓住，那只能说明这个机会本就不是属于自己。

或许是刚看完《薄荷绿》的缘故，临睡觉之前，冉霖在微博里搜了一下张北辰的消息。发现在他出院以后，几乎就没有任何通告了，微博也只在出院当天更新了一条，告诉粉丝自己很好，让大家不用担心。

就在冉霖偷偷去看《薄荷绿》的转天，陆以尧终于实施了一直以来的计划——自掏腰包请全公司同仁去看《凛冬记》，并通过姚红之口暗示各员工，观影回来真喜欢的，可以在微博和朋友圈卖卖安利，不喜欢的，也最好看在免费观影的分上，卖卖安利。

陆以尧公司的员工对此毫不意外，因为他们都知道自己老总和冉霖关系铁。而且最近公司内部还总有传闻，说冉霖和梦无涯的合同马上到期，到期之后会签到这边来，也就是公司成立后，真正意义上的第一位签约艺人。

不过他们也就能八卦到这里了，因为自组织看完《凛冬记》之后，老板和整个公司都忙活起来——《裂月》定档在 3 月 28 日了。都说上阵亲兄弟，可能真是冥冥之中的缘分，同一时间，《染火》也宣布——定档 3 月 25 日。

《裂月》有 A 类电影节入围影片的加持——虽然最终并未得奖，但唯一入选华语片这个名头，已经可以让它在品质上有足够的底气。

《染火》则有名导何关，以及蛰伏一年多终于再现大银幕的顾杰，和刚刚在新年档大放异彩的《凛冬记》男主冉霖，三个爆点加持，来势汹汹。

两部电影又是紧挨着宣布的定档，完全是针锋相对，一时硝烟四起。最先开启宣传节奏的是《染火》片方，王希也跟着热度，带了一波《凛冬记》PK《染火》，冉霖自己左右互搏的讨论，而他和江沂的二度合作，也成了围观群众感兴趣的话题。《裂月》不甘示弱，紧随其后也开始了宣传攻势，主打的自然是陆以尧，尤其他是首次尝试人格分裂这样的角色，单是角色本身，已经让人很有想探究的欲望。

客观地说，两部电影的宣传都围绕着自己，没有提及对手，但营销号为了博眼球，频频把两部电影放到一起 PK，讨论票房前景，吃瓜群众看热闹无所谓，粉丝就不太高兴了，尤其是陆以尧的粉丝。

当时《裂月》入围电影节，而《凛冬记》正在舆论造势的时候，陆以尧和冉霖的粉丝已经有过小小交手，只是后来《薄荷绿》加入，《裂月》又没大面积铺开宣传，所以交锋不了了之。

如今，压抑已久的一些粉丝终于有了发挥空间——

【求不要再把两部电影放到一起说了！一部探讨人格分裂，一部黑色悬疑犯罪片，根本没有可比性，也别说什么兄弟情深，联手霸屏，我们陆神不需要跟谁联手。专注自家就这么难？】

【我真是受够了，冉霖是不是故意的，什么宣传都要带上陆以尧，没有陆神你家是不是就不会宣传了？】

【燃面才是已经忍很久了，请睁大你的眼睛，看看带节奏的都是营、销、号！燃面从来都是专注自家，冉霖2月份《凛冬记》一番，3月份《染火》双男主，还是跟何导合作，用得着带上陆以尧宣传吗？要带我们不会带顾杰？】

【绿林党瑟瑟发抖中……】

【同绿林党，不是说非要绿林在一起，但人家俩一直是很好的朋友，明眼人都看得出来，粉丝这么撕来撕去，才会真的让两个人尴尬吧。】

【吃瓜群众表示，你们会不会戏太多，电影还没上映，你们就撕起来了，那等电影上映，你们打算三次元约架？】

冉霖看见这些评论的时候，已是3月中旬。《染火》的路演宣传等活动正如火如荼展开，他和王希却忽然被紧急召回公司。回公司之后王希先被单独叫进了老总办公室。冉霖在王希办公室里等，无聊中刷微博，就看见了这些，心情那叫一个复杂。

闲着也是闲着，冉霖索性把这些评论截图下来，发给了夏新然——这种事情当然要找“亲朋好友”感慨，总不能发给陆以尧这个当事人，因为用脚指头想也知道，对方的感受只能和自己一样，复杂到一言难尽。

夏新然自从成立了自己的工作室，工作节奏放缓，不追求数量，只追求质量，所以年前忙完一部戏之后，这会儿还处于休息状态，时不时就骚扰冉霖一下，聊聊有的没的。

果然，友人很快回复——【哈哈哈哈哈哈哈哈！】

冉霖看着那一串毫无诚意的汉字，反思自己在交友上的选择是不是有点跑偏。

冉霖娴熟地在收藏里翻出“对方已将你拉黑”的表情包，回击。

不想对面没被表情包击溃，倒被萌得空了血槽——【啊啊啊啊好可爱，还有没还有没！】

冉霖决定满足友人，把“对方把你放出小黑屋”、“对方不想亲你”、“对方非要亲你”、“对方不想说话，并向你扔了一个裸男”、“对方开心地接住裸男”全部发了过去。

夏新然——【是我的错觉吗，为什么后面几个看着那么像情侣款，而且还都带着一个小狗爪！】

冉霖——【我不生产表情包，我只是表情包达人陆老师的搬运工。】

“冉哥，”刘弯弯直接推门进来，气喘吁吁里眉头深锁，不太像有好消息的模样，“老总喊你过去。”

冉霖问：“希姐还在里面？”

刘弯弯抿紧嘴唇，点头。因为已经有了些不太好的预感，所以当老总直截了当问他是不是已经找好下家，根本没打算跟梦无涯续约的时候，冉霖并不意外。眼下距离合同到期只剩三个多月，也是该摊开来的时候了。

冉霖不知道王希怎么跟老总沟通的，但能感觉到起了一些安抚作用，虽然老总的情绪不快，但也没真的说什么，只简单聊了下到期解约后，依然要配合合同期内签下的作品的宣传活动。

冉霖一听就明白了，指的就是《灯花传奇》，按照计划，该剧会在7月份上星播出。这是公司给他接下的戏，到时候他这个男一号如果不去宣传，锅还是要梦无涯背。配合宣传原本就是演员的义务，冉霖一口答应下来。

他也大概明白了，《灯花传奇》就是王希的谈判筹码，毕竟合同到期解约是合理合法的事情，梦无涯拦不住，而现在距离合同到期又只有三个多月了，梦无涯就算雪藏，也不会对冉霖造成什么影响，与其两败俱伤，不如和和气气。

3月21日，距离电影上映还有4天，《染火》在北京举办了首映礼。

3月25日，《染火》上映当天，《裂月》在北京举办了首映礼。

3月28日，《裂月》上映，《染火》票房破亿。

4月5日，清明小长假开始，好莱坞大片全面制霸，《裂月》和《染火》成了能在进口大片挤压中，票房稳步增长的国产片。

相比于《凛冬记》首日便破亿的新年档，3、4月确实是国产片容易成为炮灰的档期，一来有好几部质量上乘的进口大片，二来《染火》和《裂月》都是现实题材电影，虽然都有偶像鲜肉加持，可走的都是有些深沉的路子，前者黑色犯罪，后者探讨特殊人群，都不算是主流商业娱乐片，所以前者票房破亿用了三天半，后者用了三天。但在口碑慢慢发酵之后，票房就稳健起来。

而两部影片的好口碑都很均衡，那就是导演+剧本+演员，全面好评。演员的宣传团队自然是吹自己，但放到营销号那里，大家聚一堆才有看点——

【烂番茄影评工作室：4月档最惊喜的国产片是它们——《染火》烧脑，《裂月》乱心！漂流团男神，陆以尧、顾杰、冉霖，齐聚大银幕，总有一款适合你！深度分析两部电影好在哪里，不涉及剧透，可放心阅读……点击查

看全文。】

虽然网上总有带节奏的坏人，但也有好人。这一条长微博就写得客观中肯，既认可了影片的优点，也提出了专业性建议，最后还推荐大家去观影，简直业界良心，网友的评论也难得其乐融融——

【刚看过《裂月》，和预想的不同，却比预想的更好，同意博主说的，陆以尧奉献了出道至今最好的演技。】

【《染火》真心全程无尿点，顾杰穿警服太帅了！！！还有冉霖是怎么做到把小石头那么个天不怕地不怕的少年和狄江涛那么个丧到极致的待业青年都塑造得真实可信的，我看到后面才发现这俩是一个人演的。】

【从知道《裂月》入围 ×× 的时候就想看，幸亏没等太久。导演切入角度真诚，全片节奏很好，陆以尧的表演堪称惊艳，值得静下心来看的电影。】

【作为《染火》和《裂月》都看了的吃瓜群众，我个人更喜欢《染火》一点，纯属个人口味。但陆以尧一个小动作甚至一个眼神就能让你清楚分辨这是哪个人格，绝了。】

【只有我一个人喜欢江沂吗？真心觉得她演现代戏也很灵啊，这次转型很成功！】

【我不粉任何一个演员，我粉何导啊！何导就是拍科教片我也喜欢。】

【本来没想看，让你们说的，现在全想看了……】

【两部都看完了，让原博勾的，决定全去二刷。】

冉霖正看得咧着嘴乐，手机屏上忽然弹出陆以尧的信息——【睡了吗？】

已近夜里 12 点，冉霖精神抖擞地回复——【没。】

陆以尧——【哪里？】

冉霖——【家里。】

视频接通，陆以尧外套还没脱。

这阵子他也在跟着《裂月》主创跑宣传，所以冉霖立刻就懂了：“才收工？”

陆以尧点点头，没再继续这个话题，而是问：“你哪天没通告？”

冉霖条件反射答道：“得月底，之前要一直跑《染火》的宣传。”答完才反应过来，疑惑道，“怎么问这个？”

陆以尧沉吟片刻，道：“想和你去看电影。”

冉霖心里一颤，嘴上却故意调侃：“看《裂月》还是看《染火》？”

陆以尧早有答案："都看。我们两个，去看我们俩的电影。"

冉霖："好。"

这是冉霖听见过的，最动人的邀请。

# 第五十五章

4月下旬，《染火》和《裂月》的档期接近尾声，冉霖完成最后一场宣传通告那天，累计票房《染火》3.7亿，《裂月》3.02亿。在4月这个多部进口大片扎堆冲击的残酷战场，能拿到这个票房，已属不易，何况两部电影还都不是传统意义上的商业娱乐电影。

二者口碑不相伯仲，彼此间票房差距还是影片本身的风格决定的，《染火》更悬疑紧张，《裂月》更平实人文，故而对于只想周末放松一下的观众来说，若只能二选一，还是倾向于前者的多一些。

彻底完成通告宣传那天，北京雾霾黄色预警，车开在高架桥上，犹如腾入蓬莱仙境。糟糕的可视距离让所有车辆没了脾气，哪怕你是千万豪车，也得乖宝宝似的慢吞吞往前蹭，非想听油门轰鸣，那就只能挂空挡踩了。

通告结束的时候是下午4点半，结果到了冉霖公寓，已是晚上7点。通告的地点距离冉霖家最近，所以司机先送的他，待他下车时，王希和刘弯弯还在车上。

冉霖琢磨了一路，待到这里，定了主意，故而下车之后没关门，反而扶着车门转过身来，弯腰冲里面道："一起吃饭？"

王希和刘弯弯都没吃饭呢，本就前胸贴后背，让冉霖这么一问，实在想不出拒绝的理由。况且大家都心知肚明，6月将近，能三个人聚在一起吃饭的日子，过一天少一天了。司机乐得提前收工，回家跟媳妇孩子吃饭，三人则在冉霖公寓附近找了一处餐厅。王希本以为就是随便吃个饭，没想到刚吃两口，胃还没熨帖呢，就被自家艺人的"跳槽说明"给弄得差点噎着——

"你要去陆以尧的公司？！"

冉霖艰难咽了咽口水，道："希姐，我是跳槽不是退圈，你表情不用这么绝望。"

"如果你不想自己做工作室，想签公司，大公司有的是，为什么非要签陆以尧的呢？"王希知道陆以尧开公司了，虽然对方没大张旗鼓宣布，观众和粉丝都不清楚，但在业内这不是什么秘密，很多明星旗下公司还不止一个呢，但她没想到这会成为冉霖的选择。

"反正都是签公司……"冉霖说着想起落花中的台词，莞尔，"做生不如做熟。"

王希一想就是这么回事，但还是忍不住劝："我知道你和陆以尧关系好，但事业和友情是两码事，关系铁，不代表工作上也能合作愉快，况且你们也不是合作，你签给他，他就是你老板，兄弟变老板，很容易尴尬，甚至撕破脸，到后面连朋友都没的做。”

冉霖知道她是为自己好，正因为懂，所以才更希望经纪人能放心：“刘关张是兄弟，也不耽误关张帮刘打天下。确实有撕破脸的，但也有共赢的。”

王希怀疑挑眉：“你觉得你们能共赢？”

冉霖坦然微笑：“可以努力看看。”

王希叹口气，不想把话说得太明，但又怕自家艺人吃亏：“那你想过没有，一个公司本身的资源是有限的，能弄来的外部资源更是有限的，你觉得这些资源是会先紧着你，还是紧着你老板？”

“我。”冉霖不假思索就答。

王希扶额：“你哪来的自信？”

冉霖沉吟片刻，还是把陆以尧要转行的事情说了，一来《裂月》之后，陆以尧个人的演艺事业就算彻底停工了，观众和粉丝迟早也会察觉，转行并不是永远不能说的秘密，二来他也希望自家经纪人能放心，毕竟是要去环球旅行的，实在不必总惦记着他这些事。

陆以尧要转行的消息让刘弯弯张大嘴巴，良久不能消化，毕竟陆以尧正当红，实在看不出勇退激流的必要。王希倒在短暂的错愕之后，恍然大悟。难怪前阵子和几个投资人吃饭，有一个说自己的电视剧项目想找陆以尧来演，投资和制作阵容都很强大，给出的片酬也优厚，结果还是被婉拒了。王希当时以为陆以尧可能想彻底转战大银幕，不再演电视剧了，如今听冉霖这么一讲才明白过来，原来不是电视剧还是电影的问题，而是职业规划的根本问题。

“好可惜。”刘弯弯还是没忍住，惆怅一叹。

王希看她：“可惜什么？”

刘弯弯真心道：“他还不到三十岁，已经两部主演的电影入围国际电影节了，再奋斗几年，不，就这个选片眼光，再奋斗两年，说不定就是影帝了！”

王希歪头：“然后呢？”

“然后……”刘弯弯想了半天，还是觉得不好违背人家意愿，只得咕哝，“然后再转行呗。”

王希乐：“你都能看出来，姚红肯定早就给他分析透透的了，可他还是勇退激流了，那就说明影帝不是他的追求，商业骄子才是。”

刘弯弯纠结：“但演戏他已经成功了，转行很可能失败。”

王希下巴朝冉霖的方向一扬："这不有一个就要过去帮他赚钱了嘛！"

冉霖窘。刘弯弯被逗得一笑，可眼里分明还没完全认同。

王希索性问："如果让你选，影后和霸道女总裁，你想做哪一个？"

刘弯弯愣住。王希耐心等待，冉霖也好奇起来。

好半晌，刘弯弯终于想明白了，其实两个都很好，怎么选，全看个人喜好，人生不就是一场为了自己的奋斗嘛！

至于给出的选择，她打心底认为："随便给我一个就行，我不挑，真的。"

一顿饭吃完，冉霖最后一点惦记的事情也烟消云散，自家经纪人不用再费心帮他挑选公司或者经纪人，安心准备自己的旅行就好。

王希的一颗心也终于落地。虽然她对于陆以尧公司的前景还是持谨慎态度，但就像陆以尧选择改行一样，冉霖去他的公司，也是想清楚之后的选择，只要冉霖坚定，知道自己想要的是什么，她唯有支持和祝福。

只刘弯弯有一丝丝的心情复杂，因为在打车回家路上，她才后知后觉，如果自己跟着冉霖去了陆以尧公司，那不就代表和李同成为同事了？更重要的是，李同是老板的助理，她是签约艺人的助理，存在了等级差啊，她是不是应该把对方从"不让他看我的朋友圈"里放出来。

老话讲，说曹操曹操到，刘弯弯没料到，原来"想曹操"也不安全。就在那顿饭的两天之后，她还没把李同从朋友圈屏蔽里放出来呢，就接到了休假中的自家老板的电话，说明天夜里要和未来老板一起去刷电影，怕狗仔队跟拍造谣，所以让她和李同也一起过去，帮着打掩护。作为助理，这种事情当然义不容辞。

翌日清晨，闹钟还没响，冉霖就醒了，而且不困不乏，精神抖擞。这让他想起了小时候学校开运动会或者郊游，因为可以带着一书包好吃的去，所以当天也是不用别人喊，早早就能自己起床。

那时的他不懂，长大后才明白——雀跃和期待，是最管用的"闹钟"。

客厅、卧室、厨房、沙发、餐桌椅、床，反正一天下来，冉霖把能滚的地方都滚了，也记不清自己做了什么，终于熬到晚上 7 点半，穿着新买的灰色帽衫，戴上口罩，出门。

陆以尧选的这家影院距离冉霖公寓很近，下班时间已过，道路还算好走，冉霖抵达影院门口的时候，也就 7 点 50 分。

这是一家有些年头而且地理位置也不太优越的商场，故而也十分不景气，正门处应该在装修，搭着一圈脚手架，来往顾客都只能从偏门走。偏门有些窄，好在进出客流量也没有多少。冉霖怀疑陆以尧事先来踩过点，否则没办法解释怎么一选就能选到这么低调的地方。加上还是周二这种寡淡的时间，所以冉霖没费太多劲，就等到一辆车离开，空出停车位。停好车之后，冉霖罩上衣服帽子，又整理了一下口罩，只留出一双明亮眼睛，下车锁车蹿入商场，动作行云流水，就像夜里飞贼。

商场 1 楼几乎没什么人，只各品牌导购站在柜台里，百无聊赖，有些柜台里甚至没导购，还有些品牌干脆已经撤出商场，只留下空荡柜台和没彻底清理的招牌 logo（商标），透着萧条。

走没几步，冉霖就找到了直梯，直达影院所在的顶楼。和他一起搭乘直梯的有三四个人，显然都是奔着看电影来的，冉霖捂得像忍者，也没人注意他，毕竟最近的空气质量，就是戴防毒面具也不奇怪。

随着电梯缓缓上升，冉霖的心跳也逐渐加快，他不知道为什么看个电影，要搞得特务接头似的这么紧张。电梯终于抵达，轿厢门缓缓打开，冉霖在擂鼓般的心跳里发现，敢情影院算是这商场里最热闹的地方了。

直梯一出来正对着的就是影院等候区，虽没坐满，但一眼望过去也有十几二十个人，还有六七个正在检票进场。

正值 8 点，如果按照黄金时间段来衡量，这样的人数绝对算冷清，但如果对比下面更冷清的商场，这里已经算热闹了。

等候区很宽敞，所以三三两两坐着的人，彼此都相距足够的空间，冉霖一眼就看见了刘弯弯和李同，因为其余结伴而来的人都窃窃私语，或者安静依偎，只有他俩动作整齐划一地捧着手机，从手指的操作上看，激战正酣。

戴着帽子和口罩的冉霖，用仅露出的心灵窗户环顾四周，有点小失落没发现陆以尧的身影。悄悄走到不起眼的角落，冉霖掏出手机给刘弯弯发信息。远处小助理很快抬头到处看，终于四目相对，冉霖弯下眼睛，冲她摆摆手。

刘弯弯立刻抛下李同快步过来，待走到跟前，一边将票递给冉霖，一边低声道：“李同说陆哥还要等下才到。”

刘弯弯没什么机会直接和陆以尧沟通，只是单纯觉得叫全名不合适，叫陆总又有点奇怪，索性随着李同叫陆哥。

冉霖接过票，点点头：“嗯。”

没说两句话，影院就通知进场——8 点 10 分的电影，提前 10 分钟检票。

等待区有四个人同时起身走向检票通道，一看就都是情侣，冉霖捏着手里的票，一时不知该进还是该等。

刘弯弯像是看出他的犹豫，一把拉住他的胳膊，往检票口带，小声说："我们先进，李同在外边等，不然等陆哥到了一起进，反而扎眼。"

小助理说得在理，冉霖只得随着她往里走。

检票人员只看票不看人，压根也没觉得这一高一矮的男女有什么特别。

这一场是《裂月》，接近下档，排片量和上座率都已经很低，冉霖和刘弯弯之前，就四个人检票，而在他们之后，除了等着陆以尧的李同，再没其他人。

走在有些空荡的放映厅走廊，刘弯弯有些感慨道："看自己的电影还要偷偷来，怎么那么心酸呢？"

"片酬到账的时候就不觉得心酸了。"冉霖轻笑，既是安慰小助理，也是大实话。

有句俗语叫光看见贼吃肉，没看见贼挨打，其实反过来，也是一样的道理。收获的时候想想付出，付出的时候想想收获，才能时刻平常心。

偌大的影厅里空空荡荡，以至于一走进去，就有阵不知哪里吹过来的凉风。待走上侧边楼梯，集中坐在中间两排的四个人都不约而同看过来一眼，但也就一眼。大银幕上已经开始播广告，光线昏黄但足够看清路的放映厅里，被饱满的音效驱散了冷清。

走到倒数第四排的时候，刘弯弯拐了进去，走到最后一排的时候，冉霖拐了进去。上座率低的好处就是座位的选择权大，即便是最后一排，也妥妥选在了中间位置。

广告一条接着一条，有商品，也有新片预告，到最后差不多了，开始播公益广告。待公益广告结束，绿底的龙标出现，放映厅的灯光瞬间暗下来。

电影开始了。冉霖微微向后，把背严丝合缝贴到椅背上，仿佛坐直了，就能显得没那么心慌。

各路出品方的logo（商标）开始出现，这个公司，那个公司，冉霖都没看进去，因为他的眼睛一直盯着门口……最后一个资方的几秒钟logo（商标）播完时，大银幕上和门口，一起出现了陆以尧的身影。虽然大银幕上的脸清晰到每一个毛孔都能看清，而门口进来的陆以尧裹得像粽子。

冉霖看着李同和陆以尧一路走上来，然后李同在倒数第四排拐了进去，陆以尧在自己这一排拐了进来。冉霖扭着脖子抬脸看着，看着对方一点点走近，再走近。等冉霖意识到时，他已经非常狗腿地帮对方扒拉下来椅子，好像还扑扑拍了两下灰。

随着陆以尧落座，冉霖把眼睛移至大银幕，嘴里却咕哝：“怎么才来？”

大银幕上的陆以尧正在洗手间照镜子，画面无声压抑，以至于影院里也一片寂静。陆以尧凑近冉霖耳朵，热气随着低语往里吹：“停车位不好找。”

冉霖无语：“你就不能来个清新脱俗一点的理由吗？”

揶揄归揶揄，冉霖还是踏实下来，动了动身体，寻个舒服的姿势，开始静静看电影。

《裂月》的收尾属于戛然而止，回味悠长。故而在最后一个镜头播完，字幕刚刚出现，观众还没缓过神的时候，陆以尧就帮冉霖戴上了口罩，他自己当然是早武装完毕了。冉霖仍沉浸在剧情里，直到被陆以尧捂上，才回过神。

大银幕上出现字幕，放映厅灯光亮起。坐在前面中间排的两对情侣没犹豫，很快起身离开，似乎忘了后面还坐着四个人。

冉霖看向陆以尧，带着一种与有荣焉的自豪：“你演得真好。”

从《裂月》入围电影节以来，陆以尧已经听过无数赞誉，网上的，网下的，观众的，同行的，有各种修辞比喻专业分析的长篇累牍，也有简单的一两句夸赞，单“你演得真好”这五个字，他就不知道听过看过多少。

然而这话从冉霖口中说出来，又全然不同。也就在这时，陆以尧才发现，自己其实是紧张的，全程心不在焉无法投入大银幕中剧情的原因，除了看过太多遍之外，还有担心自己表现不好的忐忑。仿佛那不是一场电影，而是一场直播，随时都有环节可能出纰漏。

“真的？”陆以尧听见自己问。

冉霖没回答，而是诚恳建议：“要不咱们别看下一场了。”

陆以尧愣住：“为什么？”

冉霖：“看完你的表演再看我的，有点心虚。”

虽然陆以尧强烈怀疑冉霖只是谦虚，或者就是单纯哄自己开心呢，但他还是非常配合地心花怒放了。《染火》当然是要看的，陆以尧从去探班冉霖的体验生活那天起，就期待到了现在。

临近 10 点，从离开通道出来回到检票口的时候，等待区里的人更少了，当然都是新面孔，之前的老面孔已经和他们前后脚进场看各自的电影了，没有像他们这样看完出来继续刷第二场的。

10点05分，《染火》上映，所以他们不必等待，已可以直接检票入场。看这场《染火》的只有他们四个，等待区那几个人应该都是等5分钟之后的好莱坞大片。待第二次走进空荡的放映厅通道，刘弯弯带着小迷妹的眼神靠近陆以尧，表达对《裂月》的喜欢，还有对他演技的崇拜。

《染火》的放映厅比《裂月》的小一些，因为只有他们四个，所以大家方位不变，整体往前挪了几排。

这回轮到陆以尧全神贯注了。《染火》中的冉霖已经不是冉霖了，是狄江涛，苍白，瘦削，病恹恹，没有一处会让陆以尧出戏，哪怕是那张一模一样的脸，也因为截然不同的神态，而判若两人。即便是最后真相揭开，罪犯伏法，狄江涛也找到了生活真正的方向，银幕上那个精气神正逐渐圆满起来的青年，仍带着一丝挥之不去的痞气，仍是狄江涛。《染火》比《裂月》的片长长一些，待字幕出现，已过零点。

看着刘弯弯和李同起身准备离场，仍没等来评价的冉霖有点着急，只得主动开口问："怎么样？"

陆以尧不紧不慢戴上自己的口罩，声音因此有些含糊："9分。"

但冉霖还是听清了，立刻追问："1分扣在哪？"

陆以尧说："你先把口罩戴上。"

冉霖立刻听话，乖乖武装，末了定定看向他。

陆以尧伸出5个指头："5分制。"

冉霖窘："感情分不用加那么多！"

4月份的最后几天，《染火》和《裂月》先后下档。《染火》最终票房破了4亿，对于制作成本来说，简直赚得盆满钵满。最高兴的莫过于资方还有导演何关，在电影下档的翌日，就举办了庆功会。

冉霖只得结束休假，再度开工。哪知道多日不见的王希，在庆功会结束后的回家路上，就变戏法似的给他抱出来一小摞剧本，少说也有六七个。

"都是给我的？"冉霖小心翼翼抱着剧本，有点不确定。

"这是我筛过以后觉得不错的，"王希从副驾驶座转过头来，道，"我办公室里的更多，不过也有很多雷就是了。"

冉霖："可我马上就和梦无涯解约了。"

王希："不是让你现在就签，是让你先看着，如果有觉得合适的，解约之后再谈不迟。”

“冉哥，你红了，”刘弯弯自豪道，“以前是你找剧本，现在是剧本找你。”

“而且不用试戏，”王希补充，“就你手上这些，只要你点头，资方马上拍板定你。”

冉霖刚想说话，不料王希话锋一转：“但越是这样，你越要慎重。”

冉霖看向自己经纪人。王希缓缓道：“你现在的人气也好，红也好，是靠《落花一剑》《凛冬记》《染火》，一部部作品积累的。人气和口碑积累起来不容易，想打碎却很简单，一部烂剧就行。”

冉霖有点明白她要说什么了。

果然，王希就点了名：“7月份《灯花传奇》就播了，所以灯花之后你再交出来的那部戏，才是关键。观众可以接受你一时抽风接烂片，但不能接受你连着两部戏都烂。如果你在《灯花传奇》之后拍的这部戏仍然一言难尽，那你在《落花一剑》《凛冬记》和《染火》里付出的努力，一多半都要打水漂。”

冉霖：“观众只会往前看。”

王希点头：“是的，所以千万别让自己和雷剧或者粗制滥造挂上钩。”

冉霖低头看着怀里的剧本，沉吟片刻后，抬头，有些过意不去：“希姐，我接下来应该会拍陆以尧那边筹备的项目。”

王希没想到陆以尧动作那么快，说自己投资就自己投资:“全准备好了？”

“剧本还在磨，”冉霖说，“其他都差不多了，10月份应该能开机。”

王希没在冉霖那里问更多的事情，她能看出冉霖对陆以尧的信任，毕竟连人都要签过去了，所以她怕自己东问西问，让冉霖察觉她对陆以尧的“怀疑”。说怀疑也不恰当，但她确实对陆以尧的实力不是很自信。

演戏、做明星、当偶像，那陆以尧没的说，但做电视剧，毕竟还是个新手。所以自那天之后，她就透过圈内关系，深入了解了一下陆以尧那个项目到底什么情况。结果得来的信息让她大吃一惊——陆以尧根本是找了个电影级别的制作团队！

帮她打听的人直接说了，陆以尧这就是摆明了要把公司名号打响，没指望靠这部戏赚钱。但也同时预测了，这部戏只要不出意外，铁定能红，没准还能大爆。因为这个项目在品质上找的电影级别团队，可在运作上找的却是深谙电视剧规则的经验丰富的业内老手操刀，也就是说陆以尧把作品质量和作品运营分得很清楚，这样的人手里还掌握着充足的可供项目使用的资金，那这一炮打不响才奇怪。

王希不知道自家艺人是否了解这些，如果了解，那说明他有眼光，如果不了解，单纯相信朋友，那只能说，人品决定命运。

这厢王希为即将解除合作关系的艺人探前路安危，那厢冉霖正收拾妥当，准备去参加婚礼——霍云滔结婚了，婚礼日选在5月上旬的一个周六。

临近解约，梦无涯已经不再给冉霖安排什么通告，所以自5月开始，冉霖就彻底闲下来。婚礼当天是个大晴天，阳光和煦，微风清凉，舒爽宜人。一早，冉霖便收拾妥当，拿着邀请函，驱车前往。

据陆以尧说是一场草坪婚礼，来的宾客大多是霍、林两家生意上的伙伴和熟人，霍云滔和林盼兮自己的朋友倒没几个，尤其霍云滔，朋友一只手就数得过来，这里面还包括冉霖和陆以尧。

霍林两家都属大门大户，冉霖料想到婚礼也会很盛大，但还是低估了其壮观程度。踏进婚礼现场的草坪，满目所见，全是人，更要命的是大部分还都在来回走动交际，攀谈寒暄，根本看不清谁是谁。幸而有人引路，得知冉霖是霍云滔的朋友之后，便带他去了放有名牌的座位。

坐下之后，冉霖就不敢乱走了，只四下环顾。像他这样安稳坐在自己位子上的不多，大部分人都在旁边空地上应酬交谈。婚礼时间未到，前方花园舞台上只有请来的钢琴师在弹奏，冉霖的座位在第三排，算是非常靠前了，应该是霍云滔特意安排的。

陆以尧是伴郎，所以这会儿新郎没到，伴郎自然也没现身，冉霖猜陆以尧八成正在帮着哥们儿迎新娘呢，也不好打扰，只能靠在椅子上，看着难得湛蓝的天。几朵云飘在那里，洁白而柔软，形状像糖果，单是看着，就觉得甜。婚礼真是让人觉得幸福的事情，冉霖在微微吹拂着脸颊的春风里，悠哉地想。

叮咚。微信提示音打断了他的思绪。

冉霖把手机拿出来看，是陆以尧发过来的短视频，视频里，是霍云滔对着镜头说：“哥们儿要破门而入了，给我打气！”

冉霖乐出了声，立刻回过去语音：“加油！”

那头没再回信，估计是陆以尧陪着破门了。

背后却忽然传来声音："三亚的老师？"

冉霖浑身一震，下意识把手机按灭，然后回头，就见丁铠笑得春风满面。

"紧张什么？"丁铠随意坐下，属于冉霖后面的第四排，和冉霖错开一个位子，这样冉霖回头正好看到他。

冉霖不知道他是就应该坐在这里，还是没事过来和自己搭话，但对方话里的揶揄，倒是瞬间领会了——这是说他修改微信昵称呢！

别的事冉霖还真不好讲，但这件事，他完全可以怼回去："起码改得比1111走心吧。"

丁铠一脸被冤枉："我没改，那个号就叫那个昵称。"

冉霖知错就改："对不起，我以为你是为了加我改了昵称，原来是直接用了小号。"

冉霖以为这人会拿出一堆歪理邪说呢，不想就这么默认了。正疑惑这么"坦荡"不是这人风格，就听见丁铠道："江湖有风险，万一你恼羞成怒把截图晒出来呢！"

冉霖翻个白眼："你就是用本名，我把微信截图晒出来，你也可以说是我伪造的，反正你又没发过语音。"

"你是在怨念这一点吗？"丁铠的语调有微妙上扬。

冉霖黑脸看他："想太多了。"

"三亚的老师是谁？"丁铠突然回到上一个问题，毫无预警。

冉霖以为已经把这个问题岔开了呢，被打了个措手不及，一时呆愣。

丁铠笑了，轻而笃定地说了个名字："陆以尧。"

他的声音很小，风一吹，就散了。

冉霖没肯定也没否定，甚至连表情都没变，只淡淡看着他。

"你和霍云滔没交集，真正和霍云滔关系好的是他。"丁铠虽然这样说，但并没有穷追猛打，反而换了话题，"我才知道陆以尧开公司了。"

"丁总消息倒灵通。"另外一个方向传来陆以尧的声音。

冉霖吓了一跳，把往左后方看丁铠的脖子转到右边，就见陆以尧已经来到跟前，从天而降似的。

丁铠把后背靠到椅背上，微微抬脸看不知何时走进第三排，这会儿已经站在冉霖身边的陆以尧，云淡风轻道："没你厉害，华丽转身。"

陆以尧没说话，只居高临下看着丁铠，试图从对方的脸上找到对方的目的，然而失败。丁铠让人牙痒痒的微笑，毫无破绽。

“冉霖应该把我不甚光彩的事迹都和你讲了吧。”相比陆以尧的警惕，丁铠倒不遮掩了，可能是觉得大家已经心照不宣，又或者他本就不是公众人物，也无须像冉霖和陆以尧那样防备。

陆以尧耸耸肩，把冉霖身边的椅子转过来，坐下，是个和丁铠面对面的架势。冉霖见状也起身挪了椅子，陪陆以尧一起，对着丁铠坐。

丁铠微微皱眉，总有一种自己被二打一了的吃亏感。陆以尧也微微皱眉，一来没想到会在这里遇见丁铠，毕竟霍家的重心根本不在娱乐业上；二来他对这个不速之客一直处于摸不清深浅的状态。

丁铠猜到冉霖第一时间把他的事情和自己说了，但他或许猜不到，自己在听完之后，就动用了所有能动用的资源去查他。

可查过来的结果让他意外——丁铠没在圈里谈过感情，也没和任何圈内人有过其他乱七八糟的关系，甚至没有任何迹象表明他特意捧过什么人，男女都没有。

不过这些他没有和冉霖讲过。

理想状态是冉霖压根儿记不起还有这么一个家伙，最好。

见对面二人同仇敌忾，周围又没什么人，丁铠索性摊开了说：“先声明我不是挑拨，就是给个客观意见。我觉得既然是朋友，那就最好别变成上下级关系。试想，当一个人变成另外一个人的老板，那对于成为员工的那个，或者说被花钱捧的那个，这份关系还能独立吗？”

“我想给谁最好的，需要别人同意吗？”陆以尧实在到了极限，是可忍孰不可忍！

“不是谁捧谁，是两个人在一起奋斗。”冉霖几乎是同时出声。

话音前后落下的一刹那，两个人愣住，相视一笑。

丁铠总觉得自己的胸口被暗器伤了。

冉霖收回目光，重新看向丁铠：“独立不是看形式，是看心里。就像你捧的那些人，你们不是同公司，没有明确的关系，难道他们就独立了？”

丁铠听得一脸蒙，他捧过的人，他捧过谁啊……

“丁总——”

远处有人叫丁铠。

丁铠条件反射回头，发现是熟人，只得起身离开，快步过那边去应酬。

冉霖对于没趁这个机会把话聊透顺便让丁铠死心，有点小遗憾。

陆以尧反复琢磨冉霖最后一个问题，总觉得冉霖对丁铠可能有些误会。

不过挺好，都是些美丽的误会。

“话说回来，”冉霖这才想起来问陆以尧，“你怎么动作这么快，上一秒还帮着迎亲，这一秒就过来了？”

问完冉霖又自己领悟了，发视频的时间未必就是迎亲的时间，完全可以全弄完了，空闲下来，再给他发视频嘛……

陆以尧一看对方的表情，就知道不用解释了，便跳过这一环节，直接道：“我的任务就是迎亲，现在圆满完成，老霍已经在那后面背稿了。”陆以尧说着，朝舞台方向扬扬下巴。

从冉霖的角度看舞台很清楚，但舞台后面自然看不到：“等下不用伴郎伴娘递戒指吗？”

“不用，”陆以尧叹口气，“老霍要自己变个魔术，把戒指变出来。”

冉霖：“新娘没意见吗？”

陆以尧：“他没告诉盼兮，说要给她惊喜。”

冉霖：“你没提醒他这样容易尴尬冷场吗？”

陆以尧：“老霍对自己的魔术很有信心。”

大约过了十几分钟，宾客逐渐在自己的位子落座，现场慢慢安静下来。

司仪上台开始说话，整个主持走的是温馨大气风。

随着司仪请新郎上台，冉霖终于看见了霍云滔。这位伙伴一改平日的潇洒不羁，头发梳得一丝不苟，西装穿得端正挺拔，连神情都特严肃认真。

“果然是要结婚了，整个人都不一样了。”冉霖低声感慨。

陆以尧叹口气，心说那是因为紧张。

随着音符流淌出来，倾泻到整个草坪。

林盼兮挎着父亲的胳膊，一步步从远处走近，在所有宾客祝福的目光中，走上舞台。

一系列环节过后，终于到了激动人心的时刻，新郎新娘交换戒指。

司仪功力深厚，将这一刻的气氛推到了最高潮。

然后，新郎在所有宾客的注视之下，来了一个小型近景魔术表演，近到谁也没看清他做了什么，只知道空白的两分钟之后，新郎手里多出了两枚戒指。

这是十分漫长而尴尬的两分钟，司仪的解围都无法挽救。

然而林盼兮却在见到戒指的一刹那，心花怒放。

冉霖看着她脸上的光彩，忽然觉得也许霍云滔未必不会预见到冷场。可冷场又如何呢？这是他的婚礼，他只需要哄自己的新娘开心。

扔捧花是所有宾客喜闻乐见的环节，由于林盼兮的朋友并没有来很多，所以司仪号召现场的单身姑娘都可以过来试试。

这一号召不要紧，二十几个姑娘聚到了舞台底下，不说壮观，也算得上热烈了。

或许是现场气氛太好，姑娘们也不拘束，随着新娘一扔，众人开抢，结果好不容易抢到的姑娘太开心，用力一挥，那一大束捧花中三分之二都飞了出来，当真天女散花。

冉霖坐的位置正好是重灾区，结果一朵玫瑰直接砸到了他的脑袋上。

周围宾客也觉有趣，有接的，有躲的，好不热闹。

冉霖把玫瑰抓下来，捏着被剪短的花茎，看着花瓣，哭笑不得。

“好兆头。”陆以尧把花拿过来把玩，花茎已经去了刺，不伤手。

冉霖揶揄：“人家都是接一捧，没有接一枝的。”

“一枝一捧都一样。”陆以尧把花插进冉霖胸前的西装口袋。

# 第五十六章

与梦无涯的合同到期的那天下午，冉霖去了公司，老总没有太高的兴致，但他还是把感恩的话都说了，与老总，以及整个梦无涯告别。

回到地下停车场，找到自己车子，王希依然安稳坐在副驾驶座里，放下车窗，一边看他往车子这边走，一边关心地问："如何？"

"一切顺利。"冉霖说着绕过车头，来到另一边，开门进驾驶座。

冉霖和梦无涯合同到期，王希却还没辞职，所以这种告别场合，她作为依然在籍的公司员工，自然不好出面。不过公司应该也预见到她的思想动态了，故而并没有再分配新的艺人给她，她现在就相当于空有个经纪部主管的虚名。

"再等半个月吧，"王希低头系上安全带，"我也去交辞职报告。"

"梦无涯不会为难你吧？"冉霖有些担心，毕竟自己是合同到期自然解约，王希不是。

"放心吧，"王希说，"他们就等着我主动提呢！"

冉霖点点头，发动引擎，打开空调，开出停车场，驶向既定目的地。

王希关上车窗，随着车内温度一点点凉爽，漫无目的地看着窗外，良久，幽幽叹："当年离开奔腾时代的时候，我以为这辈子都不可能再跟姚红同桌吃饭了，没想到不光要吃，还要把我最挂心的艺人交给她，我上辈子一定欠了她的。"

冉霖乐："我和陆以尧被造谣的时候，你俩的联手公关很默契啊！"

"工作是工作，私交是私交，"王希撇撇嘴，"我跟她八字不合。"

冉霖故意调侃地问："现在呢？"

王希转头看他，危险地眯起眼睛："记着，如果她对你不好，随时给我报告。"

冉霖："然后呢？"

王希："希姐帮你打国际长途训她。"

冉霖无言以对。

"训姚红"这件事情之于王希，应该就像"演技出神入化"之于自己一样，冉霖想，都是需要追求一生的梦。

40 分钟之后，冉霖将车停在某餐厅门口。

这是 6 月的最后一天，似要下雨，闷热的空气里带着一丝水汽，有风，但不大，冉霖从车里出来之后，空调在身上留下的凉爽和扑面而来的热气冲撞到一起，一时说不清是冷是热。

好在没几步，他便和王希一并进了餐厅，闷热被厚厚的玻璃门隔绝，世界重归凉意。

下午 4 点半，餐厅里还没有什么人，服务生将他们领到 2 楼一间包厢，敲门后推开，里面坐着的是等候多时的陆以尧和姚红。

今天是冉霖的解约日，陆以尧原只想给庆祝一下，可当他从冉霖口中得知王希未来的打算，便在和姚红商量之后，改成了四人聚餐，一是为冉霖庆祝，二是为王希饯行。

或许在王希这里，她不觉得自己和陆以尧有什么交情。

但在陆以尧这里，他已经把这位冉霖很重视的经纪人，当成了自己人。如果不是听冉霖说她想放大假，暂时告别工作圈，陆以尧甚至想把她一并签过来继续带冉霖的。

“陆总，红姐。”王希对于陆以尧的称呼与时俱进，况且作为马上要签下冉霖的公司老板，陆以尧也担得起这个称呼。

“来，坐这边。”陆以尧起身，将王希和冉霖都让进座位。

姚红插不上手，只淡淡笑着，温和回应：“小王。”

刚落座的王希黑线看她，这句话忍了多年了，实在不吐不快：“红姐，我四十岁了，你是不是可以改一下我的昵称？”

姚红从善如流：“老王？”

王希在“拂袖而去”和“掀桌完再拂袖而去”的两个选择中挣扎徘徊。

“我觉得叫名字就挺好。”陆以尧打圆场，免得没等饯行就散伙。

本以为姚红会顺着台阶下，因为连王希都似乎接受了这个提议，却不料前者坚定摇头：“叫这么多年叫习惯了，为什么要改口呢？而且小王本来就比我年轻，别说四十多岁，就是八十多岁，在我这里她还是当年那个水灵灵的小姑娘。”

陆以尧忽然沉默了。

冉霖跟着沉默了。

王希一怔，好半晌，才犹豫道：“我不知道你一直是这么想的，再说我也没比你小多少……”

“你是我带出来的，”姚红定定看着她，“我这么讲不是以前辈自居，毕竟我也没带你几年，但就算我只带了你一年、一个月，我们的关系也和其他人不一样。那些人是同事，是同行，是竞争对手，但我们之间有情分。”

王希敛着眼皮，没人能看清她的表情。

良久，她忽然腾地站起来。

陆以尧和冉霖吓一跳。没等他们弄明白情势，王希已经拿过茶壶倒了一杯温茶，递给姚红：“之前的事情都不说了，全在茶里。”

自古都是叙情喝酒，认错斟茶。

姚红接过茶，喝一口，才道：“我也有不对的地方。”

然而这时候说“自己不对”，就和说“你别在意”一样，都是宽慰。

陆以尧和冉霖在两个女人之间来回看看，最后还是一致把“钦佩”目光投射给了姚红。

虽然实质上两个人早已冰释前嫌，但最深处的那个隔阂点，却在刚刚那杯茶里，才彻底烟消云散。

姚红只用了三言两语，就弄来了这杯茶。

王希未必不懂，然而却是被说到了心坎里，甘愿顺势而下。

这是一场女人间绵延多年的交锋，作为围观群众，冉霖和陆以尧只能躲得远远的，以免活不到最后一集。

现在好了，结局圆满。

服务员像算准了时间似的，推门上菜。

冉霖先是惊讶，继而反应过来，应该是在他们来之前，陆以尧和姚红已经点了菜。

吃起饭来，气氛便其乐融融了，王希很自然问了自己最关心的问题：“红姐，冉霖签过去之后，由你带吗？”

“现在肯定是我来带，”姚红道，“但毕竟年纪大了，如果还要管整个经纪部的话，容易心有余而力不足，所以过两年看看，争取能物色到更合适的经纪人。”

“希姐你放心，”陆以尧认真道，“我一定会把最好的给冉霖。”

王希看了陆以尧一会儿，感慨：“我之前一直担心，觉得兄弟未必适合做老板，但我现在改变看法了，找个懂得欣赏自己的老板果然很重要。”

陆以尧乐，用力点头：“嗯，我特别欣赏他。”

王希又给姚红和陆以尧讲了一下冉霖近半年的发展情况，包括对他有意的资方和品牌方等，最后道：“过两天我整理好资料打包发你们。”说完才算基本放心。

之后的话题就变成真正的饯行了，姚红和陆以尧问问王希打算去的地方，话题也天南海北发散起来。

席间陆以尧悄悄问冉霖：“韩泽现在做什么呢？”

自《凛冬记》煳掉后，娱乐新闻里已经很久没有韩泽的消息了。但作为直到昨天还是一个公司的同事，冉霖还是多少知道一些的，瞥一眼，见王希没注意这边，才小声道：“接点综艺还有一些活动的站台吧，和崔妍言那个事情对他形象伤害太大，很少有戏找他了。”

陆以尧点点头，原本就是心血来潮，这会儿得了答案，便不再问。

他对韩泽没有什么私人感情，无论正面负面，都没有，因为这个人与他几无交集，唯一的一次，还是拉踩冉霖，最后也算自食其果了。

不过再往远想想，其实韩泽的整个星路就是很多艺人的缩影。

有过走红，然后红着红着，就不红了，有些像韩泽这样，会有一个明显的过气的点，像是丑闻什么的，也有很多连这样的点都没有，悄无声息，就被观众遗忘了。然后某一天，被人无意中提起，大部分回应都会是“咦，对呀，他到哪里去了”之类，然后很快，又继续被遗忘。

这就是娱乐圈，有多容易被爱上，就有多容易被遗忘，更新换代的速度快到无情。

7 月的第一个周末，陆以尧工作室官方微博发出签约冉霖的公告。陆神粉瞬间炸了，燃面也惊呆，于是双方联手，分分钟将“冉霖签约陆以尧工作室”刷上了热搜。

公告内容是姚红把关的，先是说明冉霖属于合约期满，与陆以尧工作室正常签约，再阐述签约原因是双方理念相同，有着一致的奋斗目标，最后展望一下美好未来。通篇文字都很官方，可就是透着“我们是天作之合”的傲娇感。

营销号还没出动，两家粉丝已经把这条公告下面的评论区变成了一片震惊的惨烈现场——

【我有点蒙……】

【陆神粉和冉黑表示，这日子没法过了！摔——】

【今天是绿林党的狂欢啊啊啊啊！干得漂亮！】

【原来这俩的感情是真的，我一直以为是塑料花友谊。】

【不听不听，小狗念经！！！】

【从机场乌龙就开始萌这俩的表示，我可以瞑目了……】

【陆神这是要转行了吗，我有点慌啊。】

【燃面喜极而泣，终于离开坑爹的梦无涯了，求《灯花传奇》不要播，压箱底得了。】

【不就是签约达成合作关系吗，这种公布恋情的感觉是什么鬼啊！】

震惊着，震惊着，就有些先回过味的陆神粉，不太高兴了，点赞最高的一条最具有代表性——【史上最成功的抱大腿。】

不过震惊也好，腹诽也罢，姚红并没有让舆论发酵太久，事先沟通好的众营销号就统一口径发了通稿——

【冉霖签约陆以尧工作室！陆神变陆总！】

通稿中不仅把节奏带向了“兄弟一起奋斗”的正能量，还透露陆以尧正在筹备自己当老板后的第一部戏，不日将开拍。

铺天盖地的宣传里，舆论风向就渐渐统一到了相对比较正面的节奏里，连带着陆以尧的新戏也刷了一波存在感，无数粉丝的胃口被吊起，纷纷哀号——既然都说要拍了，电视剧叫什么名字总要告诉我们吧！

名字肩并肩挂在热搜里的时候，两个当事人则聚在一起，肩并肩发微博。

两个人都转发的工作室微博，都没说话只发了表情，陆以尧配的是抽着烟的，冉霖配的是握拳，乍一看，还挺搭。

此时舆论已经相对正面了，何况陆以尧的态度也很清楚，所以两个人的转发微博底下基本就都是祝福的了，偶尔有一两句不那么中听的话，也会被人循循善诱。

待到晚上 12 点，舆论已经基本稳定下来，梳理一晚上的评论风向变化脉络，可以清晰窥见陆神粉微妙复杂的心路历程——

【我震惊了！】

【什么鬼！】

【史上最成功抱大腿，鄙视鄙视。】

【陆神都发微博了，只能祝福。不要拦着我，我要大哭一场。】

【我真的对冉霖喜欢不起来，但陆神肯定比我们还要了解他，所以相信

陆神。】

【等等，陆神是要转行吗？】

【新戏到底叫什么名字啊？】

【新戏会找冉霖吗？】

【只有我觉得其实冉霖还挺好的吗，《凛冬记》和《染火》我都看了，演技真的好。】

【同意，冉霖是潜力股。】

【冉霖已经红了吧。不是燃面，是陆神粉，但觉得我们陆神粉是不是有点优越感太强？】

【憋了两年，总算敢说了，我既是陆神粉也是燃面啊！】

【冉霖真的已经红了，我舍友现在是死忠燃面。】

【如果真是陆神粉，就别再喷冉霖了，冉霖过气了对陆神有什么好处？说句不太好听的，公司是陆神的，冉霖签过去，就是帮陆神赚钱的啊！冉霖越红，陆神签得越值啊！】

【楼上一语惊醒梦中人！我是陆神粉，我希望陆总赚钱啊！】

【我……今天开始当燃面！！！】

【当燃面那个带上我！】

【燃面 +3】

【为一起赚钱呐喊！】

【赚钱！】

【赚钱！】

【赚钱！】

至于燃面们的心路历程，某千人燃面粉丝群里的聊天记录比较有代表性——

18:00 群主：不用和陆神粉撕，我们就专注自家，当初机场乌龙是原罪，没辙。

20:00 群主：晕，陆神粉内部撕起来了。

22:00 群主：陆以尧是不是找营销号带节奏了，现在舆论风向很积极啊！

00:00 群主：他们终于意识到冉霖是帮着他们老板赚钱的了，欣慰。

00:05 群主：走！和陆神粉建交去！今天是个好日子，心想的事儿都能成。

7月的第二个周末，《灯花传奇》开播。当天冉霖在广州参加电视剧的宣传，而也正是同一天，已经离职的王希，启程奔赴环球旅行的第一站，斐济。

冉霖没办法给对方送行，只能算着对方候机的时间，发了条信息——【旅途愉快！】

王希的回复是——【不行。】

冉霖蒙——【？】

王希——【有件事没解决，心里一直放不下。】

冉霖——【什么？】

王希——【你和陆以尧到底什么时候在一起的？】

冉霖——【……】

王希——【你不说，我走也走得不甘心。】

……知道的这是去旅行，不知道的还以为自己前经纪人正在跟死神搏斗呢！用不用说得这么凶残啊！

冉霖叹口气——【落花一剑之后，行了吧。】

王希——【我就随便诈一下，竟然是真的！】

王希还发了一张“我怀疑人生”的表情图。

冉霖——【这个表情包该我发吧！！！】

冉霖走过最长的路，就是经纪人的套路。

那厢王希消弭最后一丝牵挂，安安心心踏上旅行的飞机。

这厢冉霖结束活动回到酒店，赶上了《灯花传奇》第二集的后半集。

高饱和度，高对比度，加上服化道的“撞色风”，整个画面鲜艳到让人想哭，加上五毛特效，和偶尔对不上嘴型的后期配音，基本上只有逆天的剧情才能挽回口碑了。

然而这个剧的剧情是冉霖唯一熟悉的东西了，实在算不上多精彩。

好在剪辑水准在线，保证了剧情的流畅度，所以如果能接受一言难尽的调色，略赶工的粗糙后期，以及稍微有点夸张的表演风格，还是可以看个热闹图个乐的。

可惜冉霖上一部戏是电影《染火》，再往前是《凛冬记》，纵向对比，实在难以接受。观众纷纷到冉霖微博底下询问，究竟发生了什么？好在燃面们帮着科普，这是先前的公司给接的剧，锅得公司背，冉霖现在签新公司有了更多的自主权，今后选戏会更用心。

冉霖怀疑燃面里有自己人，否则怎么句句都能说到他心坎里。

《灯花传奇》虽然雷，但雷剧的好处就是收视一般，讨论度也不高，而且即便讨论，也是带着调侃的吐槽，少有深仇大恨者，所以吐槽着吐槽着，也就过去了。

冉霖除了最初帮《灯花传奇》宣传的时候，还刷刷评论，后面就彻底没关注了。确切地说，连微博都不太刷了，而是把所有精力都投入了陆以尧那边终于完成的剧本里。

陆以尧筹备了近 10 个月的戏——《五陵年少》。

这是一部现代戏，讲的是几个青年的成长与爱情。男一号就是按照冉霖写的，所以一读起剧本，他就入戏了，恨不能明天就开机进场。

与梦无涯解约之前，冉霖就另找了房子，所以梦无涯这边解约收回宿舍，冉霖就把东西搬到了新租的公寓。

整个 8 月，冉霖就是看看剧本，做做饭，悠哉悠哉。

陆以尧则彻底进入了总裁节奏，日常除了处理工作室业务，还要亲力亲为监督新电视剧的筹备和置景，顺带还用自己的面子敲定了全剧除冉霖外戏份最吃重的男二号——唐晓遇。

自打公布恋情，唐晓遇的资源就水涨船高，现在已经是可以演男一号的咖位了，但一接着陆以尧电话，就直接说："行啊，我有档期。"

对方一干脆，陆以尧倒敲鼓了："确定不需要和经纪人商量一下？"

电话那头的唐晓遇踌躇片刻，道："跟你说实话吧，你这个戏打一筹备，我经纪人就收到风了，天天撺掇我找你，看能不能争取个重要角色，我是没好意思。"

已经为男二号愁了许久的陆老板无语："那你为什么不联系我？"

唐晓遇："我觉得你应该能想到我，所以我就等啊，等啊！"

陆以尧沉默以对。

唐晓遇："被我等到了吧，哈哈！"

陆以尧在娱乐圈里没几个真朋友，然而但凡交下的……都极具个人特色。

8 月的最后一天，陆以尧正在办公室里看文件，收到了妹妹的电话。

刚一接听，就是妹妹喜气洋洋的声音："哥，恭喜——"

陆以尧把手机稍稍离开点耳朵，免得被震着，然后才半开玩笑半认真道：

“恭喜什么，爸妈复婚了？”

“这个愿望有点难。”陆以萌十分清楚亲哥的执念，相比之下，她就很看得开了，那毕竟是父母的感情，他们做儿女的……不对，这不是她今天打电话的重点！

“你入围 ×× 电影节了，最佳男主角！”陆以萌总算想起来正事了。

陆以尧愣了下，但不算太意外。

×× 电影节是国内最重要的电影节之一，虽然属于国内自己的电影节，入围影片也都是国内电影，但能得到这个电影节的提名，也算是业内对一部电影或者一个演员的重要肯定。《裂月》作为入围了 A 类电影节主竞赛单元的电影，质量已经得到了国际肯定，入围国内电影节，顺理成章。

“哥？”迟迟没等到回应，陆以萌疑惑呼唤。

“嗯，”陆以尧应了声，“知道了。”

“就这样？”陆以萌的兴奋劲被打消了大半，“哥，你不能因为自己已经是霸道总裁了，就忘了曾经在夕阳下奔跑的青年演员。”

陆以尧扶额，简直不能脑补那个美丽画面：“别随便给我立人设。”

陆以萌又道：“顾杰和冉霖也被提名了哦！”

这下陆以尧倒来了精神：“《染火》？最佳男主角？”

“全部正确！”陆以萌嘿嘿一乐：“哥，我好吧？”

陆以尧笑，想起了冉霖曾夸过自己的：“嗯，报喜鸟。”

陆以萌结束通话，心满意足。

陆以尧结束通话，立刻去搜了新闻。果然和亲妹说的一样，冉霖和顾杰都凭借《染火》入围了最佳男主角提名，同样获得提名的还有在《薄荷绿》里表演出色的张北辰，和另外一个老戏骨。

网上新闻就是很普通的公布入围名单，可等到了微博里，话题就多种多样了，然而被刷到热门榜最靠前位置的，却是——狄江涛不是男主角。

乍一看见话题，陆以尧就皱了下眉，如果按照常理推断，炒作这种话题的首要嫌疑人就应该是顾杰，因为他是这部戏妥妥的男一号，又和冉霖同时入围，成了竞争对手，刷这样的话题简直顺理成章。

但那是顾杰，如果他能拉踩朋友为自己炒作，那黄河水也该倒流了。

点进话题，赫然一大波唯恐天下不乱的营销号——

【寂寞的娱乐哥：顾杰携手冉霖，双双获得 ×× 电影节最佳男主角提名，

所以《染火》原来是双男主？……点击查看全文。】

【八太后：顾杰粉丝不满冉霖入围，称《染火》只有一个男主角……点击查看全文。】

【天网捞娱工作室：冉霖顾杰双双入围，《染火》占两个最佳男主角提名惹争议……点击查看全文。】

陆以尧的脸色黑下来。

有些营销号的宗旨就是，有话题要带节奏，没有话题创造话题也要带节奏，想博眼球想疯了。

退出微博，陆以尧给姚红打电话。

那头很快接起，仿佛有心电感应似的，直接问："狄江涛？"

陆以尧一肚子郁闷都消了，还有点狼狈："嗯。"

"放心吧，"姚红声音里带着笑意，"何导那边已经沟通好了，等下他会代表剧组发话的。"

陆以尧："顾杰呢？"

"你没看他微博吗？"姚红乐，"亲自下场撕了。"

不需要拿粉丝当枪，有事说事，怒了就自己硬杠是顾杰的一贯作风。但是挂完电话去到顾杰微博，陆以尧觉得姚红还是有夸张的成分，顾杰那个不算撕，应该算挺，只是挺得太直白，倒像是不服你就过来练练的架势了——

【狄江涛算不算男主角，每个看过《染火》的都可以自由随心地判断。但如果你非问我，那我的答案就一个，是，而且非常是。】

顾杰这话其实是对来他微博里看热闹骚扰的人说的，因为顾杰从来不避讳和冉霖的兄弟关系，所以顾杰粉对冉霖也一直很有好感，在顾杰没发这条微博的时候，顾杰粉还在以前的微博底下教育过来挑事的网友。

结果顾杰这条微博一出，顾杰粉彻底踏实了——

【我就知道我偶像会发微博，不枉我帮冉霖撕了这么久。】

【热评里那个，还用你帮冉霖撕？顾哥一人出马就够了！】

【纯爷们儿，就是在撕X这种关键时刻，从来表态清楚立场明白，不用你阅读理解。】

【如果我没记错，顾哥被冤枉的时候，冉霖也是毫不犹豫转发挺他的，羡慕这样的友情。】

【你们去看@夏新然微博了吗，漂流团的友谊小船风雨飘摇了……】

陆以尧一条条往下看，正忍俊不禁，就瞅见了指路的评论，不明所以点进去，发现夏新然刚刚更新了一条微博——

【#悲伤的萝卜蹲#顾杰提顾杰提，顾杰提名完冉霖提，冉霖提冉霖提，冉霖提名完陆以尧提，陆以尧提陆以尧提，陆以尧提名完张北辰提，张北辰提张北辰提，张北辰提名完夏新然……夏新然在哪里！】

【永远爱我夏：我念出声了，心都碎了。】

【北国的小米：心疼夏夏。】

【不要再给我打电话推销理财了：用力抱住我夏！】

【eeeeee：夏夏不哭，我们爱你！】

【一片孤城：心疼夏夏。不过入围的前提是不是今年要有电影作品？如果我没记错，夏夏今年演的都是电视剧吧。】

【风光不与四时同：回复@一片孤城：瞎说什么大实话，用力抱就对了！】

【一片孤城：回复@风光不与四时同：我错了！心疼夏夏100遍！】

其实有时候，粉丝和偶像是有着某种相同气质的，陆以尧想，比如顾杰的粉丝，一眼望过去总有不少简单直爽利落的，再比如夏新然的粉丝，一眼望过去总有不少……不，全都闪着魔性的光辉。

# 第五十七章

陆以尧收工回家时，已是夜里 12 点。

当初刚有转行念头时，他无数次憧憬过，做老板，时间可自控，那么只要提高工作效率，在没有应酬的情况下，朝九晚五这样规律的作息是很自然的事情。然而真等坐上了老板椅，才发现根本不是那么回事。

做艺人的时候是剧组和通告来决定你的休息时间，早起也好，通宵也罢，虽不能自主，但总有个明确的收工点，只要到点收工，他就可以瞬间从工作状态切换出来，彻底放空。可现在，当这个收工的时间点能由自己来定时，他却发现想要做的事情永远做不完，这件处理了，那件还在，那件处理了，还有其他事情冒出来，甚至很多是不可能马上解决的，但他也必须惦记、谋划，一步步为日后的解决打基础。

这样的结果就是每天晚上他都成了公司最后走的那个人，而且往往是三番五次觉得“差不多可以下班了”，才能真的下班。

最近下班的时间基本都稳定在夜里 12 点，这主要是冉霖的功劳。那人经过两个月观察，发现他下班的时间毫无规律，从前半夜 10 点到后半夜 3 点都有可能，于是将自己多年实践摸索出的经验——阶段式闹钟提醒大法——亲自埋进了他的手机里。

于是最近一周，他的下班流程都是这样的：

10 点钟手机响，嗯，差不多了。

11 点钟手机响，嗯，可以收拾收拾了。

12 点钟也就是 0 点钟手机响，收工回家。

《五陵年少》10 月开机，姚红特意帮冉霖腾出整个 9 月，好让他专心揣摩剧本。所以这阵子，他都晚睡晚起，美其名曰夜里更容易寻找角色感觉。

陆以尧到家之后就给冉霖打了电话。

“看新闻了吗？”给惊喜之前是要先探路的。

电话那头的冉霖茫然：“什么新闻？我一整天都在看剧本。”

陆以尧发现自己真的命中注定就是报喜鸟：“×× 电影节入围名单今天出来了，你被提名最佳男主角。”

“我？！”冉霖怔了好几秒，才不可置信出声。

陆以尧很满意这个反应，这让他很有成就感，于是不疾不徐抛出第二个炸弹：“还有我。”

冉霖这一次彻底张大嘴巴了：“真的？！”

陆以尧再接再厉："还有顾杰。"

冉霖词穷了。

陆以尧："还有张北辰。"

冉霖："电影节评委会主席是漂流团导演吗……"

挂了电话，冉霖赶紧刷微博，感受一下舆论风向。

此时质疑狄江涛是不是男主角的浪潮已经无影踪，热搜榜上明晃晃挂着"心疼夏新然"。冉霖还以为夏新然出了什么事，立刻揪心起来，忙点进去看，结果看完……冉霖只想心疼无端端揪了一阵心的自己。

除了夏新然之外，国民初恋漂流记也挂在热搜。

久违的几个字让冉霖心里涌起说不清道不明的情绪，等反应过来，已经点了进去，结果这条热搜里的画风全是这样的——

【古来狗仔几人回：《国民初恋漂流记》四嘉宾携手入围 ×× 电影节最佳男主角角逐！五个人四入围，五个提名占四席，入围率和提名占比均达到了 80%！试问有哪个节目能做到！《国民初恋漂流记》，影帝的摇篮！……点击查看全文。】

【乘舟李白：你想在演艺事业上有所突破吗？你想把演技派的标签贴牢吗？你想年纪轻轻就入围影帝吗？参加《国民初恋漂流记》吧！录影两个月不收任何费用，包吃包住包玩，还倒给你钱，按天算和按季打包均可。录影结束不包分配，但该综艺在"演技派"上的就业率高达 80%！你还等什么！】

营销号闻风而动，段子手锦上添花，结果无数群众都去正主那里观光，不想已经沉寂两年的漂流记官方微博竟然还有人在维护，第一时间就跟上了热点——

【我们正在认真考虑。//@ 天天梳呆毛：弄个第二季吧，国内影坛需要你们。@ 国民初恋漂流记】

这样的互动网友自然是喜闻乐见的。虽说现在还八字没一撇，但保不齐因为这件事，电视台又重燃了节目信心，而且按照现在的热度，赞助商也应该好找。所以评论里十分活跃，也时不时就艾特一下第一季的几个当事人。

在不知道第几次看见张北辰的名字后，冉霖还是顺着艾特点进了对方微博，说不上什么心情，可能就是单纯想知道对方对四个人一起入围的事情怎么看。

然而张北辰的微博里并没有任何动静，最近一条微博是一个活动的转发宣传，日期是 7 月 2 日。

冉霖看着那个时间，发愣。

这表示张北辰已经快两个月没更新微博了。

冉霖又往下刷，发现自 2 月份开始，也就是张北辰昏迷入院之后，发微博的频率就开始放缓，每条微博的间隔从起初的一两天变成两三天，再变成三四天、一周、两周……然后现在，两个月再没动静。

张北辰入院的时间并不长，很快就发微博告诉大家出院了，并附带了自拍，看起来确实并无大碍。可冉霖仔细回忆了一下，似乎在那之后，电影电视剧上再没怎么见过他的身影，连新闻都很少，可《薄荷绿》是 2 月份上映的，现在都 8 月底了，整整半年多，时间或许不算太长，但这样的沉寂对于一个刚演完大 IP，势头正好的人气男星，就很反常。

像今天被提名，就算不趁机炒热度，至少也该转一下微博让粉丝知道入围了。

趁着刚挂电话没多久，陆以尧应该还没休息，他又回拨了回去，和对方说了自己的疑惑。

冉霖的本意只是想大家一起讨论，却不料电话那头微妙沉默，怎么品都像欲言又止。

冉霖太熟悉陆以尧的各种反应了，立刻猜出大概：“你知道怎么回事？”

张北辰的消息，陆以尧觉得之于他和冉霖，其实都没有多大意义，他打探，只是想做到心里有底，免得下次再被人坑得措手不及。可后来姚红告诉他的事情，还有最近两个月他参加圈内应酬听来的事情，都让他心情有些复杂，便更没必要分享给冉霖了，徒增唏嘘。

不过不说是一回事，被问到又是另外一回事，冉霖都觉出张北辰情况有异了，不说出实情，只会让他更惦记。

“是这样，”陆以尧徐徐开口，“上次遇见张北辰的时候，我总觉得他的状态不太对，加上你和我说他跟了老板，我就托红姐帮我查一下那个秦总……”

“然后呢？”冉霖没想到陆以尧背地里做了这么多。

“红姐知道那个秦总，所以没费太多劲就查出来了，张北辰确实跟了对方，《薄荷绿》也的确是秦找的丁。但张北辰为什么会是我们上次见到的那个情况，红姐也没查出什么具体的，不过应该和秦有关，因为张北辰自从和他在一起之后，基本上就没有其他社交了，工作上也没什么意外，那能对他情绪影响这么大的，也就是秦了。”

冉霖不懂：“如果是因为秦，那就不能分开吗？以张北辰现在的名气，不用依靠谁也可以有很多资源。”

“不是他想分开就能分开的。”陆以尧轻叹口气，“秦前后捧过几个艺人，有红的，也有不红的，都是在一起的时候很大方，各种给资源，分开之后就形同陌路。但这些人无一例外，都是秦主动甩的，也就是说张北辰如果想和他分开，只能秦提。”

“腿长在张北辰身上，如果他真的想走，秦能拦得住？”冉霖觉得自己的逻辑没毛病，这是娱乐圈，又不是三不管地带，总要遵纪守法吧。

陆以尧：“他确实拦不住，但可以打击报复。”

冉霖有点明白他的意思了：“你是说……”

陆以尧点头：“我是上个月应酬的时候听别人聊起秦的，他们没提张北辰，就说秦包捧的小明星要分，闹得很凶，秦没辙，只能同意，但动用关系算是将人基本封杀了。”

“所以电影节的颁奖礼他也不会去，即使被提名？”冉霖没想到是这样。

“电影节应该会去，”陆以尧道，“这关系到《薄荷绿》这部戏的面子。”

冉霖明白陆以尧的意思。

《薄荷绿》是秦用自己的面子找丁铠拿下的，不可能因为自己的原因，让丁铠这边受到任何损失，哪怕《薄荷绿》已经下档了，男主角缺席颁奖礼，整个主创团队也不好看。

“别想了，”陆以尧低声道，“路都是自己选的，脚上磨了泡，疼也只能自己认。”

9月下旬，电影节开幕，几天之后，颁奖礼如期举行。

说是颁奖礼，其实也算是电影节的闭幕式，众明星走过红毯，进入会场，见证各奖项的归属。

冉霖是和陆以尧一起抵达的现场，不过到了红毯等待区之后，就被工作人员分别带到了各自阵营——《染火》和《裂月》都提名了本次电影节的最佳影片，故而都是整个剧组的主创一起走红毯。

顾杰穿着一身黑西装，难得收敛粗犷，有了些绅士风，见到冉霖第一句话就是："怎么才来？"

冉霖本想先给导演打招呼，结果发现何关正在那边和人聊得热火朝天，便放弃，对着友人调侃："我能理解为你很想快点见到我吗？"

顾杰耿直道："我是怕你迟到耽误我们这个 Team。"

冉霖没好气地翻个白眼，刚想回嘴，却见江沂被工作人员带过来了，显然也刚到。

"好久不见。"江沂穿了一袭白色小礼服，甜美可人，打完招呼四下看，"何导呢？"

冉霖用眼神示意她，在那边。

和冉霖一样，江沂也想跟导演打招呼，也同样在看见导演正忙之后，放弃。

三人熟到不行，所以打完招呼也不必寒暄，直接闲聊起来。

江沂这一次被提名了最佳女配角，所以冉霖直接送祝福："我觉得你今天晚上有戏。"

江沂看了他一会儿，还是不想违心："我觉得你今天晚上悬。"

冉霖黑线，正想说话，顾杰却忽然搭上他肩膀，冲着江沂乐："有眼光。"

江沂一看顾杰表情就知道对方误解了自己意思："你？你更悬。"

饶是皮糙肉厚如顾杰，被这么当面一闷棍，也有点扛不住。

冉霖乐出了声。待终于笑够了，才问："那你觉得谁会得这个最佳男主角？"

江沂四下看看，可能怕被别人听见不好，直到确认没风险，才低声道："王老师或者陆以尧。"

王老师就是那位老戏骨，业内公认的德艺双馨，几年前就已经拿下过这个电影节的最佳男主角，这次依然是夺奖热门。

"唉……"

顾杰重重叹口气，刚想吐槽江沂没良心，大家白在一个剧组奋斗了，就听见旁边的冉霖道——

"我也看好陆以尧。"

顾杰悲伤地发现，自己没盟友了……这个看脸的肤浅世界！

冉霖笑，本想继续揶揄两句，在友人的伤口上再撒把盐，忽然瞥见不远处正看这边的人，笑容僵在脸上。

顾杰发现冉霖的异样，也顺着友人目光看过去，瞬间了然。

张北辰。

他在《薄荷绿》的主创阵营里，可导演还有其他演员正聊得热络，唯有他，正静静看着这边，仿佛自成空间，与背后的同剧组伙伴们格格不入。

六道目光在空中相遇。

张北辰这边几无情感波动，只漠然看着他俩，眼底平静得如一潭死水，让人觉得好像对方只是恰好看过来，与他们是否认识，是否有交情，并无关联。

冉霖和顾杰这边却是不约而同地诧异——张北辰瘦了许多。虽然剪裁合体的西装让他看起来依旧挺拔，只是侧面看的时候可能会觉得单薄一些，但脸上的变化是十分明显的。

不健康的瘦和运动减肥是两种概念，后者无论怎么减，即便减得过于多了，脸颊没有原本饱满，但脸部的线条也会依旧紧实，因为一直在运动，但前者却会让脸部肌肉松弛，最直观的反应就是憔悴。

其实可能未必是真的憔悴，也上了妆，也遮了黑眼圈，但仍看着没精神。

现在的张北辰便是如此。

张北辰先收回了目光，顾杰和冉霖这边则又看了他一会儿，感觉略复杂。

“他没事吧，”顾杰直来直去，有问题就讲，“怎么瘦这么多？”

冉霖不知道该怎么给友人解释。

“嘿——”

背后忽然蹿过来一个人，一手一个，分别重重拍上二人肩膀。

冉霖和顾杰吓一跳，齐刷刷猛回头，就见夏新然正龇着牙，笑容灿烂。

“想我没——”

这时候谁要敢说不想，夏美人能拼命，所以冉霖立刻点头，但也是发自肺腑地惊喜：“你怎么过来了？”

夏新然翻个白眼：“要是只有提名才能走红毯，那红毯秀得多冷清。”

冉霖心说也对。入围影片就那么几个，提名的男主女主男配女配也都数得过来，怕是连等下那个偌大会场的十分之一都坐不满。×× 电影节是整个内地娱乐圈的盛会，夏新然被邀请真是完全顺理成章。

不过他出现在这个位置就不正当了。

“你等下跟谁走红毯？别来回乱窜，影响人家统筹安排。”顾杰总是能第一时间抓住这位伙伴的槽点。

“走好你自己的，就不用替我操心了。”夏新然本来想瞪顾杰，可眼神一瞟，就看见了张北辰，同冉霖和顾杰一样，他也愣了一下，对对方的变化有些意外。

然而没容他多想，工作人员已经过来组织大家依次入场了——红毯秀，开始了。

作为重要入围影片，冉霖顾杰何关他们被安排在后面入场，故而等了挺长时间，才轮到走红毯。

江沂和何关走在中间，冉霖和顾杰走在两边，四人一起进入会场。

随着不停歇的快门声，四人来到镜头中心，大方让媒体拍照，待停留时间差不多，才转向精致漂亮的签名墙，在上面签名留念。

就在冉霖他们去往签名墙的时候，《薄荷绿》和《裂月》的主创也先后登场。

几部热门电影的主创接连入场，也让红毯秀迎来高潮，冉霖这边到签名墙的时候，前面几位嘉宾还没签完，等了一下，才轮到他们。

不料这一等，张北辰和陆以尧也随着自己电影的主创团队一起过来了。

距离签名墙最近的媒体记者里，不知谁喊了一句："漂流记的四位合个影吧——"

这一声，立刻得到不少应和，毕竟有噱头的东西谁都爱，回去也好组稿。

冉霖和顾杰已经签完，按理说可以走了，但何关和江沂听见记者这样喊，便很自然以为冉霖和顾杰是愿意的，故而贴心地等在旁边。

其实也谈不上多不情愿，合个影而已，所以顾杰和冉霖相视一看，就默契站在原地等陆以尧和张北辰签完名字过来了。

最先过来的是张北辰，他的剧组因为人数比较多，所以没有像江沂和何关那样原地等，而是先行进了会场，只留男主角一个人在这边跟"兄弟"拍照。

冉霖和顾杰肩并肩对着镜头，冉霖是靠着签字墙这边，所以张北辰过来的时候就近站在了冉霖身边，不过没有肩并肩，而是隔了大约一个手掌的距离，并且与他们也没有眼神交流，直接站好面向媒体。

陆以尧随后过来，因为再站在张北辰身边就容易离签字墙太近，影响后面过来签名的人了，所以只能绕到顾杰那边。

四人终于站好，有等不及的已经按了快门，但总有精益求精有追求的记者："再靠近点——"

顾杰闻言十分配合，立刻搭上左右陆以尧和冉霖的肩膀，一手揽一个，亲密无间。

冉霖被顾杰揽过去的瞬间，就下意识看了张北辰，后者还是站在原处，原本距离自己一掌，现在因为自己更贴近顾杰，于是一掌变两掌，就这种间隙等合影出来直接把他裁掉都看不出来。

冉霖心中奇怪，这不是张北辰的风格。他明明是一个哪怕撕破脸了，也还要在微博或者说公众面前维持“漂流团兄弟情深”这样人设的人。

记者中显然也有人注意到了这点，以为张北辰没注意，便让他再靠近些。冉霖不确定是不是自己的错觉，他竟然在张北辰一直没什么情绪波动的眼里，看见了犹豫？

然而这样的场面没有给他们多少迟疑的时间。无论他们内部如何，被人拿“不和”炒作，对大家都没好处，思及此，冉霖索性抬手，也揽住了张北辰肩膀。

揽住的一瞬间，冉霖能明显感觉到张北辰的僵硬，但他还是一鼓作气将对方揽了过来。

四个人，终于是完全的“勾肩搭背”了。

记者们很满意，快门声不绝于耳。

待到工作人员过来催，四人才结束“合体”。冉霖收回胳膊的时候，发现张北辰的神色已和之前等候区里的漠然完全不同，虽然他分辨不出那究竟是何种情绪，但波动是明显的，明显到他们一对上目光，张北辰就先别开了脸，转身快步进场。

冉霖总觉得自己好像在对方复杂闪烁的目光里，读出一抹酸涩。

然而对视只有一霎，他真的不能确定。

会场内，各入围影片的主创团队依然被安排在了同一区域，相当于“待领奖区”，冉霖和陆以尧分坐前后排，不过错开了一点，所以冉霖厚着脸皮和何导商量能不能跟他换座，因为他前面正对着陆以尧。

何导不清楚自家男一号换座的缘由，但这种芝麻小事他连好奇心都没有，立刻同意换座。

于是原本何导、顾杰、江沂、冉霖，变成冉霖、顾杰、江沂、何导。待冉霖重新落座，江沂还越过顾杰讨伐他：“你就那么不愿意跟我挨着？”

冉霖哑口无言，只能说：“我觉得导演坐过的椅子运势可能比较好。”

江沂无语，顾杰直接吐槽：“都是封建迷信。陆老师，你怎么看？”

经友人提醒，冉霖才发现陆以尧不知什么时候回过头来了，正笑模笑样看他们斗嘴。

“我觉得挺好，就坐这儿吧。”陆以尧答。

顾杰一脸懊恼：“我就不该问你，一和冉霖有关，你就毫无立场。”

陆以尧无辜眨眨眼，不置可否。

冉霖垂下眼睛，偷乐得像个考试作弊得逞的熊孩子。

随着会场门关闭，嘈杂渐渐平息，及至安静到鸦雀无声，颁奖礼终于开始。

灯光暗下，只留舞台上绚烂光影，舞者缓缓现身，随着音乐起舞，将观众带入如梦似幻的世界。

歌舞结束，全场掌声雷动，漂亮的主持人从容登场：“女士们先生们，各位来宾，亲爱的观众朋友们，大家晚上好……”

冉霖第一次参加这样的颁奖典礼，看得入神，听得认真。

最先颁出的就是最佳女配角奖。冉霖用余光看江沂，能明显感觉到对方的紧张。

两位开奖嘉宾在舞台上逗趣，可身处提名之中的演员们却没办法真的放松。冉霖用余光看江沂，虽然她脸上带笑，但不自觉握着的手，显出她的紧张。

大屏幕上开始放提名演员表演剪辑成的短片，与此同时响起相应的画外音：“获得最佳女配角奖提名的是，冯佩，《你走的那天》……周晓蒙，《天色渐暗》……江沂，《染火》……”

待到短片播完，女开奖嘉宾拿起信封，将里面的结果拿出：“获得最佳女配角奖的是……”

她一边说着，一边把结果递到搭档面前，男开奖嘉宾立刻会意，宣布结果——

“冯佩！”

大银幕上的镜头立刻给了冯佩特写，女演员起身接受周围同仁的庆祝，然后缓缓上台。

开奖嘉宾公布获奖者的瞬间，冉霖就下意识看江沂，他发现搭档眼里虽然有一闪而过的遗憾，但更多的是坦然和……松口气。显然在江沂那里，“被吊着不上不下”比“没得奖”还难挨。

冉霖收回目光，一颗心落了地，人家姑娘比他想得开多了。

虽然他觉得以江沂在《染火》中的表现，配得上得奖，但其实能入围提名，已经是对她的肯定，客观地说，入围的5个女演员都在各自影片里有出色发挥，最终花落谁家，真的也要看缘分。

随着冯佩说完感谢词，颁奖礼继续进行。

最佳男配角、最佳新人、最佳编剧……

颁奖礼越进行到后面，颁出奖项的分量也越重。

冉霖的心重新被提起来，终于，等到最佳男主角！

开奖嘉宾是上一届的最佳男主角和已在前几年便于此封后的女演员。俊男靓女配合默契，一唱一和逗得全场捧腹，且很巧妙引出最佳男主角这个奖项。

大屏幕随之播出剪辑短片——

“获得最佳男主角奖提名的是，顾杰，《染火》……陆以尧，《裂月》……冉霖《染火》……张北辰，《薄荷绿》……”

冉霖看着提名者的表演片段被依次放出，心里却从头到尾都默念着陆以尧的名字。

他希望陆以尧得奖，希望对方的演艺生涯，能有一个完美收尾。

“获得最佳男主角的是……”

冉霖的心几乎要随着颁奖嘉宾的大喘气跳出胸口。

“陆以尧！”

颁奖嘉宾的话音刚落，冉霖和顾杰一并起立，动作比陆以尧还快！

已经开始鼓掌的众同行错愕，以为这二位想要得奖的心太切，闹了乌龙。

却不料接受完左右同剧组主创庆祝的陆以尧起身之后，仿佛后脑勺长了眼睛般，直接向后转。

等待多时的顾杰第一个给他拥抱：“恭喜——”

现场已经开始播评委会给陆以尧的获奖词：“他的表演生活自然，细致精准，将一个有着人格分裂困扰的……”

顾杰是真心祝贺友人，压根儿没控制自己的嗓门，不过在获奖词的背景音里，也就被淹没了，只周围的同行们听得到。

他的拥抱来得结实，也结束得爽快，前后不过一两秒。

待顾杰离开，陆以尧看向冉霖，好整以暇地笑。

从得奖那一刻起，镜头就一直给着陆以尧，他的一举一动一颦一笑，在大屏幕上一目了然。

可那又如何呢？

冉霖上前，紧紧抱住陆以尧，用了全部的力气。

无须恭喜，只这样抱住，一切的一切，便尽在此中。

# 第五十八章

颁奖礼在电视与网络平台同步直播，奖项揭晓的一瞬间，跟着陆以尧一起高兴的可不止冉霖和顾杰。

西城樊莉家，陆以萌一激动，颠撒了爆米花，直接给还没从公司回来的亲妈打电话，公布喜讯。

东城，难得早回来一次的陆国明，在客厅沙发里喝着茶，对着一年也看不了几回的电视，眼底略有欣慰。

微博里，陆神粉老泪纵横。两次入围国际A类电影节，都铩羽而归，这次虽然只是国内自己的狂欢，但毕竟是影帝啊，总算能捧回奖杯。

落座后很久，冉霖仍觉得身上有陆以尧的体温。

陆以尧已优雅上台，从颁奖嘉宾手中接过奖杯，嘉宾退场，偌大的舞台中央只留给最佳男主角。

陆以尧调整一下话筒的高度，然后缓缓抬起头，收敛浅淡笑意，从容而庄重："以前看别人得奖的时候我一直在想，为什么大家站在这里说来说去都是感谢，就不能有点新鲜的吗？可是就在刚才调整话筒的时候，我就明白了，真的没有新鲜的，因为这一刻你的脑袋里面就剩下了这两个字……"

"感谢导演，谢谢你当初信任我，选择我来演这个角色；感谢整个剧组，是你们的辛苦付出，才成就了《裂月》，才让我有机会跟着沾光……"

"还要感谢我的朋友。刚进组的时候我一直找不到感觉，就给一个朋友打电话，他给了我很多启发……"

"谢谢！"

陆以尧说这最后两个字的时候，目光直视前方，看起来就像给自己的答谢词一个坚定收尾。

可冉霖知道，这话是说给自己的。

那个和陆以尧视频的夜晚，他们就彼此的表演聊了很多，不仅是陆以尧的《裂月》，还包括他的《凛冬记》，因为当时两个人几乎算是同期进组，都处于刚开始拍摄的找感觉阶段。

不过他那晚到底给了陆以尧什么建设性意见？

冉霖是真记不清了。

唯一记得的就只剩下那句——

【我的精神与你同在，你如果想我了，就抬头往半空中看。】

颁奖礼归来的两天后，冉霖带着行李上飞机，奔赴《五陵年少》的拍摄地——西安。

陆以尧其实很想跟去看看，奈何事情太多实在脱不开身，只能让姚红跟着过去。姚红主要是照看着冉霖，戏本身的拍摄情况，则由制片人全权负责并随时向陆以尧汇报。这位业内资深制片人是姚红找来的，也是她多年的朋友，业务上没的说，人品上也信得过。

冉霖进组后没几天，陆以尧在一场酒会应酬上，竟然遇见了霍云滔。

那是一场某集团牵头的慈善酒会，该集团和娱乐圈关系密切，所以很多圈内老板过来捧场，陆以尧正是需要熟悉圈子的阶段，一来认识多点人没坏处，二来也是要明确自己已经从艺人转型成了老板，免得那些娱乐公司高层总拿老眼光看人，不把他当同行。

然而罗马不是一天建成的，尤其陆以尧刚在电影节上风光，难免有人借此调侃，故而一出现，就有认识人过来寒暄道："这不是陆影帝嘛。"

调侃之人也未必恶意，但总归有些不尊重的意思，然而陆以尧不在意，仍大方回应："孙总。"

这位叫孙总的公司规模有限，没投资过什么大制作，和陆以尧也没有过合作，只是都在圈子里，知道这位转行的人气男星，酒会无聊，也就过来打打趣。

却不想陆以尧三十岁不到的年纪，人却沉稳，大方从容，倒让他有点不好意思了，便收敛调侃，正经起来："听说贵公司第一个项目已经开拍了？"

"嗯，"陆以尧笑笑，"公司那么多张嘴等着吃饭，再不开拍就要喝西北风了。"

"陆总你这就是谦虚了，"孙总已经改了称呼，"谁不知道你这个项目那可是大手笔。"

"游刃有余的才叫大手笔，如果需要压上全部身家，这就是赌一把了。"陆以尧煞有介事叹口气，"说不定明年慈善酒会上，孙总你就找不着我了。"

孙总面上被这玩笑逗乐，心里却是讶异。

一个转行的艺人有大方从容的气度，固然让人心生好感，但也不至于意外，可现在这人身上连半点艺人的影子都看不见，倒是话里话外，从头到脚，处处透着同行气息，言语间的太极拳打得滴水不漏，专业至极。他这是知道陆以尧从前是艺人，不然铁定要认为这人根本一直都是生意人。

孙总那边满满心理活动的时候，陆以尧也没踏实。

他发现就在刚刚应酬孙总的一瞬间，自己被亲爹灵魂附体了。他的说法、做派，都和记忆中的陆国明高度重合。

陆以尧其实没有多少机会能见到商场上的陆国明，可就那么一两次，他记到现在。而且他清晰记得自己当年的心情，就是死也不要成为第二个陆国明，所以放弃商学院，偷着考戏剧表演，都是和亲爹拧着来的产物。

却不料兜兜转转，还是回到原点。

可陆以尧不后悔这些折腾。因为人生不能只看结果，更重要的是过程，如果他一开始就选择从商，那么后面这些事情就都没有了，他不会遇上冉霖，不会认识夏新然顾杰唐晓遇这样的朋友，甚至都不会像如今这样坚定自己的人生方向……如果非说二者的过程里有什么相同的，恐怕就只剩下霍云滔。

这人出现得太早了，远在他尚未思考人生前途的时候就从天而降，所以无论从商从影，都不影响他和这个人的关系，仔细想想，这就是损友间的孽缘啊。

"哈罗，你是真的看不见我还是不想和我打招呼？"

熟悉的声音拉回陆以尧的思绪，然后他就愣住了。

"你怎么在这儿？"陆以尧怀疑自己的脑袋里有盏阿拉丁神灯，所以一回忆，真人就跑出来了。

霍云滔穿着薄西装，拿着高脚杯，一脸悲伤地看老友："你那是什么表情，就这么不想看见我？"

"和我想不想没有关系，主要是你出现在这里不太科学。"陆以尧理由充分。

"怎么不科学，主办方和我们家有生意往来……不对，"霍云滔终于觉出问题，"什么叫和你想不想没关系，那你到底是想还是不想啊？！"

"想，我都快想死你了。"陆以尧乐，刚刚的沉稳早不知抛到哪里，这会儿就是个和哥们儿斗嘴的幼稚鬼，不过还没忘兄弟已经成家的事，四下环顾，"盼兮呢？"

"她不喜欢应酬。"霍云滔解释。

陆以尧有点感慨地看着友人，道："你也不喜欢吧？"

"有什么办法呢，"霍云滔轻声叹口气，"这是我家生意，我不扛谁扛，都是命啊！"

陆以尧用酒杯和他轻碰："祝你财运亨通。"

霍云滔没好气看他一眼，才道："祝你蝉联影帝。"

陆以尧牙根痒痒："你的祝福能不能走点心。"

霍云滔故意的，这会儿乐得让人牙痒痒，不过乐完，总算正经起来："《五陵年少》开拍了？"

说话间二人已经来到角落，随便聊，也不会引人注目。

"嗯，"陆以尧道，"上礼拜就开机了。"

霍云滔点点头："怎么样，能赔吗？"

也就是哥们儿，换一个人这么问，陆以尧都容易跟对方绝交。

不过也正因为是霍云滔，所以陆以尧知道，对方是真的担心他赔光家底。

陆以尧："不好说，得看成戏效果能否达到预期。"

霍云滔："如果能呢？"

陆以尧："那就赔不了，而且收视一定会爆。"

霍云滔："如果达不到预期呢？"

陆以尧："冉霖容易和我绝交。"

霍云滔："也不至于吧……"

陆以尧："为了支持我，他这次是零片酬出演。"

霍云滔："我要是他我现在就踹了你……"

陆以尧扬起嘴角。

他在听到冉霖想买别墅和他做邻居之后，就真的动了提高片酬的心思，哪知道真等谈钱的时候，冉霖连原本的片酬都不要，而且理由很充分——片酬就当入股，赔了认倒霉，赚了你得给我多分红。

冉霖当然不是真的为了高风险高回报，陆以尧就算再迟钝也知道，这是对方在用自己的方式给他这个商界新人以支持。

如果说《国民初恋漂流记》只是打开了冉霖的知名度，《落花一剑》让他翻起第一次热度，那《凛冬记》和《染火》则是在帮他翻起新一轮热度，提升原有咖位的基础上，飞跃性地提升了他的格调。

以冉霖现在的势头，再回过来演电视剧，片酬与《灯花传奇》早不可同日而语，而《灯花传奇》时冉霖的片酬就已经比《落花一剑》翻了番。近段时间，姚红已经把冉霖的电视剧片酬，对外开到了 40 万到 45 万一集。当然这个报价是含有水分的，但即便资方有意压价，30 万到 35 万一集也是底线。

至于未来冉霖的片酬是升是降，取决于他的发展，但现阶段，就是这个数。

《五陵年少》计划拍摄46集，如果不找冉霖，而是找其他同等咖位人气的演员来演，这一千多万的片酬就是正常支出，但是现在因为找的冉霖，这笔钱就是实打实省下了。

都说谈钱伤感情。

陆以尧却觉得，真正彼此信任的人，反而不怕谈钱。就像他倾尽全力投资的戏，很自然就是找冉霖来当男一号，即便冉霖没凭借《凛冬记》和《染火》翻出这波热度，他也对冉霖有信心。而反过来，冉霖相信他的眼光和能力，义无反顾零片酬出演，实质上是与他风险共担。

冉霖出演就一定能让这部戏红吗？陆以尧不敢肯定。

陆以尧投资的项目就一定前景好吗？冉霖怕也不敢这么说。

但这就是他们，彼此信任，结伴奋斗，赔了共苦，赚了同甘。

冉霖进组拍摄已经一个多礼拜了。

不考虑他和陆以尧的关系，单纯客观评价，这都是冉霖待过的最有凝聚力的电视剧剧组。和《染火》比较相似，那就是《五陵年少》也没有那么多资方和关系户，整个剧组都是由陆以尧把控，制片人牵头，导演拍板，由上至下组建的，和多方攒起来的剧组不同，这样的团队更像一个集体，大家心往一处想，劲往一处使。

而且《五陵年少》比《染火》更省心的地方在演员。除了冉霖和唐晓遇外，其余演员也都是精挑细选，在符合角色要求的基础上，业务能力和口碑是第一位的，人气反而没那么重要。况且《五陵年少》作为现代都市剧，在表演难度上本身就比《染火》要低一些，甚至因为导演在选角时的把控，很多演员都可以本色演出，清新自然。

方方面面都顺当默契的结果，就是拍摄进度稳定从容地往前走，导演有更多的时间来精雕细琢，演员之间也碰撞出更多火花，飙戏飙到过瘾。

这天是拍摄他和唐晓遇这对损友一起在钟鼓楼广场闲逛，顺便思考一下迷茫的人生。哪知道好巧不巧就遇上扒手。但扒手扒的是路人，他俩属于见义勇为，结果难得做回好事，还被扒手团伙打击报复。但这二位小爷那是好惹的吗，立刻叫人过来反报复，于是好好一个见义勇为，愣是发展成了团伙斗殴，虽然刚一动手就被警察制止了，但毕竟影响了社会治安，最终二人和扒手们双双进了局子，简直史上最惨正义使者。好在最初那个被扒的路人挺身而出帮忙作证，才还了他俩清白，虽然还是不免被警察叔叔教育一顿。

在这种比较开阔人流量较大的商区拍摄，剧组大都速战速决，所以作为演员，都是提前化好妆，再跟车过来，抵达后稍事准备就开拍。

冉霖和唐晓遇是主演，而扒手也好，被偷的路人也好，都是找的临时演员，所以从化妆到上车出发，他们和这些演员都是分开的，直到抵达现场，才看见一群人已经先到了，正在那边听副导演讲戏。

“准备好了吧。”已先行抵达的导演问他们。

此时是工作日的上午 10 点，广场周边的商业街店铺已经全开了，但还远没到客流高峰，所以在镜头里看着就是个欣欣向荣又不会过分杂乱的画面，再合适不过。

冉霖和唐晓遇知道导演这是希望速战速决，所以齐齐点头。

导演很满意，道：“那就先整体走一遍，熟悉一下位置和路线。”

这场戏里是需要冉霖和唐晓遇去追扒手的，怎么跑，往哪跑，都是有讲究的。

冉霖和唐晓遇没二话，直接站到镜头前面，先“闲逛”起来。

导演在监视器后面看着，不时给一些意见。

待二人“闲逛”得差不多，导演让助理通知副导演，先把偷钱的“扒手”和被偷的“路人”一并叫过来，走一下二人见义勇为的戏份。至于“二人被揍”和“带人过来报仇”都是后面的事。

冉霖眼见着副导演带了三人过来。两个戴着鸭舌帽，看不清长相，但背着双肩包，穿着运动休闲装，一看就是年轻游客；另外一个人则穿着夹克，其貌不扬，扔人堆里找不着，唯一双眼睛来回乱转，显然已经入戏，非常生动地诠释了什么叫贼眉鼠眼。

三人在距离他俩几米处的地方停下，由副导演讲戏，但说也奇怪，那“扒手”抬脸听得专注，那俩“路人”却无一例外低着头，从冉霖和唐晓遇这里只能看见帽檐，却看不见脸。

唐晓遇没觉出什么，正望着天在脑袋里过等下的台词和动作呢！

但冉霖越看越觉得哪里不对，不，是非常可疑……

毫无预警，冉霖一个箭步冲上去，弯腰就从下往上看这二位，果然，帽檐底下是两双再熟悉不过的眼睛！

顾杰先出了声，一把摘下鸭舌帽："这样你都认得出来？！"

夏新然翻个白眼，也只得抬头，但没理冉霖，先瞪顾杰："我就说你走路的姿势跟别人不一样！"

冉霖哈哈大笑，连忙给顾杰洗冤："别找人背锅，你俩一过来，看身形我就觉得眼熟！"

夏新然终于转向冉霖，然后一个熊抱："你心里果然也有我们——"

顾杰皱眉，哪出来个"也"？不过没来得及多想，就越过夏新然后背，和带着笑的冉霖四目相对，立刻道："我们来探班啦！"

"顺带友情客串？"唐晓遇走过来，已经看明白情况了，跟冉霖一样，喜出望外。

"都来了当然要客串，"夏新然松开冉霖，嘿嘿乐，"想让陆老师欠个人情不容易，有机会就得抓住！"

"所以是陆以尧请你们过来的？"唐晓遇随着夏新然的说法猜测。

不想立刻被夏美人否定一半："是我们正好想来探班，陆老师又正好希望我们能来客串，所以一拍即合！"

冉霖看向顾杰。

后者点头："嗯。"

冉霖咧开嘴，顾杰说是，那就确实是了。

夏新然黑线："为什么我说不行还要找他确认？"

因为你看着就不是很靠谱。围观全程的副导演在心里忍俊不禁地接茬，却也看出这几个人是真的关系好。不过时间有限，他也只能做个煞风景的坏人："咱们现在走一遍戏？"

经副导演提醒，众人立刻正色起来，进入工作状态。

冉霖和唐晓遇走到一旁的台阶上坐着，百无聊赖看天，夏新然和顾杰则来到镜头正位，戴好鸭舌帽，一派青春气息。扒手则在他们身后不远处，伺机而动。

随着场记板一声啪，顾杰和夏新然便肩并肩往前走，夏新然开着手机地图，一边走一边跟顾杰分辨四周景物，时不时还驻足看一下，俨然初来乍到的纯良游客。

一直跟在他们后面的扒手已经贴近上来，就在两个人凑在一起研究地图时，拉开夏新然背包，灵活的手指迅速夹出钱包……

“喂——”

路见不平一声吼，冉霖跳起就出手！

小贼见状不妙，转身就跑，冉霖如旋风般追出，而唐晓遇已经跑到蒙圈的夏新然和顾杰面前，这两人还没觉出什么情况。

“你们的钱包！”唐晓遇急得也顾不上前言后语，直接指着冉霖飞奔而去的方向说重点。

夏新然眨巴眨巴眼，持续蒙圈。

顾杰一个后仰看见夏新然被拉开的背包，瞬间领悟，一巴掌拍到夏新然脑袋上：“你的钱包——”

夏新然终于反应过来：“那你打我干啥，追贼啊！”

就这二位，能安全旅行到现在都是奇迹，唐晓遇再懒得理他们，直奔冉霖的方向追去！

顾杰和夏新然立刻跟上，狂奔！

随着所有人离开镜头，这一条顺利通过。

跑出画面的夏新然在听见那声“过”之后，立刻还手拍上了顾杰脑袋。

唐晓遇见状连忙道：“别这样，演戏需要嘛！”

夏新然一脸哀怨：“剧本里根本没这个动作，是他自由发挥！”

顾杰坚持：“这个人物就是这个性格，有动作才更贴近人物内心。”

夏新然无语：“你只是个客串，哪来的内心！”

顾杰摊手：“编剧没写，但你可以自己挖掘，这是一个演员的自我修养。”

唐晓遇看看旁边的冉霖，忽然理解了为何他和这两个人的关系比自己近多了，却不出言相劝，因为这种毫无道理可言的掐架，重点不在逻辑，在于过瘾。

一样米养百样人，唐晓遇想，友情模式果然也是千奇百怪……呃，千变万化的。

夏新然和顾杰只来客串一天，所以上午的外景结束之后，下午立刻转战派出所的内景。

冉霖在此之前没见过夏新然演戏，更别说跟对方对戏，包括上午的追毛贼，也不需要夏新然和顾杰有什么表演，错愕一下，跟着追出去，就结束了，戏份还是集中在冉霖和毛贼身上。

可下午这段“失主来派出所作证”，就真的需要表演了。

随着场记板合上，冉霖跟唐晓遇垂头丧气站在这边，只能算目击者不能算失主的顾杰等在一旁，而已经和警察说明情况的夏新然来到他俩面前，一抬眼，那双大眼睛里满是愧疚，看得冉霖差点心软，恨不能夏新然没说话呢，他就来个“没关系”。

“对不起……”夏新然完全没了平日里的活泼，脸上表情复杂，有懊恼，有羞愧，有终于说出抱歉的释然，也有“等待发落”的忐忑。

冉霖惊讶于夏新然对情绪把握的丝丝入扣，一瞬间，就进了戏：“没关系。”

“下回别把钱包放背包里，贴身揣着。”唐晓遇也在一旁提醒，不过碍于警察叔叔，只能小声咕哝。

“行了，你们走吧，”警察叔叔终于起身，语重心长，“记住了，见义勇为是好的，但以暴制暴不可取。”

“过——”

客串戏份，至此杀青。

夏新然迫不及待跑到监视器后面，想看看自己演得如何。

冉霖被他勾得也起了好奇，跟着走过去，却发现夏新然愣在监视器旁边，瞪着大眼睛看导演。

冉霖疑惑，待走近发现，让夏新然直勾勾盯着的不是导演，而是坐在导演旁边的人，这位一身休闲服，戴个渔夫帽，也煞有介事盯着监视器。

“陆老师？！”夏新然终于找到了自己的声音。

冉霖今天已经收获太多惊喜，到这时候，反而淡定了，但面上淡定，不影响心里开花，哪儿哪儿都是香的，还好多蜜蜂嗡嗡嗡地来花蕊里采蜜。

陆以尧摘下帽子，大方抬头。

夏新然一巴掌拍他肩膀：“你藏得太深了！”拍完好像觉出对方的身份已经不一样了，又有点后悔，毕竟当着这么多人呢，总要给陆老板留些面子，于是那手又飞快缩回来，假装刚才拍拍打打的完全不是自己。

陆以尧看透他的心思，哑然失笑，然后缓缓地，看向冉霖。

冉霖心里开了花园，特给面子道：“陆总。”

陆以尧第一次听见冉霖这么叫自己，莫名悦耳，让他整个人都有点飘飘然。

“陆老师，你一进来我就发现你了，但我没戳破，够意思吧！”顾杰人还没来到跟前，声音就破空而入。

很好，什么飘飘然都没了，陆老板咣当落回坚实大地。

当晚五个人自然一起吃饭，顾杰问陆以尧怎么一声不吭就过来了，得到的回答是：“给你们一个惊喜。”

“是给冉霖一个惊喜吧，”夏新然揶揄，“先让我和顾杰惊喜他一次，然后你再过来给个追击，层层递进，喜上加喜……高，当了老板之后就是不一样。”

“是不是后悔没签我公司了？”陆以尧打趣。

“幸亏没有，”夏新然想想都后怕，“你这都快把冉霖捧上天了，我去了只能当背景板。”

“陆老板，你要不要考虑一下我？”唐晓遇自告奋勇，特真诚，“我合同大后年就到期！”

顾杰一口茶水喷出，受不了道：“那你后年再提也不晚！”

唐晓遇摊手：“打个提前量嘛，我觉得这家公司特有前途，不早点预订容易没位置。”

“这点我还是承认的，”夏新然难得给个正面评价，“这部戏一看就砸了不少钱。”

陆以尧乐，连揶揄都照单全收。

冉霖想起了在来餐厅的路上，听夏新然说的难得来这边不是为了赶通告，所以明天要和顾杰当一回正经游客，后天再搭飞机回京，于是很好奇什么才算是正经游客：“对了，你们明天怎么安排的？”

夏新然正在跟唐晓遇打听剧组的衣食住行，包括拍摄的计划和各种取景地什么的，想深度了解一下陆老师究竟有多壕。

于是回答这个问题的就成了顾杰：“早上肉夹馍配凉皮，中午羊肉泡馍再吃一屉灌汤包，晚上还没定，油泼面和臊子面很难抉择，还想喝肉丸胡辣汤，夜宵溜达看，顺便买点柿子饼。”

冉霖：“有餐饮领域以外的活动吗？咔咔吃一天？”

顾杰：“这不是先和你说三餐吗，不走景点能叫正经游客？我俩准备一早就先去兵马俑、秦皇陵、骊山、华清池，下午再去碑林、小雁塔、大雁塔，如果看完大雁塔喷泉还有时间就去一下大唐芙蓉园……”

“没时间了，”冉霖残忍打断友人，“我个人认为你俩从华清池回来应该就可以吃夜宵买柿子饼了。”

# 第五十九章

张北辰是在 12 月份出事的。

那时西安街道两旁的阔叶树已经落光树叶，只剩秃秃的树杈，满目都是初冬的萧瑟。

结束一天拍摄的冉霖回酒店后先跟日理万机的陆总视频汇报了一下当天情况，而后简单洗了个澡，并于睡前照例刷一下微博。

这一刷就看见了明晃晃的热搜——张北辰被爆料。

冉霖睡意全无，连忙点进去看。

【知情人士爆料称他和某娱乐公司高层已同居多时，也正是在这位神秘同居人的帮助下，才顺利出演《薄荷绿》……点击查看全文。】

【张北辰的好资源全靠“神秘友人”？！点击视频链接查看详情。】

【张北辰再陷断袖疑云，被拍到和一神秘男士同回公寓，早年亲密照也被再次挖出……点击查看全文。】

虽然各营销号的转发用词未必全然相同，但用的素材却出奇一致——都是一段三十几秒的地下停车场的偷拍视频。视频光线暗淡，画面模糊，说是张北辰和神秘男子也行，说是随便两个路人也行，根本糊得看不清。至于营销号转发里带的照片，要么是视频截图，要么是早年的已经炒过一次的“密照”。

虽然证据看起来有点虚，但毕竟张北辰有“断袖疑云”的前科，所以这次被营销号带起的节奏来势汹汹。

冉霖查看最早爆料的娱乐号，发现是傍晚 6 点左右，挑的正是微博流量开始渐渐往黄金时间段高峰去的时候。

冉霖不敢确定这是爆料工作室的“奋斗成果”，还是有人指使工作室特意去挖的“黑料”，但节奏已经带得飞起了，吃瓜群众早早搬好小板凳，在下面嗑起瓜子来——

【不管你们信不信，反正我信了。看娱乐八卦多年，我的经验就是但凡被一而再再而三提及的绯闻，多半就是真的。】

【张北辰好像从《薄荷绿》之后就没什么动静了，忽然来这么一条新闻，这是又有新戏要上了？】

【不是粉丝，就是觉得画面糊到亲妈都认不出来，还得画个红圈圈特意标出这是张北辰，总觉得有点坑啊。】

【坐等高清视频。】

【都什么年代了，演戏好就行呗，狗仔也是闲的。】

相比网友的看热闹和无所谓，甚至还有很多表达了对“同志”的包容，张北辰粉丝的反应就比较激烈了——

【如果这种视频也能叫锤，那我随便找两人在暗处拍个视频都能当爆料！这已经构成诽谤了！】

【辰粉不用和他们吵，看见这种就举报！】

【我偶像这半年真是低调到快消失了，这样也有人黑！】

【我就想知道张北辰是不是得罪什么人了？半年没动静，一上热搜就这破事，太糟心了！！】

【就算一起去地下停车场怎么了？你不去朋友家做客啊？你没在朋友家过过夜啊！以前是异性朋友一起玩容易传绯闻，现在哥们儿一起玩就说是断袖，请问明星该怎么办？就宅在家里撸猫？！】

网友和粉丝不了解，当然只能从自己的心情出发去看待。

但冉霖是知道张北辰和秦总关系的，他不认识秦总，也不能确定他是不是视频里拍到的那位“神秘男士”，但依照之前听来的资料，秦总大小明星捧过不少的，一直没出过什么事，而丁铠让他保密时也说过，秦不喜欢麻烦，那么放任这种黑料爆出来，本身就不合理。

即便真有不懂事的营销号爆了，也该被马上压下去，如今不仅没下去，还发展到了热搜，说明没人往下压，却恰恰有人往上带。

冉霖蓦地想起陆以尧说过，张北辰已经和秦分了，但闹得不太愉快，所以被秦动用关系打压，难道是光封杀还不够，还要让张北辰身败名裂吗？多大的仇非要把人往死里整？

直到冉霖实在困得不行，放下手机睡觉，张北辰那边依然没有任何回应。

冉霖做了一夜的梦，乱七八糟也记不得什么，隐约留下点时光倒流回漂流记的印象，但太模糊了，真想去捕捉，又捉不到。

去片场的路上，冉霖给姚红打了电话，问她知不知道张北辰这档子事。

姚红显然也看了微博，思索片刻道：“应该是得罪人了。”

冉霖：“你的意思是有人故意要整他？”

姚红：“对，很明显的一窝蜂黑，否则就那么段视频，掀不起大浪。”

冉霖说：“但再黑也属于证据不足啊，那段视频根本看不清谁是谁。”

“这个人没想真把张北辰弄得翻不了身，”姚红沉吟着，“如果视频里真是张北辰，偷拍者完全有条件拍到更清楚的画面，这种带一带就能黑，洗一洗就能白的视频，多半都是想给个警告或者教训。”

冉霖：“秦总？”

姚红：“有可能，因为张北辰这半年基本没工作了，不太可能再和哪个同行结怨。”

冉霖不能理解这种脑回路，“他已经动关系把张北辰封杀了，还不够吗？”

姚红想了想，客观分析道：“那要看他的目的了，任何人做任何事都有自己的出发点。如果他的目的是让张北辰销声匿迹，那封杀就够了，如果想让张北辰身败名裂，那他们俩在一起这么久，他完全可以放出更猛的料……”

“警告和教训既不是想让人销声匿迹，也不是想让人身败名裂，而是想让人听话。”冉霖感觉自己似乎抓到了一丝真相，“他想让张北辰回头？”

姚红谨慎道：“我不能确定。”

冉霖意识到自己有些为难姚红了，连忙道：“对不住红姐，一早就打电话和你问东问西。”

“没事，”姚红现在对冉霖就和对当年的陆以尧一样了，都觉得像自己孩子，很自然关心道，“戏拍得怎么样，身体吃得消吗？”

半个月前，一直待在剧组的姚红回北京处理公司事情，也就是从那天开始，天气越发冷下来，再拍夏天的戏就各种辛苦。

“放心，一切顺利。”冉霖拍胸脯。

姚红乐：“下礼拜我过去，别让我发现你瘦了，不然我汇报的时候又得给领导解释半天。”

姚红口中的领导还能有谁，自然是已经成为老板的陆总。

冉霖以前总觉得姚红如慈母般温厚，如今一对一合作了，才真正明白，对方能在和王希多年的较量中一直占着上风，那绝对是有理由的。

好在车辆已经到了片场，冉霖再不用发愁怎么招架经纪人的调侃，直接启动脱身程序：“红姐，我到片场了，先不说了。”

“嗯，”工作永远是第一位的，所以姚红应完就想挂了电话，但瞬间想起另外一件事，鉴于冉霖大清早就打电话来问张北辰的事，她便也一并说了，“对了……”

冉霖正要挂断，听见声音连忙又把电话贴回耳朵：“嗯？”

姚红道：“张北辰和武雪峰解约了。”

冉霖：“那现在谁是他的经纪人？”

姚红：“没有。”

冉霖茫然：“没有是什么意思？”

姚红：“就是他现在没有团队了，武雪峰几乎带走了整个工作室的人。”

张北辰和夏新然的合同是同步到期的，两个人都没续约，都自组了工作室，夏新然原本的经纪人留在了原公司，而武雪峰却跟着张北辰一起出来了。不过张北辰那时候可能已经跟秦总不愉快了，所以组了工作室以后也没接到什么像样的通告，电影和电视剧更是没有水花。这种人为造成的“封杀”，工作室里的人再能干也没用，有离职的心正常，可整个团队跟着武雪峰一起走，就有点……

似乎知道冉霖会怎么想，姚红又道：“解约是张北辰主动提的，应该说是他炒了武雪峰，所以对方带走整个团队，也有报复的成分在吧。不过——”姚红话锋一转，“武雪峰这两年在业内的口碑不算太好，想再找一个人捧到张北辰这种程度，也难。”

“冉哥，”刘弯弯过来提醒，“化妆那边等着呢！”

冉霖点点头，忙简单说几句就和经纪人挂了电话。

之后的一整天，冉霖彻底投入角色，忙碌拍摄，再无暇想其他事。

直到收工回酒店的路上，才有机会打开微博，发现“张北辰”还挂在热搜，评论区也是自由发酵，没半点公关迹象。

有人带节奏，风向就会固定往一个方向去，但若没人带节奏，舆论风向就五花八门了。

惯于搞噱头博眼球的营销号几乎把张北辰的陈年历史挖了个底儿掉，《国民初恋漂流记》自然是躲不过的话题。

尤其9月份刚在电影节上合体，照片都还是热乎的。

拜营销号所赐，“漂流团五缺一”也悄悄进了热搜前20名——

【漂流团兄弟情深，经常聚会合体，为何每次都不见张北辰？……点击查看全文。】

【#漂流团五缺一#电影节漂流团四人同框，张北辰与其他三人全程无交流……点击视频链接查看详情。】

《国民初恋漂流记》已经是几年前的综艺了，按照娱乐圈更新换代的速度，到现在还能被记着，被频频提起，已经实属难得，可是对于观众和粉丝，这种都已经属于陈年旧料，兴趣缺缺，所以在没有人特意花钱带节奏炒作的情况下，单凭营销号自己刷，也就一直在热搜榜十七八位那里徘徊，没掀起什么大风浪。

冉霖现在看着这些已经没太多感觉了，只是偶尔点开当时的综艺截图，有些物是人非的唏嘘。

张北辰的微博还没回应，最新一条已经是很久以前发的了，冉霖点开下面的评论，果然都是新进过来打气的粉丝。

退出张北辰主页，回到自己首页，提示有几条新微博，冉霖随手往下一刷，竟然刷出了张北辰的。

冉霖第一反应是太巧了，正想着张北辰会如何回应，就撞上了新鲜出炉的，可等他看完整个长微博，却一时怔在那里，久久不能回神——

【这一次是真的想要歇歇了。十八岁岁选秀出道，至今9年，收获很多，也失去很多。前些年只顾着往前走，今年开始，才学会往回看，然而却看不清来时的路了。我没有太好的文采，只能发这样一个有些突兀的声明，向所有关心我喜欢我的人说一声，抱歉，我要退出娱乐圈了，这是我深思熟虑后的决定，我想要歇一歇，换一种方式生活。最后，感谢所有真心待过我的朋友，你们是我这9年里最珍贵的回忆，也向所有被我伤害过的人道歉，无以弥补，只能说声对不起。】

1月20日，《五陵年少》杀青。

杀青那天西安下了一场薄雪，刚落地，就化了大半。冉霖和唐晓遇蹲在雪中的街边啃菜夹馍，唐晓遇夹的青椒土豆丝，冉霖夹的秘制花干，蹲在一起啃得不亦乐乎。随着狼吞虎咽呼出的白气，透着欢腾劲，让这理应有些落魄的场面，满满的朝气蓬勃。

这是剧本里很前期的一场戏，但因为发生在冬天，所以拍摄计划里，倒安排在了最后一场。

“过！杀青了——”

这一嗓子犹如天籁，冉霖和唐晓遇蹦着高跳起来，全剧组也一片欢呼雀跃。

近4个月的辛苦奋战，终于，圆满收工。

庆功宴上，唐晓遇要和冉霖喝酒，理由也很充分，从《落花一剑》到《五陵年少》，两个人都演的是好哥们儿好兄弟，理应干杯。

冉霖来者不拒，而且也确实认唐晓遇这个哥们儿，那就干杯走起来。

结果一个小时之后，已经止不住往桌底下滑的唐晓遇就意识到，和冉霖拼酒是人生做的最失误的一个决定。

好在冉霖还顾念点兄弟情，没真灌他，最后还一路扶着脚下有点飘的小鱼兄弟回了酒店，陪唐晓遇的助理一起帮他安顿稳当。

翌日，唐晓遇回北京，冉霖则直接飞回了家——再过几天，就是除夕了。

这两年冉霖就没正经在家过过除夕，所以这次回家没打任何招呼，准备给父母一个惊喜。

抵达自家包子铺门口的时候，正是中午时分，包子铺里有三四桌客人，人不算多，但因为店面也不大，所以看起来还挺热闹的。

冉霖戴着鸭舌帽和口罩走进店里，挑了角落一张桌子坐下，年轻的服务员立刻拿餐单过来递给他。

餐单就一张，上面列着各种馅的包子，还有小菜、饮料。

冉霖看着餐单，服务员看着冉霖，莫名想瞧瞧这位顾客准备什么时候摘口罩。毕竟进来店里都是吃包子的，哪有都坐下了还把嘴捂这么严的道理。

然而这位顾客还真的就戴着口罩点了单。

小服务员虽然心理活动丰富，但面上还是笑脸迎客的，立刻转身去下单。

冉霖望着小服务员离去的方向，但却不是看他，而是往后厨里瞄。

奈何从前面根本看不见后厨，只能看见小服务员拿着点好的单子一闪，便消失在了通往后厨的走廊里。

熟悉的桌椅，熟悉的包子香。

小时候冉霖经常往店里跑，因为店铺周围特别热闹，玩的东西多，所以他经常是先挑个没人的桌子做作业，做完了书包往收银台里一扔，就跑出去疯玩。

街里街坊都认识，父母也不担心他的安全，便由着他。

可以说，这个店面，这条街，承载了冉霖整个童年。

都说童年的经历会影响人的一生，但冉霖的童年里也实在没什么大事，所以最终带给他的影响就一个——包子豆浆当早餐，万年不变。

深深吸口气，熟悉的味道仿佛带着安神功效，让人从里到外地放松、踏实。

就像回了家，关起门，任你外面再大的风雨，也扰不进心。

忽然心里一动。

冉霖掏出手机，拍了一张店铺写真发给陆以尧，没任何文字，就一张照片。

服务员把热乎乎包子端上来的时候，仿佛计算好时间一般，陆以尧的回复也同期而至——【你家的店？】

冉霖整张照片里都没出现任何包子字样或者包子状的物体，这也能猜出来……必须是心有灵犀啊！

忽略了一下飞机就告诉对方自己已经落地正在往家赶的事实，冉霖在自己营造的甜蜜氛围里，傻笑着拍了第二张照片——这一次是有包子的了。

正准备把冒着热气的白白胖胖的美食写真发过去，手机忽然被人抽走。

冉霖下意识抬头，就见亲妈站在旁边，居高临下皱眉看他："自己家包子有什么可拍的！"

冉霖瞪大眼睛，低头看看自己新买的黑色长款羽绒服，再摸摸帽子、口罩，没问题啊，最后只能摘下口罩，抬头问："我都捂成这样了你还能认出来？"

吕清翻个白眼："你是我生我养的，你就算拔根头发扔到理发店的地上我都能一眼认出来哪根是你的。"

冉霖："妈，做人还是要谦虚。"

吕清又掐了一把亲儿子的脸，终于绷不住，喜笑颜开，转头就冲着后厨方向吼："老冉，儿子回来了——"

吕清的声音婉转透亮，细声细语的时候很悦耳，但要喊起来，穿透力极强。

冉霖刚想拉着亲妈说别喊了，店里还有客人呢，影响生意，四桌客人都已经闻声望过来，冉霖愣住，总算知道亲妈为什么能这么自在了。

"何姨、王叔、张婶……"四桌客人里，三桌都是老街坊，冉霖连忙挨着个地点头打招呼。

待看到最后一桌，终于是生客了，两个大小伙子，冉霖本想笑笑就算，却在六目相对之后，收获两声惊讶——

"冉霖？！"

冉霖以为对方只认得他是个艺人，没想其中一个直接起身过来，情真意切地表达对他的喜欢和欣赏。从《落花一剑》聊到《凛冬记》，又从《凛冬记》聊到《染火》，最后还和他讨论起了《灯花传奇》！

冉霖知道自己有迷妹，没承想自己还有迷弟。

开门迎客，就不存在秘密，所以这边冉霖还没送走迷弟，那边已经陆续有闻讯进店的客人，没一会儿，店内人气爆棚。

冉义民终于擦干净手上面粉出来的时候，儿子已经被里三层外三层围住，踮脚都看不见脑袋那种。虽然看不见儿子，但看得见儿子受欢迎的程度啊，所以冉义民依旧站在外围傻乐呵，并庆幸自己今天没出去跟哥们儿“小酌”。

人气来了，点单的也就多了，毕竟占着人家店，不吃点什么也说不过去。

吕清一把将还在傻乐的冉义民推回后厨，自己也跟着进去忙活起来。

自己家的生意，冉霖那叫一个尽心尽力，最后干脆帽子口罩一摘，坐到收银台里面当吉祥物。

有冉霖坐镇，一整天包子铺的人气就没降下来过。

其实就算从早到晚爆满，也赚不到太多钱，毕竟是小本生意，但吕清和冉义民高兴的是儿子有那么多人喜欢，冉霖高兴的是爹妈以自己为豪。

全天下的父母和子女都一样。

父母总希望自己的付出能让子女成才，子女总希望自己的成绩能让父母骄傲。

及至忙活到店铺打烊，吕清才得空问：“怎么也不打个招呼，鬼鬼祟祟就回来了？”

“你这都什么用词。”冉霖怀疑亲妈最近在追抗日神剧。

“你妈是高兴得不会说话了。”冉义民从母子二人身后悠悠飘过，留下一句弹幕。

吕清现在没工夫收拾孩子爹，先把儿子情况问清楚：“这次回来待几天？”

冉霖冲亲妈咧嘴：“过完正月十五。”

吕清怔住，没想到儿子这次竟然能踏踏实实在家过个年，心里顷刻间锣鼓喧天鞭炮齐鸣，但心里越激动，越不知道该说什么了，最后干脆一拍儿子肩膀：“你这回签的公司挺有人情味，妈喜欢！”

冉霖抿嘴乐，决定晚上告诉陆以尧。

转眼到了除夕。

吕清一早就开始在厨房里忙活，冉义民在贴完对联之后，满屋乱转，东看看，西走走，一会儿帮吕清搭把手，一会儿坐沙发里看电视，一会儿浇浇花，一会儿弄弄草，属于其实没什么事，但又闲不住，非想出点力。

亲爹都帮不上亲妈太多，更别提冉霖，刚进厨房就被人赶了出来，他又不会摆弄花草，只能抱着手机坐沙发里，当个饭来张口的熊孩子。

晚上8点，春晚开始，冉霖家的年夜饭也正式开席。

冉义民一年里只这一天喝酒不会被骂，于是喜滋滋拿出儿子孝敬的茅台，给自己倒上。

倒完之后又要给冉霖倒，吕清看不过去了："你自己想喝就喝，别总把儿子往酒鬼的路上带。"

冉义民皱眉，不同意媳妇的说法："我是酒鬼，我儿子可不是。他在喝酒上是有天赋的，就你总拦着，才华都被埋没了！"

吕清翻个白眼："什么天赋，就是遗传，要孩子的时候你如果听我的话戒了酒，冉霖根本不是现在这样。"

冉霖特想问，他现在哪样了啊，虽然对酒没有太多爱，但千杯不醉这个隐藏技能他还挺喜欢的。

"儿子你看见了吧，"冉义民说不过媳妇，只能找儿子当帮手，别看他电话里像个闷葫芦，每每一家三口"共享天伦"的时候，嘴皮子就利索了，属于现场发挥型选手，"你妈天天在家就这么欺负我，我能坚持到现在，不容易啊！"

"不容易的是我，"吕清提高一个八度，把儿子注意力拉回来，"儿子，我这辈子嫁给你爸，委屈大了。"

电视里的春晚歌舞眼花缭乱。

电视外的冉氏一家其乐融融。

这就是冉霖最怀念的除夕夜，热闹、喜庆、满满烟火气。连爹妈的拌嘴，都听着乐呵。

一家人精神抖擞地守到了12点的钟声，冉霖在敲钟的一瞬间，便从沙发上站起来，大声道："爸，妈，过年好！"

吕清和冉义民笑得每条皱纹里都是幸福。

# 第六十章

7月6日，《五陵年少》开播，7月16日，在某卫视台的收视率破三。

公司的宣发骨干劝陆以尧赶紧开庆功会，陆以尧却说还要等，终于到了7月21日，同步联播《五陵年少》的另外一家卫视，收视率也破了三，陆以尧才松口——开庆功会！

在电视剧琳琅满目，观看渠道多种多样的时代，破二已经算是收视红火的电视剧，破三基本就是讨论度爆表的大热剧了，何况还是两家卫视双双破三！与此同时网络点击播放量也遥遥领先，网站和电视台一样，赚得盆满钵满。

更难能可贵的是，《五陵年少》在收视爆表的同时，口碑也和收视同步走高，观影网站上的评分一度达到9分，后来慢慢回落到8.5分，但对于一部现代剧来说，也是极高的评价了。无数剧评人从各种角度去分析《五陵年少》的现象级表现，综合起来大致如下：

制作精良，电影级别的画面让整个电视剧看起来都特别有质感；剧本扎实，跳出暑期档大范围的仙侠玄幻偶像言情，走了一条另类的都市少年成长路，不仅在暑期少见，应该是近几年都难得一见的现实主义题材精品剧；演员选得好，冉霖和唐晓遇的表演，让这两个核心人物有血有肉，嬉皮笑脸的时候就是熊孩子，大情大义面前，又分得清是非，铮铮铁骨。最后，宣发造势也非常成功，开播之前的大面积宣传，开播中的引领话题讨论等，有了这些辅助，才能让剧本身赢得的口碑迅速发酵，形成爆点。

观众只看剧好不好，圈内人却惊讶于陆以尧第一次出手，就这么有胆魄，够专业。圈里不缺有钱的、有胆的，或者有专业眼光和手腕的，但能做到三合一，很难。

故而电视剧刚播过半，已经有无数资本向陆以尧抛出橄榄枝，希望能参与他的下一个项目，虽然下一个项目在陆老板这里，还八字没一撇。

这厢陆以尧在下一个项目究竟是继续独资还是适当引进一些资方的选择中悠哉地思索，那厢几个参与电视剧的主要演员都身价暴涨，剧本、通告、综艺的邀约如雪片般飞来。

微博粉丝突破3000万那天，冉霖签下了出道以来第一个国际知名品牌的代言，为期两年，代言费逼近八位数。

好事成双。

就在签下代言合同的三天后，已经敲定的《五陵年少》庆功酒会如期举行。

“一，二，三——”

随着主持人一声令下，舞台上众主创齐力敲碎以阿拉伯数字“3”为造型的飞龙冰雕，从中取出卷轴，慢慢展开——祝贺五陵年少，收视再创新高。

庆功会，图的就是个好兆头，吉祥话不怕说得直白，喜庆就好。

舞台上的环节也在这最高潮处落幕，受邀而来的嘉宾纷纷转至旁边的酒会现场。

之前坐在台下，那是捧场，如今开始应酬，那就是社交了。

庆功会的喜气也延续到了酒会上，故而明明从灯光到氛围都走舒适休闲风的酒会，却还洋溢着过节的欢庆，可能也是这场庆功会邀请的人比较多的缘故，酒会现场觥筹交错，谈笑风生，好不热闹。

陆以尧一进来就先看见了霍云滔和彭京与，前者接手自家主营生意后，早已无暇顾及那一点点娱乐产业，这次过来纯属蹭陆以尧的友情票，说是陆以尧“喜迎转行后的第一桶金”，他这个至交好友必须当面捧场。彭京与倒是被陆以尧正式邀请过来的，但不知怎么，这位少爷放着那么多业界前辈不走动，偏就和霍云滔聊得热络。

“老陆——”霍云滔也发现了陆以尧，立刻举着酒杯招手。

陆以尧在心里翻个白眼，脚下快步过去，免得被别人听去自己还有这种“昵称”，回头一传十十传百，他还没到三十岁呢，愣是容易生出四十不惑的既视感。

“彭总。”陆以尧走到跟前，没理损友，先跟彭京与打招呼。

彭京与点点头：“恭喜！”

虽然道的是恭喜，可这位彭公子眼里分明闪着心不甘情不愿的光。陆以尧和他不算单纯应酬关系，有霍云滔这层关系在，其实算半个朋友，便求助地看向损友，道，“我得罪人了？”

霍云滔胳膊肘搭上彭京与肩膀，脸却是冲着老友叹息：“得罪大发了。冉霖合同快到期的时候，彭公子也想签他，谁知道已经被你捷足先登了。”

陆以尧没想到还有这个插曲，想来对方应该是联系的王希，直接就被当时已经知道冉霖要来他公司的王希给婉拒了。

没好气地给霍云滔一眼，彭京与面子上有点挂不住，撇撇嘴，道：“你这部剧我看了，你就是选对了冉霖来演，否则没戏，肯定扑。”

陆以尧词穷了。

彭京与皱眉："你是在乐吗……"

霍云滔无力扶额，末了拍拍彭京与肩膀："他都签冉霖了，当然肥水不流外人田。"

陆以尧这回是大大方方乐了："怎么样，我有眼光吧！"

忽然闪过的记忆片段让彭京与心下一惊："等等，该不是在那次民国趴上你就琢磨着自立门户挖梦无涯墙脚了吧？"

陆以尧想了想，如果认可这个人就属于挖墙脚的话……

"算是吧。"陆以尧非常喜欢这个深谋远虑的自己。

酒会一隅，刚和某卫视高层说完话的冉霖，转身就碰见了施九廷，立刻打招呼："施总。"

施九廷似已站在那里许久，就等着他呢，一打上照面，对方的助理便神奇现身，递上手提袋。施九廷接过手提袋，又递到冉霖面前。

"送我的？"虽然觉得好像哪里不对，但除此之外，冉霖想不出别的理由。

"如果你喜欢，就留着，"施九廷清了清嗓子，难得露出点不好意思，"但如果能在签完名之后还给我，我更感激不尽。"

冉霖疑惑地打开手提袋，发现里面似乎是一件衣服，待拎出半截看，终于认出来，是冉霖在《五陵年少》里穿过的连帽卫衣，这件衣服现在已经成爆款了。

瞬间，冉霖就懂了，这是施九廷这个女儿迷，又来帮自己家公主追星了。

施九廷是一个拎得很清的人，上次要《凛冬记》的签名，他是资方，所以很礼貌，却也更自然，这一次他们再没有合作关系，他的请求里就多了谦逊和客气。

其实大可不必，就算他不是《五陵年少》的资方，他的身份和地位，也属于冉霖需要上赶着打好关系的。但在施九廷这里，没有那么多前因后果，就一码归一码。

这是施九廷的性格，也是他最博人好感的地方。

不过王希说过，这人若真不客气起来，会让对手哭都没地方哭。所以冉霖很庆幸，对方的女儿是自己的迷妹，而不是黑粉。

"放心施总，签好之后我第一时间就让人给您送过去。"如果今天是在片场，冉霖当场就可以签，但现在酒会这么多人，又都是同行，铺开卫衣签字的阵仗就太大了，施九廷也会有点尴尬。

施九廷显然也是这么想的，立刻道：“多谢！”

冉霖想了想，又问了句：“用不用我找同剧的其他演员也都签了，这样更有纪念意义？”

施九廷不假思索摇头，末了一声叹息：“她只喜欢你。”

冉霖总觉得那叹息里，泛着丝丝羡慕嫉妒恨的心酸。

“看什么呢？”身后传来熟悉但不太招人喜欢的声音，陆以尧回过头，果然是丁铠。

丁铠对于陆总的“非好感”习以为常，况且他确实一直惦记冉霖，被“非好感”完全不冤。

顺着陆以尧刚刚凝望的方向，丁铠也看过去，这才发现远处是正在和施九廷说话的冉霖。

丁铠从酒会开始就想找冉霖，哪承想冉霖没找到，先碰见了陆以尧，最后还要靠人家的视线指路，也是心酸，不过既然看着了，多望两眼也无妨。

陆以尧皱眉，索性绕到丁铠前面，占据了对方全部视野，然后微笑：“丁总，你找我？”

丁铠记得自己只问了一句“看什么呢”，好像没有“找对方”这个环节。奈何陆以尧实在高大威猛，真是把视野挡得严严实实，连带着把光都遮住了。

丁铠后退一点，才觉得世界重新明亮，淡淡抬眼：“我听说冉霖演这部戏是零片酬？”

《五陵年少》卖完两个卫视的首播权，就回了本，卖给视频网站的时候，就开始净赚了，如今收视大热，未来卖给各省级和地方台，哗啦啦进账的都是真金白银，所以虽然冉霖当初只是开玩笑，但陆以尧还是实打实给分了红，比片酬只高不低。

但既然丁铠这么理解了，陆以尧乐得将错就错，立刻皱眉，一副“这也被你知道了”的模样：“你从哪儿听来的？”

丁铠没想到竟然是真的，心情那叫一个复杂，最后把手中的香槟一饮而尽，感慨万千：“便宜都让你占尽了。”

陆以尧无辜地耸耸肩：“没办法，娱乐圈就是这么肤浅的地方啊，颜值高的人确实比较容易占便宜。”

无商不奸。

丁铠发现自己竟然有点怀念那个忠厚老实的影帝陆以尧了……果然同行

才是最难忍的啊！！

酒会角落，两个特意来给兄弟捧场的帅哥缩在沙发里，低调得仿佛脑门上贴着隐身符——

顾杰：“咱们就这么躲着不好吧？”

夏新然：“今天的主角是陆老师和冉霖，我俩出去抢什么风头。”

顾杰：“那至少和他俩打个招呼吧？”

夏新然：“等会儿还有第二摊呢，有你秉烛夜谈的机会。”

顾杰：“行吧。”

夏新然：“你喝的什么？”

顾杰：“饮料。”

夏新然：“哦，那就好，等会儿还指望你开车呢！”

顾杰：“我怎么感觉我特意跟剧组请假一天过来，就是为了给你们当司机呢？”

夏新然：“相信我，等会儿去陆老师别墅来第二摊，绝对有惊喜。”

顾杰忽然沉默了。

通常夏新然说有惊喜，顾杰就会本能地做出被惊吓的心理准备。

及至 11 点，局散酒醒，夜风清凉。

冉霖和陆以尧坐在后排，夏新然坐在副驾驶，顾杰稳稳握着方向盘，不过去向是陆以尧的新别墅，故而车内满是“前方路口左转”“前方 300 米有限速拍照”的导航女音。

“陆老师，你买的袁逸群那个别墅区啊？”夏新然看了半天导航，才认出来，有点意外。

“嗯，”陆以尧大方承认，“我觉得环境挺好的。”

对于明星，“环境好”通常代表着“隐私有保障”。

冉霖看着陆以尧一本正经的侧脸，笑而不语。

《五陵年少》收视率双破三，别人看陆以尧是淡定沉稳不动声色，但他清楚，这人高兴得要飞起来了，所以才会在应酬交际的酒会之后，迫不及待紧跟着一个真心用来庆祝的朋友趴。

事实上不仅是陆以尧，冉霖也高兴得不行不行，这是两个人第一次真正意义上的通力合作，那种肩并肩往前走的感觉很美妙。

“后面有车在跟我们。”顾杰忽然沉声道。

冉霖愣住，夏新然直接凑到车镜那里看：“哪辆？”

11点不算早，但也不算太晚，街上仍有不少车。

顾杰看一眼就能分辨出来哪个是尾随，哪个是恰好同路:“就黑色那辆。”

夏新然皱眉，仔细观察半晌，道：“开保时捷的狗仔？”

陆以尧本来还纳闷儿呢，一听全明白了，哭笑不得道：“那是我哥们儿，也一起的。”

“我就说四个人开趴也太冷清了。”夏新然喜欢热闹。

顾杰也踏实下来，又有点窘：“不好意思啊！”

“没事，”陆以尧真心道，“有时间你得好好教教我，怎么就能一眼看出跟车。”

顾杰犹豫一下，还是说了心里话：“驾驶吧，要循序渐进，你是不是先锻炼一下记路？”

经常性迷失在首都繁华街道中的陆总，受到一万点伤害。

冉霖没想到陆以尧还邀请了霍云滔，下意识往后车窗看，果然，对方那辆黑色保时捷在路灯的映照下泛着低调奢华的光。

不过距离有点远，看不清车里几个人，便直接问：“盼兮一起来了？”

陆以尧摇头：“他们交响乐团去国外交流巡演了。”

冉霖了然。

自这位友人结婚之后，冉霖每次见到他，必然都是和林盼兮一起登场，两个人简直如胶似漆，尤其今天还是陆以尧的庆功会，如果林盼兮没出国，霍云滔肯定就带着她一起来了。

夜里的街道一路畅通，连信号灯都好像是绿的多，红的少，众人顺利抵达陆以尧的别墅。

“陆老师，你这是客厅还是热带雨林啊……”夏新然左右闪躲，还是被各种绿植叶子糊了一脸。

总算寻到视野宽敞处，终于在铺满餐桌的酒水美食里，看到点派对的样子了。

“我已经质疑过他的品位了，但我们质疑没用，”霍云滔凑过来，意味深长，“有人喜欢。”

冉霖当然早已先行参观过了这里，并为装修提出了很多“宝贵”意见。

夏新然算是第一次和霍云滔正经面对面，立刻伸出手：“夏新然。”

霍云滔与之握手：“霍云滔。”

陆以尧本想给他俩介绍，现下看来是不用了，转头去找顾杰，发现后者正四下环顾，一脸蒙。

陆以尧走过去，拍拍友人肩膀：“房子怎么样？”

“挺好。”顾杰真心实意称赞，够大，够开阔，够私密。

陆以尧眉眼舒展，朗声笑道：“那就别愣着了，开趴——”

月色明朗，繁星满天。

别墅内已经归于宁静，伙伴们睡得东倒西歪，冉霖睡不着，便来后院吹风。

一进后院，他就发现陆以尧换掉了原本后院自带的开发商安装的夜灯，新换的夜灯光线更柔和，更幽静。

陆以尧这幢别墅的面积比袁逸群的大，但格局基本一致，后院也是游泳池，不过打理起来太麻烦，所以一直空置着，没蓄过水。空置的泳池冬天需要覆上保养膜，因为怕冻坏池壁和系统，但夏天却不用，而且几个月前陆以尧就说打算夏天把水蓄起来，所以早在开春暖和起来之后就把过冬的保养膜撤掉了。

但现在，保养膜又覆上了，因为夜灯的光线暗，不仔细看很难发现，但也因为夜灯暗，所以光线照到保养膜上，便反射出幽静的光。

除了天气不够冷。

一切细节都同那个民国趴的冬夜，莫名相似。

“想什么呢？”陆以尧的声音在头顶毫无预警出现。

冉霖抬眼看他，心里安宁，嘴上却调侃：“我在想，你是凭记忆布置的，还是跑袁逸群家又去参观了几回。”

“我和袁逸群不熟，”陆以尧笑，“我让夏新然帮我要的照片，不过拍出来的和那天晚上也不一样了，所以还是凭记忆的多。”

夜风吹过二人中间。

上次是冬夜的冷风。

这次是夏日的暖风。

“那你应该穿着民国军装。”清晰得仿佛就在昨天的回忆，让冉霖弯了眉眼。

陆以尧眼里透出懊恼，显然在认真后悔没有完整还原服化道。

冉霖见状，连忙找补："主要是你帅，衣服不重要。"

陆以尧心满意足。

静谧中，冉霖抬头看天，觉得今天的月色特别美。

【全文完】